Jazz Winter

DIE ZÄHMUNG
DER WILDKATZE

Erotischer Roman

Plaisir d'Amour Verlag

Jazz Winter
DIE ZÄHMUNG DER WILDKATZE
Erotischer Roman

© 2010 Plaisir d'Amour Verlag, Lautertal
Plaisir d'Amour Verlag
Postfach 11 68
D-64684 Lautertal
www.plaisirdamourbooks.com
info@plaisirdamourbooks.com
© Coverfoto: Sabine Schönberger (www.sabine-schoenberger.de)
ISBN 978-3-938281-75-8

1

Verdammter Mist!
Marie Lancaster saß frustriert auf einem Küchenstuhl in Simon DiLuccas
Villa. Mit Frischhaltefolie hatte er sie an die Rückenlehne gefesselt, die
Unterarme mit dem gleichen Material an die Armlehnen gebunden und ihre
Füße rechts und links mit den vorderen Stuhlbeinen verbunden. So war das
nicht geplant gewesen. Für ihn wahrscheinlich auch nicht, aber Spontaneität
besaß dieser Mistkerl, das musste sie ihm einfach lassen. Natürlich lag es
daran, dass sie ihn maßlos provoziert hatte. Auf der gestrigen Hochzeits-
feier war sie mehr als pampig geworden und das bereits bei ihrer ersten
Begegnung. Statt ihn auf Distanz zu halten, hatte sie mit ihrer unwirschen
Art das Gegenteil erwirkt. Marie seufzte gedämpft.

Erica hatte hübsch in ihrem roten Seidenkleid ausgesehen und den
ganzen Tag über mit der Sonne um die Wette gestrahlt. Glücklich war sie,
wenn auch mit einem Perversen. Nein, nicht pervers. Diese Bezeichnung
sollte sie langsam in Bezug auf Ericas devote Neigung und deren Erfüllung
durch den traumhaft dominanten Göttergatten aus ihrem Wortschatz
streichen. Wie war es ihr selbst in der Nacht zuvor ergangen? Ein empörtes
Stöhnen stieg ihre Kehle empor, fand jedoch keinen deutlichen Laut über
die Lippen. Auch den Mund hatte er sorgfältig mit einem Küchentuch ge-
knebelt. Nicht einmal die visuellen Sinne gönnte er ihr. Sein Schlips, den er
auf der Feier getragen hatte, nahm ihr die Sicht.

Auf dem Fest der DiLuccas tummelten sich viele BDSMler und je später
der Abend wurde, desto frivoler wurde die Festlichkeit. Viele Pärchen
suchten sich Verstecke, spielten offensichtlich für Publikum miteinander
oder unterhielten sich ungeniert über ihre Sklaven. Stuart Prescott war einer
von ihnen und schien es seit ihrem ersten Augenkontakt auf sie abgesehen
zu haben. Wenn sie ehrlich war, musste sie eingestehen, dass seine Aufmerksamkeit ihr gefiel. Selbst der Gedanke, dass er ein Dominus war,
schreckte Marie nicht ab, ihr Spielchen zu spielen. Ihr Spiel! Ihre Regeln!
Eine Art Testlauf, wie viel Männer bereit waren, dafür zu ertragen, um eine
Affäre mit ihr anfangen zu dürfen. Marie wusste, wie sie auf bestimmte
Vertreter des männlichen Geschlechts wirkte. Zierlich, klein, zart, mit
heller, fast makelloser Haut, dunkelrotem Bubikopf und herzförmigen
Lippen. Ihr Gesicht wirkte mit den dunkelgrünen Augen niedlich und zer-
brechlich wie das einer Puppe und weckte grundsätzlich bei Männern den
Instinkt, ihr die Welt erklären zu müssen. Bei Stuart hingegen entpuppte
sich das Ganze als gefährliches Spiel mit dem Feuer. Aber Marie wäre nicht
Marie, wenn sie nicht frech und dickköpfig ihren Willen durchsetzen wollte.

Bereute sie diese fälschliche Annahme jetzt? Ein Teil in ihr wollte heftig mit dem Kopf nicken, ein anderer Part tief in ihrer Magengegend schien gegenteiliger Meinung zu sein. Ein Seufzer blähte ihre Nasenflügel. Immer wieder wirkten die zufälligen Begegnungen auf der Party alles andere als ungeplant. Egal, ob sie ihren Kopf vom Büffet hob oder vertieft in ein interessantes Gespräch kurz das Gesicht abwandte, stets war er in ihrer Nähe. Er zeigte keine Spur von Einschüchterung, wenn sie ihm einen missbilligenden Blick oder eine abfällige bissige Bemerkung zuwarf. Dieses amüsierte Schmunzeln um seine Mundwinkel zeigte ihn siegessicher, schleuderte ihr immer wieder die eine Ankündigung entgegen, ohne dass er sie wiederholte.

Ehe das Fest vorbei ist, liegst du quietschend vor Geilheit in meinen Armen, Kätzchen.

Scheißkerl! Arroganter Hundesohn! Ihr drangen weitere Beschimpfungen durch den Sinn und sie zerrte hilflos an den Folienfesseln. Das war demütigend, denn allein gelassen mit ihren Gedanken war sie gezwungen, auszuharren und darauf zu warten, was er mir ihr anstellen würde.

Du findest ihn gut. Sieh dich vor, Punk. Der Typ kann dich mit einem Fingerschnippen in die Knie zwingen.

Die Erkenntnis in Ericas lachender Stimme hatte ihren Trotz geweckt, aber sobald sein Anblick vor ihrem geistigen Auge auftauchte, kribbelte es in ihrem Körper, was sie ungern zuließ. Sogar die Narbe auf seiner linken Wange passte perfekt zu ihm, schenkte seiner strengen Aura einen Schuss Verwegenheit. Sein schulterlanges Haar glänzte wie das Gefieder eines Raben und der gepflegte dunkle Kinnbart umrahmte schön geformte Lippen. Ein Blick in seine Augen konnte mehr als fesseln. Blau. Nicht kühl, nicht distanziert oder undurchdringlich.

Sie hatte nicht aufgepasst, als sie sich mit einer jungen Frau unterhalten hatte. Ihre Hände auf dem Rücken zu verschränken, entpuppte sich als fataler Fehler, wenn ein hinterhältiger Dominus sein Versprechen unbedingt einlösen wollte. Die Handschellen klickten, eine kräftige, in schwarzes Leder gehüllte Hand schloss sich fest um ihren Mund. Für Stuart war es einfach, sie vom Boden zu heben und ihr Leichtgewicht davonzutragen. Zumal sie vor Überraschung unfähig zu einer Gegenhandlung war. Erst nach einer Weile zappelte und brüllte sie gegen seinen Handschuh, versuchte verzweifelt, die Aufmerksamkeit der Partygäste auf sich zu ziehen. Sie hielten es für das verdammte Vorspiel einer Session. Schmunzelnd sahen sie ihr ins Gesicht, wissend, was ihr blühte. Verdammte Mittäter! In einer Nische zwischen Hauswand und einem meterhohen Gebüsch setzte er sie ab, packte sie ohne Umstände am Genick und presste ihr Gesicht gegen das raue Gestein.

„Lass mich los!"

Oh, sie war voller Wut gewesen. Das schien ihn kein Stück zu beeindrucken. Bockig versuchte sie, sich mit aller Kraft von der Wand abzustoßen, um sich gegen ihn zur Wehr zu setzen. Es war sinnlos. Mit einer Hand in ihrem Nacken hatte er sie so gut in seiner Gewalt, dass sie ihm nicht das Geringste entgegensetzen konnte. Mit gefesselten Händen auf dem Rücken erschien es aussichtslos.

„Ich schreie, wenn du Perversling mich nicht sofort gehen lässt."

„Glaubst du, das nimmt hier jemand ernst?"

Allein die Erinnerung an seine tiefe, raue und doch samtige Stimme durchzuckte ihren Leib nachhaltig. In dem Moment begannen ihre Knie zu zittern und ihr Herz schlug bis zum Hals. Ihr Verstand drohte, langsam abhandenzukommen, als sie seinen warmen Atem an ihrer Wange spürte.

„Ich halte immer meine Versprechen."

Sie biss sich auf die Unterlippe, schloss die Augenlider und ballte die Fäuste. Eigentlich hätte sie Angst fühlen müssen. Verzweifelt seufzte sie gegen den Widerspruch in ihrem Inneren. Stuart hatte ihr Spiel gegen sie gerichtet und das Feuer bekam sie jetzt zu spüren. Plötzlich geschah alles ganz schnell. Eine Bewegung, und ihr Rock hing über ihren Hüften und das Geräusch ihres zerreißenden Slips wirkte wie ein Echo in ihren Ohren nach. Fassungslos und wortkarg erstarrte ihr Körper. Stuart presste ihr zur Verdeutlichung den Unterleib gegen ihren Hintern. War er etwa hart? *Oh, Göttin, steh mir bei!* Das, was sich gegen ihre Pobacken drängte, fühlte sich beeindruckend an und wirkte wie ein heißes Versprechen.

„Ich will das nicht!"

Verdammt! Das klang viel zu halbherzig. Sein höhnisches Lachen drang in ihr Bewusstsein, summte durch ihren Körper und weckte eine Hitzewelle, die sie zu überschwemmen drohte. Die lederummantelten Finger schoben sich zwischen ihre Schenkel, während die Hand in ihrem Nacken sie zwang, stillzuhalten. Die Schellen an ihren Gelenken klirrten leise und irgendwo in der Ferne hörte sie ein unterdrücktes Kichern. Ein Fingerpaar grub sich in ihren Spalt und fuhr den Eingang entlang.

„Willst du mir immer noch erzählen, dass du es nicht willst?"

Das schwarze Leder vor ihren Augen glänzte feucht zum Beweis seiner Worte. Marie spürte dem verräterischen Beben in ihrem Inneren nach, gegen das sich ihr Verstand widersetzen wollte. Verdammt! Gegenwehr regte sich erneut, doch seine Fingerkuppen drängten abermals zwischen ihre Schamlippen, rieben, strichen den nassen Spalt entlang, öffneten die kleineren zarteren Lippen. Die Mischung zwischen grober Behandlung und zärtlichem Fingerspiel machte sie schwindlig.

„Hör auf damit."

Ihre Stimme versagte und krächzte die Worte in die Nacht. Zu ihrem

Leidwesen hielt er tatsächlich inne. Welch ein Hohn, welch eine Erniedrigung, dass er ausgerechnet jetzt auf sie hören musste.

„Du belügst dich nur selbst, Marie."

Ein entsetzter Laut drang aus ihrer Kehle. Nicht mehr fähig, ihm eine ordentliche Antwort entgegenzufauchen, bewegten sich ihre Hüften wie ferngesteuert. Lüstern drängte sich ihr Unterleib gegen seine Fingerspitzen, forderte ihn auf, fortzusetzen, was er begonnen hatte. Dieser Mistkerl erregte sie und sie hasste und liebte es. In ihr tobte ein Sturm an Gefühlen. Gegenwehr kämpfte gegen Willigkeit, Lüsternheit besiegte Zorn, Wollust verdrängte Stolz. Seine Finger nahmen sie in Besitz, drangen tief in sie ein und bewegten sich dennoch behutsam in ihr.

„Oh!" Keuchend ergab Marie sich, ihr Verstand setzte völlig aus.

Stetig steigerte er das Tempo, reizte mit den rauen Nähten der Fingerschnürung seines Handschuhs die nasse Seide ihres Geschlechts. Flüsternd verbot er ihr, zu kommen, ohne dass sie um Erlaubnis bat. Sie war bereits fern von Gut und Böse, näherte sich mit jeder Bewegung seiner Hand dem unausweichlichen Höhepunkt. Ihre Laute klangen atemlos und drangen ungebremst aus ihrem geöffneten Mund. Marie wäre nicht mehr in der Lage gewesen, diese erotische heiße Welle aufzuhalten, selbst wenn sie es gewollt hätte. Sie kam mit einem Schrei, sackte zitternd in die Knie. Die Heftigkeit ihrer Explosion nahm ihr jegliche Kraft, zu stehen. Stuart presste ihren Rücken gegen seinen Körper, schenkte ihr die Sicherheit, sie nicht fallen zu lassen und überließ sie dem Nachglühen. Zuckend schoss Hitze durch ihr Innerstes.

Er hatte sie undiszipliniert genannt und ungehorsam. Schmunzelnd hatte er sie umgedreht, mit einer Hand ihre Kehle umschlossen und sie mit diesen blauen Augen angefunkelt. Verwirrt konnte sie nur noch diesen eindringlichen Blick erwidern und hatte das Gefühl, als könne er in die Tiefen ihrer Seele blicken. Seine Lippen auf ihrem Mund fühlten sich weich an, geschmeidig und doch fordernd. Seine Zunge drängte in ihre Mundhöhle, spielte mit der ihren, bis sie sich stöhnend seinem Kuss ergab. Diese Mischung aus feurigem Lippenspiel und dem Nachglühen ihres Höhepunktes konnte nicht köstlicher schmecken. Plötzlich löste er sich von ihr, betrachtete sie amüsiert für einen Moment. Für ihre Vergehen, ihre Frechheiten und ihre pampigen Antworten legte er sie kurzerhand übers Knie. Marie schrie, als seine Handfläche schmerzhaft schön über ihren nackten Hintern tanzte. Zwanzig feste Hiebe färbten ihre Backen tiefrot und brannten sich in ihren Verstand. Danach stellte er sie auf ihre Füße, kontrollierte ihren festen Stand und ließ sie einfach stehen. Nicht nur ihr Hinterteil brannte lichterloh. Fassungslos sah sie ihm nach und spürte das dumpfe Pochen in ihrer Scham. Was zum Teufel war das gerade?

Die Demütigung hallte in ihr wider und traf auf ein lüsternes Echo. Etwas in ihr war gebrochen wie ein Schutzmantel aus Stein, der etwas eingehüllt hatte, von dem sie bis jetzt nichts wusste. Als sie sich gesammelt hatte, richtete sie ihre Kleidung, bog um die Ecke und erstarrte. Stuart stand bei einem anderen Dominus, der seine kniende Sklavin freizügig zur oralen Befriedigung anbot.

Die Devote trug einen kleinen viereckigen Holzkasten über dem Kopf, der in Höhe ihres Mundes eine runde Öffnung besaß. Auf ihrer nackten Brust standen die Worte: Kostenlose Mundhure. Stuart nahm das Angebot an. Seine Augen funkelten Marie entgegen, als er sein hartes Geschlecht durch die Öffnung des Kastens schob und hemmungslos zustieß. Marie wirkte wie erschlagen. Eifersucht rieselte an ihr hinunter wie eine eiskalte Dusche. Sie stampfte davon, ohne sich noch einmal umzublicken.

In der Nacht hatte sie nicht mehr gewusst, wie sie sich legen sollte. Ihr Hintern schmerzte gemein und immer wieder lauschte sie in die Nacht, wissend, er schlief in einem der Nebenzimmer. Hatte er eine Sklavin bei sich? War sie nur ein Appetithappen zum Vorspiel gewesen? Die Gedanken quälten sie und schenkten ihr keine Ruhe.

„Hör auf, über ihn nachzudenken."

Es half einfach nicht. Wären er und seine Dreistigkeit doch nur nicht so verdammt sexy und anziehend, dann wäre es leichter, ihn aus dem Kopf zu verbannen.

Nachdem das frisch vermählte Ehepaar von den verbliebenen Gästen in die Flitterwochen verabschiedet wurde, wagte Marie sich zuerst nicht vor die Tür. Stuart stand nachdenklich unterhalb der Eingangstreppe und sah dem roten Flitzer nach. Sie wollte einfach nur noch weg. Marie straffte ihre Schultern, hob ihr Kinn und mit allen Beschimpfungen, die ihr einfielen, stiefelte sie rasant an ihm vorbei. Bei jedem Schritt schmerzte ihr Hintern. Er schien sich köstlich zu amüsieren. Es war einfach nicht möglich, sich diesen sexy Mistkerl madigzumachen. Seine Art, zu lächeln, die Selbstsicherheit, mit der er sich ihr erneut näherte, erschütterte sie bis ins Mark. Ihre Wangen brannten feuerrot und sie schämte sich abgrundtief. Noch nie hatte es ein Mann geschafft, sie so zu verunsichern.

„Wage es ja nicht, mich anzufassen, Perversling!"

Sichtlich unbeeindruckt hob Stuart sie über seine Schulter. Kreischend trommelte sie ihm auf den Rücken. Ein herzhafter Hieb traf ihren Hintern und hallte in ihrem Unterleib nach.

„Du hast es immer noch nicht begriffen, aber keine Sorge, kleines Kätzchen, dich werde ich auch noch zähmen."

Und jetzt saß sie hier in der Küche der DiLucca-Villa. Marie wurde immer deutlicher bewusst, dass sie kein Höschen trug, denn die Hitze zwischen ihren Schenkeln nahm zu. Je länger er sie warten ließ, desto ungeduldiger wurde sie. Wie feine Nadelstiche pochte es auf ihren Hinterbacken und unglaublich, aber wahr, es erregte sie. War sie vielleicht selbst eine von den Perversen? Amüsiert über diesen Gedanken schüttelte sie den Kopf.

Ihr war bei ihrer Verwirrung nicht bewusst, wie nah Stuart ihr war. Sie hörte auf, an der Fesselung zu zerren, als sein Atem ihre linke Schulter streichelte. Die alte Brandnarbe unterbrach ihre sonst makellose Haut und Stuart zögerte nicht, sie zu küssen. Er fragte nicht, er berührte sie immer wieder mit seinem Mund und schickte eine erregende Gänsehaut über ihren Körper.

„Immer noch widerwillig?"

Die gedämpften Laute nahmen viel von dem Zorn, den Marie ihm gern entgegengeschleudert hätte.

„Du bist eine schlechte Lügnerin."

Seine Hand glitt unter ihrem Rock an der Innenseite ihres rechten Schenkels empor. Es gelang ihr durch die Fesselung nicht, ihre Knie genügend zusammenzupressen, um seine Finger aufzuhalten. Kurz, bevor er ihre Scham erreichte, hielt sie den Atem an, doch er ging nicht weiter. Seine kurzen Fingernägel kraulten die Haut, schickten süße Blitze in ihr Geschlecht und ließen ihre Klitoris gierig pulsieren. Dieser arrogante Mistkerl schaffte es irgendwie, diese Wirkung auf sie auszuüben und musste sich nicht mal besonders anstrengen.

„Erica und Simon werden einige Zeit weg sein."

War das eine Drohung, sie bis zu deren Rückkehr hier festzuhalten? Ein verzweifelter Laut drang über den Knebel. Mit sanftem Nachdruck öffnete er ihre Knie, während sie dagegenwirkte. Seine Bedingungslosigkeit nahm ihr die Stärke, sich ernsthaft zur Wehr zu setzen. Neben ihr auf dem Boden klirrte etwas in Glas. Ein entsetzter Schrei löste sich, als sie eisige Kälte spürte, die nass über ihre erhitzten Schamlippen strich. Flüche und Verwünschungen sammelten sich in ihrem Kopf, hatten jedoch keinerlei Möglichkeit, aus ihr zu brechen.

Marie keuchte gegen den Knebel. Der Eiswürfel drang in ihre bereits feuchte Öffnung und Stuart schob ihn tiefer in ihr heißes Fleisch. Ihr Herz schlug so schnell, dass sie fürchtete, es würde stehen bleiben. Ihre Wangen glühten und die Quietschlaute waren kaum zu unterdrücken. Verdammt, war das kalt. Ihr Hintern hob sich unweigerlich von der Sitzfläche. Pressend versuchte sie, den eisigen Eindringling loszuwerden, doch sein Finger hielt ihn an Ort und Stelle. Betäubung breitete sich in ihrem Schoß aus und Gier pochte noch wilder in ihrem Leib. Feurige Hitze mischte sich in ihr Blut, das rasant durch ihre Adern schoss. Erst, als der Eiswürfel endlich geschmolzen war, löste sich langsam die Taubheit. Unendlich sanft zog Stuart ihr Gesicht zu sich, soweit die Oberkörperfesselung es zuließ. Er küsste ihren geknebelten Mund, bedeckte den Stoff über ihren Augen rechts und links mit einem sanften Kuss und endete mit den Lippen auf ihrer Stirn.

„Ich möchte dich züchtigen, dir wehtun und dich schreien hören. Du bist eine widerspenstige Wildkatze und es reizt mich, dich zu unterwerfen. Deine masochistische Ader passt perfekt zu meinem Sadismus."

Heftig versuchte Marie, ihren Kopf zu schütteln, stieß eine unverständliche Verneinung durch den Knebel.

„Es ist sinnlos, mir zu widersprechen. Ich habe deine Reaktionen bemerkt, als ich deinen blanken Hintern mit den Händen bearbeitet habe. Wie gesagt, du bist eine miese Lügnerin." Er ließ sie deutlich das wissende Lächeln in seiner Stimme hören.

Ihr Atem stockte, rasselte in ihrer Brust und Entsetzen stieg immer heißer in ihr Gesicht. Seine Worte berührten eine Seite in ihr, die ihr fremd war. Seine Erklärung setzte ein heftiges Kopfkino in Gang, gegen das sie sich nicht wehren konnte. Die Überforderung drohte, sie zu verschlingen. Stöhnend ließ Marie ihren Kopf nach hinten sinken und Panik kroch in ihr empor.

„Schhhhh, beruhig dich, Kätzchen."

Seine plötzliche Sanftheit in der Stimme machte es nicht besser. Die Erregung verebbte. Die Angst wuchs. Flucht! Aber die Fesseln hielten sie an Ort und Stelle, machten es unmöglich, ihm zu entkommen. Ihm und seiner Nähe, seiner Hitze und seinem bedrohlichen Wissen. Behutsam löste er ihre Augenbinde, entknotete den Knebel.

„Sag mir, was los ist."

Das Beben ihres Körpers war ihm nicht entgangen. Ihre Zähne schlugen klappernd aufeinander und sie war nicht in der Lage, ihm eine deutliche Antwort zu geben. Hastig löste er die Folie mit gezielten Schnitten eines Küchenmessers. Ihr war zum Heulen zumute, aber sie verstand weder den Grund noch den Auslöser. Marie wusste nur, emotional lag sie blank vor ihm und er hätte nur die Faust ballen müssen, um sie in Grund und Boden zu stampfen. Doch er tat es nicht. Sie war frech, pampig, unmöglich und entsetzlich zickig zu ihm gewesen. Dennoch sah er viel zu besorgt aus, um arrogant über sie zu lachen.

„Keine Angst. Es ist alles gut."

Konfus betrachtete sie sein Gesicht, als er sie sanft auf dem Sofa im Wohnzimmer ablegte. Seine Fingerspitzen strichen ihr das Haar aus der Stirn und die Wärme in seiner Mimik, das offene, alles wiedergutmachende

Lächeln umfing sie wie ein schützender Kokon. Plötzlich glitt wieder das böse Lächeln über ihre Lippen. Schwungvoll erhob sie ihren Oberkörper.

„Ich bin nicht pervers und ich werde garantiert nicht mit dir irgendwelche Spielchen spielen."

Die Ohrfeige saß und seine rechte Wange verfärbte sich deutlich. Er schwieg, betrachtete sie ohne weitere Regung. Ihre flache Hand erreichte klatschend auch die linke Seite seines Gesichts. Marie wollte Zorn in seinen Augen sehen, doch wurde bitter enttäuscht. Stattdessen erhob Stuart sich ohne ein Wort. Marie stand auf, rammte ihm die Fäuste auf die Brust.

„Du hältst dich wohl für unwiderstehlich. Glaubst du, ein erdbebenartiger Höhepunkt macht aus mir ein devotes kleines Mäuschen, mit dem du schalten und walten kannst, wie es dir gerade in den Sinn kommt? Fick doch eine dieser Kastenstuten, daran scheinst du ja enormen Spaß zu haben. Mistkerl."

Amüsiertheit zuckte in seinen Mundwinkeln und spiegelte sich in seinem Blick wider. Sie schob ihn ungehalten von sich, strich ihren Rock glatt und ging. Als sich die Haustür hinter ihr schloss, hoffte sie für den Bruchteil eines Momentes, er würde ihr folgen, sie erneut heroisch und siegessicher über die Schulter werfen und sie nach Strich und Faden vernaschen. Mit einem missmutigen Seufzer schüttelte sie die Schwäche aus ihren Gedanken. Sie machte die Spielregeln und sie behielt die Kontrolle. Ihre Worte würden eine Weile in seinem Kopf umherschwirren, sich langsam setzen und irgendwann an seinem männlichen Ego nagen. So war es doch immer.

Sich diese Meinung einzureden, half darüber hinweg, dass sie fluchtartig den Arm hob, um sich ein Taxi heranzurufen und schnellstens das Weite zu suchen. Zu stolz, sich einzugestehen, dass Stuart Prescott sie tatsächlich beeindruckte und anders war als die Männer, die sonst Interesse an ihr zeigten, sah sie sich ein letztes Mal um, reckte ihr Kinn empor, bevor sie einstieg. So einfach würde sie es dem Kerl nicht machen. Er konnte gar nicht anders, als die Oberhand zurückzuerobern und sich auf ein Spiel nach ihren Regeln einzulassen.

Man sieht sich immer zweimal, Mistkerl. Marie schenkte ihm ein siegessicheres Lächeln durch das Seitenfenster des Taxis, das umgehend verblasste. War das etwa ein Lachen auf seinem Gesicht? Falsche Reaktion. Verdammt!

Ein tiefer Atemzug füllte ihre Lungen und Marie rieb sich die Hände als wäre ihr kalt. Dieser Moment, als sie Zuneigung in seinen Augen gesehen hatte, brannte sich in ihr Gedächtnis wie ein Mal. In diesem Augenblick war die Panik in ihr echt gewesen. Stuart Prescott jagte ihr wirklich Angst ein. Nicht vor seiner Peitsche, nicht vor den erotischen Spielchen mit dem Lustschmerz. Es war die Art, wie er sie betrachtete und scheinbar in sie hineinsehen konnte.

„Wohin denn jetzt? Ich hab nicht den ganzen Tag Zeit." Der Taxifahrer drehte sich in seinem Fahrersitz um.

„Bringen Sie mich zum House of Joe."

Die Augenbrauen des Taxifahrers hoben sich, doch er wandte sich wortlos um und fuhr los. Das privat geführte Pflegeheim lag nur wenige Blocks entfernt. Maries Knie zitterten noch immer, als sie ausstieg und durch die geöffnete Tür des Hauses trat.

„Oh, hi Marie? Ich dachte, du kommst erst morgen wieder."

„Wie geht es ihm heute?"

Die Pflegerin lächelte wie immer, warm und liebevoll. „Heute ist ein guter Tag für ihn. Er sitzt im Garten."

Ihre Schritte wurden immer schneller, bis sie fast rannte. Der Mann auf der Holzbank unter der Trauerweide sah nicht aus wie sechzig, und als er seinen Kopf hob und Marie ansah, blinzelte er.

„Hallo Daddy."

„Amy?"

Für den Bruchteil eines Augenblicks schloss Marie die Augen, lächelte auf eine traurige Weise und setzte sich zu ihm.

„Amy, du siehst wunderschön aus. Weißt du noch, als wir den Sommer in Montana verbrachten? Das war eine schöne Zeit. Du hast in dem Sonnenlicht genauso ausgesehen wie jetzt. In dem Sommer habe ich mich noch einmal in dich verliebt."

Marie nickte und ergriff die Hand ihres Vaters. Es gab Tage, an denen er sie mit ihrer Mutter verwechselte. Tage, an denen er sie ansah, als wäre sie noch das kleine Mädchen und die Momente, in denen er im Hier und Jetzt schien, wurden immer seltener. Sie betrachtete die gebrechliche Hand in ihrer.

„Hat Dex angerufen? Er hat sich so lange nicht mehr gemeldet."

Dexter war lange tot, doch sie widerstand dem Versuch, es richtigzustellen. Der Unfall ihres Bruders war im gleichen Jahr geschehen, als bei ihrem Vater Alzheimer diagnostiziert wurde und ihre Mutter sich Hals über Kopf einer christlichen Kommune in Minnesota angeschlossen hatte.

„Hat Dex angerufen? Er hat ..."

Sie hörte die Satzwiederholungen schon lange nicht mehr, eine Eigenart der Krankheit, die das Kurzzeitgedächtnis immer mehr schwächte. Marie schüttelte den Kopf und saß still neben ihrem einst so starken, kräftigen und lebensfrohen Vater. Der Held ihrer Kindheit.

„Ich liebe dich Daddy."

Er lächelte warmherzig und streichelte ihr über den Kopf, wie er es früher getan hatte.

„Ich dich auch, kleiner Keks."

2

Miststück! Dieses Wort drang durch Stuarts Gedanken, als er sie gehen ließ. Intrigant, hinterhältig, leidenschaftlich kratzbürstig, sogar ihre zickige Wehrhaftigkeit imponierte ihm. Besser noch, es interessierte ihn. Ihre Schauspielleistung hatte ihm ordentlich Respekt eingeflößt. Ein solcher Absturz einer Submissiven war ihm seit seinen Anfängen nicht mehr passiert. Davon überzeugt, sie überfordert zu haben, nahm er ihre Panik ernst und im Nachhinein hätte er sie liebend gern einer waschechten Züchtigung mit seinem Lieblingsinstrument unterzogen. Lächelnd blickte er durch das Fenster hinaus auf die Straße. Ihre Hast besaß den Hauch von Flucht, und ihr halsstarriger, katzenhaft lächelnder Blick in seine Richtung passte nicht dazu, hinterließ die Vermutung, dass auch das vorgetäuscht war.

Während er sie auf dem Küchenstuhl schmoren ließ, hatte er nicht versäumt, seine Mobilfunknummer in ihr Handy einzugeben. Stuart war sicher, sie würde sie zu nutzen wissen. Im Spiegel der Diele betrachtete er ihre Handabdrücke auf seinem Gesicht, drehte den Kopf nach links und rechts. Er hatte bereits von dieser Sorte Devoten gehört, doch nie zuvor war ihm eine Kampfsubmissive begegnet. Sie waren äußerst selten, delikat, sehr exklusiv. Marie Lancaster gehörte zu den von ihr liebevoll betitelten Perversen. Sie war definitiv eine Masochistin und der perfekte Gegenpart seiner eigenen Neigung. Allerdings war sie mit äußerster Vorsicht zu genießen und hielt sich an das Motto, in der Liebe und im Krieg war alles erlaubt. Sie schreckte nicht einmal zurück, hinterhältige Taktiken anzuwenden und das würde er sich gut merken. Ein weiteres Mal würde sie damit nicht durchkommen.

Stuart kehrte in die Küche zurück und beseitigte die Folienfetzen.

„Stuart."

„George."

Der Chauffeur kannte sowohl seinen Vorgesetzten als auch Stuart seit etlichen Jahren. Er schob die Uniformmütze von seinem Kopf, sank auf den Küchenstuhl und knallte die Tageszeitung auf den Tisch.

„War ein anstrengender Tag, alter Mann."

Geistesabwesend schüttelte George den Kopf, wirkte seltsam. So kannte Stuart ihn nicht.

„Was ist los?"

Statt einer Antwort klappte er die Zeitung auf und schob ihm die Titelstory hin. Als er den Namen las, erstarrte Stuart.

Lydia Monroe (34) in Nervenklinik eingeliefert. Die talentierte Malerin wurde verwirrt und nackt auf einer Landstraße von Polizisten aufgegriffen.

Hastig überflog er die Zeilen. Grauen rieselte in eisiger Kälte seinen Rücken hinab, als er Lydias Foto betrachtete. Der Bericht wies auf unzählige Verletzungen an dem ausgemergelten Körper hin und dass sie mehrfach sexuell geschändet worden war. DNA Spuren führten die Polizei zu drei Tatverdächtigen. Wegen Vergewaltigung und schwerer Körperverletzung wurde unter anderem Derek Price verhaftet. Stuart schloss die Augen.

„Hoffentlich hat sie das Drehbuch verbrannt."

George nickte und hob seinen Blick. „Das Gleiche habe ich auch gedacht."

Das Drehbuch. Lydia schrieb ihre eigenen Leiden, um sie später durch einen Dominus in die Tat umsetzen zu lassen. Die ehemalige Verlobte seines Freundes überließ nie etwas dem Zufall und in Derek, der auch der Lord genannt wurde, fand sie letztendlich ihren perfekten Meister, der ihr jeden noch so perfiden Wunsch erfüllte. Stuart wehrte sich gegen die Erinnerungen an den Empfang, bei dem Erica die Schattenseiten ihrer erotischen Spielart kennengelernt hatte. Stuart war ein Sadist, doch selbst für ihn war es schwer, die entsetzlichen Schreie der Malerin zu vergessen, als Derek sie zur Krönung ihrer Qualen an ein Holzkreuz hatte nageln lassen.

Wie sich herausstellte, war Derek selbst devot, doch sein ausgeprägtes männliches Ego stand seiner Neigung im Weg. Was zur Folge hatte, dass er seine Sklavinnen leiden ließ, sie brach, wenn es nötig war, nur um sich in ihre Rolle zu denken. Wenn Lydia ihr Drehbuch verbrannt hatte, gab es keinerlei Beweise, dass sie es selbst gewählt hatte. War sie wirklich so verwirrt, wie die Zeitung schrieb, würde man sie nicht aussagen lassen, doch ihre Verletzungen würden eine deutliche Sprache sprechen. Zu viele Frauen waren an diesem Lord zerbrochen. Er hatte den Knast verdient, denn Derek war ein Schandfleck in der BDSM-Szene. Eine gesunde D/S-Beziehung basierte auf Vertrauen, gegenseitigem Respekt und dem Wissen, das sich beide in vollem Bewusstsein und Wissen darauf einließen. Diesen Kontext missachtete Derek.

„Wirst du sie im Krankenhaus besuchen?"

Stuart spielte tatsächlich mit dem Gedanken. Die Vergangenheit mit Lydia war noch immer ein zweischneidiges Schwert. Die Hilflosigkeit Simons, als er vor dem Altar erfuhr, dass seine Verlobte in ihrem Hochzeitskleid zu Derek geflüchtet und ihren Sklavenvertrag bei ihm unterschrieben hatte. Stuart konnte ihr noch heute nicht verzeihen, obwohl sein Freund bereits glücklich mit Erica verbunden war. Ein Grund mehr, von festen Beziehungen großen Abstand zu nehmen. Er verneinte mit einer Kopfgestik und faltete die Zeitung. „Simon sollte erst davon erfahren, wenn die beiden aus den Flitterwochen wiederkehren. Sie sollen die Zeit genießen und sich nicht mit diesen Dingen belasten."

„Sehe ich genauso."

George half ihm, die Stute einzuladen, die er als Überraschung für Erica mitgebracht hatte. Die Kürze ihres roten Seidenkleides, dazu der Damensattel, hatte jedoch den Einsatz des Pferdes nicht möglich gemacht. Stuart redete der braunen Stute ein paar beruhigende Worte zu und verschloss den Anhänger.

„Ich wünsche dir viel Spaß in London."

George nutzte die Zeit während der Abwesenheit von Simon und Erica, um seine Familie zu besuchen. Der Chauffeur bedankte sich und blickte auf seine Taschenuhr, tippte ungeduldig mit der Fußspitze auf den Boden. Aus der Ferne erkannte Stuart die junge Devote sofort an ihrer Eile. Amber würde ihn also nach England begleiten. Schmunzelnd stieg er in seinen Wagen und fuhr los.

Es erstaunte ihn noch immer, was Erica mit ihrem kreativen Geschick als Innenarchitektin aus dem alten Herrenhaus seiner Großmutter geschaffen hatte. Wenn er die Eingangshalle betrat, blieb er stets für einen längeren Moment vor der knienden Sklavin, die als Statue in der Nische platziert war, stehen. Die überschwängliche Begrüßung seines Leonberger Rüden Paco riss ihn aus den Gedanken.

„Du musst Kohldampf haben bis unter die Achseln."

Wie zur Bestätigung bellte der Hund ihn an. Lachend schickte Stuart ihn voraus zur Küche, füllte den Napf des Hundes. Er entließ die mitgebrachte Stute auf die Weide zu ihrer Herde und blieb eine Weile nachdenklich ans Gatter gelehnt stehen. Seine Gedanken kreisten um Lydia. Sie hatte ihr Schicksal selbst gewählt, war in der Klinik gut aufgehoben, obwohl er skeptisch blieb, ob es für ihre Seele Heilung gab. Der schmale Grat einer Masochistin zwischen erotischer Unterwerfung und völliger Selbstaufgabe war ein Drahtseilakt, der in einem freien Fall enden konnte. Marie hingegen besaß eine enorme Stärke, die Lydia nie besessen hatte. Eine Kraft, die Leiden sinnlich gestaltete und gleichzeitig unterband, dass sie sich gänzlich darin verlor. Es würde nicht leicht werden, mit ihr umzugehen, dessen war Stuart sicher. Spontaneität war gefragt, davon besaß er reichlich, musste sich jedoch hüten, sich die Kontrolle ein weiteres Mal aus den Händen nehmen zu lassen. Maries theatralische Einlage ließ ihn erneut schmunzeln. Sie wusste genau, was sie tat und wie sie Männer um den Finger wickeln konnte.

Auf dem Weg zu seiner Werkstatt, einem kleinen Gartenhäuschen in der Nähe der Koppeln, überlegte er sich eine Taktik. Wissend, sie würde brodelnd darauf warten, dass er ihr Spielchen wieder aufnahm und sich bei ihr meldete. Er würde den Teufel tun und das würde sie in den Wahn treiben. Früher oder später war es an ihr, den Kontakt herzustellen und er wusste, sie würde es tun. Stuart nahm die begonnene Arbeit an einer neuen Lederpeitsche auf, nachdem er das Radio eingeschaltet hatte. Während er das Leder gründlich bearbeitete, malte er sich aus, wie er mit Marie vorgehen würde. Der Reiz, sich diese Kampfkatze zu unterwerfen, sich immer wieder aufs Neue ihre Demut zu verdienen, kribbelte unter seiner Haut. Sie würde sich ebenfalls etwas verdienen müssen. Es würde ihn quälen, doch das war es wert.

Stuart zwang sich, sich auf seine Arbeit zu konzentrieren. Die Peitsche war ein Auftrag für einen seiner Kunde und musste perfekt werden. Er löste die letzte Lederstrippe und setzte neu an. Er war in seinem Kundenkreis für die exzellente Fertigung von SM-Möbeln mit der Liebe zum Detail und seiner Perfektion bekannt.

Geduld und Ruhe lagen ihm in jeder Hinsicht im Blut.

3

Daniels Wohnung war geräumig, mit großen Panoramafenstern und typisch männlich. Sehr zweckmäßig, wenn auch modern eingerichtet. Ein leichter Hauch von Luxus war erkennbar, was darauf schließen ließ, dass er bezüglich seines Berufes nicht zu Angeberei neigte. Er arbeitete als Finanzberater für Privatleute, Prominente und Firmen. Ihr Kennerblick für Männermode verriet, dass sein perfekt sitzender dunkelblauer Anzug eine Maßanfertigung war und der Stoff allein ein kleines Vermögen kostete.

Schon als er die Tür aufgeschlossen hatte, umarmte er sie fest, presste sie mit dem Rücken gegen die Wand des langen Flurs. Während seine Hände überall auf ihrem Körper zu sein schienen, kickte Daniel die Wohnungstür mit dem Fuß zu. Sein Atem beschleunigte sich. Seine Lippen wanderten von ihrem Hals abwärts. Sanft versuchte sie, ihn von sich zu schieben, doch er ließ nicht nach.

„Hey, langsam Cowboy, wir haben doch die ganze Nacht."

Er sah verflucht gut aus. Groß, durchtrainiert, glänzendes dunkelblondes Haar, glatt rasiertes Gesicht und diese haselnussbraunen Augen wirkten romantisch und verträumt. Vor alledem gefielen ihr seine kräftigen Hände mit schlanken, geraden Fingern und professionell gepflegten Fingernägeln. *Das habe ich gebraucht.* Ihr Blick glitt über seinen erregten Gesichtsausdruck.

„Tut mir leid, aber das, was du mit mir im Restaurant gemacht hast ..."

Sie lachte leise auf, denn Daniel hatte kaum etwas von den leckeren Speisen des Dreisternemenüs gegessen und war eher damit beschäftigt gewesen, nicht laut aufzustöhnen, während ihre Hand sein bestes Stück unter dem langen Tischtuch gerieben hatte. Unruhig war er auf seinem Stuhl hin- und hergerutscht und hatte stets seinen Blick durch den gut besuchten Speisesaal geschickt, als wüsste jeder, was gerade unter ihrem Tisch geschah. Wie sehr hatte sie dieses Auftaktspiel genossen.

Als der Kellner das Dessert servierte, schluckte Daniel hörbar, hustete erneut und seufzte leise. „Bitte, Marie, wenn uns jemand erwischt, dann schmeißen sie uns achtkantig raus."

Ihr Lächeln wurde deutlicher. Mehrfach hatte er sie gebeten, aufzuhören, weil er befürchtete, mitten in dem Nobelrestaurant lautstark zum Höhepunkt zu kommen. Marie dachte nicht im Traum daran, ihre Hand unter dem Tisch wegzuziehen. Viel zu sehr genoss sie es, ihn buchstäblich in der Hand zu haben. Natürlich hätte er energisch ihre Hand von seinem Schoß schieben können, doch auch ihm schien dieses aufregende und geheime Spiel und die Drohung, erwischt zu werden, viel zu sehr gefallen.

„Das Tischtuch ist lang genug, entspann dich."

In einer lasziv langsamen Geste führte sie den langen Eislöffel zu ihrem

Mund, leckte an der kalten Köstlichkeit und schob sich die kleine Rundung Vanilleeis mit Erdbeerstückchen zwischen ihre Lippen, während sie in sein Gesicht blickte. Seine Hand zitterte, als er seinen Löffel aufnahm.

Erst vor einer Stunde hatte sie das Restaurant betreten, sich umgesehen und war zielsicher auf seinen Tisch zugesteuert. Er schien allein zu sein. Als sie sich zu ihm setzte, konnte er ihrem unschuldigen Lächeln nicht widerstehen und lud sie ein, ihm Gesellschaft zu leisten. Auch er speiste ungern allein. Der Cladaghring an seinem Finger würde sicherstellen, dass sie sich nach dieser Nacht nie wiedersehen würden. Er trug das Herz nach innen gerichtet, was bedeutete, dass er vergeben war, noch nicht verheiratet, aber wohl ernsthaft daran dachte. Harmlos begann sie ihr Verführungsspielchen und es dauerte nicht lang, bis Daniel sich empfänglich zeigte.

Als sie sich nah zu ihm über den Tisch beugte, hatte sie ihm provokant lüstern in die Augen gesehen. „Ich glaube, den heißen Nach-Nachtisch naschen wir besser bei dir."

„Die Rechnung, bitte."

Daniel wirkte wie beim Spießrutenlaufen, hielt sein zugeknöpftes Jackett vor dem Schoß mit der Hand zusammen, damit niemand erkannte, wie erregt er war. Er atmete erst wieder tief durch, als sie auf dem Bürgersteig ein Taxi anhielten.

„Möchtest du etwas trinken? Kaffee? Wein? Scotch? Ich hab auch …"

„Wein wäre schön."

Marie sah sich weiter in der Wohnung um, legte ihre Handtasche auf den Wohnzimmertisch vor der großzügig gehaltenen Sitzlandschaft aus braunem Leder.

„Dein Einrichtungsstil gefällt mir."

Daniel kehrte mit zwei bauchigen Rotweingläsern aus der offenen Küche zurück und hielt ihr ein Glas entgegen. Er schmunzelte leicht verlegen.

„Nicht mein Verdienst, dazu brauchte es eine Fachfrau, sonst würde ich wahrscheinlich noch immer aus Kartons leben und auf Obstkisten sitzen. Ich habe für solche Dinge kein gutes Händchen."

„Oh."

Mit so viel Ehrlichkeit hatte sie nicht gerechnet, hob ihr Glas an die Lippen und nahm einen Schluck.

„Eine Freundin von mir ist ebenfalls Innenarchitektin. Erica DiLucca, vielleicht kennst du sie?"

„Ja, kommt mir bekannt vor. Ist sie nicht mit diesem Restaurantbesitzer verheiratet, der das Private Room eröffnet hat?"

„Genau die."

Er setzte sich in den Ledersessel. „Meine Innenausstatterin war beim Möbelkauf inklusive. Allerdings glaube ich, sie hatte nur Mitleid, als ich wohl reichlich verloren in dem Laden stand."

Marie hob die Augenbrauen, denn dass er so ehrlich war, überraschte sie tatsächlich. Sie seufzte leise und lächelte wieder. *So süß.* Daniel strich sich sein stufig geschnittenes dunkelblondes Haar aus der Stirn und legte leger ein Bein über das andere, während er sich entspannt zurücklehnte.

„Setz dich doch und mach es dir bequem."

Marie stellte das Glas beiseite, strich sich das eng anliegende schwarze Samtkleid glatt und blieb vor ihm stehen.

Sein Blick glitt an ihren Kurven entlang. „Ich glaube, ich sollte dir etwas beichten."

Marie schüttelte den Kopf, hoffte, dass ihr Gesichtsausdruck ihm unmissverständlich zu verstehen gab, dass sie es nicht hören wollte.

Daniel griff nach ihrer Hand, stellte sein Glas zur Seite. „Doch, es ist wichtig. Ich bin verlobt und ich hab sie noch nie betrogen."

Sie beugte sich zu ihm hinab, nahm sein Gesicht in beide Hände und küsste ihn, um ihn zum Schweigen zu bringen. „Wir sind nur zwei Menschen, die ein wenig verantwortungslosen, wilden Spaß miteinander haben werden. Ich werde dich danach nicht anrufen, dir keine Nachrichten zukommen lassen, und wenn du es nicht erzählst, wird es für immer begraben bleiben."

Er stöhnte leise auf, als ihr weingeschwängerter Atem über seine Lippen strich.

„Wo ist dein Schlafzimmer?"

Sofort stand Daniel auf, wollte nach ihr greifen, doch sie entkam ihm, also ging er voraus und führte sie zu einem großen, bei Tag sicherlich lichtdurchfluteten Raum. Im Zentrum stand ein übergroßes Bett mit stabilen hohen Pfosten. Organza-Vorhänge umschmeichelten das ansonsten schmucklose Holz. Die schwarze Seidenbettwäsche schimmerte und verführte dazu, über den kühlen weichen Stoff zu streicheln, doch Marie blieb nachdenklich im Zimmer stehen. Das Kopfende des Bettes besaß mehrere Holzsprossen. *Perfekt.* Von hinten umschlang Daniel ihren Körper, senkte seine Lippen auf ihre rechte Schulter und sie lehnte leise seufzend ihren Kopf gegen seine Brust.

„Hast du den Spiegel entdeckt?"

Erst, als er sie vor sich herschob, erkannte sie, dass der Himmel über der Spielweise verspiegelt war.

„Nichts bleibt verborgen und egal, welche Stellung, es ist wirklich heiß, wenn man alles sehen kann."

Marie hob vielsagend die Augenbrauen, schmunzelte. *Stille Wasser sind tief und sehr schmutzig.* Sie löste sich aus seiner Umarmung, drehte sich zu ihm um.

„Und das Bad?"

Er zeigte auf eine Tür links von ihr.

„Ich will mich nur noch ein wenig frisch machen."

Sein Schmunzeln verriet seine Anspannung und die Ausbuchtung seiner Anzughose zuckte leicht. Marie holte ihre Handtasche vom Wohnzimmertisch und verschwand hinter der Badezimmertür. Für einen Moment setzte sie sich auf den Wannenrand und atmete tief durch. *Warum ein schlechtes Gewissen? Du bist doch nicht verlobt, verdammt. Er könnte auch einfach nein sagen.* Sie biss sich auf die Unterlippe und seufzte. Tagelang war es, als stünde sie völlig neben sich. Immerzu kreisten ihre Gedanken um diesen Mistkerl. Schweigen. Er hatte nicht angerufen, sich nicht gemeldet, wie es üblich war. Dieses Warten nagte an ihrem Selbstbewusstsein.

Je mehr sie darüber nachdachte, desto mehr brauchte sie das hier. Einen willigen Mann, seinen Schwanz in ihr und eine ekstatische Erlösung, die wenigstens für diese Nacht ein wenig Verdrängung brachte. Marie streifte sich die Träger ihres Samtkleides von den Schultern, ließ es zu Boden gleiten und blieb vor dem großen Badezimmerspiegel stehen. Mit ihren Fingern strich sie sich ihr kinnlanges, dunkelrotes Haar glatt und lächelte. Aus der Handtasche beförderte sie rot schimmernde Chiffonschals, legte sie sich locker um den Nacken und öffnete die Tür zum Schlafzimmer. Sie blieb im Rahmen stehen.

„Wow ... was für ein Anblick." Daniel trug nur noch seine eng anliegenden dunkelblauen Shorts und saß am Fußende des Bettes. Sein Atem setzte für einen Moment aus und sein Blick wanderte über ihren Körper. Die sündige schwarze Spitze auf ihrer Haut ließ ihn hörbar schlucken. An den Seidenstrümpfen verweilten seine Augen etwas länger. Sicher entging ihm die kleine Verpackung nicht, die in der Oberschenkelspitze ihres rechten Stumpfes steckte. Dann streckte er seine Hand aus. „Komm her zu mir." Seine Stimme klang belegt, etwas rau.

Marie blieb stehen und strich mit beiden Händen rechts und links über den feinen Chiffonstoff. „Hat dich eine Frau schon einmal ans Bett gefesselt?"

Seine rechte Augenbraue hob sich, doch sein Gesichtsausdruck wirkte neugierig, als er den Kopf schüttelte. „Wenn es dir gefällt, ich bin zu jeder Schandtat bereit."

Perfekt. Ein Hitzeschauer durchlief ihren Körper und konzentrierte sich zwischen ihren Beinen. Den hübschen Finanzberater ans Bett zu fesseln, erschloss so viele Möglichkeiten mit ihm und sein Verlangen war bereits so groß, dass er wohl tatsächlich zu allem bereit war. Marie seufzte.

Ich könnte ihn in den Wahnsinn treiben, dann seine Fesseln lösen und sehen, was passiert. Vor angestauter Gier würde er sicher über sie herfallen wie ein Tier und sie hart nehmen … Allein der Gedanke schickte heiße Blitze in ihr Geschlecht. *Beherrsch dich.* Marie atmete tief durch und schenkte ihm ein verheißungsvolles Lächeln.

„Setz dich ans Kopfende."

Langsam und mit wiegenden Hüften trat sie zum Fußteil des Bettes, während Daniel tat, wonach sie verlangt hatte. Mit dem Rücken lehnte er gegen die Sprossen und streckte freiwillig seine Arme seitlich aus. „Solange du danach keine Peitsche aus deiner kleinen Tasche ziehst, denn darauf steh ich nicht sonderlich."

„Keine Angst, ich bin keine Perverse."

Sorry, Erica … sie lachte leise auf. Mit lasziven Bewegungen kletterte sie auf das Bett, kroch auf allen vieren über die Spielweise und hockte sich auf seine Oberschenkel. Seine Erregung pulsierte aus Vorfreude über die Hautberührung. Daniel stöhnte. Der erste Chiffonschal glitt durch ihre Finger von ihrem Nacken und sie fesselte sein rechtes Handgelenk an die Bettsprossen, mit dem zweiten Schal verfuhr sie ebenso und band sein linkes Gelenk. Fest genug, dass er sich ohne ihre Hilfe nicht befreien konnte. Auch Daniel testete und zog an der Fesselung, lächelte und zuckte mit seinen Schultern.

„Jetzt bin ich dir völlig ausgeliefert."

Etwas in seine Stimme klang nach Triumph und das gefiel ihr nicht. Zur Strafe ließ sie ihn ihre Fingernägel auf der Brust spüren, bis er keuchte. Eine wohlige Gänsehaut rieselte ihre Wirbelsäule hinab, denn dieses herrliche Gefühl, über ihn zu verfügen, wie es ihr gefiel, diese Macht, seine Lust vollkommen in der Hand zu haben, war köstlich, drohte aber, sie zu übermannen. *Nicht so gierig, lass dir Zeit.* Dennoch spürte sie ihre Lust. Hartnäckig pochte ihr Geschlecht und ihre Brustspitzen zogen sich erregt zusammen. Marie rutschte auf seinen Schoß. Sein hartes Geschlecht drückte gegen ihren Venushügel. Daniel hob ihr seine Hüften noch deutlicher entgegen. Als sie sich auf ihm bewegte, kleine sachte Kreise mit ihrem Unterleib zog, stöhnte er.

„Das fühlt sich heiß an."

Sie packte mit einer Hand sein Kinn, so fest sie konnte und fixierte seinen gierigen Blick. „Das gefällt dir, was? Ich wusste es vom ersten Moment an, du stehst eher auf ein bisschen härter."

Er raunte ihr die Worte zu und das Pulsieren zwischen ihren Schamlippen steigerte sich. Neckend näherte sich ihr Mund seinem Gesicht und Daniel versuchte, sie zu küssen, doch sie ließ es nicht zu. Sie leckte seinen Hals hinab, züngelte nach seiner linken Brustwarze, bis sie sich ihrem Mund entgegenreckte. Sanft sog sie die zarte Haut ein und lauschte seinem Seufzen. Sein Becken hob sich ihr entgegen, so weit sie es zuließ. Seine

Geduld schien nur noch ein einem seidenen Faden zu hängen.

„Komm schon, du quälst mich …"

Plötzlich stoppte sie ihre Bemühungen abrupt und sah ihm in die Augen.

„Stimmt was nicht?"

Marie lächelte, kraulte ihm durch seine Brustbehaarung und betrachtete sie abschätzend. Die unausgesprochene Information sickerte nur langsam in sein Bewusstsein, doch dann schüttelte er energisch seinen Kopf.

„Vergiss es, ich mag meinen Pelz und der bleibt auch dran."

Maries Lippen formten einen Schmollmund. „Ich kann mir dir machen, was ich will. Du bist mir total ausgeliefert. Und Fell ist völlig out." Behände kletterte sie vom Bett und unter seinen Protestlauten kehrte sie mit Rasierzeug aus dem Bad zurück.

„Hör mal, das juckt wie Sau, wenn das nachwächst … hab ich schon erlebt, muss ich nicht wieder haben. Komm schon, Marie …"

Sie ließ sich von ihrem Vorhaben nicht ablenken, kniete sich erneut über seine Oberschenkel und schüttelte provokant die Rasierschaumdose. Seine Erregung hatte ein wenig nachgelassen. Marie gab einen Klecks Gel auf ihre Hand und verteilte ihn großzügig auf seiner Brust. Daniel lehnte den Kopf mit geschlossenen Augen in den Nacken, als würde er sich geschlagen geben.

„Na schön, wie du willst, ich kann dich eh nicht daran hindern."

Als jedoch das Rasiermesser in ihrer Hand aufklappte, sah er ihr panisch ins Gesicht.

„Äh, kleine Mädchen sollten wirklich nicht mit scharfen Gegenständen spielen."

Er versuchte, seine Unsicherheit zu überspielen, doch seine Augen weiteten sich immer mehr, als das Messer sich seiner Brust näherte.

„Da … da müsste doch auch noch ein normaler Nassrasierer rumliegen … Marie?"

Er hielt die Luft an, als die scharfe Klinge sanft über seine Haut glitt.

„Keine Angst, ich mach das nicht zum ersten Mal. Entspann dich, Daniel."

Geschickt und in kürzester Zeit landete seine Brustbehaarung in dem Gästehandtuch, dann wischte sie die Schaumreste ab und strich mit den Fingerspitzen über die blanke Haut.

„Seidig, weich und glatt wie ein Babypopo."

„Oder wie die Hühnerbrust eines vorpubertierenden Milchbubis."

Daniel seufzte und zuckte zusammen, als ihre Hand sich zwischen seine Beine schob und zugriff.

„Sei kein Weichei, du wirst mir noch dankbar sein. Frauen lieben weiche Haut." Sie flüsterte ihm auf die Lippen und erneut versuchte er, sie zu küssen, doch Marie zog lachend im letzten Moment ihren Kopf zurück.

„Du bist ein kleiner Teufel …"

Ihre Zunge leckte über seinen Mund, doch sie gab ihm noch immer nicht den ersehnten Kuss, neckte ihn und biss ihm sanft in den Hals.

„Ah … okay, revidiert, du bist eine Wildkatze."

Marie schnurrte in sein Ohr und kniff sachte seine rechte Brustwarze, während die Finger zwischen seinen Beinen seine Lust antrieben. Erneut beschleunigte sich sein Atem und sein Schwanz zuckte stoffbedeckt und erhitzt gegen ihre Handfläche. Küssend glitt sie an seinem Oberkörper hinab, spreizte seine Beine, bis sie mit erhobenem Hinterteil und nach vorn gebeugtem Kopf vor ihm kniete. Dieser Anblick musste ihn den letzten Rest Geduld kosten. Sie grub ihre Zähne behutsam in den Stoff seiner eng anliegenden Shorts und knabberte den pochenden Schaft entlang. Daniel zischte zwischen zusammengepressten Zähnen den Atem hindurch und seine Muskeln spannten sich. Stöhnend schloss er seine Augen und legte den Kopf in den Nacken. Marie massierte zusätzlich mit einer Hand seine prallen Hoden.

„Binde mich los …"

Atemlos riss er an seinen Fesseln, was sie ignorierte. Seine Bauchdecke zuckte, als sie den Shortbund entlangleckte und langsam den Stoff hinunterzog. Dunkelblonde, säuberlich gestutzte Löckchen kamen zum Vorschein. Sein Schwanz schwang empor, als Marie ihn endgültig befreite. Seine pralle, helle Eichel glänzte. Marie umschloss mit einer Hand den Schaft, rieb ihre Daumenkuppe kreisend über die Spitze. Selbst sein Schwanz war schön anzusehen. Daniel öffnete seine Lippen, fluchte erregt und stöhnte erneut.

„Lös die Fesseln, damit ich …"

Ihre Lippen brachten ihn zum Schweigen. Marie küsste sich den Schwanz entlang hinunter zu seinen haarlosen Hoden. Ein leises Knistern durchbrach die erotische Stille und er sah wieder zu ihr herunter. Das Kondom verschwand zwischen ihren Lippen und sie schenkte ihm ein freches Lächeln. Er wirkte überrascht und als sie ihren Mund über seine Eichel stülpte, sog er scharf den Atem in die Lungen. Je tiefer sie glitt, desto mehr spannte sich Daniels Körper. Ihre Lippen schlossen sich fest um seinen Schwanz. Das saugende Geräusch klang obszön und erregend zugleich. Seine Fäuste ballten sich so fest, dass das Weiß der Knöchel hervortrat. Immer wieder riss er an den Schals, die ihn an das Kopfteil banden. Er hob seinen Unterleib ihrem Mund entgegen, so weit er konnte, pumpte, so gut es möglich war, um tiefer in ihre Mundhöhle einzudringen. Marie jedoch behielt die Kontrolle, griff die Schwanzwurzel und massierte sie. Unter ihrem Lippenspiel wurde er noch praller, seine Hoden zogen sich zusammen. Daniel stöhnte im Rhythmus mit. *Nicht zu viel, beherrsch dich.* Marie verlangsamte das Tempo zu seiner Enttäuschung, denn Daniel stand kurz davor, zu kommen. Dann löste sie sich von ihm und lächelte verschwörerisch.

„Nicht aufhören ... bitte."

„Ich habe nicht vor, aufzuhören." Sie setzte sich ihm gegenüber auf das Bett, spreizte ihre Schenkel vor seinen gierigen Blicken und schob die Träger ihres BHs von den Schultern. Ihre Brustwarzen schmerzten fast vor Erregung und zwischen ihren Beinen pulsierte ihr Geschlecht wild vor Verlangen. Dieses Machtspielchen hatte sie so auf Touren gebracht, dass ihr Körper nach Erlösung schrie. Auf eine Hand gestützt, lehnte Marie sich zurück und rollte ihre Brustspitzen abwechselnd mit den Fingerspitzen, zwickte ein wenig und umschmeichelte sie. Daniel erstarrte vor Gier.

„Lass mich das machen ... du wirst es nicht bereuen."

Ihn ignorierend schloss sie die Augen und schickte ihre Finger auf Wanderschaft. Kreise und Achten zeichnete sie zwischen ihre Brüste und die Rippenbögen, streifte tiefer hinunter zu ihrem Bauch. Die Fingerkuppen berührten die schwarze Spitze, glitten hinab zur Hitze, die durch den zarten Stoff strahlte. Marie seufzte leise, schob die Hand unter ihr Höschen, teilte ihre geschwollenen Schamlippen und strich den feuchten Spalt entlang. Ihre Klitoris pochte wild. Noch zögerte sie das Fingerspiel hinaus, drang mit zwei Fingerkuppen in die enge nasse Öffnung und reizte ihre Geduld. Heißes Fleisch schloss sich um die Eindringlinge, als wollten sie sie gefangen halten.

„Du machst mich verrückt ..."

Er klang jetzt noch erregter und heiser vor Lust. Sie sehnte sich danach, diesen Mann zu besteigen, ihn wild und hemmungslos zu reiten und die süße köstliche Dehnung zu spüren, wenn er sie ausfüllte. Ebenso verlangte ihr Körper nach seinen kräftigen Händen, seinen küssenden Lippen, seiner lustvoll leckenden Zunge. Ihre Finger rieben die Schamlippen entlang zielsicher zu der geschwollen Perle, umkreisten und kniffen und wurden im Spiel immer schneller. Marie sank auf den Rücken, schob im Schritt den Stoff zur Seite, damit Daniel besser sehen konnte, was sie tat. Mit einer Hand öffnete sie ihre Scham, zeigte ihm alles, was sie zu bieten hatte und rieb mit dem Mittelfinger wild ihre Klitoris, verteilte ihre heiße Lust feucht auf ihrem Geschlecht. Jeder Muskel ihres Körpers spannte sich und ihre Hüften kreisten wie ferngesteuert. In ihren Ohren rauschte das Blut und hinter der Schwärze ihrer Augenlider sah sie sich mit ihm, innig verschlungen, hemmungslos vögelnd, bis sich nicht nur ihre Körper vereinten, sondern sich auch der Schweiß ihrer Haut vermischte. Die Hitzewellen schossen durch sie hindurch und ihr Atem beschleunigte sich. Wie aus weiter Ferne hörte sie ihn keuchen. Die Anspannung wurde unerträglich und dann bäumte Marie sich auf, stöhnte leise und überließ sich dem lustvollen Zucken ihres Höhepunktes.

Noch immer bebend blieb sie liegen, bis sich ihre innere Unruhe gelegt hatte, doch der Hunger war noch nicht gestillt. Sie setzte sich auf.

„Wow, das war …" Auch Daniel war völlig atemlos von dem Schauspiel und seine Augen starrten sie lüstern an.

Marie ließ ihre Fingerspitzen auf seiner linken Wade spazieren gehen und ihr Blick fixierte seine aufgerichtete Männlichkeit. Selbst eingetütet wirkte sein praller Schwanz höchst verführerisch.

„Und was fang ich jetzt mit dir an?"

„Oh, da würden mir einige Sachen einfallen. Wenn du mich losbindest, zeig ich es dir."

Er wollte wohl gefährlich klingen, geheimnisvoll, aber seine vor Erregung belegte Stimme verriet ihn. Und sie hatte auch nicht vor, ihn loszubinden. Marie setzte sich auf ihre Unterschenkel und schmunzelte.

„Davon bin ich überzeugt …" Sie zog ihm die Shorts bis zu den Knien herunter und er beleckte seine trocken gewordenen Lippen.

„Setz dich auf mich, ich bin bereit, kleiner Teufel."

Seine Bezeichnung summte in ihrem Inneren nach.

„Mach weiter!"

Ihre Aufforderung überraschte ihn sichtlich, doch er verstand.

„Komm schon, fick mich."

Und wenn sie ihn jetzt doch losbinden würde? Die Kontrolle zu behalten, war ihr zu wichtig, egal wie erregt sie war, egal, wie sehr der lüsterne Hunger danach schrie. Sein Schwanz zuckte gegen seine Bauchdecke, bereit für sie. Mit gespreizten Beinen kniete sie sich über seinen Schoß, griff zwischen ihre Schenkel und umschloss sein hartes Geschlecht. Ein leiser Zischlaut entwich seinen zusammengepressten Lippen. Seine Augen fixierten ihre Hand, die sich fest um seinen Schaft schloss. Gier stand ihm ins Gesicht gezeichnet und schickte Hitzewellen durch ihren Unterleib. Marie dirigierte seine Spitze zwischen ihre Schamlippen. Stück für Stück nahm sie ihn tiefer in sich auf, bis sie gänzlich auf seinem Schoß saß. Vorgebeugt fixierte sie seinen Blick. Das Pulsieren seines Schwanzes tief in ihrem Leib wirkte wie Vibrationen und durchzuckte wild ihr heißes Fleisch. Es war so verdammt lang her und fühlte sich satt und wunderbar an.

Daniel knurrte leise, schob ihr den Unterleib entgegen und hob sie mit sich vom Bett. Ihr Leichtgewicht drückte dagegen und der süße Schmerz durchfuhr sie wie ein Blitz. Mit kreisenden Bewegungen ihrer Hüften begannen sie den leidenschaftlichen Paarungstanz, wechselten in rollende Vor- und Rückwärtsbewegungen. Er drängte, forderte wortlos nach mehr.

Sie gab ihm nach. Ihr Schoß glitt vor und zurück. Sie spürte die Reibung seiner pochenden Blutbahnen auf der Oberfläche seines Schwanzes deutlich an ihrer nassen Seide, die ihn eng umschloss. Die Hitze nahm zu und konzentrierte sich zwischen ihren Schamlippen. Als sie kam, bog Marie den Kopf weit in den Nacken, stöhnte heiser die Lust aus sich hinaus und schloss die Lider. Ihre Nägel krallten sich in die frischrasierte Brust. Sie bemerkte kaum den schmerzverzerrten Keuchlaut, den Daniel von sich gab. Sanfte Zuckungen schickten erlösende Blitze durch ihre Muskeln, entspannten ihren Körper. Marie seufzte selig auf. Vor ihrem inneren Auge explodierten Farben in der Dunkelheit. Doch etwas war falsch. *Sein* Gesicht tauchte vor ihr auf. Die Erinnerung an diesen erdrutschartigen Höhepunkt allein durch *sein* Fingerspiel. Verdammt!

Marie hielt inne, starrte auf Daniel hinab.

„Was ist los?"

Sie schüttelte den Kopf, bemüht, die Gedanken zu verdrängen, doch es gelang ihr einfach nicht. *Sein* höhnisches Lachen schien ihren Kopf auszufüllen. Daniels Standhaftigkeit hatte einen genialen Orgasmus versprochen, doch der Vergleich zu Stuarts Fingerspiel verwirrte sie. Das war nicht fair. Weder der Vergleich noch der Gedanke. Marie fluchte innerlich, löste sich von Daniels Schoß und blieb neben ihm sitzen.

„Marie?"

„Ich kann nicht. Sorry."

„Was?"

Er riss an seinen Fesseln, sah ihr fassungslos nach, als sie ins Bad eilte. Stuarts Gesicht wollte einfach nicht verschwinden und sein Lachen dröhnte in ihren Ohren. Verdammter Bastard! Mieser verfluchter Mistkerl! Das war nicht richtig. Das schlechte Gewissen regte sich, als sie angezogen ins Schlafzimmer zurückkehrte. Daniels Männlichkeit war weich geworden und das Kondom mit Erdbeergeschmack warf Falten.

„Hab ich etwas falsch gemacht?"

Sie keuchte verzweifelt auf. *Nein, nicht auch noch das.* Jetzt gab dieser süße Kerl sich auch noch die Schuld.

„Nein, es liegt an mir. Tut mir leid. Wirklich, aber wenn der Kopf nicht mitspielt, hat das einfach keinen Sinn." Sie löste seine Fesseln und wich seiner Geste aus, sie in die Arme ziehen zu wollen. Wenn er sie jetzt auch noch verständnisvoll trösten wollte, wäre alles vorbei. Das sollte doch einfach nur ein guter, geiler Fick werden, verdammt.

„Hey, wenn du willst, dann erzähl mir, was in deinem Kopf vorgeht."

Ein amüsiertes Lachen drang aus ihrer Kehle und sie sah ihn ernst an.

„Wir kennen uns wie lange? Drei Stunden? Daniel, dass du nicht zum Zug gekommen bist, ist ..."

„Nein, ist schon okay. Lieber so als falsche Tatsachen vorspielen." Er rieb seine geröteten Handgelenke, schlang sich eins der Bettlaken um die Hüften und begleitete sie zur Tür. „Bist du sicher, dass du gehen willst?"

Sie nickte, mochte ihm nicht mehr ins Gesicht sehen. Darin lagen zu viel liebevolles Verständnis und eine Engelsgeduld.

„Deine Verlobte hat wirklich Glück."

„Du hast sicherlich nichts dagegen, wenn ich es ihr nicht ausrichte."

„Gute Nacht, Daniel."

Sie lief den Flur entlang, bis sie die Treppe erreichte. Sie lauschte dem leisen Klicken, das zeigte, dass er die Tür geschlossen hatte. Das war alles nicht so geplant. Verdammt, wie oft war das jetzt schon geschehen, seit sie diesem Kerl begegnet war.

Die frische Nachtluft füllte ihre Lungen, brachte jedoch keine Linderung in ihr erhitztes Gemüt. Wie schaffte es dieser Mann, eine solche Reichweite zu erlangen? Es war schlichtweg frustrierend, an ihn im ungünstigsten Moment denken zu müssen. Marie griff sich an den Hals, als könne sie seine Hand noch immer spüren. Die blauen Augen vor sich sehen, die sich zu verdunkeln schienen, als er sie musternd betrachtet hatte. Ihre Pomuskeln zuckten, als würde sie seine demütigenden Schläge noch einmal erleben. Mit beiden Händen bedeckte sie ihr Gesicht, bewegte den Kopf, als wollte sie die Erinnerungen abschütteln.

„Unglaublich, dieser Mann."

Der Taxifahrer senkte das Beifahrerfenster. „Haben Sie ein Taxi bestellt?"

Maries Blick glitt die Hauswand empor zu einem der beleuchteten Fenster. Daniel stand mit einem sanften Lächeln da, hob zum Abschied die Hand. Das hatte sie wirklich nicht verdient. Ohne eine erwidernde Geste stieg sie ein. Marie schloss die Augen und lehnte den Kopf zurück, während ihre Gedanken abdrifteten.

Eine Hochzeitsparty, leise Musik, Gelächter, Gespräche und plötzlich erfüllte eine bekannte Stimme rau, leise und amüsiert klingend ihren Kopf. Schlagartig öffneten sich ihre Lider. Nein. Nicht das. Daran wollte sie jetzt nicht denken. Ihre Zornesfalte zwischen den Augenbrauen vertiefte sich und sie versuchte händeringend, an etwas anderes zu denken. Aber es gelang ihr nicht mehr … *Verdammter Mistkerl!*

Vier Wochen, zwei länger als geplant, hatten Simon und Erica ihre Flitter-wochen in Italien verbracht. Die Erzählungen sprudelten aus ihrer besten Freundin, während sie am frühen Morgen ihre Umzugskartons in der Küche auspackte. Erica wirkte wie ausgewechselt, seit sie Simon DiLucca begegnet war und durch ihn ihre devote Ader kennengelernt hatte. Sie sprühte vor Energie und wirkte wie der Inbegriff von Erfolg auf ganzer Linie. Nicht nur ihr Liebesleben schien ein Feuerwerk zu sein, ihre Karriere stieg ebenfalls die Leiter immer höher hinauf.

„Ich wäre am liebsten überhaupt nicht wiedergekommen. Es war einfach traumhaft." Erica seufzte innig und lächelte vor sich hin. „Oh, ähm, übrigens ..." Sie kramte auf dem Küchentisch durch Papiere, Post und Zeitschriften, bis sie eine Karte in den Händen hielt und Marie ansah. „Gehst du zu Terrys Gedenkfeier?"

Dieser schnelle Themenwechsel ließ Maries amüsierten Gesichtsausdruck langsam verblassen. Sie zog die Stirn kraus und senkte den Blick zu Boden.

„Ihre Mutter würde sich freuen, wenn du es diesmal hinschaffst." Erica legte die Einladung mit schwarzem Rahmen und zierlichen Lettern auf die Arbeitsplatte, gut sichtbar für ihre Freundin und wartete auf eine Antwort. „Komm schon, Marie, ich weiß, das ist nicht leicht für dich. Mrs. Montgomery hat mir sogar eine Nachricht auf dem AB hinterlassen, damit ich dich überrede."

Marie knabberte auf ihrer Unterlippe und schüttelte langsam den Kopf. „Ich kannte sie nicht mal richtig."

Teresa Montgomery war auf der Highschool der typische amerikanische Cheerleadertraum; hübsch, beliebt und mit dem Fullback der Football-mannschaft zusammen. Auf einer Poolparty hatte sie sich mit ihrem hübschen Freund in das Gartenhaus zurückgezogen. Kurze Zeit später war durch einen Kurzschluss ein Feuer ausgebrochen. Der Freund schaffte es mit leichten Verletzungen aus der Gartenlaube, Teresas Schreie hingegen dröhnten selbst heute noch, nach fast zwanzig Jahren, in Maries Ohren. Sie betrachtete die Karte, zog die Fingerspitzen zurück, bevor sie das Papier berührte, als ob es heiß wäre. Teresa und sie waren nie beste Freunde ge-wesen, kannten sich nur aus den Kursen, die sie gemeinsam besuchten. Während Terry zu den beliebtesten Schülerinnen zählte, war Marie als Punk eher Mitglied im Freakclub gewesen.

„Was soll ich da?"

„Teilnehmen?"

Erica wusste, was in Marie vorging. Sie war da. Sie hatte zugesehen, wie ihre beste Freundin ohne Rücksicht auf Verluste, ohne Angst und Bedenken in dieses brennende Gartenhaus gelaufen war, um Terry zu retten. Die Feuerwehr brauchte zu lange und Marie in ihrer Furchtlosigkeit und Impulsivität achtete nicht auf eigene Schäden.

Erica streichelte ihre Schulter, lächelte aufmunternd und hätte sie offenbar gern umarmt, tat es jedoch nicht. „Marie, du bist ..."

Maries erhobene Handflächen wehrten die tröstenden Worte ab. „Sie ist tot. Egal wie man es dreht und wendet, sie ist gestorben."

Ihr damals hüftlanges dunkelrotes Haar war fast vollständig verbrannt, als sie Teresa aus den Flammen ins Freie gezogen hatte. Der linke Arm und die Schulter warfen Brandblasen. Voll Adrenalin in ihrem Körper hatte Marie nicht einmal den Schmerz gespürt. Drei Tage später starb Teresa an den Verletzungen. Die Rauchgase hatten ihre Lungen verätzt, zu schwer, um sie noch retten zu können. Marie war für ein Mädchen, das sie kaum kannte, durchs Feuer gegangen und ihr Tod hatte sie schwer getroffen.

„Es reißt alte Wunden auf, ich weiß. Aber Terrys Mutter würde sich wirklich freuen, dich zu sehen. Niemand sonst wäre da reingerannt. Aber du hast es getan."

„Erica, tut mir leid, aber ich ertrage ihre Dankbarkeit nicht. Ich kann das einfach nicht. Terry wäre jetzt so alt wie wir, hätte wahrscheinlich einen Stall voll Kinder mit Chris und wäre glücklich und zufrieden. Aber das ist sie nicht. Sie war erst siebzehn, und während sich unsere Welt weitergedreht hat, hat ihre Mutter um ihr Mädchen getrauert und nie damit aufgehört. Ich kann das nicht, ich kann dieser Frau nicht in die Augen sehen."

Diese Unterhaltung führten sie fast jährlich und immer wieder musste es für ihre Freundin klingen, als ob Marie es bereute, das Feuer überlebt zu haben. Diesmal zog Erica sie in ihre Arme und hielt sie fest umschlungen. „Schon gut, du musst ja nicht hingehen."

Erica löste die Umarmung und warf lächelnd ihre Hände in die Höhe. Erneut stürzte sie sich voller Elan auf eine Umzugskiste. „Ich hätte nie gedacht, dass ich so viel Kram in meiner Bude gesammelt habe."

Marie seufzte dankbar für den Themenwechsel, schob die Einladung mit den Fingerspitzen aus ihrem Blickfeld und half, eine Kiste auf die Arbeitsfläche zu heben.

„Kannst du das mal halten?"

Erica drückte ihr eine Rolle Frischhaltefolie in die Hände. Sie erstarrte. Nie wieder in ihrem Leben würde sie Frischhaltefolie als das betrachten, was sie eigentlich war. Marie legte die Rolle mit spitzen Fingern auf die Arbeitsplatte, betrachtete das Küchenutensil wie eine Mordwaffe.

„Alles okay mit dir?"

„Was? Ähm, ja, mir geht's super."

Der skeptische Blick ihrer Freundin brachte sie zum Lächeln, obwohl ihr nicht danach war. Als Erica anrief, um ihr mitzuteilen, dass sie zurück sei, war sie erleichtert. Marie wollte dringend mit ihr sprechen, ihr alles erzählen.

„Wusstest du, dass Stuart ein Gestüt besitzt?"

Da war es wieder, was Marie daran hinderte, sich ihrer Freundin zu offenbaren. Diese Neckereien tauchten aus dem Nichts auf. Was zum Teufel wusste sie? Zu fragen würde einem Geständnis gleichkommen.

„Habt ihr euch eigentlich zwischendurch getroffen?"

Marie wandte ihr den Rücken zu. Die Fäuste ballend biss sie die Zähne aufeinander. Sie hörte das Grinsen in Ericas Stimme deutlich. Sie wusste etwas.

„Okay, Missie. Was bezweckst du damit?"

Ihr unschuldiger Blick wirkte bei der langjährigen Freundschaft nicht. Marie hob fordernd ihre Augenbrauen.

„Ich hab dich gesehen."

Erica war bemüht, ihr Lachen zu unterdrücken, räusperte sich, doch Marie wusste, worauf das hinauslief.

„Na gut, es ist passiert. Er hat sein Versprechen eingelöst, er hat gezeigt, was für ein Kerl er ist. Und? Tss ... er ist ein Mistkerl und ich kann ihn nicht ausstehen."

„Sicher, ich glaube dir jedes Wort. Ich kenne dich, Marie, ganz so spurlos, wie du behauptest, ist er nicht an dir vorbeigegangen."

„Wir hatten eine gute Zeit. Du solltest in solche Dinge nicht mehr hinein-interpretieren, als es den Anschein hat. Seit dem Tag nach der Hochzeit hab ich ihn nicht wiedergesehen. Das war eine einmalige Sache."

„Tag nach der Hochzeit? Moment, ihr habt die Nacht und den nächsten Tag miteinander verbracht?"

„Nein, haben wir nicht."

„Hat er dir seine Peitschensammlung gezeigt?"

Genervt rollte Marie mit den Augen und griff nach ihrer Handtasche. Der erneute Blick auf die Frischhaltefolie ließ sie für einen Moment innehalten.

„Ich muss jetzt zur Arbeit."

„Oh, komm, jetzt lenk nicht vom Thema ab."

„Ich komme zu spät."

Marie lächelte, obwohl sie Erica deutlich das Wissen ansah, wie peinlich ihr der Vorfall sein musste.

Noch vor Ende der Hochzeitsfeier wirst du quietschend in meinen Armen liegen!

Verdammt, dieser Typ hatte sie eiskalt erwischt. Und dieser Satz schwebte über ihrem Kopf wie ein blinkendes Warnschild. Sie hätte es besser wissen sollen, aber das Spiel mit dem Feuer war verführerisch. Sie hatte das Schicksal herausgefordert und den zugegeben erregenden Preis dafür bezahlt.

Sonst verlief ihr Spiel wie eine Art Test, um herauszufinden, wie groß das Interesse tatsächlich war, und gleichzeitig steckte sie ihre Grenzen ab. Eigentlich konnte sie nur gewinnen. Wenn ein Mann sich darauf einließ, gab es zwei mögliche Endungen für ihn. Entweder verlor er nach längerem Katz und Maus Spiel das Interesse oder er entpuppte sich als Manns genug, sich ihrer Herausforderung zu stellen. Schlussendlich schafften es nur die Auserwählten in ihr Bett. Sie ließ sie unglaublich gern zappeln. Marie reichte ihnen sprichwörtlich nur den kleinen Finger, schürte ihre Hoffnung und ließ sie kurz vor der Wohnungstür mit einem Wangenkuss sichtlich abstürzen. Erica hatte das einmal mit BDSM verglichen und sie lachend eine fiese kleine Gefühlsdomina genannt. Wenn man es genauer betrachtete, musste Marie zugeben, dass diese Idee nicht so weit hergeholt klang. Sie behielt gern die Kontrolle, wollte stets selbst entscheiden, wie das Spiel weiterging. Zuckerbrot und Peitsche, jedoch verbaler Art, das war Maries Spezialgebiet.

Doch bei Stuart geriet sie dafür an den falschen Mann. Der dominante Kerl war der Herausforderung gefolgt und hatte ihr Spiel gegen sie gerichtet. Am Ende hatte er bewiesen, dass er durchaus in der Lage war, sie in den Griff zu bekommen. Das nagte an ihrem Selbstbewusstsein. Schlimm genug, denn die Wochen danach hatten die Empfindungen noch geschürt, statt in Vergessenheit zu versinken.

„Ich ruf dich an, Liebes."

Erica gab auf, küsste Marie auf die Wange und ließ sie gehen. Marie stieg in ihren Wagen und fuhr los. Auf der Fahrt zur Herrenboutique, in der sie als Beraterin arbeitete, umfasste sie das Lenkrad ihres Wagens so fest, dass ihre Fingerknöchel sich weiß färbten. Seit diesem Erlebnis spukte der Mann in ihrem Kopf herum und das machte sie wahnsinnig. Durch Zufall hatte sie auch noch seine Nummer in ihrem Handy entdeckt.

Seine Unverschämtheit ist wirklich nicht zu überbieten.

Mehrfach hatte sie seinen Namen auf dem Display angestarrt und doch nicht auf Anwahl gedrückt. Ständig musste sie an die Nacht mit Daniel denken, die wegen Stuart in einem Desaster geendet hatte. Ihr Bauchgefühl bettelte regelrecht danach, aber ihr Verstand stellte klar, dass sie niemals einem Mann hinterherrennen würde, egal, wie faszinierend und heiß er sein mochte. Ihr Stolz ließ es nicht zu, schließlich war sie es anders gewohnt. Es fiel ihr verdammt schwer, an ihn zu denken und nicht nachzugeben.

Marie betrachtete ihre Augen im Rückspiegel, als sie an einer roten Ampel warten musste, und erkannte ein Lächeln darin. Kopfschüttelnd erinnerte sie sich an die wortreichen Gefechte mit Erica bei ihrem BDSM-Coming Out. *Himmel, was hab ich ihr da alles an den Kopf geworfen?* Und jetzt bekam sie diesen Master Stuart kaum mehr aus ihren Gedanken. Ihre Abenteuerlust rief ihr ins linke Ohr: Ruf ihn an. Und ihr Stolz flüsterte ins rechte: Zum Teufel mit dem Kerl. Ihr Bauchgefühl kribbelte wohlig bei dem Gedanken, noch mehr davon zu erleben. Die Nummer mit dem Hinternversohlen hatte ihr überhaupt nicht gepasst. Noch war Marie nicht so weit, sich die erregende Seite des Spankings einzugestehen. Er hatte einen tagelangen Eindruck hinterlassen, was sie obendrein noch eine Art Demütigung nachträglich spüren ließ. Ihr waren recht schnell die Erklärungen ausgegangen, wenn sie sich wieder einmal mit leicht verzerrtem Gesicht irgendwohin setzte und man sie danach fragte. Das hatte sich bisher noch keiner getraut. Nie war ein Mann so forsch und unverschämt mit ihr umgegangen und hatte sich einfach genommen, wonach ihm der Sinn stand. Das Eingeständnis, wie sehr es ihr gefallen hatte, sprach sie niemals aus. Doch selbst jetzt noch spürte Marie ein süßes Ziehen in ihrem Schoß, wenn sie nur daran dachte und ihr Herzschlag beschleunigte sich.

Dich, kleine Zicke, werde ich auch noch zähmen.

In ihrem Kopf klang das Echo seiner lachenden Stimme, als säße er direkt neben ihr. Ein wohliger Schauer kroch ihr die Wirbelsäule hinunter. *Reiß dich endlich zusammen, der Typ ist ein Perverser.* Bei dem Ausdruck musste sie laut auflachen. Der Master war nicht bis zum Äußersten gegangen, was sie im Nachhinein betrachtet bedauerte. Während des kleinen Intermezzos hatte sie deutlich seine Härte gespürt, prall, dick und zuckend. War das typisch für BDSM? Hatte er nur seinen Sadismus gestillt? Oder war es seine Art Spiel, den Sex vorzuenthalten? Auch wenn die Fragen ihr auf der Seele brannten, würde sie garantiert nicht Erica um Rat fragen, denn das würde bedeuten, sich zu outen. Die kleinen Seitenhiebe von eben hatten ihr vorerst gereicht und würden sicherlich noch einige Zeit anhalten. Auch Erica besaß eine fiese kleine sadistische Ader.

Wie fühlt er sich an? Wie es wohl ist, seine nackte Haut auf meinem Körper zu spüren? Er hat so verflucht gut gerochen und …

Marie seufzte verzweifelt, legte ihre Stirn gegen das Lenkrad und schüttelte langsam den Kopf. An dieser inneren Unruhe verzweifelte sie langsam. *Konzentrier dich!* Als sie sich aufrichtete, fiel ihr Blick auf die Uhr im Armaturenbrett. Der Job rief, wenigstens in der Boutique würde sie hoffentlich nicht ständig an ihn denken müssen. Marie stieg aus dem Wagen, blickte zum sonnigen Himmel und hoffte auf verdammt viel Kundschaft.

Bevor sie den Laden des Herrenausstatters betrat, kontrollierte sie ihr schwarzes Kostüm mit dem knielangen Etuirock, der smaragdgrünen Seidenbluse und der Taillenweste. In dem Outfit wirkte ihre Figur noch zierlicher und zerbrechlicher auf einsfünfundsechzig in sieben Zentimetern

Lederpumps. Sie strich über das glatte kinnlange Haar, das in der Morgensonne dunkel rot leuchtete und wischte sich einen Fussel aus dem Augenlid. Katzenaugen, hatte einer ihrer Verehrer gesagt. Dunkelgrün und mit schwarzem Lidstrich noch deutlicher hervorgehoben. Für einen Augenblick sah sie im Spiegel des Schaufensters den schrillen lila gefärbten Haarschopf, das Lippenpiercing, die abgewetzte Lederjacke und den kurzen Schottenrock mit Overknee Strümpfen in grün und schwarz geringelt. Das Punkmädchen mit dem Hundehalsband aus den Achtzigern war heute eine edel gekleidete, fünfunddreißigjährige Topverkäuferin in einem teuren Herrenausstattergeschäft. Hätte man ihr damals gesagt, dass aus ihr einmal so etwas werden würde, hätte sie demjenigen frech grinsend den Mittelfinger entgegengestreckt. Marie zwinkerte dem Spiegelbild der frechen Punkerin zu, straffte ihre Schultern und betrat den Laden. Innerlich war sie noch immer die Rebellin mit frecher Klappe und aufbrausender Leidenschaft, doch professionell genug, um auf der Arbeit elegant, kompetent und freundlich zu sein.

Sie liebte ihren Beruf, genoss die Aufmerksamkeit der zumeist männlichen Kunden, die ihren fachlichen Rat gern entgegennahmen, wenn es um edle Anzüge, Krawatten oder die Wahl der richtigen Manschettenknöpfe ging. Sie mochte den einfachen und geradlinigen Geschmack der Männer, niemals unentschlossen, genau wissend, was sie wollten. Frauen hingegen gingen oft mit der Idee eines neuen Mantels los und kehrten mit Tüten voller Tops, Röcken, Hosen und vor allem Schuhen zurück. Marie war da keine Ausnahme. Doch Herren bei Kleidungsfragen zu beraten, war völlig anders.

Während Marie mit Paul, dem zweiten Verkäufer, die anstehenden Termine besprach, schlenderte ein junger Mann in Markenjeans, lässigem Armanisakko und teurer Breitlinguhr am Handgelenk ins Geschäft und sah sich um. Paul stupste Marie mit dem Ellbogen an und nickte in die Richtung des Kunden, mit einem speziellen Lächeln.

Seit Wochen kam Jamie Manson regelmäßig in die Herrenboutique und ließ sich von Marie die neuesten Waren zeigen. Sie schätzte ihn auf maximal Anfang zwanzig. Seine azurblauen Augen, sein sanftes, jungenhaftes Lächeln, dazu die blonden, schulterlangen Locken, ließen ihn wie einen Engel wirken, dem man alles durchgehen ließ, wenn man naiv genug war, diesem charmant wirkenden Eindruck zu glauben. Allerdings war deutlich ersichtlich, dass ihm die Welt gehörte und alles, was sich in ihr befand. Der Berufssohn war scheinbar nie der Highschool entwachsen und benahm sich noch immer wie ein Teenager, der glaubte, jede Frau in sein Bett zu bekommen. Entsprechend benahmen sich auch seine Freunde, doch sie waren gute Kunden der Boutique und Marie zwang sich, freundlich zu sein, auch wenn es oft schwerfiel. Ihre Väter waren anerkannte und gute Geschäftsmänner, die ebenfalls viel Geld im Laden ließen und mit dieser Sorte Reichtum legte man sich besser nicht an.

Auch diesmal bestand Jamie auf Maries Beratung und ignorierte Paul. Er hatte nur Augen für sie und schien an ihren Lippen zu kleben, während sie ihm verschiedene neue Modelle aus New York präsentierte.

„Den nehme ich." Jamie drehte sich mit einem süffisanten Lächeln in dem dunkelblauen Zweireiher vor dem großen Spiegel hin und her und sah Marie an.

„Er steht Ihnen ausgezeichnet, passt perfekt zu Ihrer schlanken Figur und lässt Sie sehr elegant wirken. Gibt es einen besonderen Anlass, zu dem Sie ihn tragen möchten?"

„Eine Party mit Geschäftsfreunden der Familie."

Marie nickte unbeeindruckt von dem Wink mit dem goldenen Zaunpfahl und nahm die Kleidungsstücke entgegen, während Jamie sich hinter einem Vorhang wieder umzog. Das Licht durchschien den hellen Stoff und ließ die schlanken und muskulösen Körperkonturen erahnen. Es fiel Marie schwer, nicht doch einen kleinen Blick zu riskieren, denn schließlich war dieser straffe Körper eine echte Augenweide, wenn man von den charakterlichen Defiziten einmal absah.

„Eine Dinnerparty oder eher ein offizielles Meeting?"

Er trat aus der Kabine und blieb so nah vor ihr stehen, dass kaum mehr ein Blatt Papier zwischen ihnen Platz fand. Ein seichtes, wohliges Kribbeln breitete sich in Maries Bauch aus, das sie ungern zuließ.

„Sowohl als auch. Was machst du heute Abend, Schönheit?"

Er roch unverschämt gut, aber dieser musternde Blick, der ihr Gesicht studierte, gefiel ihr ganz und gar nicht. Schweigend wollte sie sich abwenden, als er nach ihrem Arm griff.

„Geh mit mir Essen, Süße. Ich verspreche dir, das wirst du nicht bereuen. Futtern, ein bisschen Tanzen und dann runden wir das Ganze in meinem Bett ab."

Sie räusperte sich, fühlte, wie sich seine Hüften wie zu einem unhörbaren Takt bewegten, und unterdrückte den Impuls, mit den Augen rollen zu wollen. Marie spürte, wie ein Teil in ihr auf dieses hübsche Gesicht und den festen starken Körper reagierte und niedere Instinkte weckte. Würde man ihm vielleicht den Mund zutackern und wäre er etwas älter, wäre er vielleicht eine Sünde wert. Marie suchte nach einer höflichen und in Watte gepackten Abfuhr.

„Mr. Manson, Sie …"

„Nenn mich Jamie, Baby."

Sein Lächeln erreichte nicht seine Augen, aber ihr Herz setzte für einen

Moment aus, schlug wild weiter und Ungeduld erhitzte ihr Gemüt. *Reiß dich zusammen, Marie. Du liebst deinen Job und er ist es nicht wert.* Einerseits zuckte es in ihren Fingern, ihm eine Ohrfeige zu verpassen, andererseits hätte sie ihm viel lieber eine ordentliche Standpauke gehalten. Jamie Manson ging ihr nicht nur auf die Nerven, er war einfach ungehobelt, unverschämt und schlicht und ergreifend ein Großkotz. Sie nahm einen tiefen Atemzug, um ihr aufgewühltes Gemüt zu beruhigen. Jamie hingegen verstand es wohl zu gern falsch und beugte sich zu ihr herab.

„Ich weiß genau, was eine Frau wie du braucht."

Diese Zweideutigkeit in seiner Stimme kostete sie fast ihre Beherrschung. In ihr kämpfte die Professionalität mit der Impulsivität. Letztere war eindeutig dafür, diesem Möchtegerncasanova direkt vor die Füße zu kotzen. Schon zu ihrer Highschoolzeit hasste sie diese Art von Typen, die glaubten, unwiderstehlich zu sein. *Lass dich nicht zu etwas hinreißen, was du später bitter bereust. Er ist es wirklich nicht wert, deinen Job zu riskieren.*

Marie lächelte freundlich, straffte ihre Schultern und sah dem jungen Mann ins Gesicht.

„Jamie, Sie sind sehr nett und ein guter Kunde, aber die Firmenpolitik verbietet es einfach."

„Süße, du machst mich fertig. Das ist jetzt schon das dritte Mal, dass du mir mein Herz brichst. Mir ist die Politik egal, vor allem, wenn ich einen so niedlichen Hasen wie dich auserwählt habe. Ich träume schon davon, dich …"

„Bezahlen Sie bar oder mit Karte?"

Mit einem arroganten Zwinkern zückte er die Platinkarte, nahm die Einkaufstasche von dem Kassentresen, nachdem Marie eiligst kassiert hatte, und verließ das Geschäft. Paul lehnte sich verträumt seufzend neben Marie auf den Glastisch.

„Dieser Hintern ist göttlich und dieses Gesicht von Michelangelo persönlich gemalt. Was würde ich für eine solche Einladung tun."

Sie lachte leise und stieß ihn sanft an. „Das möchte ich mir nicht mal vorstellen."

Paul war einer der nettesten und süßesten bisexuellen Männer, die Marie kannte. Nach Feierabend verwandelte sich Paul in eine Gesangsdiva namens Paula Conetti und sah immer umwerfend perfekt aus. Seit zwei Jahren arbeiteten sie zusammen und Paul war ihr vom ersten Augenblick an sympathisch gewesen. Oft war sie seiner Einladung in diverse Bars und Clubs der Stadt gefolgt, um ihn/sie singen zu hören, denn die Diva Paula Conetti, die Paul nicht immer ganz ablegen konnte, besaß ein wahres Goldkehlchen.

„Du solltest ihn nicht abwimmeln. Offenbar steht die junge Sahneschnitte auf dich reifes Früchtchen. Jamie ... allein der Name ist zum Niederknien hinreißend. Du weißt nicht, was du verpasst, Herzchen. Junge Männer sind wie ein Jungbrunnen, aufregend, heiß und sie wecken die ursprünglichsten Begierden in den Tiefen deiner dunklen, naturgeilen Seele. Hmm ..."

„Ich könnte fast seine Mutter sein."

„Oh bitte ... jetzt werd mir bloß nicht bieder. Ich hab gesehen, wie du auf ihn reagierst. Du solltest ihm wirklich einen Versuch geben, du würdest dich wundern. Außerdem, was sind schlappe elf Jahre Altersunterschied heute noch? Wenn alte Säcke sich mit jungen Hühnchen schmücken, warum sollte eine attraktive, sexy Lady wie du sich nicht auch mal was Hübsches, Junges, Knackiges gönnen. Denk an Demi Moore, Madonna, Cher. Diese Frauen haben es wirklich drauf."

Er bestrich sich mit Daumen und Zeigefinger die gezupften Augenbrauen und schmunzelte verträumt. „Findest du nicht, dass deine Einstellung diesbezüglich etwas staubig wirkt?" Paul musterte sie von Kopf bis Fuß, ergriff ihre Hände und drehte sie einmal um sich selbst. „Außerdem gehst du locker für Ende zwanzig durch. Allerdings solltest du dein Outfit etwas anpassen. Mal im Ernst, was spricht dagegen? Sogar ich nasche ab und an gern an jungem Gemüse und ich kann dir nur eins sagen: Etwas Köstlicheres als einen unverbrauchten, frischen Körper voller Hormone gibt es nicht. Das wirkt wie eine Frischzellenkur."

Marie seufzte und bemühte sich, den Gedanken daran, mit Jamie durch irgendwelche Kissen zu wühlen, abzuwenden.

„Er sieht gut aus und ja, er ist sexy, aber ich bin zu alt für ihn. Ich bin fünfunddreißig und nicht Madonna, nicht Cher und schon gar nicht Demi Moore, Paul. Ich brauche einen Mann mit Erfahrungen, einem Leben. Jemand, der mir was erzählen kann und der mit mir wenigstens annähernd auf einer Wellenlänge schwimmt. Er ist wie ein ewiger Teenager und charakterlich nicht mein Typ. Männer in meinem Alter sind viel interessanter, spannender und ..."

„Und haben oft Potenzprobleme, Torschlusspanik, ein angeknackstes Ego und von verflossenen Ex-Beziehungen oftmals einen psychischen Schaden davongetragen. Ja, das ist äußerst spannend und interessant."

Sie lachte über seine Ironie.

„Mal ehrlich, worüber soll ich mit so einem jungen Bengel reden? Über Highschoolfootball? Den Homecomingball seiner Schule? Soll ich ihm Händchenhalten bei den Höllenwochen seiner Studentenverbindung? Komm schon, sei ehrlich. Ich bin froh, dass ich meine Jugend fast schadlos überstanden habe. Ich mochte diese reichen Schönlinge damals schon nicht. Mir ist nicht danach, es zu wiederholen. Ich hab nicht das Gefühl, etwas verpasst zu haben, das sich lohnt, noch erleben zu wollen. Ich bin gern eine Ü-dreißig. Ich habe meine Erfahrungen gesammelt, weiß, was ich will, und vor allem weiß ich, was ich nicht will. Was glaubst du, kann mir so ein Junge im Bett bieten, wenn ich mich schon nicht auf einem geistigen Niveau mit ihm unterhalten kann?"

Paul lachte aus tiefster Brust und bekam sich kaum mehr ein. „Du redest wie meine Oma und selbst ihr Freund ist etliche Jahre jünger. Wenn ich eins aus meinem Erfahrungswert mit solchen Engelchen sagen kann, Herzchen, dann vor allem das: Diese Jungs haben es faustdick hinter den Ohren. Vertrau mir. Wie sagte Madonna einmal? Sie wissen nicht, was sie tun, aber sie tun es die ganze Nacht lang ..."

Die intim frivole Unterhaltung wurde von einem Terminkunden, der gerade das Geschäft betrat, jäh unterbrochen und Paul wurde wieder ganz der Verkäufer. Das Telefon klingelte.

„Mens Only, mein Name ist Marie Lancaster. Wie kann ich Ihnen behilflich sein?" Marie flötete fröhlich den Ansagetext in den Hörer und lächelte.

„Oh, du bist's, hi Erica."

Die kurzfristige Einladung zu einem Dinner bei dem frischgebackenen DiLucca-Pärchen kam ihr gerade recht. Schließlich hatte sich für Erica seit der Begegnung mit Simon so vieles in ihrem Leben geändert, nicht nur in beruflicher Hinsicht. Die gefragte Innenausstatterin nahm Termine an der Seite ihres reichen und öffentlich bekannten Ehegatten wahr, was demnach kaum mehr Zeit ließ für Marie. Seit der Restauranteröffnung des „Private Room" konnte Erica sich kaum mehr vor Aufträgen retten, flog durch die halbe Welt und restaurierte alte und neue Villen der Prominenz. Sie gab Bürokomplexen namhafter Wirtschaftsmagnaten einen neuen Look und glänzte an Simons Seite auf Promipartys und Wohltätigkeitsveranstaltungen. Marie beneidete sie keinen Deut darum, das war nicht ihre Welt. Aufgesetzte gute Laune, ein nahezu ins Gesicht getackertes Lächeln, oberflächliche Konversation, Bussi-Bussi Begrüßungen, spitzzüngige Lästereien, plastische Chirurgie, so weit das Auge blickte. Das war wie ein Freizeitpark ohne Achterbahn, stinkend langweilig und unecht. Bei den seltenen Treffen mit Erica sah sie es ihrer Freundin oftmals an, wie sehr sie sich manchmal nach dem alten, unbedeutenden und normalen Leben sehnte. Die beste Freundin genoss diese ungezwungenen, seltenen Augenblicke wie kostbare Schätze. Umso mehr freute sich Marie über solche Einladungen.

„Klar, gerne. Sag mir wann und wo?"

Das Taxi hielt vor dem Dreisternerestaurant. Marie bezahlte den Fahrer, stieg in ihrem elegant geschnittenen „kleinen Schwarzen" aus dem Wagen und betrat die Empfangshalle.

„Guten Abend, haben Sie reserviert?" Die ältere Empfangsdame sah nicht einmal von ihrer Liste hinter dem Pult auf.

„Ich bin mit Mr. Simon DiLucca und seiner Gattin verabredet."

Sofort tauchte ein Platzanweiser auf und wies ihr lächelnd den Weg. Maries Blick schweifte über die anwesenden Gäste, fand bald den Tisch, an den sie geführt wurde, und blieb auf halber Strecke stehen. Erica unterhielt sich angeregt mit Simon und ein weiterer Gast an diesem Tisch lachte aus voller Kehle – Stuart Prescott.

Den ganzen Tag lang war es ihr so gut wie möglich gelungen, nicht ständig an ihn zu denken, und jetzt saß er da, obwohl sie sich so sehr darüber gefreut hatte, Erica wiederzusehen. Seine Präsenz war deutlich spürbar, trotz der Distanz zwischen ihnen. Für einen Augenblick schloss Marie die Augen, fluchte still in sich hinein, denn sie fühlte ein süßes Ziehen zwischen ihren Schenkeln. *Tief durchatmen.*

Für einen Moment spielte Marie mit dem Gedanken, zu gehen und sich via Telefon mit Migräne zu entschuldigen, doch noch während sie darüber nachdachte, entdeckte Simon sie bereits und winkte sie heran. *Verdammt! Okay, reiß dich zusammen. Lass dich nicht aus der Fassung bringen, ignorier den Mistkerl einfach.*

Marie lächelte, straffte ihren Oberkörper und näherte sich dem Tisch. Mit Küsschen links und rechts begrüßte Erica sie herzlich und auch Simon drückte ihr sanft einen Kuss auf die Wange, während Stuart nicht einmal aufstand. Als wäre sie nicht da, ignorierte er sie einfach. Und das ärgerte sie mehr als sie zugeben wollte.

Viel schlimmer war die Tatsache, dass er es den gesamten Abend durchhielt. Er lachte herzhaft über Simons Witze und plauderte angeregt mit Erica über ihre Aufträge. Stets, wenn Marie etwas einwarf, wandte er sich dem Essen zu, als hätte er nie etwas Köstlicheres zu sich genommen. Selbst wenn sie ihn fixierte, sah er sie nicht an. Sie schmeckte ihr eigenes Essen nicht und wurde das Gefühl nicht los, jeder Bissen bliebe ihr in der Kehle stecken. Gern hätte sie mit der Faust auf den Tisch geschlagen und ihn angebrüllt. Stattdessen wahrte sie die Maskerade der Höflichkeit.

„Was machen die Geschäfte, Stuart?"

„Habt ihr beide euch auch Mailand angesehen?"

Mit offenem Mund starrte sie ihn an. Dieser Kerl besaß nicht einmal die Kinderstube, zu antworten und fiel ihr einfach ins Wort. Als Stuart sie musterte, während er einen Schluck Weißwein die Kehle hinunterfließen ließ, flackerte ein Schmunzeln in seinen Augen. Pure Absicht stand ihm ins Gesicht geschrieben. Marie kochte vor Wut, kämpfte gegen den Zorn in ihrem Inneren, der ein Ventil suchte. Ein tiefer Atemzug füllte ihre Lungen, während Simon und Erica hemmungslos von Italien schwärmten. Ihre

Worte rückten in den Hintergrund. Marie umklammerte das Weinglas so fest, dass es drohte, in ihrer Hand zu zerspringen. Stuart entschuldigte sich und verschwand im Herrenwaschraum.

„Geht es dir gut, Marie? Du siehst ein bisschen blass aus?" Ericas Berührung an Maries Unterarm holte sie zurück ins Jetzt.

„Ich … ach, es war einfach ein langer Tag." Marie verabschiedete sich mit vorgeschobenen Kopfschmerzen von den beiden, bevor Stuart zurückkehrte. Beim Hinausgehen zog sie den Mantel über und steckte die Hände tief in die Taschen. Sie ertastete ein Stück Papier, zog es hervor und faltete es auseinander.

Es ist erregend, wie gut dir Demütigung steht. S. P.

„Scheiße!"

Sie warf einen Blick durch die Glasfront des Restaurants. Stuart saß wieder am Tisch und amüsierte sich prächtig. Dafür gab es nicht genügend Schimpfwörter in ihrem Vokabular, um zu beschreiben, was ihr durch den Sinn ging. Sie wollte ihn schlagen, ihn anschreien, ihn treten und … *tief durchatmen, Marie.* Es half nicht. War das die Rache für die Ohrfeigen? Marie seufzte und ermahnte sich, dass sie dem zu viel Bedeutung beimaß. *Wenn er lacht, sieht er verdammt hinreißend aus … Mist!*

Wie so oft, wenn die Dinge in ihrem Leben drohten, aus den Fugen zu geraten, fuhr sie zum House of Joe. Das Pflegeheim besaß zwar Besuchszeiten, doch bei Marie drückte das Pflegepersonal ein Auge zu. Ihr Vater lag bereits im Bett und starrte an die gegenüberliegende Wand auf das Familienfoto. Marie setzte sich auf die Bettkante, legte ihren Kopf an seine Schulter.

Er nahm sie in den Arm. „Du kommst spät, kleiner Keks. Hatten wir nicht vereinbart, dass du um neun zu Hause bist?"

„Tut mir leid Daddy."

„Du weißt, ich mache mir Sorgen, wenn mein kleines Mädchen so spät noch unterwegs ist. Aber deine Mutter muss davon nichts erfahren. Es ist schwer, fünfzehn zu sein, aber wir können dir die Ausgehzeiten nicht verlängern."

„Ich hätte anrufen sollen."

Marie schluckte an den aufsteigenden Tränen, wünschte sich in diese Zeit zurück, als alles noch gut war.

Stuart leerte sein Weißweinglas und schmunzelte, während Erica Anekdoten aus ihrer Jugend erzählte. Seine Aufmerksamkeit kehrte erst zum Tisch zurück, als Maries Name fiel. Simon schüttelte den Kopf und lachte.

„Liebes, ich frage mich manchmal ernsthaft, wie du und Marie eigentlich so enge Freunde geworden seid. Sie ist das absolute Gegenteil von dir. Nimm es mir nicht übel, aber sie ist wirklich eine kleine Nervensäge."

Erica lachte nicht, sie senkte ihren Blick und drehte das Weinglas nachdenklich auf dem Platzdeckchen vor sich. „Sie war nicht immer so."

Simons Amüsiertheit verblasste und auch Stuart sah die Frau seines besten Freundes an. Sie lächelte gedankenverloren und wirkte traurig.

„Sie war schon immer direkt und ehrlich. Ich kenne sie seit der Kindergartenzeit und ihre Fröhlichkeit hat jeden angesteckt. Marie wollte immer Anwältin werden, für Menschenrechte kämpfen und sich einen Stand in der Gesellschaft erarbeiten. Der kleine Punk wollte wirklich die Welt verändern." Ihr Gesicht strahlte bei den Erinnerungen. „Ich habe sie immer um ihre Noten beneidet. Das Lernen ist ihr so leichtgefallen."

Das Strahlen verschwand langsam, als sie die beiden Männer abwechselnd ansah.

„Sie hätte sich das College aussuchen können, aber das Leben ist einfach nicht fair."

Simon ergriff die Hand seiner Frau und drückte sie sanft.

„Im Seniorjahr ist alles so schnell hintereinander passiert, dass ich mich heute noch frage, wie sie das wegstecken konnte. Erst der tödliche Unfall ihres Bruders und kaum, dass er beerdigt war, kam der nächste Schlag. Ihr Vater wurde krank und die Mutter ist deswegen abgehauen und hat die beiden allein gelassen." Erica zupfte an der Tischdecke und seufzte.

„Mr. Lancaster war nicht mehr in der Lage, zu arbeiten, also hat Marie dafür sorgen müssen, dass Geld ins Haus kam. Während Mrs. Lancaster irgendwo den Herrn lobpreist und es ihr egal ist, dass sie ihre Familie ganz unchristlich im Stich gelassen hat. Ich kann mir kaum vorstellen, was für eine Enttäuschung diese Frau für Marie gewesen sein muss. Sie hält sie für eine verdammte Heuchlerin und ich gebe ihr Recht. Marie wäre sicher eine tolle Anwältin geworden. Ihr Gerechtigkeitssinn war so ausgeprägt, dass sie sogar nicht vor Prügeleien zurückschreckte. Sie hat im Kindergarten mal einen Jungen vermöbelt, weil er mir einen Schokoriegel aus der Tasche geklaut hat. Er wollte nicht zugeben, dass er es getan hat. Marie hat ihn dann dazu gezwungen."

Sie lachte kurz auf und schüttelte ihren Kopf.

„Das alles hat Spuren hinterlassen und die dicke Mauer um sie herum kann selbst ich manchmal nicht durchbrechen. Aber ich kenne sie und weiß, wer sie wirklich ist. Du magst das vielleicht nicht verstehen, aber du kennst sie auch nicht. Marie ist ein toller Mensch. Sie ist vielleicht schwierig, aufbrausend, impulsiv und zickig, aber wer hinter diesen Stachelpanzer blickt, versteht, dass das alles nicht echt ist." Erica erwiderte den Händedruck ihres Ehemannes. „Sie wurde einfach zu oft enttäuscht, besonders von Menschen, die ihr wichtig waren. Mit gerade einmal achtzehn den Traum von der Zukunft zu begraben und sich um den kranken Vater zu kümmern, ist hart. Und Marie glaubt, sie muss sich ebenso unantastbar und hart nach außen zeigen."

Stuart spürte ihren Blick auf sich gerichtet, reagierte jedoch nicht. Er hing seinen Gedanken nach, ließ das Gehörte in seinem Verstand arbeiten.

„Wie wäre es mit Nachtisch?"

Um die Stimmung aufzulockern, sah Simon fragend in die kleine Runde. Stuart winkte lächelnd ab, während Erica noch überlegte, sich dann aber doch verführen ließ.

5

„Er hat mich nicht eines Blickes gewürdigt, dieser verdammte Mistkerl."

Seit einer geschlagenen Stunde schimpfte Marie leidenschaftlich und hemmungslos am Telefon über Stuarts Verhalten beim Dinner. Marie war so außer sich, das Erica am anderen Ende der Leitung kaum zu Wort kam. Sie hatte ihn ignorieren wollen, ihn spüren lassen, dass sie die Fäden in der Hand hielt und nicht er, aber das war kläglich gescheitert. Den Zettel in ihrer Manteltasche erwähnte sie mit keiner Silbe. Abermals hatte Stuart das Spiel gegen sie gewendet und das störte sie gewaltig.

„Das ist ja wohl die Höhe. Wo hat er denn Manieren gelernt? Er besitzt nicht einmal den Anstand, guten Tag zu sagen. Ich dachte, er wäre wie Simon ebenfalls Italiener und die gelten doch als Muttersöhnchen, die den Respekt mit der Muttermilch einsaugen. Er ist mir egal."

„Wenn er dir so egal ist, Liebes, warum regst du dich dann künstlich auf?"

Schweigen. Marie seufzte laut und ließ sich in ihren weichen Sessel fallen. *Weil er mir egal sein sollte. Weil er mich zum Wahnsinn treibt. Weil er so ein ver-dammter Spieler ist. Verdammt!*

„Weil …"

Sie wusste nicht, was sie sagen sollte. Besser noch, ihr angeknackstes Ego verbot ihr schlichtweg, laut auszusprechen, was sie wirklich dachte. Sie hätte zugeben müssen, dass er ihr eine Heidenangst einjagte, weil sie sich ihm gegenüber so schutzlos vorkam. Das durfte sie nicht zulassen. Dass seine Art sie dazu brachte, sich in Rage aufzulösen, missfiel ihr weitaus mehr.

„Sei ehrlich, irgendwas an ihm scheint dich mächtig anzuziehen, sonst hätte er es nicht geschafft, dich so aus der Fassung zu bringen, indem er dich schlichtweg ignoriert. Oder liegt es daran, dass er dich in deinem Ego gekränkt hat? Marie, Marie, Marie … Lass dir eins sagen: Stuart ist kein Mann, mit dem du deine Aussiebspielchen spielen kannst. Dabei kannst du nur verlieren."

Zorn legte sich in feinen Falten auf ihre Stirn. *Auch du, Brutus? Verräterin!* Erica kannte sie besser als sie sich manchmal gewünscht hätte.

„Ich bin nicht in meinem Ego gekränkt, wie kommst du auf so was?"

„Oh, bitte, wir beide wissen, dass du gern mit den Schmuddelkindern spielst. Du pickst dir die oberflächlichen Machos aus dem Dunstkreis, der um dich herumschwirrt und spielst mit ihnen. Entweder fallen sie wie Dominosteinchen um oder du bringst sie dazu, schnellstens das Weite zu suchen. Jetzt dreht einer den Spieß um und es trifft dich tief ins Mark. Ich kenne dich lange genug, um zu wissen, dass dich das wurmt. Kennst du den

Spruch? Jeder findet irgendwann seinen Meister."

Marie spürte das amüsierte Grinsen ihrer besten Freundin durch den Hörer und knurrte leise. „Das stimmt so nicht ..."

Im Grunde behielt Erica recht. Sie fühlte sich durch Stuarts Provokation angezogen. Ob das genau in seiner Absicht lag? Vielleicht. Sie musste sich dringend eine andere Strategie überlegen und wohl schwerere Geschütze auffahren, aber sie würde ihm nicht lange diesen Triumph gönnen. *Man trifft sich immer mehrmals im Leben, Mistkerl.* Sie hörte jemanden durch das Telefon nach Erica rufen.

„Liebes, ich muss Schluss machen. Cleaver ist gekommen und ich rede von dem Michael Cleaver, der von mir seine Villa restaurieren lassen möchte und millionenschwer durch Papis Arbeit wurde ..."

„Okay, dann kümmere dich mal um den Berufssohn und schaff Geld ins Haus. Den Auftrag hast du locker in der Tasche."

Mit einem hastigen Danke legte Erica auf und Marie blieb im Sessel sitzen, ließ das Gespräch Revue passieren. Erneut griff sie nach ihrem Handy, öffnete ihre Telefonliste und starrte Stuarts Nummer an. Langsam verblasste das Display, je länger sie wartete, aber der Name war noch zu erkennen. *Ignoranter Pavianarsch.* Erneut wuchs süßer Zorn in ihr und sie stand davor, die Anwahltaste tatsächlich zu drücken. *Was sag ich ihm bloß?* Marie überlegte, tippte mit dem Zeigefinger behutsam gegen die Anwahltaste, ohne sie wirklich zu betätigen. Das leise Dudeln der Nummernanwahl klang durch den Hörer.

„Sieh an, dir ist also meine Nummer aufgefallen ..."

Marie hob überrascht die Augenbrauen und stockte, fand aber schnell zu ihrem rebellischen Elan zurück.

„Dein Verhalten bei dem Dinner gestern war absolut unterste Schublade. Ein armseliger Versuch, der vielleicht bei deinen Spielschätzchen funktioniert, aber mir ist das gleichgültig. Mit deiner Ignoranz am Tisch hast du den Vogel abgeschossen und gezeigt, was für ein Würstchen du in Wirklichkeit bist. Und was deinen Zettel betrifft: ich, gedemütigt? Dazu braucht es wesentlich mehr. Tja, schade, ein echter Kerl agiert souveräner ..." Sie lächelte triumphierend und lauschte auf eine Reaktion.

„Komm doch vorbei und sag mir das noch mal ins Gesicht, wenn du dich traust." Stuart beendete das Gespräch.

Marie starrte fassungslos das Mobilfunkgerät an. „A ... rmleuchter!"

Ihre Hände ballten sich zu Fäusten, ihr Mund verzog sich kampfbereit zu einem schmalen Strich. Schwungvoll stand sie auf und griff nach ihren Wagenschlüsseln, nachdem sie mit den Füßen in die Turnschuhe geschlüpft war.

„Na warte, das kannst du haben. Wollen wir doch mal sehen, wer den längeren Atem hat."

So schnell hatte Stuart nicht damit gerechnet, dass Marie sich bei ihm meldete, aber seine Aktion beim Freundschaftsdinner schien Wirkung zu zeigen. Er legte das Handy beiseite und lehnte sich gegen den Strafbock seines Folterkellers. Der zart gerötete Körper zitterte vor Anspannung. Die junge Sklavin kniete auf ihren Fersen, die Schenkel in demütiger Haltung leicht gespreizt, ihre Hände auf dem Rücken verschränkt und mit gesenktem Kopf. Eigentlich ließ er sich niemals während einer Session stören. Als er Maries Nummer auf seinem Display entdeckte, konnte er nicht widerstehen. Seine Gespielin schien sich daran nicht zu stören, sie war bereits tief in ihrer eigenen kleinen submissiven Welt eingetaucht.

Stuart ließ zum Test die Lederklatsche auf seine Handfläche sausen, erzeugte das typisch schnalzende Geräusch, doch die junge Frau zuckte nicht zusammen. Ihre Brustspitzen röteten sich unter den kleinen silbernen Klemmen, die mit einer feinen Kette miteinander verbunden waren. Kleine Gewichte an ihren äußeren Schamlippen öffneten ihr Geschlecht, das feucht glänzte vor Erregung. Sie liebte den Schmerz und Stuart hatte sie gut trainiert, die Lederbisse durch tiefes, gleichmäßiges Atmen in Lust umzuwandeln. Als Novizin war sie ihm vor zwei Jahren anvertraut worden. Er hatte sie nach seinen Vorstellungen trainiert und zu einer guten Sklavin erzogen, ganz auf ihre Bedürfnisse, Neigungen und Wünsche hin. Am Tag der Rückgabe an ihren eigentlichen Herrn bat sie ihn, bei ihm bleiben zu dürfen, gestand ihm ihre Liebe und sie fand sich damit ab, dass ihre Zuneigung unerwidert blieb. Beziehungen mit devoten Spielpartnern lehnte Stuart kategorisch ab. Dies war eine seiner Prioritäten im BDSM.

Mit der breiten Lederzunge der Klatsche hob er ihr Kinn empor. „Bist du noch bei mir?"

Sie nickte, doch sie sah ihm an, dass er damit nicht zufrieden war. „Ja, Master."

Sie zitterte und Schweißperlen rannen ihren nackten Körper hinunter.

„Auf alle viere!"

Seine raue Stimme klang samtweich, besaß aber diesen herrlichen Gebietertonus, der keinen Widerspruch duldete. Die Sklavin erhob sich auf ihre Knie und legte die Hände auf den Boden vor sich, senkte ihren Oberkörper, bis sie mit der Wange das Holzparkett berührte. Die Lederklatsche strich ihren Rücken entlang, als Stuart sie umrundete.

„Braves Mädchen."

Die Stellung der noch immer leicht gespreizten Beine mit hoch erhobenem Hintern war eine der unterwürfigsten Positionen, denn sie entblößte die Devote völlig vor seinen Augen. Die Gewichte an ihren Schamlippen zogen nach unten und er sah ihr pulsierendes nasses Fleisch. Klatschend landete das Leder spielerisch auf ihrer linken Backe. Sie zuckte.

„Was habe ich dich gelehrt?"

„Stillzuhalten, Master."

„Und warum tust du es dann nicht?"

„Ich weiß nicht, Master."

Der nächste Schlag traf sie so heftig, dass sie den Atem anhielt und die Zähne fest zusammenbiss.

„Atme … atme in den Schmerz, Mädchen."

Und sie atmete mit jedem Hieb, der auf ihren Hintern prasselte und eine Hitzewelle nach der anderen durch ihren Körper jagte. Nach einer Serie von Schlägen war ihr Po so gerötet, dass sich die Hitze immer weiter in ihr Innerstes brannte und sie nur noch ein atmendes, stöhnendes Objekt purer Lust war. Stuart blieb neben ihrem Kopf stehen.

„Ich höre?"

Die Sklavin hob minimal ihr Gesicht vom Boden, senkte ihre Lippen auf die Stiefelspitze und küsste sie. „Danke, Master Stuart."

Er hockte sich neben sie, streichelte zärtlich über ihr dunkelblondes, vom Schweiß feuchtes Haar. „Das hast du gut gemacht. Ich denke, damit hast du dir eine Belohnung verdient."

„Ja, Master."

„Ich werde dich jetzt zeichnen."

Sie lächelte selig und ihre Augen glänzten vor Begierde. Er half ihr, aufzustehen, fesselte sie an das Andreaskreuz und fixierte ihre Taille mit einer breiten Schnalle, um ihr Sicherheit zu geben. Sie erschauderte unter dem hauchzarten Kuss auf ihrer Schulter.

„Bist du bereit?"

„Ja, Master."

Stuart ergriff die Schlangenpeitsche, holte aus und die dünne Spitze biss sich in ihren Rücken, wieder und wieder. Die Sklavin schrie, atmete, stöhnte und zerfloss vor seinen Augen in Lustschmerz und völliger Hingabe. Das Feuerwerk in ihrem Körper brannte lichterloh, bis Stuart ganz dicht hinter sie trat. Sie keuchte, seufzte und wand sich in ihren Fesseln vor Verlangen.

„Bitte, Master … ich …"

„Ich weiß, was du jetzt brauchst." Kaum schoben sich seine Fingerspitzen in ihren nassen Spalt, raste die Welle der Erlösung unaufhaltbar durch ihren Leib. Rhythmisch atmete sie mit dem Zustoßen seiner Fingerkuppen, die sich immer tiefer bohrten, und dann kam sie so gewaltig, dass die Spasmen sie fast von den Füßen rissen, wäre sie nicht gefesselt und sicher ans Kreuz gebunden gewesen. Ihr Kopf sackte auf ihre Brust, während ihr Geschlecht noch immer um seine Finger zuckte.

„Danke, Master Stuart."

Erneut senkten sich seine Lippen auf ihre Schulter, sein Körper schmiegte sich sanft an ihren. Seine Hände streichelten sie, gaben ihr Bodenständigkeit, Sicherheit und Geborgenheit, all das, was sie in diesem Moment der absoluten Verletzlichkeit benötigte.

„Ich danke dir."

Es gehörte zu ihrem Ritual, ihr Wunsch, nach einer Inszenierung noch am Kreuz zu verbleiben, mit einer Maske über dem Kopf, die sie von der Außenwelt noch eine Weile abschottete. Das Kopfspiel der Einsamkeit, das damit verbunden war, wurde perfekt, wenn Stuart die Flügeltüren des Kellers zuschlug und mit lauten Schritten die Treppe hinaufstieg.

Nach Maries Anruf hatte er für einen Moment den Faden verloren und damit seine Konzentration. Während er hinauf ins Haus ging, fragte er sich, ob Marie sich wohl auch so erziehen ließ. Er schüttelte lächelnd den Kopf, während er sich die Hände und das Gesicht wusch. Nein, bei ihr würde es anders werden ... völlig anders. Stuarts zog sich ein frisches Hemd an und wartete in seinem Esszimmer.

Marie achtete weder auf Geschwindigkeitsbegrenzungen noch auf Straßenschilder. Sie wusste, wo der Kerl wohnte und ignorierte die hupenden Autofahrer, denen sie die Vorfahrt nahm oder sie drängelte, einen Zahn zuzulegen. Als Marie vor dem großen, viktorianisch anmutenden Haus hielt, fand sie die Haustür offen. Scheinbar war sich dieser Typ absolut sicher gewesen, dass sie seiner Herausforderung nachkam. Sie hatte nicht den Nerv, sich darüber Gedanken zu machen. Dazu war sie viel zu impulsiv. Marie trat durch die Haustür in die Halle und sah sich um. Den Anblick der schönen Inneneinrichtung ihrer besten Freundin wischte sie beiseite, schließlich war sie hier, um diesem Peitschenschwinger die Meinung zu geigen.

Suchend lief sie durch die Räume und immer wieder blieb sie doch bewundernd stehen. Erica hatte es wirklich drauf. *Verdammt, nicht ablenken lassen. Wo ist der Dreckskerl? Wo versteckt er sich?*

„Suchst du mich, kleines, dummes Kätzchen?" Entspannt lehnte Stuart an dem Türbogen zum Speisezimmer und musterte sie von Kopf bis Fuß. Er trug schwarze Lederhosen, ein weißes, weit geschnittenes Hemd mit hochgekrempelten Ärmeln. Er überragte Marie um zwei Kopflängen und dennoch baute sie sich vor ihm auf.

„Du kannst mir nichts vormachen, deine Spielchen ziehen bei mir nicht. Und hör auf, mich Kätzchen zu nennen, das klingt aus deinem Schandmaul wie eine Beleidigung." Sie funkelte ihn wütend an und erntete ein abfälliges

Lachen.

„Nun, wir spielen wohl beide gern. Du bist hier, also zieht mein Spiel oder liege ich da falsch?"

„Und wie falsch du liegst, Mistkerl. Du bist abstoßend und widerlich, am liebsten möchte ich kotzen, wenn ich dich sehe." Mit der Faust drohend ging sie ein paar Schritte auf ihn zu, blieb stehen und wich zurück, als er sich vom Türbogen abstieß und auf sie zukam. Sie log, dass sich die Balken bogen und das mit voller Absicht. Obwohl ihr Bauchgefühl ihm entgegendrängte, jeder Teil ihres verräterischen Körpers sich danach sehnte, von ihm angefasst zu werden. Selbst ihre Fingerspitzen kribbelten, wollten durch das glänzende schwarze Haar gleiten. Wie er dastand, sie ansah und musterte, fiel es ihr erheblich schwerer, standhaft zu bleiben, als ihr lieb war. *Mach jetzt bloß nicht schlapp. Zeig ihm, aus was für einem Material du geschnitzt bist.*

Krampfhaft hielt sie an ihrer Wut fest, feuerte sich gedanklich an, dem pochenden Verlangen nicht nachzugeben.

„Es ist mir gleich, was du über mich denkst, Kätzchen. Denn schließlich kenne ich dich bereits aus einer anderen Sichtweise … nicht unbedingt schnurrend und anschmiegsam, aber stöhnend und keuchend vor Lust. So gefügig hast du mir wesentlich besser gefallen."

Marie wurde blass und sie spürte, wie ihr Gesicht glühte. *Mist, verdammter. Am Telefon war es doch leichter.* Dennoch schaffte sie es, schnell wieder die Fassung zu finden, auch wenn die Hitzewelle noch durch ihren Körper schoss. „Behalt das gut in Erinnerung, denn ein weiteres Mal wirst du das nicht erleben."

„Bist du dir da sicher?"

„Oh ja, das bin ich. Ich war ziemlich angetrunken und du hast das schamlos ausgenutzt. Anders hättest du mich nicht so weit treiben können. Mich schüttelt es jetzt noch bei dem Gedanken daran und außerdem bist du überhaupt nicht mein Typ." Marie reckte stolz ihr Kinn empor und Stuart griff danach, umfasste mit seiner großen Pranke ihr Gesicht und zog es näher zu sich, bis ihre Nasenspitzen sich fast berührten.

„Ganz miese Ausrede. Du hast das Spiel eingeläutet, deine Beschimpfungen, deine neckischen kleinen Doppeldeutigkeiten, dein arroganter Blick, wie jetzt. Mir ist es gleichgültig, was dein Typ ist." Er kam ihrem Gesicht noch näher und flüsterte bedrohlich auf ihre Lippen. „Mag sein, dass andere vor deinem Katz und Maus Spielchen den Schwanz einziehen, aber ich weiß, dass ich dich zähmen kann … ohne Alkoholpegel und im Vollbesitz deiner geistigen und körperlichen Stärke." Er stieß sie sanft zurück und schmunzelte herausfordernd. „Was ich allerdings auch weiß, ist, dass du dann diejenige bist, die das kleine wuschelige Katzenschwänzchen einzieht und wegläuft."

Marie bebte vor Wut, drehte sich auf dem Absatz um und war im Begriff, zu gehen.

„Oh, doch so feige? Hast du Angst vor einem echten Spiel mit mir?"

Da war sie wieder, die Herausforderung, die pure Provokation, die in Maries Innerem einen Knopf drückte, der ihren Verstand ausschaltete und der kopflosen Impulsivität freien Lauf ließ. Mit schnellen Schritten kehrte sie zu ihm zurück. Seine selbstbewusste Arroganz trieb sie in den Wahnsinn. Als die schallende Ohrfeige sein Gesicht traf, brannte ihre Handfläche, doch er verzog keine Miene.

„Du mieser Bastard, wofür hältst du dich eigentlich? Den Meister aller Klassen?" Während sie diese Worte sagte, drehte sie sich erneut schwungvoll um, mit dem Willen, jetzt zu gehen.

Seine Hände griffen flink nach ihren Oberarmen, und er beugte sich über ihre Schulter. Seine Stimme klang samtig und rau. „Ich bin nicht der Meister aller Klassen, aber ich werde dein Meister sein, Marie."

Widerwillig und rebellisch drehte sie sich wieder zu ihm um, erwiderte fest seinen Blick, auch wenn sie ihren Kopf in den Nacken legen musste, um in sein Gesicht sehen zu können. Stuart unterbrach als Erster den Blickkontakt. Sie grinste triumphierend und beobachtete, wie er zu einem Sideboard ging, die oberste Lade öffnete. *Geh jetzt. Leg einen glänzenden Abgang hin.* Aber sie konnte sich nicht rühren, beobachtete stattdessen seine geschmeidigen Bewegungen, als er zu ihr zurückkehrte.

„Willst du gezähmt werden, Kätzchen?"

Es klang lächerlich in ihren Ohren, aber die unterschwellige Drohung in seinem Tonfall hinderte sie, aufzulachen. Ihre Mimik wurde dennoch höhnisch. „Als ob du mir das Wasser reichen könntest." Etwas in ihrem Hinterkopf warnte sie, nannte es einen Fehler, diesen Satz ausgesprochen zu haben. Doch sie wischte den Gedanken fort und überkreuzte ihre Arme abwartend. Marie erwiderte sein süffisantes Lächeln selbstsicher.

„Lass es auf einen Versuch ankommen."

„Tss."

„Mit oder ohne Sicherheitsleine?"

Marie legte die Stirn in Falten. „Was ist denn das für eine Frage?"

„Hm, ein Trapezkünstler ohne Netz und Sicherheitsleine muss sich entweder absolut sicher seines Könnens sein oder dumm genug, die Gefahr nicht zu erkennen. Zu welcher Sorte gehörst du? Möchtest du vorher ein Abbruchwort mit mir vereinbaren? Ich garantiere dir, ich werde nicht zimperlich mit dir umgehen. Wie klingt das Wort ‚Zicke' für dich? Es wäre wirklich perfekt, findest du nicht?"

Geh einfach, das ist doch bescheuert. Marie schnaubte. Erica hatte ihr von einer

Art Safeword erzählt, dass BDSM-Genießer benutzten, wenn das Spiel zu weit ging. Irgendwo aus weiter Ferne ihres tiefsten Inneren schrie ihr Verstand entsetzt auf und flehte sie an, sofort die Flucht zu ergreifen, aber die Herausforderung pochte in ihrem Magen und ihr Stolz ließ sie einfach den Kopf schütteln. Was hatte er vor? Da ansetzen, wo er bei der Hochzeit aufgehört hatte? Wie ein Tiger in einem zu kleinen Käfig wanderte sie auf und ab, ohne Stuart aus den Augen zu lassen.

„Was ist? Angst vor der eigenen Courage? Angst, die Kontrolle zu verlieren? Wägst du gerade deine Chancen ab oder überlegst du noch, freiwillig das Feld zu räumen?"

Das war zu viel. „Lächerlich."

Als hätte er die Antwort erwartet, streckte er seinen Arm aus und in seiner Hand entrollte sich eine schwarze, lange Lederpeitsche mit festem breiten Schaft, wie für seine große Hand gemacht und geflochten bis zum spitz zulaufenden Ende. Einen Augenblick flackerte erneut der Verstand in Marie auf und sendete ein panisches SOS. In Stuarts Mimik veränderte sich etwas. Er lächelte freundlich und seine Stimme bekam einen bedrohlich fröhlichen Unterton, der sie verwirrte.

„Das nennt man eine Bullenpeitsche. Zwölffach geflochtenes Rindsleder auf etwa zwei Meter Länge. Mittelschwer und perfekt ausbalanciert für die Zielsicherheit. Es ist eins meiner liebsten Stücke aus meiner Kollektion, liegt gut in der Hand und ich würde damit die Flügel einer Fliege treffen. Ich habe sie dem klassischen Original getreu nachgebaut. So etwas wird heute noch von Cowboys zum Viehtrieb verwendet. Solch ein Schätzchen gehört nur in erfahrene Hände. Du kannst also ganz beruhigt sein, ich weiß, was ich tue."

„Das wagst du nicht!" Der Ausruf war ihr über die Lippen gekommen, ohne dass sie es gewollt hatte. Sie hob ihren Zeigefinger und ging langsam rückwärts.

Stuart folgte ihr schmunzelnd.

Das wagst du dich niemals.

Er ließ das Ledermonster durch die Luft segeln und peitschte ins Leere. Der Knall hallte durch das Haus, wurde von den Wänden der Eingangshalle zurückgeworfen und durchfuhr ihren Körper. Marie starrte ihn an wie ein Lamm vor dem großen bösen Wolf. *Scheiße. Er meint das ernst!*

„Lauf!"

Marie blieb wie angewurzelt stehen und rührte sich nicht. *In was hast du dich jetzt schon wieder manövriert? Verdammt!*

„Lauf los, deine Chance, mir zu zeigen, wie gut du bist. Ich gebe dir fünf Minuten Vorsprung, dann komme ich und hole dich. Und Gnade dir, wenn ich dich finde."

Als ein weiterer Knall der Peitsche durch das Haus dröhnte, rannte sie los, über die Terrasse hinaus zu den angrenzenden Pferdeweiden direkt auf das Waldstück zu. Es war mehr eine Art Fluchtreflex als eine bewusst getroffene Entscheidung. Nachdem sich der Anflug von kindlichem Vergnügen an diesem verrückten Fangspiel gelegt hatte, schimpfte sie laut und atemlos.

„Das ist wieder mal typisch. Nicht nachdenken, einfach losreden. Scheiße!"

Es war nicht das erste Mal, dass ihre große Klappe und ihre Impulsivität sie in solche eine Lage gebracht hatten. Ihre Lungen brannten, als sie den ersten Baumstamm erreichte. Sie blieb keuchend stehen und sah sich um. Stuart war ihr noch nicht gefolgt. Zweifel nagten an ihr. *Das ist kindisch.* Doch sie kam nicht dazu, weiter darüber nachzudenken. Hufschläge näherten sich und Marie sah Stuart auf einem Rappen auf das Waldstück zukommen. *Dieser verdammte Mistkerl.* Panik schnürte ihr die Kehle zu und sie rannte tiefer in das Wäldchen hinein. Irgendwo in ihrem Kopf war ihr klar, dass es sein Grundstück war und er es garantiert wie seine Westentasche kannte. Dennoch rannte sie weiter, bückte sich in das Unterholz, kratzte sich an Ästen und Dornen die Arme auf. Sie stolperte vorwärts über Wurzeln und Steine und suchte nach einem Versteck. Sie lief weiter, erreichte das Ende des kleinen Waldes und blieb auf einer Blumenwiese stehen, die plötzlich vor ihr auftauchte. Dann erstarrte sie. Stuart saß lässig auf dem Rappen und lächelte kalt, nur wenige Schritte trennten sie voneinander. Allein der Anblick des Lassos in seiner Hand demütigte sie, doch der Schock saß zu tief für eine spontane Reaktion, zurück in den Wald zu rennen. Rückwärts stolpernd beobachtete sie, wie er das Lasso über den Kopf schwang. Das Fangseil flog durch die Luft, und gerade, als sie wieder Herrin ihres Körpers wurde und loslaufen wollte, legte sich das Seil über ihren Kopf und schnürte ihre Arme an ihren Körper. Der Ruck, mit dem Stuart die Schlinge zuzog, riss sie von den Füßen und warf sie in das Gras. Stuart sprang vom Sattel und war flink bei ihr, fesselte ihre Hände und Füße mit dem restlichen Seil, als würde er ein Kalb für das Branding vorbereiten. Sie zappelte, trat, versuchte, nach ihm zu schlagen, aber er war schnell und besaß eine geübte Ruhe, als sei er jahrelang Cowboy gewesen. Im Nu war sie wehrlos und nahezu bewegungsunfähig. Stuart hockte über ihr und betrachtete sie mit dem musternden Blick seiner eisblauen Augen.

Marie zerrte an ihren Fesseln. „Scheißkerl, das war pure Berechnung."

Er zuckte mit seinen breiten Schultern, packte sie und stellte sie gegen einen dicken Baumstamm gelehnt auf ihre Füße. Sie fühlte sich wie ein zum Versand verschnürtes Postpaket, ruckte und riss an dem Lasso, aber es löste sich kein bisschen. Rechts und links von ihr stützte Stuart sich an dem

Baum ab und sah ihr tief in die Augen.

„Ich sagte dir bereits, ich werde nicht zimperlich sein."

Ihr Kopf war mit einem Mal leer, kein störender Gedanke, nur sein Gesicht direkt vor ihr. Seine Fingerspitzen schwebten über ihrem Gesicht, als würde er die Konturen nachzeichnen, ohne sie zu berühren. Ihr Atem beschleunigte sich, denn er war ihr so nah, dass sein Körperduft durch ihre Nase direkt in ihr Bewusstsein kroch. Hitze stieg in ihr hoch, schickte kleine elektrische Impulse wie Wurfgeschosse durch ihren Körper, die an den sensibelsten Stellen zu explodieren schienen. Marie spürte, wie sich ihre Brustwarzen unter dem Stoff aufrichteten und eine Kettenreaktion bis hinunter zu ihrer pochenden Klitoris auslösten. Sie seufzte leise auf, drehte ihren Kopf zur Seite und fühlte seinen heißen Atem auf ihrem Hals.

Stuart stieß sich vom Baumstamm ab und betrachtete sie, lächelnd, siegessicher. *Moment mal.* Sofort war sie wieder hellwach im Hier und Jetzt und nahm seine triumphierende Mimik deutlich wahr. *Verflucht!*

„Na toll, wie dominant. Du hast mich gefangen, freu dich. Und jetzt?"

Sie bemühte sich, unbeeindruckt und gelangweilt zu klingen, aber sein Lächeln blieb, als er nach den Zügeln seines Pferdes griff.

6

„Das soll wohl ein Scherz sein."

Stuart befreite ihre Beine aus der Fesselung und kontrollierte den Sitz des Bondage an ihren Handgelenken, während sie erneut auf dem Boden lag. Das Seil hatte er am Sattel seines ungeduldig schnaufenden Rappen befestigt. Marie ahnte, was sich in seinem Kopf manifestierte.

„Wenn du nicht auf die Füße kommst, könnte das unschöne Schürfwunden mit sich bringen."

„Du wirst wohl nicht ... Scheißkerl, mach mich sofort los!"

Sie ruckte an dem Seil, was grausamerweise nur eines zur Folge hatte. Das Pferd bewegte sich vorwärts und zog sie ein kleines Stück mit sich.

„Oh bitte, das kann doch nicht dein Ernst ... mach mich los. Bist du verrückt?" Erneut kroch Panik durch ihre Eingeweide.

Stuart betrachtete sie mit ernstem Gesichtsausdruck, wandte sich schweigend ab und stieg in den Sattel. „Wenn ich bis drei gezählt habe, bist du auf den Füßen, ansonsten schleif ich dich zurück."

Er hatte die erste Zahl noch nicht ausgesprochen, da stand Marie bereits und gleich darauf presste Stuart dem Rappen die Schenkel fest in die Flanken. Sie befürchtete, der sadistische Mistkerl würde bald in eine schnellere Gangart wechseln, doch er hielt das Pferd in einem gemächlichen Schritttempo und zog sie hinter sich her. Fluchend musste sie folgen, stolperte über einen kleinen Ameisenhügel mitten auf der Wiese, den sie zu spät gesehen hatte. Stuart drehte sich nicht zu ihr um, um sicherzustellen, dass alles okay war. Stattdessen pfiff dieser Kerl ein Liedchen in Cowboymanier vor sich hin und saß lässig in seinem Sattel.

Es kam ihr wie eine demütigende Ewigkeit vor, bis sie am Haus ankamen. Als er den Lederriemen des Sattels lockerte, erkannte Marie ihre Chance. Das Seil, mit dem ihre Gelenke verbunden war, lag lose auf dem Kies. Sie kam nur ein paar Laufschritte weit. Stuart trat auf das lose Seilende und sah sie kopfschüttelnd an.

Amüsiert nahm er das Ende auf, zog sie langsam zu sich heran. Es schien ihm sichtlich zu gefallen, wie sehr sie sich gegen ihn auflehnte, wehrte und widerspenstig seinen Blick erwiderte.

„Dieses Spiel wird mir zu blöd. Mach mich endlich los."

Der letzte Ruck brachte ihren Widerwillen zum Schweigen. Marie war erstaunt, denn seine Augen erschienen ihr dunkler, das Blau tiefer als zuvor. Da war ein Funkeln zu sehen, das sie faszinierte.

„Sag mir, ich soll aufhören und ich tu es. Damit gestehst du ein, dass du verloren hast."

„Vergiss es!"

Sie spuckte ihm so viel Verachtung entgegen, wie sie aufbringen konnte. Insgeheim merkte sie, dass davon nicht viel übrig war. Statt ihre Bockigkeit weiter zu provozieren, warf er sie sich mit Leichtigkeit über die Schulter, konnte dabei nicht widerstehen, seine flache Hand klatschend auf ihrem Gesäß landen zu lassen.

Sie schrie auf. „Arschloch!"

„Ist das alles? Du enttäuschst mich, Kätzchen."

Sie zappelte nach Leibeskräften und schaffte es, dass er auf der Treppe zum Keller Probleme bekam, die Balance zu halten. Ihr Blick haftete die ganze Zeit an der zusammengerollten Bullenpeitsche an seinem Gürtel. Sie zerrte daran, doch das verdammte Ding wollte sich nicht lösen. Stattdessen schlug sie mit beiden Fäusten weiter auf seinen Rücken ein und brachte ihn so ins Schwanken, dass er mit einer Hand nach dem Geländer greifen musste. Das triumphierende Lachen blieb ihr in der Kehle stecken, als er sie in seinem Folterkeller auf die Füße stellte.

„Darf ich vorstellen, mein Spielzeug."

Damit meinte er nicht die Sammlung an Peitschen, Gerten und Folterinstrumenten, die an den Wänden hing oder die Möbel, die im Raum verteilt standen. An dem mit rotem Leder bezogenen Andreaskreuz stand eine Sklavin mit geschlossener Gesichtsmaske und hängendem Kopf leise stöhnend in Ketten. Die Striemen auf ihrer nackten Haut schillerten verteilt in allerlei Farben, von blassrosa über tiefrot bis blau und violett. Maries Augen weiteten sich, als Stuart näher an das Kreuz trat, ausholte und der Sklavin mit der flachen Hand ins Gesicht schlug. Die Frau stöhnte leise. Stuart legte ihr zärtlich die Fingerspitzen an die Wange.

„Bist du wieder bei mir, Mädchen?"

Eine dünne Zustimmung drang gehaucht durch die Maske als schwebe die Frau in Trance. Marie sah zu, wie er die Maske vom Gesicht der Frau nahm. Der Eyeliner war verschmiert von Tränen und Schweiß. Sie lächelte selig, als Stuart ihr erlaubte, ihn anzusehen. In ihrem Blick lag so viel Dankbarkeit, dass Marie eine Gänsehaut die Wirbelsäule hinabrieselte. Der Master küsste die feuchte Schläfe der Sklavin, streichelte sanft ihr Gesicht, bis sich der Blick der Sklavin klärte. Er drehte sie mit dem Rücken zu sich. Die Ketten, mit denen ihre Arme emporgereckt waren, überkreuzten sich klirrend, nachdem er sie ein wenig gelöst hatte. Seine behandschuhten Hände wanderten langsam ihren geschundenen Rücken hinab. Die Fingerkuppen glitten in ihrer Pofalte immer tiefer, bis sie ihren Kopf weit in den Nacken beugte und lustvoll stöhnte.

„Braves Mädchen."

Er rieb seine mit schwarzem Leder bedeckten Fingerspitzen in ihren feuchten Spalt. Marie roch die Lust im Raum. Das Zusehen kribbelte zwischen ihren Schenkeln. Wie sich die Sklavin unter Stuarts Fingerspiel rekelte, ihren Hintern rausstreckte, nur um ihm mehr Freiraum zu gewähren. Keuchend verdrehte die Gefesselte ihre Augen, forderte heiser mehr davon. Seine Kuppen drangen tief in sie ein, entzogen sich ihr, nur um abermals vorzudrängen. In einem langsamen, scheinbar für sie unerträglichen Tempo, nahm er sie mit seinen Fingern in Besitz. Marie sah gespannt zu, während ihre Scham wild zu pochen begann. In diesem Moment wünschte Marie sich an die Stelle der Sklavin, zeitgleich wollte sie sich ohrfeigen, denn das Zuschauen allein brach ihre Widerspenstigkeit.

Mit einem spitzen Schrei entlud sich die Anspannung der Sklavin. Unter zuckenden Spasmen sackte sie zusammen und hing wehrlos in ihren Ketten. Stuart streichelte ihr das Haar aus der Stirn und betrachtete die Nässe auf dem Leder seines Handschuhs.

„Ich werde dir heute einen höheren Rang gewähren. Du wirst heute meine Zofe sein. Möchtest du das?"

Sie nickte, während er ihre Fesseln löste, nachdem er sie so behutsam wie möglich von den Klemmen an ihren Schamlippen befreit hatte. Alles in Marie drängte ihm entgegen. Das Verlangen loderte lichterloh in ihrem Fleisch. Dann erwachte Marie wie aus einer Hypnose und ihr wurde schlagartig bewusst, was seine Worte für eine Bedeutung enthielten. Sie schüttelte auflachend ihren Kopf.

„War nicht anders zu erwarten. Du wirst allein nicht mit mir fertig, also versuchst du es so ... bist du etwa nicht Manns genug, ohne Hilfe auszukommen?"

Die Beschimpfung erntete einen vorwurfsvollen Blick der Sklavin, die mithilfe des Masters vom Kreuz trat. Stuart jedoch reagierte nicht auf Marie. Er setzte sich auf den Strafbock vor einer Art Thron.

Auch wenn ihre Stimme zitterte, weil ihr Körper mit Erregung reagierte, fand sie langsam zu ihrem Kampfgeist zurück. „Was ist? Hat es dir die Sprache verschlagen? Was bist du für ein Waschlappen? Du hast mich mit einem Lasso eingefangen, mich hierhergeschleift. Welche Kunst. Und jetzt? Überlegst du, wie ihr beide mich kleinkriegen könnt?"

Sie reckte ihr Kinn empor, begegnete seinem gelassenen Blick mit einem höhnisch amüsierten Gesichtsausdruck und war bemüht, ihre zittrigen Knie weiterhin unter Kontrolle zu behalten.

„Hat dich dein Eifer schon verlassen? Das hier ist lächerlich. Du bist lächerlich, jawohl, lächerlich!"

Plötzlich trat mit energischem Schritt die Sklavin auf sie zu, hob ihre Hand im Begriff, Marie zu schlagen. Stuart war sofort zur Stelle, packte den Arm, drehte ihn der Sklavin auf den Rücken und brachte sie keuchend auf die Knie. Der Schmerz verzerrte ihr wütendes Gesicht zu einer Grimasse.

„Hab ich dich so erzogen? Muss ich meine Beförderung für den heutigen Tag noch einmal überdenken?"

Die Sklavin schüttelte den gesenkten Kopf, nach dem Stuart griff und sie bei den dunkelblond gelockten Haaren emporzog, sie zwang, ihn erneut anzusehen.

„Dafür werde ich dich später bestrafen und du wirst mich darum bitten."

Sie nickte und kämpfte gegen ihre Tränen.

„Welche Demonstration deiner unumstrittenen Macht. Wenn ich könnte, würde ich jetzt Beifall kla…"

Die Ohrfeige traf sie so hart, dass sie zurücktaumelte. Geschockt hob sie ihre gefesselten Hände und berührte die Hitze, die der Schlag auf ihrer Wange hinterließ. Aus dem Reflex heraus zuckte Marie zusammen, als er auf sie zukam, ihren Nacken umfasste und sie zurück in die Mitte des Raumes schubste. Sie fiel unsanft auf den Holzboden. Er würde nicht zimperlich sein. Doch die Heftigkeit seiner Aktionen, die Grobheit, mit der er sie ausführte, presste ihr den Atem aus den Lungen. Fassungslos und wie betäubt starrte sie zu Boden. Stuart hockte sich neben Marie, griff in ihr Haar und zog ihren Kopf weit in den Nacken. Seine Zeigefingerspitze strich ihr hauchzart über die gerötete Wange. Die Lust der Sklavin war noch deutlich daran wahrnehmbar. Der Duft ihres Geschlechtes verströmte ein herb süßes Aroma, das jedoch recht schnell verflog.

„Immer noch überzeugt, mit mir spielen zu wollen? Möchtest du jetzt doch ein Wort mit mir ausmachen, das dich retten kann? Oder möchtest du lieber nach Hause?"

Sie wollte sich der zarten Berührung entwinden, denn die Ohrfeige nahm sie ihm wirklich übel. Er hielt sie fest und streichelte über ihre Lippen. Sie schnappte mit den Zähnen danach und funkelte ihn böse an.

„Dummes kleines Kätzchen, deine Sturheit könnte dir eines Tage deinen hübschen weißen Hals brechen."

Er stieß sie zu Boden. Heftig genug, dass sie der Länge nach hinfiel. Sie schlug mit den Fäusten nach ihm, spuckte und strampelte mit den Beinen, bis er seine Unterschenkel so in ihren Beinen verhakte, dass sie bewegungsunfähig war. Sein Gewicht pinnte sie auf den Holzuntergrund. Ihre Arme zu fixieren war leicht, und zur Demonstration spuckte er ihr direkt ins Gesicht.

„Kratzen, beißen, spucken … sehr schwache Gegenwehr. Du wirst mir doch jetzt nicht schlappmachen?"

Er zwang ihr einen festen Kuss auf, der schmerzte, und riss ohne Rücksicht ihre Bluse auf. Für einen Augenblick lag sie still da, spürte die Rückkehr des lustvollen Pochens in ihrem Geschlecht. Dieser Kampf wirkte wie eine Lustdroge auf sie. Dieses Hin und Her zwischen Erregung und

Gegenwehr, Hitze und Abkühlung steuerte sie direkt und immer weiter in seine Kontrolle hinein. Mit ausgestreckter Hand und den Blick auf Maries Gesicht geheftet, stieß er ein einziges Wort aus.

„Messer!"

Während sich in Maries Kopf alles zu drehen begann, sprang die Sklavin auf und kam mit dem gewünschten Gegenstand zurück. Die scharfe Klinge blitzte im Kerzenlicht auf und Marie schluckte hörbar. Die körperliche Anspannung trieb ihr den Schweiß aus jeder Pore und ein dumpfes Pulsieren drang tiefer in sie ein. Die Messerspitze glitt über ihre Haut, den Hals hinab, bis sie die Kälte des Stahls zwischen ihren Brüsten spürte. Ein kleiner Ruck fuhr durch ihren Körper.

„Schhhh. Vorsicht, Kätzchen, an deiner Stelle würde ich mich jetzt nicht mehr so heftig bewegen, das könnte ins Auge gehen."

Die unterschwellige Drohung schwängerte die Atmosphäre noch mehr und eine Gänsehaut bildete sich dort, wo das Messer sie berührte. Der Stahl glitt unter den Steg ihres BHs, schnitt und teilte den Spitzenstoff mit Leichtigkeit. Die Spitze schälte kühl den Stoff von ihren Brüsten, umkreiste die blanke Haut. Ohne dass Marie etwas dagegen tun konnte, richteten sich ihre rosigen Spitzen erregt auf. Sie hielt den Atem an, als die Schneide hauchfein über ihre rechte Brustwarze kratzte, aus Panik, selbst die Bewegung ihres Brustkorbs könnte Schlimmeres verursachen. Blanker, kalter, scharfer Stahl auf warmer, weicher, bebender Haut ... jede Berührung der Klinge an ihren Brustspitzen erzeugte einen sengend heißen Blitz bis hinunter zwischen ihre Schenkel, den ihre Klitoris mit wildem Pochen beantwortete. Die Messerführung glitt tiefer, malte die Rundungen ihrer Brüste nach, folgte der Linie zwischen ihren Rippen hinunter zum Bauchnabel. Marie beleckte sich behutsam atmend die trocken gewordenen Lippen und erhaschte für den Bruchteil einer Sekunde den faszinierten, gierigen Blick der Sklavin, der dem Messer folgte und sie heftig und schnell atmen ließ. Die Spitze der Klinge drang nur wenige Millimeter in die Bauchvertiefung ein, fuhr hinab bis zum Bund ihres kurzen Rockes, folgte der Linie mal nach links, dann nach rechts. Plötzlich hörte sie das verdächtige Geräusch von Stoff, der zerschnitten wurde. Stuart löste seinen Griff von ihren über Kopf gestreckten Gelenken und zerriss den Rest des Kleidungsstücks mit den Händen. Stuart ließ die Klinge erneut auf ihrer Haut wandern, an der Spitze ihres Slips entlanggleiten. Marie presste die Schenkel zusammen und erntete ein kaltes Lachen. Links und rechts schnitt die Klinge das Höschen auf. Die dauernde Demonstration der Schärfe dieses Instruments schickte Hitzewellen durch ihren Körper. Mit einem Handgriff hielt Stuart das wertlose Stückchen Stoff zwischen seinen Fingern. Marie griff danach, doch erneut fixierte er ihre Hände über dem

Kopf und presste sie zu Boden. Die Klinge blitzte auf und rammte sich direkt in den Holzboden. Maries Hände waren so überstreckt, dass der Versuch, sich aus dem Messer zu haken, vergeblich war.

Er schien tatsächlich für einen Augenblick beeindruckt, denn sie zuckte nicht einmal mit der Wimper. Das schwarze Leder seiner Handschuhe berührte sanft ihre Haut, hauchzart zeichneten seine Fingerkuppen Achten und Kreise mit den glitzernden Schweißperlen auf ihrem Körper. Seine Augen schienen sich immer dunkler zu färben. Er beugte sich vor, hauchte seinen heißen Atem auf ihren bebenden Bauch, ließ seine Lippen sanft folgen. Der Kuss löste ein Feuer aus, das sich in jeden Winkel ihres Körpers bahnte.

Abermals streckte Stuart auf seinen Unterschenkeln neben ihr sitzend seine Hand aus, ohne den Blick von Marie abzuwenden.

„Gerte!"

Die Sklavin sprang erneut auf die Füße und brachte eine lange dünne Reitgerte mit breiter Lederlippe am Ende. In ihrer Faszination über ihre Körperreaktionen auf das Messer hatte Marie eine Zeit lang ihre Gegenwehr aufgegeben. Jetzt drohte ihr Schmerz und den wollte sie sich nicht kampflos gefallen lassen, also trat sie nach ihm. Die Gerte sauste auf sie nieder und traf ihre linke Brust.

„Au!"

Erneut trat sie nach ihm und erntete einen weiteren Schlag auf die rechte. Diesmal jedoch blieb die Reaktion fast tonlos. Ein leises Zischen entfuhr ihr, obwohl der Biss des auftreffenden Leders ein fieses Brennen nach sich zog. Während des nächsten Hiebes betrachtete sie sein Gesicht und keuchte. Die Pupillen wirken jetzt fast schwarz in dem Licht des Kellers, und seine Mimik wirkte konzentriert und faszinierend erotisch. Marie konnte es kaum glauben, selbst die Narbe auf seiner linken Wange besaß etwas Sinnliches. Die Gerte hinterließ ein Feuer auf den getroffenen Stellen, das schier unerträglich schien, doch sie konnte sich kaum an Stuarts Gesichtsausdruck sattsehen.

„Ist das alles, was du draufhast?"

Gern hätte sie sich für die Bemerkung selbst geohrtfeigt, es war ihr einfach herausgeschlüpft. Sie bekam, wonach sie verlangte, was sie provoziert hatte, nur um ihn dabei weiter ansehen zu können. Fünf kurz aufeinanderfolgende Gertenhiebe, unberechenbar auf den Körper verteilt. Sie keuchte, die Pein zerriss sie innerlich, aber noch immer starrte sie in sein Gesicht. Wie gern hätte sie jetzt seine Lippen berührt, sogar geküsst, wäre mit den Fingerspitzen dem Verlauf der Narbe gefolgt von der Stirn über das Augenlid hinunter bis zur Wange. Marie schloss die Augen, fassungslos darüber, was in ihr vorging. Die Lederlippe der Gerte streichelte über ihre Haut, ließ die geschundenen Stellen kribbeln, stechen, beißen, dann glitt sie tiefer und hielt auf ihrem Venushügel an.

„Spreiz deine Schenkel für mich, Kätzchen."

Stattdessen presste Marie die Beine erneut zusammen. Er trug noch immer seine Handschuhe. Schwarzes Leder mit rauen Nähten. Er zwängte anstelle der Gerte seine Finger zwischen ihre Beine, vergrub sich in ihrem Schoß. Sie schrie erschreckt auf. Sie spürte die Nähte zwischen ihren zarten Schamlippen kratzen, die Fingerkuppen, die sich tiefer in den Spalt schoben. Noch viel erschreckender wog die Tatsache, dass sie feucht und erregt war. Seine lederummantelten Finger rutschten so leicht in ihre Scham, dass es sie fast beschämte, rieben, reizten und forcierten ihre Begierde nach Erlösung, bis sie hemmungslos stöhnte. Stuart entzog ihr die Hand und betrachtete die feuchten Spuren. Marie fühlte sich plötzlich leer, verlassen. Sie seufzte enttäuscht. Er sagte nichts, stand schmunzelnd auf und entfernte sich von ihr. Kühle Luft überzog ihren schweißbedeckten halbnackten Körper und sie zitterte, teils vor Anspannung, teils vor Erregung. Dann griff er nach ihr, drehte sie um, spreizte mit den Füßen ihre Schenkel und ignorierte ihr wehrhaftes Zappeln.

„Fixier sie!"

Einmal traf Marie die Sklavin mit dem Fuß so, dass sie auf ihrem Hinterteil landete, aber dennoch war sie eifrig genug, dem Befehl ihres Herrn zu gehorchen. Die Gerte landete auf ihrem bloßen Hinterteil, ein, zwei Mal mit heftigem Nachdruck, dann wurde sie sanfter. Tätschelnd wippte die Lederzunge des Schlaginstrumentes auf ihren Backen, bis sie die Wärme unter der Haut spürte. Je fester die Schläge kamen, desto wüster wurde Maries Fluchen. Doch auch die Beschimpfungen, die durch ihre wiedererweckte Rebellenseele aus ihrem Mund kamen, trafen auf Schweigen.

Auf dem Bauch liegend, mit weit gespreizten Beinen und dem Gesicht seitlich flach auf dem Boden lag sie da. Offen und hemmungslos wie auf einem Präsentteller. Seine Stiefelspitze schob sich unter ihren Schoß, hob und senkte sich dort. Sie fühlte sich erniedrigt und keuchte entsetzt, spürte die Reizung an ihrer Scham und verbiss sich das Stöhnen krampfhaft. Erneut ließ Stuart die Lederlippe leise klatschend über ihr erhitztes Gesäß immer tiefer tanzen, gefährlich nah. Ihr Geschlecht lag weit offen für ihn, und als der erste Klatscher ihre Schamlippen traf, schrie sie entsetzt. Jeder weitere Hieb wurde zu einer süßen Qual, dass sie glaubte, nur noch aus Lust und Gier zu bestehen. Das Wechselspiel zwischen Reiben, Streicheln und Schlagen versetzte ihren Unterleib in Hitze, trieb ihr den Schweiß noch mehr auf den Körper. Als sie schreiend zum Höhepunkt kam, zuckte und zitterte ihr Leib völlig unkontrollierbar. Marie fühlte sich benommen, konnte kaum einen Gedanken fassen. War das gerade wirklich passiert?

War sie wirklich unter diesem köstlichen Lustschmerz zum Orgasmus gekommen?

Stuart trat zurück und da war sie wieder, die lange, schwarze Lederpeitsche. Aus dem Augenwinkel konnte sie das Geflecht erkennen, trotz des herrlich erlösenden Zustands. Marie erstarrte.

Sie war kurz davor, um Gnade zu flehen, als er in ihrem Sichtfeld auftauchte.

„Sieh mich an, nicht die Augen schließen, halte den Kontakt ... ich will deinen Blick sehen."

Die zurückgekehrte Zärtlichkeit in seiner tiefen, rauen Stimme erschreckte sie jetzt mehr als die Peitsche. Er holte aus und ließ das Leder niedersausen. Der Biss war unerträglich und Marie schrie den Schmerz aus sich hinaus. Er hielt inne.

„Schließ nicht die Augen, sieh mich an ...

Sie sah ihn an, hielt dem Blick stand und schrie bei jedem Hieb, der ihren Po, ihre Beine, ihre Waden traf oder auf dem Rücken den Seidenstoff ihrer Bluse zufetzte. Tränen füllten ihre Augen, doch sie schloss sie nicht wieder. Der Blickkontakt zu Stuart wirkte auf skurrile Weise tröstlich.

„Bleib bei mir, Marie ... nicht wegsehen."

Marie ballte ihre Hände, auch wenn es nicht gegen den entsetzlichen, nahezu unwirklich wirkenden Schmerz half, doch es verlieh ihr die Kraft, es zu ertragen, ebenso wie den Blickkontakt zu ihm aufrechtzuerhalten. Und dann geschah etwas Seltsames. Die Schmerzen wurden leichter. Die Pein wandelte sich. Heiße Blitze schossen durch sie hindurch. Wie auf Federn gebettet schien ihr Körper weich zu werden. In ihrem Kopf herrschte plötzliche und völlige Stille. Es war ein Gefühl, als könne sie aus ihrem Körper hinaustreten, sich selbst betrachten und ihn. Die Züchtigung geschah nicht ihr, sondern jemandem anderem in ihr. Sie schwebte, fühlte sich federleicht, als bestünde sie nur noch aus Lust und Verlangen. Das Knallen der Peitsche drang wie aus weiter Ferne als Echo zu ihr durch und ihr schmerzerfülltes Stöhnen wirkte wie aus fremdem Mund. Und er war da, sah ihr stetig in die Augen und sein Gesicht war das Strahlen in Vollkommenheit. Jeder Biss der Peitsche hallte in ihrem Inneren wie seidig zärtliches Streicheln nach. Ihr war, als könne Stuart tief auf den Grund ihrer Seele blicken. Nichts existierte mehr, weder das Haus noch der Keller noch der Boden, auf dem sie lag. Es gab nur ihn und sie. Marie driftete tiefer ab, ließ los, fiel immer weiter, immer tiefer in den köstlichen Schwebezustand und dann lächelte sie.

Schwach und entkräftet fand sie sich in seinen Armen liegend wieder und spürte die Hitze zwischen ihren Schenkeln, während ihre Haut wie Feuer brannte. Langsam kehrte sie ins Hier und Jetzt zurück, fühlte das Brennen jeder einzelnen Wunde, die er ihr zugefügt hatte, aber da war noch etwas anderes. Feucht und warm, gierig und vorwitzig züngelte die Sklavin zwischen ihren Schamlippen, leckte den feuchten Spalt entlang und tastete sich langsam empor zu ihrer Klitoris. Mit behutsamen Fingerspitzen öffnete sie ihre Scham, legte das empfindliche Fleisch frei und tupfte mit der Spitze ihres Leckmuskels auf die prall geschwollene Perle, bis Marie aufstöhnte. Stuarts Hände um ihre Handgelenke ersetzten die Fesseln und sie lehnte sich halbherzig dagegen auf. Die Zunge der Sklavin umkreiste ihre Klitoris, die weichen Lippen saugten sich zart daran fest, und als ihre Fingerspitzen an ihrem Eingang rieben, atmete Marie so heftig, dass sich alles in ihrem Kopf drehte. Sie stemmte ihre Fersen auf den Boden und hob ihr Becken dem Zungenspiel entgegen. Die Fingerspitzen drangen in sie ein, füllten ihren Schoß so herrlich, dass sie aufstöhnend ihr Becken bewegte und danach gierte, mehr davon zu bekommen. Die Sklavin umkreiste ihre Klitoris, leckte ihre Schamlippen entlang, suchte jede kleine Falte ihres feuchten Geschlechts und bog ihre Fingerspitzen ein wenig. Direkt hinter dem Schambein, in dem verborgenen Knick lag ein Paradies und die Zofe des Masters wusste genau, was sie dort anrichtete. Marie keuchte, rekelte sich lüstern in Stuarts Armen und drängte ihren Unterleib dem Spiel noch energischer entgegen. Sie spürte das sachte Zucken, die Ankündigung der Erlösung. Das Reiben der Fingerspitzen wurde schneller, das Züngeln gieriger. Marie bäumte sich auf, und als sie kam, schrie sie auf, zitternd, bebend und so ekstatisch, wie sie es nie zuvor erlebt hatte. Die entladenen Zuckungen wollten nicht enden, kribbelten bis hinunter zu ihren Zehenspitzen und empor bis unter die Kopfhaut.

Stuart hielt sie sanft in seinen Armen, küsste ihre schweißnasse Schläfe. Selbst er war außer Atem und sein pralles Geschlecht drückte sich pochend in ihren Rücken.

„Du bist stark, stärker als ich dachte, Kätzchen. Ich danke dir dafür."

Marie war noch nicht so weit, sich seiner Worte bewusst zu werden. Seine Umarmung, seine Zärtlichkeit und seine samtige Stimme gaben ihr Sicherheit, denn sie fühlte sich verletzlicher als jemals in ihrem Leben. Als würde ihre Psyche nur noch an einem einzelnen, seidenen Faden hängen, kostbar, gefährdet und jede falsche Bewegung könnte ihn zerreißen. Stuart fing sie auf mit seiner Geborgenheit, aber seine Dankbarkeit verwirrte Marie.

Lange lag sie unbeweglich auf dem Boden, frei von Fesseln und nach Atem ringend. Ihr Blick war leer und an die Decke des Kellers gerichtet. Stuart saß wartend auf dem Strafbock und betrachtete sie mit einem faszinierten Lächeln. Er hatte die Sklavin fortgeschickt. Zuvor hatte sie um ihre Bestrafung gebeten, auf Knien und mit erhobenen Händen hatte sie ihm einen

Rohrstock entgegengehalten. In der Mitte des Raumes beugte sie sich vor, umfasste ihre Fußgelenke und präsentierte ihm ihr Hinterteil. Die zehn Hiebe waren so kräftig, dass Marie fürchtete, die Haut der Sklavin würde platzen, doch das tat sie nicht. Kein Laut war aus ihrer Kehle gedrungen. Danach war sie aufgestanden, bedankte sich bei ihrem Herrn und ging. Aber das wirkte so unwichtig, so nebensächlich, denn noch immer drehten sich Maries Gedanken um all die erregenden, faszinierenden Eindrücke, die sie erfahren hatte. Sie fühlte sich besiegt und es fühlte sich keineswegs schlecht an. Sie fühlte sich herrlich berauscht, aufgewühlt und verwirrt über dieses Wechselbad der Gefühle.

Langsam erhob sich Marie auf die Ellbogen und wich seinem Blick aus. Auch wenn seine Anwesenheit etwas Vertrautes mit sich brachte, war es kaum zu ertragen. Sie brauchte Zeit, alles sacken zu lassen, für sich zu sortieren. Stuart schwieg, wirkte keinen Moment lang überheblich oder triumphierend und sie war ihm dankbar dafür. Er glitt leise vom Strafbock und blieb neben ihr stehen. Als er sich zu ihr herunterhockte, wusste Marie zuerst nicht, wohin sie blicken sollte. Sie fühlte sich schutzlos und verletzbar, aber seine Nähe versprach Geborgenheit und gab ihr das Gefühl, als wäre sie in Watte gepackt. Marie war durcheinander. Für einen Moment sträubte sich alles in ihrem Körper, sich von ihm hochheben zu lassen, doch sie war zu schwach für einen Kampf. Tatsächlich wollte sie auch gar nicht mehr gegen ihn ankämpfen und lag schlaff wie eine Stoffpuppe in seinen kräftigen Armen. Er trug sie hinüber zu diesem absurden Thron und setzte sie auf die weiche Samtpolsterung. Mit raschen Bewegungen zog er sich das Hemd aus und Marie starrte wie hypnotisiert auf die ausgeprägte Brustmuskulatur. Sie fühlte sich wie ein kleines Mädchen, das umsorgt wurde. Er half ihr, in die Ärmel zu schlüpfen, knöpfte die Leiste zu, rollte die Umschläge bis zu ihren Ellbogen auf und begann mit einer unendlichen Zärtlichkeit, ihre geröteten Handgelenke zu reiben.

Noch immer sagte er kein Wort und die Verwirrung in Maries Kopf nahm durch diese sanften Gesten zu. Sein Gesichtsausdruck war so weich, warm und seine hellen Augen strahlten pure Zuneigung aus. Der Anflug eines Lächelns glitt über ihre Lippen. Eigentlich müsste der heftige Orgasmus durch die Zunge der Sklavin ihre Lust zur Genüge gestillt haben, doch diese Berührungen, seine Sanftheit, weckten eine unglaubliche, tief greifende Sehnsucht nach ihm. Sie sprach es nicht aus, rührte sich auch nicht, nur um diesen wunderbaren Moment nicht zu zerstören. *Wie kann dieser wundervolle Mistkerl jetzt nur so sein?* Er hob ihren rechten Fuß und massierte auch dort die leicht geröteten Striemen, die die straffen Fesseln hinterlassen hatten.

„Warum SM?"

Noch bevor sie einen Gedanken darüber verschwendete, drangen die Worte leise über ihre Lippen. Er wirkte ebenso überrascht wie sie, als die Stille verschwand. Stuart lächelte nicht, wirkte aber auch nicht distanziert ernst. Er sah in ihr noch immer leicht gerötetes Gesicht. Seine Erregung meldete sich mit einem Zucken. Stuart streichelte ihr Fußgelenk und widmete sich dann dem linken.

„Ebenso könnte ich dich fragen, warum du dich darauf eingelassen hast?"

Selbst in seiner Stimme lag diese Zärtlichkeit und ließ ihr Herz höher schlagen. Ihre Blicke trafen sich für den Bruchteil einer Sekunde und beide lachten. Fragen über Fragen und zur Beantwortung Gegenfragen, so etwas brauchte keine Erkenntnisse. Stuart setzte sich vor ihr auf den Boden, hielt noch immer ihren linken Fuß in den Händen und bei der Fußmassage hätte sie am liebsten laut geschnurrt.

„Wie funktioniert das, dass du eben noch so ... bestimmt und unberechenbar warst und jetzt plötzlich so ...?"

Sein Lächeln. Verdammter wundervoller Mistkerl. Sie erwiderte es und schüttelte ihren Kopf.

„Es ist für mich ein Rollenspiel. Es erfüllt meine Bedürfnisse und stillt meine Neigungen. Ich mag devote Spielpartnerinnen und ihre Leidenschaft, sich in meine Hände zu begeben. Aber wie jedes Spiel hat auch eine Session mal ein Ende."

„Aber unterwürfig bleibt unterwürfig und dominant bleibt dominant ..."

Er rieb sich mit den Fingerspitzen durch den rabenschwarzen Kinnbart und schien ihr Unverständnis für diesen sanften Übergang zu spüren.

„Die Inszenierungen sind von den Empfindungen her gut mit einem Theaterstück zu vergleichen, das du siehst. Selbst wenn der finale Vorhang fällt, steckst du noch emotional in dem Spiel der Gefühle. Manche haben Redebedarf, andere benötigen Zuwendung und Zuneigung, um sich langsam wieder zu erden."

„Bist du immer so ... nett zu deinen devoten Frauen?" Ihr gefiel der Gedanke nicht, dass es noch andere gab.

„Ein Illusionist lässt seine zersägte Assistentin auch nicht in zwei Hälften zurück."

Verdammt, wenn er doch nur aufhören würde, so zu schmunzeln, das macht mich fertig. Marie seufzte leise.

„Natürlich kümmere ich mich, das gehört für mich dazu. Es ist zum Teil meine Art, meine Dankbarkeit auszudrücken, zu zeigen, wie viel Respekt und Anerkennung ich für sie empfinde. Außerdem bin ich danach auch immer ein wenig liebesbedürftig."

Oh Göttin, wie kann er bloß jetzt auch noch so hinreißend sein. Hilfe! Sie konnte nicht anders als ebenso liebenswürdig über sein Zugeständnis zu lächeln.

Irgendwo tief in ihr musste doch noch ein kleines Stückchen Wut brodeln. So sehr sie auch in ihrem Inneren danach suchte, da war nichts mehr von übrig. Ihr Blick glitt langsam durch den Raum, nahm die ganze Fülle wieder viel deutlicher wahr und sie wurde sich bewusst, wo sie sich befand. Der Folterkeller, der ihr Schmerzen gezeigt hatte, überforderte sie plötzlich mit einer Wucht, dass es ihr fast den Atem nahm. Ihre Wangen glühten und der Drang von Flucht nahm überhand. Sie wollte weg, fort von dem hier und stand mit einem Ruck auf, der sie schwanken ließ. Als könne Stuart ihre Gedanken lesen, verließ er schweigend den Keller. Erst einige Augenblicke später, als sie seine Schritte nicht mehr wahrnahm, ging Marie die Treppe hinauf, verließ das Haus und stieg in ihren Wagen.

Sie war kaum in der Lage, den Motor zu starten, weil ihre Hände ihr nicht gehorchen wollten. Ein letztes Mal sah sie zur Eingangstür, hoffte, er würde da stehen, doch da war der Wunsch nur Vater des Gedanken.

Er sah zu, wie ihr Wagen minutenlang in seiner Einfahrt stehen blieb, stand hinter dem schweren Vorhang seines Schlafzimmerfensters und leerte mit wenigen Zügen eine Wasserflasche. Sein Schwanz schmerzte vor Erregung. So gewaltig hatte er sich das Ganze nicht vorgestellt. Er hatte schon von Kampfsubs gehört, doch war noch nie in der ganzen Zeit, seit er seine Neigungen auslebte, einer solchen begegnet. Für seine Gespielinnen empfand er stets tiefste Zuneigung und große Dankbarkeit. Doch es hatte eine geraume Zeit gedauert, bis die gegenseitige Befriedigung von Bedürfnissen und Neigungen harmonisierte. Das hier jedoch war anders. Stuart hatte es geahnt, doch dass es so intensiv werden würde, damit hatte er im Leben nicht gerechnet. Viele Devote benötigten einige Spiele, um so viel Vertrauen zu ihren Dominanten aufzubauen, sich völlig fallen lassen zu können, um in die sogenannte Subspace einzutreten. Eine Art Trancezustand, der Schmerz in brennende Lust und Verlangen umwandelte. Marie war es leicht gefallen, sich dem hinzugeben und ihre Leidenschaft hatte ihn überrascht. Doch da war noch etwas anderes, etwas, dass er niemals zulassen wollte und seiner obersten Priorität völlig entgegenstand. Er wollte sie wiedersehen, unbedingt, doch das könnte gefährlich werden.

Stuart rief sich noch einmal diesen köstlichen Augenblick, wie Marie still und ruhig auf dem Holzboden gelegen hatte, zurück. Er erkannte diesen Anblick, hatte ihn unzählige Male zuvor erlebt nach einem erstmaligen Spiel mit Devoten, die frisch in der Szene waren. Aber dieser Anblick unterschied sich deutlich von dem, was er kannte. Schon immer war es faszinierend, diesen sonderbaren Glanz in ihren Gesichtern zu erleben, doch Marie wirkte so unendlich kostbar, verletzlich und offen, dass sein Herz in Besitz genommen wurde. Erneut zuckte sein Geschlecht voller

Sehnsucht nach Erlösung gegen den beengenden Bund seiner Lederhose. Zum Finale einer Session nahm er sich die Devote, wenn er sich selbst nicht mehr beherrschen konnte. Doch Maries Anblick und Verletzlichkeit hatten den drängend Wunsch in ihm geweckt, sie zärtlich zu lieben. Der Blick in ihre dunkelgrünen Augen, noch genährt von dem Höhepunkt, Stuart hatte sich kaum daran satt sehen können. Seine Hand strich langsam über die Ausbuchtung und er schüttelte den Kopf. Diese süße Qual des Wartens bekam eine neue, sehr köstliche Note.

Noch immer stand Maries Auto da, wo sie eingestiegen war. Es wirkte seltsam angesichts dessen, das ihr eben noch Flucht und Panik im Gesicht anzusehen waren. Stuarts Neugier regte sich. Wohin fährt jemand wie sie, wenn er unsicher war und sich innerlich wund fühlte? Er wartete und statt einer eiskalten Dusche zog er sich ein frisches Hemd über. Er lauschte dem gestarteten Motor und stieg kurze Zeit später in seinen eigenen Wagen. Stuart folgte ihr durch die Stadt. Das House of Joe war eine private Pflegeeinrichtung für Menschen mit schweren Erkrankungen. Die Eigentümerin des Hauses hatte es nach ihrem verstorbenen Mann benannt. Die Presse hatte einen großen Bericht darüber gedruckt. Stuart wartete, bis Marie im Eingang verschwunden war, und setzte sich in Bewegung. Sie sprach kurz mit einer Pflegerin und setzte ihren Weg in den Garten fort. Aus einem Radio erklang ein Song von Joe Cocker und er sah einen alten Mann im Schatten einer Weide tanzen. Als Marie ihn erreichte, griff der alte Herr nach ihrem Gesicht und küsste sie auf die Lippen, wie es nur ein Liebhaber tat.

„Tanz mit mir, Liebling."

Seine dünnen Arme legten sich um Maries Mitte und zogen den zierlichen Körper an die Brust. Er tanzte so eng mit ihr, dass Stuart spürte, wie ein Funke Eifersucht in ihm aufkeimte.

„Amy, mein Baby, erinnerst du dich noch? Wir haben auf dem Konzert im Schlamm gelegen und uns im Schlafsack geliebt, während alle um uns herum tanzten."

Amy? Stuarts Stirn legte sich in Falten, bis ihm einfiel, was Erica bei dem Dinner erzählt hatte.

„Sind die beiden nicht niedlich anzusehen? Marie kommt ihren Vater alle zwei Tage besuchen. Es ist nicht leicht, einem geliebten Menschen dabei zusehen zu müssen, wie er geistig immer mehr verkümmert. Es ist ihr schwergefallen, ihn hierher zu bringen. Sie hat ihn so lange es möglich war allein gepflegt." Die Pflegerin war hinter ihm stehen geblieben und schmunzelte ihn freundlich an. Stuart nickte.

„Wie schlimm steht es um ihn?"

„Es ist ein Wunder, dass er überhaupt noch lebt. Es ist selten, dass ein

Mensch so früh an Alzheimer erkrankt und die meisten sterben bereits zirka sieben Jahren nach der Diagnose. Ausnahmen bestätigten die Regel in seinem Fall."

Die beiden tanzten noch immer eng umschlungen. Maries Augen waren fest geschlossen und sie schmiegte sich mit einem wehmütigen Lächeln an die Brust ihres Vaters.

„War heute ein Brief von Dex in der Post?"

„Daddy, du weißt doch, er ruft eher an, als zu schreiben."

„War heute ein Brief von Dex in der Post?"

Marie seufzte leise.

„Nein, er schreibt nie."

Und Stuart ergänzte in Gedanken den Grund. Dex war der Spitzname ihres verstorbenen Bruders.

„Kleiner Keks, was hast du denn an?"

Der alte Mann wirbelte sie herum und betrachtete sie. Maries Vaters wirkte plötzlich wieder klar und weniger verwirrt. Marie lachte leise auf, als sie an sich hinunter sah und ihr bewusst zu werden schien, dass sie Stuarts Hemd noch trug. Es war ihr um einige Nummern zu groß und wirkte wie ein knielanges weißes Kleid. Schmunzelnd hob der Mann den Zeigefinger.

„Aber so gehst du mir nicht auf die Straße, junge Dame."

„Natürlich nicht, Dad."

Plötzlich fühlte sich Stuart wie ein ungebetener Eindringling. Er ließ die Pflegerin ohne ein Abschiedswort stehen und stieg zurück in seinen Wagen. Diese Gegensätzlichkeit von Marie fügte sich in das Bild ein, das Erica bei dem Dinner beschrieben hatte. Der stachlige Schutzpanzer, wie ihre beste Freundin es genannt hatte, war gebröckelt, während der Session, wie auch hier. Für einen Moment bereute er, was zwischen ihnen geschehen, vor allem aber, dass er ihr gefolgt war. Doch es war bereits zu spät, sich abzuwenden. Der Reiz dieser Frau hatte Stuart fest im Griff.

7

Drei Tage vergingen und er rief nicht an. Drei Tage, in denen Marie sich nur mit Vorsicht irgendwohin setzen konnte, weil die Spuren noch brannten. In der Mittagspause stand sie wie so oft vor dem Spiegel im Damenwaschraum, hob ihren Rock und stellte sich, um einen besseren Blick zu bekommen, auf die Zehenspitzen. Sie war fasziniert von der Musterzeichnung, die Stuart wie ein perfektes Kunstwerk auf ihrer Haut hinterlassen hatte. Doch die Wunden verblassten bereits und heilten. Dennoch kribbelte dieses leise Nachwirken der Male immer wieder zwischen ihren Schenkeln. Nie hätte sie gedacht, dass man sich als Besiegte so wunderbar fühlen konnte. Eigentlich müsste sie auf sich schimpfen, dass sie sich von ihrem Herausforderer so leicht hatte bespielen lassen. Dieses Gefühl wollte nicht aufkeimen, stattdessen war sie sogar mit einem breiten seligen Lächeln auf dem Gesicht eingeschlafen. Selbst im Traum erlebte sie alles noch einmal mit Stuart und seinen schönen Augen, die zärtlich und liebevoll auf sie blickten.

Schmunzelnd strich Marie ihren Rock glatt und lächelte ihrem Spiegelbild zu, stolz auf die Kampfspuren, als wäre sie ein Kriegsveteran, dessen Narben jeweils eine eigene Geschichte erzählten. Sie kehrte zurück in den Laden, nachdem sie sich das Gesicht gekühlt hatte.

Es war eine intensive Erfahrung gewesen und sie spürte, dass sich etwas in ihrem Inneren nachhaltig veränderte. Doch beeindruckender als die Erinnerung verblieb dieser stete Blickkontakt seiner sich dunkler färbenden Augen mit jedem gezielten erregenden Manöver seines lustvollen Spiels. Sein Blick, der durch den Schutzwall sehen konnte, den sie in den Jahren errichtet hatte.

Sein Körpergeruch hing noch in dem Hemd, das sie mit nach Hause genommen hatte und nachts schlief sie damit ein. Mittlerweile konnte sie sogar über den grotesken Beginn des Abenteuers lachen. Noch immer rätselte sie über diesen seltsamen Schwebezustand, der sie überkommen hatte. Es war wie fliegen und einfach aus sich hinaustreten, alles zugleich. Doch sie war sie selbst geblieben. So etwas hatte sie nie zuvor erlebt. Noch nie hatte ein Liebhaber ihr solch intensive Höhepunkte verschafft. War es das, was Erica so faszinierte?

Mit Schwung landete eine flache Hand auf ihrem Hinterteil und sie zuckte heftig zusammen. Der Klatscher war nicht fest, aber das Brennen der Wunden durchzog ihren Körper. Marie keuchte und Paul sah sie überrascht an.

„Ich wusste nicht, dass du so empfindlich bist. Tut mir leid, aber du hast auf meine Frage nicht reagiert."

Wie so oft in den vergangenen drei Tagen war ihre Aufmerksamkeit woanders statt bei der Arbeit.

„Entschuldige, was hast du gefragt?"

„Alles in Ordnung mit dir? Du bist irgendwie weit weg und langsam fange ich an, mir Sorgen zu machen, Herzchen."

Paul betrachtete sie mit sorgenvollem Gesicht und ihr Lächeln schien ihm nicht das Signal zu geben, dass alles bestens sei. Er blieb skeptisch.

„Es ist wirklich alles okay, ich … bin nur ein wenig zerstreut, das ist alles."

„Steckt vielleicht der freche kleine Engel dahinter?"

„Jamie?"

Paul zeigte in den hinteren Teil des Ladenlokals. Schön wie eine Skulptur, lächelnd mit zuckersüßem Ausdruck im Gesicht, wartete er auf sie. Marie seufzte leise, senkte ihren Kopf, schloss für einen Moment die Augen. Sie ertrug diesen arroganten Charmebolzen heute nicht.

„Kannst du nicht ausnahmsweise …"

Manchmal entschied Maries Spiel von selbst, zu wem sie eklig wurde und sie spürte beim Anblick dieses Engelsgesichts, wie die verdorbene Frucht in ihr aufkeimte. Sie traute sich nicht über den Weg, ob es ihr gelang, die Professionalität heute zu wahren und setzte einen bettelnden Blick auf. Aber Paul schüttelte den Kopf.

„Du weißt, von mir möchte er nicht bedient werden. Er kommt nur aus einem Grund her … und du solltest endlich mit ihm ausgehen."

Langsam näherte sie sich Jamie, der gerade eine Auswahl an italienischen Schuhen ins Auge gefasst hatte.

„Baby, du wirkst heute so kalt und abweisend. Das gefällt mir ganz und gar nicht."

Marie zog die Kreditkarte durch das Gerät und reichte sie ihm zurück, ohne seinen eindringlichen Blick zu erwidern.

„Geh mit mir aus, du brauchst Zerstreuung und Entspannung. Heute findet eine Party statt, die ein Freund von mir gibt."

„Jamie, ich bin viel zu alt für Sie. Sie sollten sich lieber mit Mädchen in Ihrem Alter treffen."

Selbst Paul, der etwas abseits mit einem weiteren Kunden stand, drehte seinen Kopf und hob seine perfekt geschwungenen Augenbrauen. Nie zuvor hatte Marie diesem jungen Mann es so ins Gesicht gesagt. Während andere in seinem Alter diese Abfuhr als endgültig betrachten würden, lächelte Jamie süffisant, beugte sich über den Glastresen und sah ihr in die Augen.

„Junge Hühner kann ich jeden Tag vernaschen, Süße. Dazu braucht es nur den roten Porsche vor der Tür und ein gewinnendes Lächeln. So sehr ich einem Burger nicht abgeneigt bin, hab ich doch zurzeit eher Appetit auf ein Dreisternemenü. Wenn du verstehst, was ich meine."

Er leckte sich provokant über die Lippen und zwinkerte ihr zu. Marie hielt die Luft an und hoffte, wenn sie ihm keine Antwort gab, würde er schneller das Weite suchen.

„Du bist wirklich zum Anbeißen, Süße, und ich weiß, dass du mich willst."

Seine Augen sagten ihr eindeutig, dass er sie alle haben konnte. Jede, die er ins Auge fasste, landete früher oder später mit ihm in der Kiste. Ihre Hände ballten sich zu Fäusten und Marie klammerte sich an den letzten Strang ihrer Selbstbeherrschung.

Ohne auf eine Antwort zu warten, legte er eine Karte auf das Glas vor sich und verließ mit einem teuren neuen Paar Lederschuhe die Boutique. Die Karte war eine Einladung, wann die Party stattfand und unter welchem Motto, denn es handelte sich um eine Kostümparty der frivolen Art. Bitch & Pimp! Darunter stand in geschwungener Handschrift seine Handynummer. Paul warf einen neugierigen Blick über Maries Schulter und las die Karte mit.

„Roar, heiß und scharf. Das solltest du dir wirklich nicht entgehen lassen. Unbekannte Gewässer sind oft tief und schmutzig."

Weil der Kunde noch immer im Laden stand, flüsterte er und klang noch verruchter als gewollt. Marie lachte leise auf. Die Karte landete im Müll, denn sie würde ihn weder anrufen noch auf diese Party gehen.

Die restliche Öffnungszeit über zog Paul sie damit auf, in der Hoffnung, sie doch noch dazu zu bewegen, der Einladung zu folgen. Er tat es auf humorvolle Weise, dass sie ihm kaum böse sein konnte. Dennoch war sie froh, den Laden endlich hinter sich abschließen zu können und in Vorfreude auf ein duftendes Schaumbad fuhr sie nach Hause. Der Anrufbeantworter zeigte keine Nachrichten und in der Post lagen nur Rechnungen. Als sie in das dampfende Nass glitt, den zarten Rosenduft inhalierte und die Augen schloss, dachte sie an nichts und spürte bald ihre schmerzenden Füße nicht mehr. Als das Telefon klingelte, klang es so laut, dass sie sich erschreckt aufsetzte, als sei sie plötzlich aus dem Tiefschlaf erwacht. Mit nassen Händen suchte sie am Wannenrand nach dem kabellosen Ding und fluchte, hangelte sich empor, um das Waschbecken zu erreichen, auf dem der Hörer lag.

„Hallo?"

„Wow, hab ich dich geweckt, du klingst ziemlich zerknautscht?"

Marie lachte, als sie die Stimme ihrer Freundin erkannte.

„Nein, ich hab nur entspannt."

„Ah, gutes Mädchen. Hör mal, am Wochenende ist eine Party und ich wollte fragen, ob du vielleicht Lust hast?"

„Was für eine Party?"

Innerlich ahnte Marie, dass es sich um die gleiche Veranstaltung handeln könnte, zu der Jamie sie eingeladen hatte. Erica bestätigte den Verdacht und erzählte von dem frechen Motto. Aber eine Einladung der besten Freundin klang wesentlich entspannender als ein Date mit dem unwiderstehlichen, supertollen, charmanten Jamie Manson. Marie lachte.

„Warum überrascht mich das jetzt nicht, dass ihr beide dazu eingeladen wurdet."

„Kommst du nun mit?"

Marie sagte natürlich zu. Nach dem Zähneputzen krabbelte sie müde auf ihr breites Bett, griff wie automatisch nach dem Hemd, das dort lag, und schnupperte daran. Der süße brennende Schmerz der Wunden ließ allmählich nach und in ihr wuchs der Wunsch, Stuart wiederzusehen. Sein Name leuchtete auf dem Display ihres Handys, dann drückte sie auf Anwahl. Das Hochgefühl der vergangenen Session im Kopf, wartete sie lächelnd ins Kissen gekuschelt darauf, dass er den Anruf entgegennahm.

„Ja?"

Es kam ihr unendlich lang vor, dass sie zum letzten Mal seine Stimme hörte und seufzend spürte sie dem seichten Pochen ihres Geschlechtes nach.

„Ich bin's."

„Und was willst du?"

Sex? Eine Wiederholung? In deinen Armen liegen? Deinen Körper spüren? Spielen?

„Ich … ich würde dich gern wiedersehen. Wann hast du Zeit?"

„Gar nicht!"

Mit dieser Antwort beendete Stuart die Unterhaltung und Marie lauschte dem nervenzermürbenden Tuten in der Leitung wie unter Schock. Ihre Haut im Nacken prickelte, eine Gänsehaut stichelte über ihren Körper und es fühlte sich wie eine kalte Dusche nach einem heißen Sommertag an. Minuten später erst bemerkte sie, dass ihr Mund offen stand und die Gedanken rasten so flüchtig durch ihren Kopf, dass ihr schwindlig wurde.

„Oh, mein Gott, das hat er nicht wirklich getan, oder?"

Um sich zu vergewissern, hielt sie das Handy erneut an ihr Ohr und hörte nur die Stille. Sie packte das Hemd, zerknüllte es und warf es aus ihrem Bett.

„Verdammter Mistkerl!"

Fluchend rammte sie ihre Faust in das Kopfkissen.

„Na warte … das zahl ich dir heim."

Stuart legte sein Mobiltelefon an seine Lippen und lächelte gedankenverloren. Die feine Narbe auf seiner linken Wange kräuselte sich.

„Du befindest dich bereits auf dem Weg in Teufels Küche, mein Freund." Simon DiLucca schmunzelte zu seinem Freund hinüber und nippte an seinem Whiskey.

Stuart klärte seine Stimme, steckte das Handy in die Tasche und prostete ihm zu. „Es ist nur ein neues Spiel."

Simon kannte ihn gut genug, wusste, dass sein Freund überzeugter Single war und das auch entsprechend genoss. Es gab die eine oder andere Spielbeziehung, die rein auf der Basis BDSM stattfand und niemals weiter in sein Privatleben reichte. Stuart trennte die beiden Welten völlig voneinander und das bisher mit akribischer Genauigkeit. Dennoch, der Blick und das Lächeln wirkten diesmal anders. Nur ein neues Spiel? Simon erwiderte den Trinkspruch und leerte sein Glas. „Kenn ich sie?"

Stuart schwieg, aber Simon sah ihm an, dass er versucht war, um den heißen Brei zu reden.

„Okay, ich kenne sie also."

Stuart schwieg weiterhin eisern.

„ Also muss es jemand sein, der …"

„Warum interessierst du dich plötzlich so intensiv für meine SM-Bekanntschaften? Hab ich irgendetwas verpasst?"

„Dann verrate mir, warum du so ein großes Geheimnis daraus machst? Ich kenne alle deine Gespielinnen. Sie allerdings muss schon etwas Besonderes an sich haben, wenn sie dich so in ihren Bann zieht."

Stuart seufzte und strich sich mit der Hand durch das schwarze Haar. Simon kannte ihn gut, manchmal viel zu gut für seinen Geschmack. „Hast du dir etwa schon wieder eine Prominente angelacht? Was ist sie? Schauspielerin, Autorin …"

„Nichts von all dem."

„Okay, okay. Ich könnte deine Geheimniskrämerei nachvollziehen, wenn sie in der Öffentlichkeit steht, aber wenn dem nicht so ist, versteh ich nicht, warum du mir nichts über sie erzählst. Also, Bruder? Wer ist die Kleine, die sich in das Herz eines so gestandenen Masters graben und dir mit einem Anruf ein solches Lächeln entlocken kann?"

Stuart wusste, Simon würde niemals locker lassen. Er sah ihm fest in die Augen.

„Ein Wort zu deiner Frau und du liegst bei meiner nächsten Streckbank Probe."

Simon brach in schallendes Gelächter aus, aber überrascht wirkte er nicht. Er atmete hörbar aus, schickte für einen Moment seinen Blick gen Decke. „Du spielst mit Marie? Diesem kleinen kratzbürstigen Aufstandszwerg? Für die das Kürzel BDSM schon Perversion bedeutet? Dio mio, das kann nicht dein Ernst sein."

„Sie ist eine kleine Kampfkatze."

„Stuart, dir ist klar, dass diese Frau Haare auf den Zähnen hat? Sie ist die beste Freundin meiner Frau und ich mag sie, aber ich hätte nie geglaubt, dass sie in dein Beuteschema fällt. Ist sie Masochistin und/oder quälst du dich gerade selber?"

Stuart zuckte mit den Schultern und schwieg.

„Seit der Nummer auf unserer Hochzeit?" Simon erntete ein Kopfschütteln, das aussagte, dass er ihm darauf keine Antwort geben würde. Er hob sein Glas und prostete Stuart zu. „Ich muss mich wohl korrigieren. Sie passt wie die Faust aufs Auge. Stur, starrsinnig, vorlaut, zickig, impulsiv … genügend Gründe für dich, auf sie anzuspringen. Kampfsubs sind verdammt anstrengend, Stuart."

„Sie ist noch viel mehr als das."

Er murmelte die Worte leise und mehr an sich selbst gerichtet, aber Simon beließ es dabei. Dennoch lächelte er, denn ihm wurde jetzt die sichtbare Veränderung seines besten Freundes wesentlich klarer. Für eine Weile legte sich angenehmes Schweigen in die Bibliothek zwischen die Freunde. Jeder hing seinen eigenen Gedanken nach.

Stuart hörte noch den Klang ihrer süßen Stimme im Kopf, bevor er ihr die kalte Abfuhr erteilt hatte. Wissend, welchen Knopf er bei der kleinen Kampfkatze damit drückte. Er war gespannt, zu erfahren, was sie sich als Nächstes einfallen ließ, um seine Aufmerksamkeit zurückzuerobern.

8

In der Mittagspause kam Erica spontan vorbei und lud Marie bei herrlich sonnigem Wetter zu Sahneeis und Kaffee in die Stadt ein. Sie plauderten über die Party und die eventuellen Outfits.

„Erinnerst du dich an das Fotomodel, das diesen Skandal letztes Jahr auf dem roten Teppich verursacht hat? Splitternackt da aufzutauchen mit der Begründung, sie habe nichts Passendes in ihrem Schrank gefunden und kein Designer wollte ihr ein Kleid zur Verfügung stellen. Ob sie auch auf die Party kommen wird?"

Erica nippte an ihrem Kaffee und schmunzelte in sich hinein. „Ist das überhaupt ein Fotomodel? Ich kann mich erinnern, dass vor dem Nackedeiskandal keiner wusste, wer sie überhaupt ist."

„Hm, stimmt, war also ein geschickter Schachzug, sich ins Rampenlicht zu beamen." Marie lachte zur Bestätigung und zückte ihr Handy.

Weißt du, wie man solche Typen wie dich noch bezeichnet? P U S S Y.

Sie legte es wieder beiseite, als sie den Nachrichtentext abgeschickt hatte. Bei zehn SMS-Nachrichten für heute hatte sie aufgehört, zu zählen. Amüsiert löffelte sie in ihrem Sahneeis. Die gute Laune hielt sich bereits seit Tagen. Immer, wenn ihr etwas Gemeines durch den Kopf ging oder sie etwas irgendwo aufschnappte, schickte sie ihre bösen, provokanten Sprüche auf Stuarts Handynummer. Bisher hatte er noch nicht reagiert. *Noch nicht!* In Gedanken stellte Marie sich sein verärgertes Gesicht vor, jedes Mal, wenn sein Handy piepste und er den Text las.

„Erwartest du einen Anruf oder warum fummelst du ständig an deinem Handy rum?"

Marie hob nichtssagend ihre Augenbrauen und wechselte das Thema. „Ich wette, die Presse wird sich darum reißen, die schlimmsten Outfits einzufangen."

Erica nickte, hielt ihre Kaffeetasse mit beiden Händen und reckte ihr Gesicht zur Sonne. „Und hast du dich jetzt entschieden, was du anziehen willst?"

„Ich hab irgendwo in den Schubladen noch diese peinlichen knallroten Strapse mit passendem Hüftgürtel, die du mir zum 16. Geburtstag geschenkt hast. Das war so peinlich, die Teile vor der gesamten Familienbande auszupacken ... ich hätte dich erwürgen können und meine Mutter erst ..."

Erica lachte bei der Erinnerung.

„Die hat dir das Ding aus der Hand gerissen und es sofort verschwinden lassen. Obwohl, dein Onkel Theodor wollte sich das ja eigentlich genauer ansehen."

Marie prustete los und spuckte fast das Eis wieder aus. „Ich hab's bei meinem Umzug auf dem Dachboden in einer Holzkiste ganz unten bei Barbie und Ken wiedergefunden."

„Und ich dachte, sie hätte das sündige Teilchen einer Feuerbestattung mit Ritual zur Reinigung übergeben."

Maries Mutter war streng katholisch und mit der Zeit zu einer erzkonservativen Frau geworden. Wenn man Mutter und Tochter nebeneinanderstellte, mochte man kaum glauben, dass sie verwandt waren. Sah man genauer hin, erkannte man schnell, woher Marie ihr Aussehen hatte. Vom Charakter her waren sie grundverschieden, wie Mutter und Sprössling nur sein konnten, und das hatte zu etlichen Krisen in Maries wilder Jugend geführt, bevor ihr Leben völlig aus den Fugen geraten war. Erica betrachtete sie.

„Hast du eigentlich nie bereut, nicht aufs College gegangen zu sein?"

„Nie." Die Antwort kam wie aus der Pistole geschossen über Maries Lippen.

„Aber du hättest die Wahl gehabt …"

„Ich hatte keine Wahl, Erica. Was hätte ich tun sollen? Ihn auch noch im Stich lassen und der staatlichen Fürsorge überlassen? Er ist der einzige meiner Familie, der noch da ist und ich bin alles, was er noch hat. Hast du dir mal angesehen, wie diese staatlichen Pflegeheime aussehen?" Marie schüttelte den Kopf und lächelte traurig. „Ich weiß, wie die Zukunft aussehen wird. Er wird sich bald nicht mehr an mein Gesicht erinnern. Er wird immer mehr sich selbst verlieren und es tut weh, zu sehen, wie sein brillanter Verstand verkümmert. Du weißt, dass ich ihn liebe und zu wissen, dass mein Dad irgendwann nicht mehr in der Lage sein wird …"

Erica griff nach ihrer Hand, drückte sie sanft und nickte. Sie musste nicht weitersprechen.

„Hast du je wieder etwas von Amy gehört?"

„Die Frau, die sich katholische Ehefrau nennt und meine Mutter schimpft? Sie interessiert sich nicht dafür. Wie war das noch? In guten wie in schlechten Tagen, in Gesundheit und Krankheit? Als sie mit ihrem Koffer aus der Tür gegangen ist, hat sie sich dafür entschieden, in der Hölle zu schmoren. Und sie hätte es verdient. Sie hat das alles nicht mehr ertragen. Weißt du, was sie sagte, als sie ging?" Ein wenig Verbitterung klang in ihrer Stimme mit. „Gott hätte ihr ein Zeichen gegeben, weil er ihr Dexter genommen hat, ihren geliebten Sohn. Und an der Krankheit wäre Dad selbst schuld, weil er nie zum wahren Glauben gefunden hat und Gott ihn nun dafür bestraft." Marie schnaubte kopfschüttelnd und lehnte sich in ihrem Bistrostuhl zurück.

„Ich kann verstehen, dass du sie dafür hasst."

„Hassen?" Sie lachte amüsiert auf und es klang echt. „Über den Punkt bin ich längst hinweg. Das hat mich stärker gemacht und mir eine harte, aber lehrreiche Lektion erteilt. Diese Frau zu hassen, wäre Energieverschwendung und es gibt Wichtigeres, als über das Warum zu grübeln. Oder darauf zu warten, dass sie vielleicht zur Besinnung kommt und zurückkehrt. Ganz ehrlich? Nachdem sie gegangen war, ist mein Vater fast daran erstickt. Heute gibt es noch Momente, in denen er sich an diesen Tag erinnert und ihn erneut durchlebt. Sie hat ihm das Herz gebrochen, und wenn man etwas Gutes an dieser verdammten Krankheit sehen möchte, dann, dass auch diese Erinnerung verschwinden wird. Er hat sie geliebt und sie hat ihn im Stich gelassen. So einfach ist das."

„Du wärst sicher eine tolle Anwältin geworden."

„Die Beste." Erneut griff Marie zum Handy und tippte. *Weichei!* Und weil es so Spaß machte, gleich noch eine Nachricht hinterher. *Was bist du nur für ein Waschlappen.*

„Was tippst du da eigentlich die ganze Zeit?"

Marie setzte eine Unschuldsmimik auf und lächelte zuckersüß. „Nichts Besonderes, nur ein paar kleine Nettigkeiten."

„Marie?" Der Unterton in Ericas Stimme zeigte deutlich, wie gut die Freundin sie kannte. „Wie heißt er und was hat er angestellt?"

Sie schüttelte den Kopf und wurde plötzlich ernst. Am Abend, nachdem sie von Stuart heimgekommen war, wollte sie reden, wollte ihrer Freundin alles erzählen, in der Hoffnung, sie könne ihr manche Gefühle und Empfindungen erklären. Sie hatte es nicht einmal geschafft, Ericas Nummer zu wählen. Erneut überkam sie das Gefühl, sich ihr mitteilen zu wollen, aber was sollte sie ihr sagen? *Juhu, ich gehöre jetzt auch zum Perversenclub wie du?* Undenkbar, nach allem, was sie ihr an den Kopf geworfen hatte, als Erica ihr von den neu entdeckten Neigungen erzählte. Marie erinnerte sich an den Nachmittag, als die beiden Honeymoonschätzchen von der Hochzeitsreise zurückgekehrt waren und sie ihr alles von der Zeit mit Simon berichtetet hatte. So viele Gedanken, wie Erica sich im Laufe der Zeit gemacht hatte, warum, wieso, weshalb ... Marie hinterfragte es nicht, sie sah das Spiel als eine Art erotisches Abenteuer und eine neue Erfahrung. Abermals griff sie zum Handy.

Ohne Peitsche in der Hand bist du nur eine Krücke. Das Lächeln kehrte auf ihr Gesicht zurück. Plötzlich kam Hektik auf und Marie verabschiedete sich eilig. Sie hatte die Mittagspause hemmungslos überzogen und Paul stand allein im Laden. „Tut mir leid, Missie. Wir telefonieren, okay?"

Die Freundin nickte.

Kaum betrat Marie das Geschäft, rannte sie fast in Jamie hinein. „Oh, du ... ähm, ich meine Sie!"

Diesmal ließ er sich von ihr eine Auswahl an Krawatten zeigen und die Stoffe sowie die Dessins erklären. Wie durch Zufall kam es immer wieder zu Berührungen seinerseits, was ihr überhaupt nicht gefiel. Marie ging auf Abstand und beherrschte sich, darauf einzugehen. Sein süffisantes Lächeln zeigte deutlich, dass er sie mit voller Absicht anfasste. Bis er sich für Binder der Kollektion entschieden hatte, dauerte es geschlagene zwei Stunden und diese wirkten wie eine Geduldsprobe der Sonderklasse für sie.

„Hast du dir meine Einladung durch den Kopf gehen lassen?"

„Ich wünsche Ihnen noch einen schönen Tag, Jamie."

Sein Gesichtsausdruck wirkte nicht enttäuscht, eher amüsiert. Marie hoffte, dass die Party so gut besucht sein würde, dass sie ihm dort nicht über den Weg laufen müsste. Jamie ging mit einem Augenzwinkern, das andeutete, wie sicher er sich war, irgendwann ein Ja von ihr zu hören.

„Ein hartnäckiger kleiner Schlingel."

„Warum gehst du nicht mit ihm aus? Ich wette, Paula würde ihm gefallen."

„Ein bisschen Bi steckt auch in ihm, ich kann das riechen, aber leider stehst du kleine Schlampe Miss Paula im Weg."

Paul lachte geziert schnippisch und warf einen Blick auf Maries Handy.

Jeder andere Mann hat mehr Klasse im kleinen Finger als du.

„Autsch! Für wen ist diese Boshaftigkeit denn gedacht?"

„Miss Paula sollte ihre kleine Pudernase nicht in Angelegenheiten stecken, die sie nichts angehen."

Er streckte seinen Po raus und wackelte damit.

„Uh, gib es mir ordentlich, kleines Miststück."

Marie zögerte einen Moment, ließ sich aber nicht zu einem Spanking verführen und lachte.

„Du bist so blöd."

„Und du bist böse."

„Ich?"

„Du spielst mit dem Herzen eines kleinen, unschuldigen Engelchens und schickst gemeine Texte an einen anderen Mann. Wenn das nicht böse ist, dann weiß Miss Paula es auch nicht."

„Miss Paula sollte sich jetzt sehr schnell umdrehen, denn da wartet ein neuer Kunde."

John Bellac war ein Stammkunde von Paul und kannte seine beiden Seiten bereits. Dennoch wirkte der Verkäufer erleichtert, ihn zu sehen und nicht jemanden, für den das kleine Wortgefecht anstößig wirken könnte, und das in einem solch edlen Herrenausstattergeschäft.

Madame Dita, eine professionelle Domina, beäugte Stuarts ständig vibrierendes Handy auf dem Tisch. Auch wenn es auf lautlos gestellt war, störte es das Verkaufsgespräch. Stuart jedoch ignorierte es. Er wusste bereits, von wem die Nachrichten stammten.

Die Domina besaß ein Studio im Rotlichtviertel der Stadt und war für ihre Gnadenlosigkeit bekannt. Ihr streng zu einem hohen Zopf gebundenes Haar glänzte wie schwarzer Lack. Ihre Taille war stets in enge Korsetts geschnürt und ihre roten Lippen perfektionierten das Bild der strengen Gebieterin. In ihrem BDSM-Studio bot sie nicht nur ihre Dienste an, sondern auch gut ausgebildete, professionelle Sklavinnen. Eine davon kniete mit gesenktem Kopf direkt neben ihren Beinen. An ihrem Halsband war eine kurze Leine, die Madame Dita hielt. Eine lange Freundschaft und Geschäftsverbindung verband sie und Stuart.

„Vielleicht handelt es sich um eine deiner Sklavinnen in Nöten."

Stuart lachte laut auf. „Oh, da ist jemand garantiert in Not, aber als meine Sklavin würde ich sie noch nicht bezeichnen."

„Eine neue Eroberung, Master Stuart?"

„Eher ein neues Spielzeug, Madame Dita. Und für welches Peitschenmodell kann ich dich begeistern?"

Sie ließ ihren professionellen Blick über die ausgebreiteten verschiedenen Peitschen gleiten und konzentrierte ihre Aufmerksamkeit auf ein besonders ausgefallenes Stück. Sie griff nach der Kosakenpeitsche und betrachtete sie näher.

„Das nenne ich Kennerblick. Ein Einzelstück und genau nach dem Original gefertigt. Man nennt sie Nagaika. Siebzig Zentimeter lang, aus feinen Lederstreifen geflochten, sich verjüngend mit einem festen Knotengeflecht am Ende. Sie wurde in der Vergangenheit von den Kosaken und Tataren verwendet. Allerdings eignet sie sich meiner Meinung nach nur für das finale Spiel."

Madame Dita warf ihrer anwesenden Sklavin einen scharfen Blick zu.

„Hast du sie schon getestet?"

„Noch nicht, dieses Privileg wollte ich dem Kunden als Einweihung schenken."

Auch er sah die Sklavin an und erkannte das leichte ängstliche Beben in ihrem Körper, als sie wie hypnotisiert die Kosakenpeitsche betrachtete. Ein erregender Anblick mit süßem Kopfkino, in dem Marie die Hauptrolle spielte und ein lustvolles Zucken in Stuarts Geschlecht verursachte.

Madame Dita ruckte an der Kurzleine, ein nonverbales Zeichen für die bebende Sklavin, sich aufzurichten. Mit gesenktem Kopf blieb sie neben ihrer Herrin stehen, die Arme auf dem Rücken verschränkt. Liebenswürdig lächelnd erhob sich Dita, streichelte über den Kopf ihrer leise seufzenden Sub und befahl ihr, Position drei einzunehmen.

Die Sklavin folgte dem Befehl sofort. Sie beugte sich über den Tisch, ignorierte die restlichen Lederpeitschen, die sich in ihren Oberkörper bohrten, und legte die Handflächen flach über ihren Kopf ausgestreckt ab. Die Beine spreizte sie weit genug, um ihre Zugänglichkeit zu beweisen. Madame Dita belohnte sie mit Streicheleinheiten, ließ ihre samtbehandschuhte Hand über ihren noch makellosen Rücken gleiten. Ein Schaudern durchflutete den Sklavenkörper und Stuart beobachtete fasziniert die Szenerie.

„Master Stuart, ich weiß, du bist ein Meister in allen Belangen der Peitschenkunst. Würdest du mir eine Demonstration geben, wie ich diese Form der Peitsche bestmöglich einsetze?"

„Möchtest du sie nicht selbst prüfen?"

Dita lächelte kopfschüttelnd und hielt ihm die Kosakenpeitsche entgegen.

„Auch ich brauche für neue Instrumente eine gewisse Übung, bevor ich sie zielgerecht einsetzen kann. Daher würde ich gern zusehen, wie ein Meister sie benutzt. Keine Sorge, meine Sklavin ist Masochistin und sie weiß den Schmerz richtig zu kanalisieren."

Stuart ergriff die Kurzpeitsche und ließ das stramme Ledergeflecht durch seine Hände gleiten. Das Sonnenlicht warf gemalte Schatten auf den Rücken der Sklavin. Diese seidig weiche Haut zu zeichnen, wirkte unendlich verführerisch. Mit bloßer Hand berührte er die Wirbelsäule, ließ die Fingerkuppen der Linie bis hinunter zum Ansatz ihres sanft gerundeten Pos folgen. Stuart sah bereits das Muster der Striemen deutlich vor sich. Die Fingerspitzen zeichneten die Linie ihrer rechten Pobacke nach bis hinunter zu der sinnlich anmutenden Falte, dem Ansatz ihres Oberschenkels. Bei ihrer Ankunft trug sie nur ein rotes Cape, ihr Halsband und die goldenen Hand- und Fußfesseln, mit denen Madame Dita jede ihrer Sklavinnen als ihr Eigentum markierte. Er löste sich von diesem schönen Anblick, legte sein Sakko ab, krempelte seine Hemdärmel bis zu den Ellbogen empor und legte die Peitsche beiseite. Als er zurückkehrte, trug er seine schwarzen Lederhandschuhe, band sich das schulterlange Haar im Nacken zusammen und suchte Ditas Blick.

„Sie steht dir zur freien Verfügung. Benutz sie, wie es dir beliebt. Ich finde es aufregend, einem Master wie dir bei der Arbeit zusehen zu dürfen."

Stuart umrundete den Küchentisch.

„Hast du zugehört, Mädchen? Du wirst dem Master jeden Wunsch erfüllen."

„Ja, Herrin."

Die Sklavin zuckte zusammen, als seine Hand ihren Nacken berührte, um das Haar beiseite zu streichen. Stuart beugte sich über sie, blies seinen Atem über ihre bloßen Schultern und sah zu, wie ein Schaudern durch sie hindurchrieselte. Ein Lächeln glitt über ihr Gesicht. Plötzlich umschloss seine kräftige Hand ihre Kehle, zog sie daran vom Tisch empor. Seine Brust fühlte sich stark und hart an ihrem Rücken an.

„Spreiz deine Beine. Streck deine Arme aus, die Handflächen nach oben."

Auf jede Hand platzierte er eine dicke Kerze und zündete sie an. Dabei korrigierte er die Streckung der Ellbogen und hob ihr Kinn, damit sie geradeaus blickte.

„Diese Haltung wirst du unter allen Umständen beibehalten. Verstanden?"

„Ja, Herr."

Er beugte sich zu ihrem Gesicht. „Ich habe dich nicht verstanden." Das hatte er sehr wohl, doch er bestand auf eine andere Bezeichnung, die ihr bekannt war.

„Ja, Master Stuart."

Bereits jetzt drohten sich die Arme unter der Last zu senken. Die Anstrengung zeichnete ihr Gesicht.

„Ist es dir zu schwer, meinem Wunsch Folge zu leisten?"

„Nein, Sir. Ich meine, nein, Master Stuart."

Er umrundete sie, strich erneut ihr Haar über die Schulter, um ihren Rücken besser betrachten zu können. „Streck deine Arme nach vorn."

Sie folgte der Anweisung und ihre Arme zitterten wie Espenlaub. Die Sklavin biss ihre Zähne zusammen. Die Haltung rundete ihre Schulterblätter. Stuart beugte sich über ihre Schulter, senkte seine Lippen darauf und berührte mit der Wange ihr Gesicht. Seine Hand schloss sich abermals um ihre Kehle. Der Druck seiner Finger ließ sie spüren, wer sie im Hier und Jetzt besaß.

„Ich werde dich jetzt zeichnen."

Er trat einen Schritt von ihr zurück, spannte Griff und Peitschenende mit den Händen und ließ sie knallen. Die Sklavin zuckte, ein spitzer Laut drang aus ihrem Mund und Madame Dita lachte höhnisch. Die Kosakenpeitsche hatte nicht einmal im Ansatz ihre Haut berührt, doch das Geräusch erzeugte einen satten Klang. Die Kerzen auf ihren Handflächen kamen ins Wanken und er gab ihr genügend Zeit, wieder das Gleichgewicht zu finden. Sie zischte leise, als heißes Wachs auf ihre Finger tropfte. Unerwartet zuckte das Ende der Peitsche auf ihren Rücken. Der helle Schnalzlaut erfüllte den Raum und mit wenig Kraft bildete sich die erste Linie auf ihrem Rücken. Stuart zielte, um den genauen Winkel auf der anderen Seite zu finden und ließ den Hieb folgen. Die Sklavin keuchte, bemüht, die Kerzen zu halten und gleichzeitig den Schmerz, den er erzeugte, auszuatmen. Zwei perfekt gleichlange gerötete Striemen lagen sich nun gegenüber.

„Früher hat man diese Peitschen mit Bleikugeln verstärkt."

„Wirklich? Und hast du dich an das Original gehalten?"

Die Pause galt einzig der Sklavin, die belanglose Unterhaltung war das reiche Psychospielchen, denn nichts war intensiver als das Nichtwissen, wann das Leder als Nächstes zubeißen würde.

„Silber ist nicht so hart und wesentlich edler."

„Hm, ich liebe deinen Sinn für nobles Design."

Madame Dita betrachtete den zitternden Körper ihrer Sklavin. Da die Kosakenpeitsche nicht durch die Luft surrte wie ein gewöhnliches Instrument, hörte sie den nahenden Hieb nicht, konnte sich somit auch nicht darauf einstellen. Stuart wechselte die Technik, schwang mit leichtem Drall das Ende, berührte immer wieder in kurzen Abständen ihre Rückenpartie. Sie keuchte. Die Kerzen schwankten erneut, Wachs schwappte über und tropfte auf ihre Hände, auf den Boden.

„Wie ungeschickt von dir."

Die Peitsche knallte nach den enttäuschten Worten ihrer Herrin viermal hintereinander und setzte das Striemenmuster auf ihrem Rücken fort. Sie war kaum mehr in der Lage, sich auf den Füßen zu halten. Schwankend war sie bemüht, die Haltung zu wahren und Tränen rollten über ihre Wangen. Stuart blieb vor ihr stehen, hob ihr Kinn und lächelte sie an.

„Die Tränen einer Sklavin sind wie das Lächeln eines Kindes."

„Auch noch Poet, ich bin hingerissen, Master Stuart."

Er reagierte nicht auf die zynische Bemerkung, konzentrierte sich nur auf das Gesicht vor sich. Die Augen der Sklavin leuchteten. Sie breitete ihre Arme wie zuvor wieder aus, damit er nähertreten konnte. Stuart hielt ihren Kopf mit beiden Händen, rieb mit den Daumenkuppen die Tränen fort und küsste ihre Stirn. Sie war trainiert, den Augenkontakt zu einem Herrn oder einer Herrin zu meiden, stets mit erhobenem Haupt über dessen Schulter zu blicken. Doch Stuart liebte diesen Anblick zu sehr, um darauf zu verzichten.

„Sieh mich an."

Zögernd folgte sie der geflüsterten Bitte. Verwirrung lag in ihrem Blick, denn sie war Befehl und Anweisung gewohnt, aber nicht, dass ein Meister sie um etwas bat. Stuart setzte einen Schritt zurück.

„Ich möchte, dass du den Kontakt zu mir hältst. Sieh mir in die Augen."

Die sechs folgenden Hiebe verteilte er über ihre Brüste, ihren Bauch und ihre Rippen. Sie klagte leise, kämpfte erfolglos gegen die Tränen, doch sie lächelte, denn der Augenkontakt zu ihm wirkte wie Balsam für ihr wachsendes Verlangen. Die Masochistin in ihr wollte mehr, verlangte danach, unter ihm zu leiden und die Pausen zwischen den Peitschenbissen kosteten nicht nur Kraft, sondern auch Geduld. Er hob den Griff der

Peitsche empor. Darauf trainiert, küsste sie den Schmerzbringer hingebungsvoll. Stuart schmunzelte.

„Festhalten."

Seine Stimme klang sanft, wenn er sprach, und es schien für sie ungewohnt, denn ihre Stirn kräuselte sich. Die Sklavin öffnete ihre hübsch geformten Lippen. Madame Dita blieb hinter ihr stehen, berührte die Male am Rücken mit fasziniertem Blick.

„Wunderschön."

Die Herrin schlang ihre Arme um den schlanken Körper, griff direkt zwischen die Schenkel der Sklavin und raunte.

„Sie ist nass, wie es sich für eine kleine Schlampe gehört."

Die Bezeichnung aus dem Mund ihrer Gebieterin zu hören, ließ sie stöhnen.

„Auf die Knie, Miststück!"

Die Sklavin schien wie ferngesteuert zu reagieren. Der strenge Unterton ihrer Herrin wirkte wie in ihren Kopf gebannt. Noch immer balancierte sie die Kerzen auf ihren Handtellern, während ihre Herrin in ihr Ohr flüsterte.

„Wenn du es schaffst, Master Stuart von deiner Zungenfertigkeit zu überzeugen, werde ich ihn bitten, deinen ganzen Körper so zu zeichnen."

Die Peitsche fiel aus ihrem Mund, als sie sofort ihre Lippen öffnete. Diese Einladung war zu köstlich, um sie auszuschlagen. Sein Geschlecht zuckte bei der Vorstellung, ihren Mund zu erobern. Stuart öffnete seine Hose und blieb stehen, zu weit weg, um erreichbar für sie zu sein. Sie rutschte willig auf den Knien auf ihn zu. Das Wachs der Kerzen tropfte bei jeder Bewegung und ließ sie gedemütigt zucken. Mit der Zunge leckte sie nach seiner prallen Schwanzspitze und Stuart griff genüsslich nach ihrem Kopf. Sie entlockte ihm ein leises Stöhnen, als sich ihre Lippen um die Eichel schlossen und sie sacht zu saugen begann. Ihre Zungenspitze umkreiste die empfindliche Seide gekonnt, reizend und köstlich erregend, spielte mit dem Bändchen der beschnittenen Vorhaut. Ein heißer Schauder rieselte durch seinen Körper. Er drängte tiefer in ihre Mundhöhle, genoss die feuchte Wärme und die Gefahr ihrer Schneidezähne, die über seinen Schaft kratzten. Stuart war erstaunt über die Fähigkeit, ihn ganz aufzunehmen, bis ihre Nasenspitze gegen sein Schamhaar stieß, ohne einen Würgreflex auszulösen. Der Fleischknebel besaß hingegen eine ganz andere, für die Sklavin äußerst erregende Alternative. Je tiefer er vordrang, desto länger musste sie die Luft anhalten. Als Madame Dita zusätzlich ihre Kehle mit den Händen umschlang und sanft zudrückte, schloss die Sklavin ihre Augen. Hastig holte sie einen tiefen Atemzug, bevor Stuart abermals in ihren Mund eindrang, innehielt und sich wieder von ihr löste. Die leichten Schläge ins Gesicht röteten ihre Wangen, sorgten aber auch dafür, sie in der

Realität zu halten. Statt des Würgens hielt Dita ihre Nase zu, wenn Stuart eindrang und der benebelte Blick ihrer Augen erregte ihn in einem Maße, dass er kaum länger an sich halten konnte. Die restlichen Stöße hielt er ihren Kopf still, bewegte seine Hüften ganz nach der Gier der Erlösung suchend und entzog sich kurz vor dem Höhepunkt gänzlich. Mit der Faust um seinen Schwanz beendete er das reizvolle Spiel und entlud sich zuckend und stöhnend. Selig lächelnd hielt sie ihm das Gesicht entgegen, schloss die Augen, während sein warmer Samen sie beschmutzte.

„Danke, Master Stuart."

Madame Dita nahm ihr die Kerzen ab, half ihr, aufzustehen und begutachtete die feuchte Demütigung im Gesicht ihrer Sklavin.

„Brave Schlampe. Es sieht so aus, als ob du es geschafft hättest."

Aus ihrer Tasche entnahm sie einen Minivibrator, platzierte ihn tief im Schoß der Sklavin, nachdem sie ihn eingeschaltet hatte.

„Wenn er rausfällt, wird es dir schlecht ergehen."

Sie presste die Schenkel fest zusammen.

„Und jetzt dreh dich auf der Stelle, damit Master Stuart deine Belohnung fertigstellen kann."

Langsam drehte sich die Sklavin um ihre eigene Achse, bedacht darauf, den summenden Lustbringer in sich zu behalten. Sie stöhnte, denn die Vibrationen schürten ihre Lust. Master Stuarts Peitschenbisse brachten einen neuen, für sie unbekannten Schmerz mit sich, der sie in einen derartigen Höhenflug versetzte, dass sie nur noch aus purer Erregung zu bestehen schien. Der letzte Hieb erschütterte sie heftig und die Sklavin brach mit einem erlösenden Orgasmusschrei in die Knie. Der Vibrator schlüpfte brummend aus ihrem Geschlecht. Die Zuckungen ihres Höhepunktes ließen nicht nach. Master Stuarts Zeichnungen färbten sich immer stärker. Madame Dita war ergriffen. Ehrfürchtig betrachtete sie die perfekten Abstände der Striemen, die Färbung und Perfektion der Linienführung.

„Das ist atemberaubend schön. Ich sollte alle meine Sklavinnen von dir behandeln lassen. Ich kenne niemanden, der so gut mit der Peitsche umzugehen weiß. Es ist wirklich erstaunlich."

„Es war mir ein Vergnügen."

Stuart legte die Peitsche zurück auf den Tisch, zog die Handschuhe aus und hockte sich neben die Sklavin. Sanft strich er über ihren Kopf, beseitigte eine feuchte Haarsträhne aus ihrer Stirn und sah zu, wie die letzten Beben ihren Körper erschütterten.

„Die Markierungen werden etwa zwei Wochen sichtbar sein."

Sie lächelte hingebungsvoll und dankbar.

„Ich werde sie mit Stolz tragen, Master Stuart."

Er nickte und erhob sich wieder. Ein seltsames Gefühl nahm Besitz von ihm. Ihre absolute Unterwürfigkeit hätte ihn zuvor gefreut, doch es schien falsch. Etwas fehlte, so essenziell und bedeutend, dass er sich zusammen-reißen musste, nicht sein Gesicht angewidert zu verziehen. Wie würde ihn Marie in dieser Situation ansehen?

Just in dem Moment summte sein Handy. Schmunzelnd sah er auf das Display.

Peinlicher Knilch.

Er lachte und war froh, dass ihr noch lange nicht die Puste ausgegangen war. Gleich darauf summte es erneut.

Ich würde glatt behaupten, an dir ist ein Mädchen verloren gegangen.

9

Die Party war nicht öffentlich, wie Marie und Erica zuvor vermutet hatten. Eine Finte lockte die Pressemeute in einen völlig anderen Stadtteil, während die Veranstalter die exklusive Gästeschar per Textnachrichten auf den Handys über den richtigen Standort informierte. Simon ließ sogar seine Ehefrau im Dunkeln. Im Wagen blieb die Fragerunde unergiebig für die beiden dem Partymotto entsprechend gekleideten Frauen. Die Fahrt führte aus der Stadt hinaus. Irgendwann verlor Marie die Orientierung. Auf dem Gelände eines Privatflugplatzes standen die teuersten Karossen, aufgereiht wie eine Perlenkette aus glänzendem Metall in allen Farben. Männer in auffällig offenherzigen Zuhälterklamotten oder im Rapperstyle begleiteten Frauen in sexy und kurzen Outfits über die Piste zu den bereitstehenden Chartermaschinen.

„Oh, Himmel, das ist nicht dein Ernst, oder?" Marie starrte Simon an und erntete ein Zwinkern.

Er hielt ihr den linken Arm hin, seiner Frau den rechten.

„Hey, warte. Ich bin nicht so der Vielflieger. Was, wenn diese Rumpelkiste abstürzt?"

Ein mulmiges Gefühl im Magen erinnerte sie nur zu gut an den letzten Heimflug von einer Weiterbildung in Texas. Kaum hatte sie einen Fuß auf den heimischen Boden Miamis gesetzt, war ihr buchstäblich zum dritten Mal das Frühstück aus dem Gesicht gefallen.

Simon zog ihren eingehakten Arm enger an sich, was wohl beruhigend wirken sollte. „Keine Sorge, der Pilot ist ein Freund und wird uns wohlbehütet hinbringen."

Nicht nur das Flugzeug hob ab, auch Maries Magen. Sie klammerte sich mit geschlossenen Augen an den Lehnen des bequemen Sesselsitzes fest. Nach einer Weile entspannte sie sich ein wenig, blieb aber stoisch sitzen und behielt den Sicherheitsgurt um. Kurz nach dem Start ging Simon zum Piloten und sprach mit ihm, während Erica beruhigend auf Marie einredete. Sie antwortete kaum, war nur froh, wenn sie endlich wieder Boden unter Füßen haben würde. Solange würde sie sich keinen Millimeter aus dem Sitz wagen. Die Landung war grausam und kaum öffnete sich die Tür, sprang Marie auf und rannte die Treppe hinunter. Erleichtert, wieder festen Grund zu betreten, wäre sie fast auf die Knie gefallen. Sie widerstand dem Impuls, den Boden papstmäßig küssen zu wollen, allerdings sorgte ihr hastiger Ausstieg bei den restlichen Fluggästen für allgemeine Erheiterung.

Alles, wonach sich ihr Herz sehnte, konnte man in ein großes Longdrinkglas schütten, mit Eiswürfeln und jeder Menge Alkoholgehalt inklusive. Shuttlebusse brachten die Gäste zum Ziel, einem riesigen Tanztempel mitten auf einer Art Inselgelände. Unzählige Gäste feierten und tanzten bereits nach den hämmernden Beats. Das Gebäude schien nur aus Glas zu bestehen und war um eine Art Atrium gebaut, in dem mittig ein riesiger Pool mit runder Bar und Liegewiesen zu sehen waren. Brennende Fackeln und Kohlebecken spendeten Wärme, die noch nicht nötig war. Die Luft gab noch die Hitze des Sonnentages ab.

Mädchen in weißen Dessous trugen Tabletts mit Getränken und Erdbeeren durch die feiernde Menge und an ihren Strumpfbändern flatterten bereits einige Geldscheine. Mitten auf der Tanzfläche entblößte sich eine Tänzerin in einer Art Käfig, der von der Deckenkonstruktion schaukelte. Marie war so erstaunt über den Anblick, dass sie kaum die Gesichter wahrnahm und auch nicht bemerkte, dass sie längst nicht mehr nur zu dritt waren. Es war kaum möglich, sich nicht brüllend im Inneren der Glaskuppel zu unterhalten. Erica und sie besaßen schon von Kindheit an eine eigene Zeichensprache. Die Freundin verstand sofort und zog sie auf die Tanzfläche. Die Musik riss sie mit sich. Nach drei Stücken kehrten sie zu Simon zurück, um Atem zu holen. Er erwartete sie mit Sektgläsern, die direkt auf Ex geleert waren, und sorgte für Nachschub. Plötzlich tauchte hinter Marie ein Mann auf, tippte ihr auf die Schulter. Als sie sich umdrehte, wäre sie am liebsten geflüchtet.

„Jamie!"

Er las seinen Namen von ihren Lippen ab und nickte. Marie biss sich auf die Unterlippe, um nicht zu fluchen. Bei all den Menschen hier … wie war das nur möglich? Und warum hatte sie es völlig verdrängt, dass auch er hier sein würde? Verdammt! Jamies Blick wanderte an ihrem Körper entlang. Er deutete einen bewundernden Pfiff an. Ein enger Neckholder bedeckte ihre Brüste und endete über ihrem Bauchnabel. Der dazugehörige kurze Schottenrock ließ bei jeder Bewegung ihren Po und den dazupassenden Slip blitzen. Statt der Strapse, wie ursprünglich angedacht, trug sie Kniestrümpfe. Blanke schwarze Lackpumps komplettierten das Schul-Lolita-Outfit. Sie fühlte sich unter all den Kostümen, von denen manche noch wesentlich gewagter erschienen, wohl. Sein Blick jedoch trübte dieses Wohlgefühl entschieden, denn in Jamies Augen blitzte etwas auf, das ihr überhaupt nicht behagte. Ein „Wow" glitt über seine androgyn wirkenden Lippen. Er näherte sich ihr, beugte sich zu ihrem Ohr hinunter, doch sie verstand kein einziges Wort. Ihren Blick schickte sie derweil über die Gesichter der Umstehenden, erkannte Simons Lächeln und dann sah sie ihn. Stuarts Blick traf sie tief im Inneren und wirkte so eiskalt, dass es im Nacken kribbelte.

Marie schob das Unbehagen über Jamies Anwesenheit beiseite, stattdessen schlang sie provokant einen Arm um seinen Nacken und zog ihn dicht an ihren Körper. Ihre rechte Hand vergrub sich in den blonden Engelslocken. Sie zog sein überraschtes Gesicht tief zu sich herunter. Marie wusste, egal, wie laut sie sein würde, er würde nichts verstehen, also schob sie ihn mit vollem Körpereinsatz auf die Tanzfläche und hoffte, Stuart würde zusehen. *Mal sehen, wie gut ihm Demütigung stehen wird.* Sie rieb sich lasziv an dem jugendlichen Körper, der sofort zu verstehen schien. Jamie legte seine Hände um ihre Taille, zog sie noch enger an sich und sie spürte seinen härter werdenden Schwanz in der engen Hose gegen ihren Bauch drücken. Ihr fielen noch mehr wüste und schmutzige Beschimpfungen ein, die sie jetzt gern per SMS losgeschickt hätte. Sie zwang sich, nicht in Stuarts Richtung zu sehen. Als sie es nach dem nächsten heißen Beat dennoch tat, war er längst verschwunden.

Das Bewusstsein, was da gerade geschehen war, ließ sie innehalten. Jamie wirkte erregte. Sein Gesicht glühte und sie wehrte seine Hände ab, die wieder nach ihr greifen wollten. In seinen Augen funkelte pure Lust und der Abstand, den Marie zwischen ihnen schaffte, gefiel ihm nicht. Er griff mit einem seltsamen Lächeln nach ihrem Arm und zog sie mit sich.

Stuart saß an der Bar im Atrium und zündete sich einen Zigarillo an.

„Heute nicht in Partylaune?" Simon gesellte sich zu ihm, hob seine Hand und bestellte zwei kühle Blondinen in flüssiger Form.

„Kennst du den Typ, der an Marie klebt?" In dem Satz schwang eine Spur Eifersucht, doch noch etwas anderes hörte Simon aus dem Tonfall seines Freundes. Es klang nach Besorgnis.

„Keine Ahnung, warum fragst du?"

Die Antwort blieb aus und Simon hing seinen Gedanken nach, ebenso wie Stuart.

Der Master schüttelte den Kopf, strich sich durch sein schwarzes Haar und lächelte. „Vielleicht bilde ich mir auch nur was ein."

„Oder bist du vielleicht einfach nur eifersüchtig?"

Stuart nahm einen Schluck Bier und wischte sich mit dem Handrücken über die Lippen. Als hätte er die Bemerkungen überhört, drehte er sich um und stützte sich mit den Ellbogen auf.

„Die Art, wie er sie angesehen hat. Ich kenne so einen Blick. Irgendwas sagt mir, dass er auf etwas aus ist und das hat nichts mit einem One-Night-Stand zu tun."

„Was würde Marie mit so einem Milchbubi anfangen wollen? Er ist noch völlig grün hinter den Ohren und sie würde ihn eher in die Flucht schlagen."

„Nein, der ist alles andere als grün hinter den Ohren. Ich würde eher behauptet, das ist einer dieser Collegetypen, die mit goldenem Löffel im

Mund geboren wurden, und glauben, ihnen gehört die Welt.

„Ah, ich verstehe, ein Berufssohn. Aber worauf willst du hinaus?"

„Erinnerst du dich nicht mehr? Die Verbindungshäuser auf dem Campus?"

„Die hatte ich längst verdrängt. Das waren meist Idioten, reiche Snobs, die nur in die Fußstapfen ihrer Väter getreten sind und sich auf dem Campus zum Deppen gemacht haben."

„Dir ist wohl einiges entfallen, Simon. Da liefen nicht nur chaotische Partys, diese Verbindungen waren alles andere als harmlos und das hat sich garantiert bis heute nicht geändert."

Simon blieb einen schweigsamen Moment in Gedanken versunken. Stuart nickte, als er in seinem Gesicht die Erinnerung aufblitzen sah. „Du meinst, Marie hat sich auf einen Trophäenjäger eingelassen?"

Trophäenjäger waren zu ihrer Collegezeit Typen, die mit so vielen Studentinnen wie möglich schliefen, um eine hohe Verbindungspunktzahl zu erreichen. Dabei ging es nicht nur darum, wie die Auserwählte auf einer Rankingliste bezüglich ihrer Attraktivität eingestuft wurde, sondern welche Besonderheiten sie aufwies oder wie knifflig es sich gestaltete, sie ins Bett zu bekommen. Nicht selten wurde in den Verbindungshäusern gerne mit Drogen oder Alkohol nachgeholfen.

Simon hob schmunzelnd die Augenbrauen, als er Stuarts eindeutigen Gesichtsausdruck las.

„Marie mag vielleicht stur und impulsiv sein, aber sie ist nicht dumm. Wenn dieser Schuljunge sich traut, bei ihr etwas in der Richtung abzuziehen, wird er sich nach dem Versuch wünschen, noch an Mamis Brust zu nuckeln." Er legte seinem Freund die Hand auf die Schulter. „Ich glaube eher, der Junge war für Marie vorhin eine perfekte Gelegenheit und zur richtigen Zeit am richtigen Ort, um dir einen Tritt zu verpassen. Sie hat versucht, dich zu provozieren und so wie du reagierst, ist es ihr wohl auch hervorragend gelungen." Mit erhobenem Glas schmunzelte Simon vor sich hin. „Ich hatte dich gewarnt, sie ist ein Biest." Er kassierte ein Lachen und prostete Stuart zu, der kopfschüttelnd seine Schultern hob.

„Jetzt ist es wohl amtlich, ich bin nicht nur sadistisch. Dieses reizende Miststück kennt das Spiel besser als ich dachte. Aber so leicht lasse ich mich nicht zum Masochisten abstempeln."

„Wie lang ging der SMS-Terror eigentlich noch weiter?"

„Sie ist hartnäckig gewesen bis heute Morgen um acht, dann war Funkstille. Ich schätze, das Kätzchen war zu beschäftigt mit der Wahl ihres Outfits." Stuart glitt vom Hocker, strich sich mit beiden Händen durch das Haar und zog seinen Ledermantel straff. Er erwiderte Simons vielsagendes Schmunzeln.

„Zeit für das nächste Spiel?"

Der Master klopfte ihm freundschaftlich auf die Schulter, und ging ohne zu antworten zurück zum Tanztempel.

Marie gab es auf, ihn weiterhin in der feiernden Menge zu suchen und fühlte eine gewisse Enttäuschung. Der Eindruck seiner Mimik zuvor jedoch schenkte ihr Genugtuung. Diese Runde war definitiv an sie gegangen. Allerdings klebte Jamie seit der Aktion auf der Tanzfläche an ihr wie Kaugummi, den man einfach nicht loswurde. Offensichtlich hatte der engelsgesichtige Collegejunge seine Taktik geändert. Er schmeichelte ihr, überhäufte sie charmant mit Komplimenten und bemühte sich redlich, nicht ständig auf ihren spärlich bekleideten Körper zu starren. „Jamie, das eben auf der Tanzfläche war dumm von mir. Ich hoffe, ich habe keinen falschen Eindruck hinterlassen."

Der Versuch, sich aus der Affäre zu ziehen, missglückte und sein Taktikwechsel fiel wie ein Kartenhaus in sich zusammen.

„Baby, was kann man daran falsch verstehen? Ich weiß doch, wie du mich jedes Mal musterst. Du stehst auf mich. Gib es ruhig zu, daran ist doch nichts verkehrt. Frauen in deinem Alter möchten hin und wieder mal was Knackiges und Frisches haben. Ich bin zu jeder Schandtat bereit, Hauptsache es ist schmutzig und feucht."

Marie verzog angewidert das Gesicht. Noch vor einer Minute hätte sie ihn sogar ein klein wenig mögen können. Sie schüttelte den Kopf und erhob sich, doch Jamie hielt sie zurück, drängte sie weiter in die Schatten.

Dass sie beobachtet wurde, war ihr nicht bewusst. Stuart hatte einige Mühe gehabt, sie in dem Getümmel auszumachen, doch fand sie schließlich in einer der hinteren Nischen, dort, wo die Musik nicht ganz so laut dröhnte. Er stand dicht genug im Dunkeln, um Jamies Reden zu verfolgen und rollte mit den Augen. Ihr Lachen klang unecht, ihre Mimik angeekelt und ständig schien sie sich nach Hilfe umzuschauen. Für Stuart wirkte es, als hätte der Bursche seinen Zweck erfüllt und es war Zeit für die Katze, den nächsten Schachzug zu überlegen. Etwas an ihrer angespannten Körperhaltung sagte ihm, dass sie sich unwohl fühlte.

Seine Interpretation lag tatsächlich nicht ganz daneben, denn Marie fühlte sich von Jamie bedrängt.

„Möchtest du noch einen Drink?" Jamie lächelte liebenswürdig und griff, ohne eine Antwort abzuwarten, nach ihrem Sektglas. Als er sich umwandte und nach einer der leicht bekleideten Bedienungen suchte, nutzte sie die Gelegenheit, nach einer Fluchtmöglichkeit zu suchen. Marie erwischte sich ständig dabei, an ihrem Rocksaum zu zupfen, doch dadurch wurde er auch nicht länger. Es lag bei Weitem nicht an mangelndem Selbstbewusstsein, solche Kleidung zu tragen. Aber im Kopf fühlte sie sich in seiner Gegenwart viel zu nackt in ihrem Kostüm, was sicherlich nicht gerade dazu beitrug, sie ernst zu nehmen.

Sie nutzte seine Abwesenheit, um in der Menge nach einem bekannten Gesicht zu suchen, fand jedoch weder Erica noch Simon. Sofort drängte sich erneut der Gedanke an Stuart auf. Ob er schmollend in einer Ecke saß? Sie lächelte bei der Idee, wusste aber mittlerweile zu gut, dass ein solcher Mann garantiert nicht schmollte. Für den Bruchteil eines Augenblicks bereute sie die Aktion auf der Tanzfläche. Sie hatte ihn scheinbar in die Flucht geschlagen, dabei hätte sie den Abend liebend gern mit ihm verbracht statt mit dem viel zu jungen Balzgockel. Es war verrückt. Stuart hatte sie am Telefon abgewürgt und er hatte diesen kleinen Denkzettel einfach verdient. Dieses Für und Wider machte sie ganz kirre im Kopf. Erneut schüttelte sie den Kopf. Wie oft hatte sie das in der letzten Zeit getan? Sie sah, wie Jamie sich mit den Getränken auf den Rückweg machte. Hilfe suchend schickte sie ihren Blick erneut durch die Menge.

Plötzlich schraubte sich eine breite Pranke über ihren Mund, etwas legte sich um ihren Hals und ein Schatten beugte sich zu ihr herunter, den sie erst nicht erkannte.

„Herausforderung angenommen. Es ist Zeit für eine Antwort. Willst du spielen?"

Noch bevor Jamie sie erreichte, zog sich eine Lederschlinge um ihre Kehle, die Hand presste sich fest auf ihre Lippen, dämpfte den erschreckten Protest. Stuart zog sie mit sich. Sie sah noch, wie der Junge sich suchend umsah und verwirrt über ihr Fehlen die Schultern hob. Die Gürtelschlinge um ihren Hals zog sich weiter zu, hinderte sie, sich zur Wehr zu setzen. Inmitten der Menschenmenge presste er ihren Rücken fest an seinen Körper. Sein heißer Atem strich über ihre nackte Schulter.

„Suchen wir uns lieber ein etwas ruhigeres Plätzchen."

Dieser Hohn in der flüsternden samtigen Stimme ärgerte sie, doch die laute Musik verschluckte ihre Erwiderung. Erst auf dem Parkplatz der Shuttlebusse verschaffte sie sich lautstark Gehör.

„Lass mich gefälligst los, du Mistkerl."

Mit der Faust schlug sie auf seinem Arm ein, doch es schien für ihn wie Schläge von zarten Schmetterlingsflügeln zu sein. Sie trat nach ihm, traf ihn jedoch nicht und sperrte sich gegen seinen Willen. Dann blieb Stuart stehen, riss sie mit Schwung an dem Gürtel gegen seine Brust und packte ihr ins Haar. Das Leder seines Mantels, den er trotz der Wärme trug, knarzte leise bei jeder seiner Bewegungen.

„Was ist los, dummes kleines Kätzchen? In den SMS-Texten so mutig, aber wenn ich auf dein Spielchen eingehe, so schüchtern?"

„Fick dich, Dreckskerl."

Diesmal traf ihr Fuß sein Schienbein, und bevor sie es wiederholen konnte, packte er sie schmerzhaft fest an beiden Schultern, dass sie leise aufquietschte.

„Ich glaube, du hast für die nächste Zeit genug Sprüche losgelassen."

Nach einer kurzen Rangelei, die er für sich entschied, waren ihre Hände auf dem Rücken mit einem Seil verknotet. Als er ihr einen Ballknebel vor die Nase hielt, lächelte er kalt. Jetzt verstand sie den Sinn des Mantels mit all den vielen Innentaschen.

„Mal sehen, ob du damit auch so laut sein kannst."

Dumm war es gewesen, den Mund zu öffnen, um ihm eine weitere Beschimpfung entgegenfeuern zu wollen. Stuart nutzte die Gelegenheit, ihr den Knebel zwischen die Zähne zu schieben und ihn hinter ihrem Kopf zu schließen. Es war demütigend, als er ihre Wange tätschelte.

„So gefällt mir das schon besser, Kätzchen."

Er griff nach dem Gürtelende, das lose auf ihrer Brust baumelte. Obwohl sie zappelte und gegen den Knebelball schrie, zerrte Stuart sie hinter sich her, als führe er sie an einer Hundeleine spazieren. Entweder kicherten die vorbeikommenden Partygäste bei ihrem Anblick oder schmunzelten wissend. Je weiter er sie von dem Tanztempel wegführte, desto weniger Menschen kamen ihnen entgegen. Sie erreichten einen noch nicht fertiggestellten Anbau, dessen Stufen Stuart hinaufstieg. Sie folgte ihm widerwillig in die Dunkelheit. Dieses Hausgerippe besaß etwas Unheimliches, fast Bedrohliches. Eine Gänsehaut breitete sich auf ihren Armen aus, während er sie mitten in einem der gemauerten Räume umrundete. Stuarts Blick wirkte analytisch, nachdenklich, als wolle er etwas ganz Bestimmtem auf den Grund gehen.

Schweigsam betrachtete er sie, ließ seine Augen musternd über ihren Körper wandern. Das zaghafte Zittern entging ihm nicht. Stuart dachte an den Nachmittag mit Madame Dita und ihrer Sklavin, vor allem an dieses eigenartige Gefühl, nachdem er die Devote zu seinem und ihrem Vergnügen benutzt hatte. Jetzt wurde ihm eindeutig klar, welcher Auslöser dahintersteckte. Er genoss Maries Widerspenstigkeit viel zu sehr, während die absolute Unterwürfigkeit einer gedrillten Masochistin ihn nicht mehr reizte. Stuart hatte Geschmack an dieser steten Herausforderung gefunden. Abermals griff er nach dem Gürtel, der um Maries Hals geschlungen war. Sie zuckte zusammen, ein köstlicher Anblick, der zwischen seinen Beinen zuckte. Stuart blieb dicht hinter ihr stehen, zog sanft an dem Gürtelende, dass es ihr schwerfiel, zu atmen. Ihre Haut roch nach Salz und Jasmin, als er seine Nasenspitze an ihrer Halsbeuge rieb. Marie riss an ihren Handfesseln und er presste seinen Bauch gegen sie, damit sie ruhig stehen blieb. Seine Lippen legten sich auf ihre Wange. Knurrend wandte sie ihren Kopf zur Seite, doch er fühlte das angeregte Beben ihres Körpers. Ihr Brustkorb hob und senkte sich hastig. Er dachte an die Handynachrichten und schmunzelte. Vor seinem inneren Auge tauchte ein weiteres Bild auf. Lüstern rieb sie ihren Körper an diesem Milchbubi und es war eindeutig, dass sie ihn damit nur provozieren wollte. Giftige Eifersucht drohte emporzukeimen.

Stuart trat zurück, atmete mehrmals tief durch. Das war nicht gut und es fühlte sich noch weniger gut an. Sein Wunsch, ihr wehzutun, sie zu bestrafen, war nicht nur aus leidenschaftlicher Lust geboren. Die Bilder in seinem Kopf nahmen zu. Er sah sie zwischen dicken Balken stehend, gefesselt und seiner Peitsche hilflos ausgeliefert. Er schüttelte den Kopf, um diese düsteren Gedanken loszuwerden. Wut tropfte vermischt mit Eifersucht durch seine Venen, während er die Fäuste ballte. Sein Schwanz regte sich und die Erektion schmerzte fast. Er hatte sich den letzten Schritt, sie zu besitzen, verweigert, sich nicht nur ihr enthalten, sondern auch sich selbst. Marie drehte sich langsam zu ihm um. Ihr unschuldiges Aussehen, dieses zarte Puppengesicht, ihre dunkelgrünen Augen, die ihn fragend ansahen. Sie berührte ihn, doch weckte auch etwas tief in seiner Seele, etwas, das mehr war als purer Sadismus. Dunkel und unverfälscht. Mit beiden Händen strich er sich durch das Haar und senkte den Blick. Diese Frau war eine einzige Provokation. Fast hätte er sich umgedreht und sie stehen gelassen, denn er fühlte die Gefahr, zu weit zu gehen. Wenn sie nicht mit dem Fuß ausgeholt und ihn getreten hätte. Blitzschnell packte er ihren Hals, drängte sie mit großen Schritten gegen eine der kahlen Wände und funkelte sie an. Marie riss die Augen auf. Stuart biss sich auf die Unterlippe, um den Fluch zu unterdrücken. Als er ihr Gesicht betrachtete, erkannte er den Hohn und Triumph, als wüsste sie genau, was in ihm vorging. Stuart beugte sich zu ihr hinunter, leckte über den Knebelball und küsste ihre Nasenspitze. Die Eifersucht, die Wut und sein dunkler Zorn lösten sich in Nichts auf. Er zwang sich zur Konzentration und lächelte.

„Vierundfünfzig!"

Fragend sah sie ihn an und zitterte vor Aufregung und Wut.

„Vierundfünfzig Nachrichten und jede einzelne eine Herausforderung. Eine Weile dachte ich, dir wären die Ideen ausgegangen, denn du hast dich ab und an wiederholt mit deinen Beschimpfungen. Schlappschwanz erwähntest du glaub ich dreimal an einem Tag und das Wort Weichei scheint eines deiner Lieblingsumschreibungen zu sein. Ehrlich gesagt war ich etwas enttäuscht, aber so mancher Satz: Hochachtung, deine verbalen Ergüsse könnten einen Softie sicherlich in den Selbstmord treiben. Nur …"

Der Zeigefinger der freien Hand strich ihr über die Oberlippe, dem Knebelball folgend zur Unterlippe.

„… wie du siehst, ich lebe noch, demnach kannst du durchaus davon ausgehen, dass ich kein Softie bin. Um dir das noch intensiver zu demonstrieren, wirst du jede einzelne SMS zu spüren bekommen."

Ihre Augen weiteten sich, als er eine Kurzpeitsche aus dem Gürtel im Rücken hervorzog. Wie zum Verkauf präsentierte er ihr das glänzende Material und ließ die Peitsche fest auf seine offene Handfläche klatschen.

„Das, kleines Kätzchen, ist ein ganz besonderes Stück. Ich habe sie extra für dich gemacht. Man nennt sie Hundepeitsche, denn sie wird zur Abrichtung verwendet. Bedauerlicherweise an Hunden, wie der Namen schon sagt."

Es lag absurderweise tatsächlich Bedauern in seiner Stimme, das Marie fassungslos zur Kenntnis nahm, schließlich erklärte er ihr dieses Foltergerät nicht umsonst. Sie stöhnte leise, denn sie wusste, was folgte, eine Belehrung und genaue Beschreibung des Folterinstrumentes. Erneut sah sie ihm deutlich an, dass es Teil seines sadistischen Vergnügens war.

„Im Grunde handelt es sich um eine klassische Lederpeitsche mit mehreren zwei Zentimeter breiten Lederriemen, die übereinandergenäht wurden. Steif und elastisch zugleich mit einem starken Kernleder. Siehst du, sie federt fast wie eine Reitgerte. Früher nahm man sie auch zur Internatserziehung her."

Weil er seine Hände von ihr genommen hatte, versuchte sie, zu flüchten. Stuart fing sie in wenigen Schritten wieder ein, schob sie zurück gegen die Wand und presste ihr die Finger auf den Brustkorb.

„Übrigens, das Schlampenoutfit steht dir gut, dennoch wirkt es noch nicht perfekt."

Sie sog fest den Atem in ihre Lungen, denn er traf einen wunden Punkt. Auf der Party war das Wohlgefühl da gewesen, weil jede der anwesenden Frauen sich so ausstaffiert hatte. Jetzt, hier mit ihm allein, fühlte sie sich schäbig, fast nackt, und seine Erwähnung schürte die Empfindung. Sie wollte antworten, doch der Ball zwischen ihren Zähnen schluckte jedes Wort und wandelte alles in unverständliche, fast obszöne Laute. Seine Nähe wirkte auf ihren Körper berauschend, obwohl sich ihr Verstand auflehnte. Die Peitsche schob sich zwischen ihre Schenkel und sie presste augenblicklich die Beine zusammen in der Hoffnung, sie würde nicht weiter emporreichen. Jedoch der Schweiß auf ihrer Haut reichte aus, und Marie keuchte, als der geflochtene Lederriemen direkt auf ihren Schoß traf. Die Flechten rieben durch das Höschen zwischen ihre Schamlippen. Marie wandte den

Kopf ab, wollte ihn nicht ansehen, denn ihre Wagen färbten sich vor Lust und Peinlichkeit, was sie in diesem Moment empfand.

Stuart presste sie mit dem Rücken gegen die Wand und holte aus. Er war so zielsicher und konzentriert, dass er nicht einmal hinsehen musste und dennoch traf er genau an der empfindlichen Stelle zwischen Rockende und Knie mehrmals auf bloße Haut. Wenn er sie nicht gestützt hätte, wäre sie vor Pein in die Knie gerutscht. Sie stöhnte gegen den Ball. Das Nachbrennen war ebenso schlimm. Marie schloss die Augen.

„Nein, sieh mich an, Kätzchen."

Sie brauchte eine Weile, bis sich die Lider wieder öffneten. Er blieb geduldig. Der nächste Schlag jedoch traf die andere Seite hart. Ihre Augen füllten sich mit Tränen, vor Wut und vor Schmerz.

„Kämpf gegen mich, Kätzchen, aber atme in den Schmerz ... kämpf nicht dagegen an."

Fünf Schläge für jeden Schenkel folgten in kurzen Abständen und brachten sie zum Schreien, dann drehte er sie um. Am Nacken gepackt, kontrollierte er ihren Fluchtreflex, dann griff er unter ihren Rock und zog ihr das Höschen vom Po, bis es zu Boden glitt. Sein Atem strich über ihre Wange.

„Noch zweiundvierzig. Atme ...".

Sie versuchte, zu schlucken, doch das machte der Knebel im Mund unmöglich und der Speichel lief an ihren Mundwinkeln hinab. Zwanzig Hiebe mit der flachen Hand auf jede Pohälfte mit steigender Krafttendenz folgten. Marie spürte das Feuer auf der Haut, aber auch die Hitze zwischen ihren Schenkeln und das machte sie erneut fassungslos. Er rieb seine Wange dicht hinter ihr stehend an ihrem Gesicht, hauchte seinen kühlen Atem auf ihren Hals und senkte seine Lippen auf ihre Schulter. Sie spürte seine Erregung hart und pochend gegen ihren brennenden Hintern gepresst. In ihrem Kopf drehte sich alles und das Verlangen nach ihm wuchs wie die Gier in ihrem Körper. Ihre Scham pochte wild und ihr Becken schob sich nach hinten. Sie bog ihren Rücken ins Hohlkreuz und rieb sich an seinem Schoß. Sofort trat er einen Schritt zurück und Marie stöhnte enttäuscht.

„Nicht nur dein Mundwerk ist eine Provokation, dein ganzer Körper ist es."

Mit zwei weiteren harten Hieben der Hundepeitsche beendete er die Züchtigung und hinterließ wahrscheinlich tiefviolette Striemen rechts und links auf ihrem Hintern. Marie schrie noch, als er längst fertig war, denn der Schmerz verzögerte sich, drang so tief in sie ein, dass Marie diesmal ohne Halt auf die Knie rutschte. Tränen rannen ihr über die Wangen und mischten sich mit Schweiß. Stuart hockte sich neben sie, streichelte zärtlich über ihren Kopf. Zwischen seinen Beinen zuckte sein Schwanz unter der Lederjeans, doch er schien die Beherrschung in Person zu sein.

„Wenn du denkst, jetzt sind wir quitt, weit gefehlt."

Marie lehnte sich mit der Schulter gegen die Mauer, biss fest auf den Knebel.

Aus der Seitentasche seines Ledermantels zog er einen fingergroßen Minivibrator und sie starrte darauf, hob dann ihren Blick zu seinem Gesicht. Erst als er aus der Innentasche eine Fernsteuerung nahm und sie betätigte, ahnte sie, was er vorhatte. Marie rutschte von ihm weg, doch er zog sie über sein aufgestelltes Knie und streichelte entsetzlich sanft über ihre geschundenen heißen Pobacken. Seine Finger glitten tiefer, direkt zu ihrem Geschlecht. Behutsam teilte er ihre Schamlippen, folgte dem nassen, pochenden Spalt und drang mit einem Finger in sie ein. Marie bäumte sich stöhnend auf und er bohrte tiefer. Die Fingerkuppe tastete sich weiter vor, umspielte sanft ihre Klitoris, bis sich ihre Schenkel wie ferngesteuert ein klein wenig öffneten.

„Wenn dich jetzt jemand so sehen könnte … ein Traum, kleines Kätzchen."

Ihr Herz klopfte hart in ihrer Brust, ihr Puls raste und die Lust zog in Wellen durch ihren Körper. Sie hob ihr Becken höher, ließ es gegen sein Fingerspiel kreisen. Dann tauschte er den Mittelfinger mit dem Daumen aus. Marie stand kurz davor, den Verstand zu verlieren. Zwei Fingerspitzen spielten feucht von ihrer Lust mit ihrer Perle, während der Daumen in ihr ein- und ausfuhr. Das war ein Gefühl, als würde sie gleichzeitig geleckt und gevögelt werden. Ihr Stöhnen wurde rhythmischer und in ihrem Körper spannte sich jeder Muskel. Kurz, bevor sie kam, stoppte er und entzog ihr jegliche Reizung. Sie sackte auf seinem Knie seufzend in sich zusammen und keuchte gegen den Knebel.

„Mhpfäl!"

„Wie war das? Du musst deutlicher sprechen, sonst verstehe ich dich nicht."

„Mhpfäl!"

„Ach, das war nur wieder eine deiner Beschimpfungen. Na mal sehen, ob ich das nicht ändern kann. Weißt du, was das hier ist? Man nennt es Vibro-Ei. Perfekt, diese kleine ferngesteuerte Erfindung."

Der Minilustbringer glitt zwischen ihre Pobacken. Provokant rieb er ihn gegen ihren Anus und presste ihn dagegen, wie eine Drohung, und sie wirkte. Marie zappelte keuchend, doch Stuart hielt sie fest. Er fuhr tiefer zwischen ihre geschwollenen Schamlippen in die Nässe und ließ ihn dort ganz sanft vibrieren. Marie atmete stoßweise durch die Nase. Dann drang der Vibrator in sie ein und Stuart platzierte ihn tief in ihrem Geschlecht.

Erneut schickte er auf Knopfdruck Schwingungen aus und Marie stöhnte. Dann stellte er sie wieder auf die Füße, entwirrte ihr Höschen, das sich um ihre Gelenke gewickelt hatte, und zog es ihr aus. Als sie in sein Gesicht blickte, erkannte sie es wieder. Die sonst eisblauen Augen hatten sich dunkel gefärbt wie das Meer bei Nacht und auch dieses seltsame Strahlen war auf sein Gesicht zurückgekehrt. Von diesem Anblick magisch angezogen, trat sie auf ihn zu, blieb vor seinem Körper stehen und sog den Duft, den er verströmte, tief ein. Sein Geschlecht war so deutlich abgezeichnet, sie konnte nicht widerstehen. Ihre Hände waren am Rücken gefesselt, also nutzte sie ihren Körper, um ihn zu reizen. Da lag Gier in seinen Gesichtszügen, pure Lust, die nach Befriedigung lechzte, doch Stuart wandte seinen Blick ab und schob sie an den Schultern sanft gepackt auf Distanz. *Warum tut er das?*

„Mein Schwanz ist ein Privileg, das du dir noch lange nicht verdient hast."

Marie seufzte, stöhnte gleich darauf, als er die Vibration erneut in ihrem Geschlecht verstärkte.

„Ich denke, wir beide kehren jetzt zurück auf die Party und der Damenwaschraum wird für dich tabu sein. Falls du auf die Idee kommst, mein Spielzeug entfernen zu wollen."

Gefesselt, wie sie war, schob er sie vor sich her, zurück zum gläsernen Tanztempel und ihre Wangen glühten, als die ersten Gäste ihrer ansichtig wurden. Erst auf der Party entfernte er ihr den Knebel und zuckte mit den Schultern über ihre Ansprache. Er verstand durch die Musik nicht ein Wort. Von den Fesseln befreit, schob er sie vor sich her an den Rand der Plattform über der Tanzfläche, wo sich zuckende Leiber dicht an dicht unter ihnen bewegten. Stuart drehte sie um und suchte ihren Blick. Dieses Lächeln auf seinem Gesicht verhieß nichts Gutes. Seine Hand schloss sich um ihren Hals, zog sie nah heran und er betrachtete sie fasziniert. Marie erwiderte unsicher seinen Blick, zerrte an seinem Handgelenk, doch er lockerte den Griff nicht. Erneut schickte er per Fernsteuerung eine kurze Vibration in ihren Schoß. Der Kuss auf ihre Lippen war so zärtlich und süß, dass ein weiterer Hitzeschauer über ihre Haut prickelte. Er gab ihr ein wenig Schwung, löste seine Finger von ihrem Hals und Marie fiel über die Kante ...

Der Schrei in ihrer Kehle, übertönt von der Musik, stoppte sofort, als sie von unzähligen Händen aufgefangen wurde. Sie schwebte über die tanzenden Menschen hinweg, auf Händen getragen, die sie überall anfassten. So viele Finger, die sich in ihr Fleisch gruben, nackte Haut berührten, kräftig zupackten oder sanft bohrten. Immer weiter weg von Stuart. Es war anregend, sinnlich und schmutzig zugleich und das Klopfen in ihrer Klitoris wurde übermächtig. Marie hob ihren Kopf, sah zu Stuart, der noch immer auf der Empore stand und eine Hand hob. Sie wusste, was er darin hielt.

Blitze zuckten durch ihren Körper, als das Vibro-Ei erneut loslegte, lang anhaltend, zunehmend stärker und ihr Geschlecht zum Summen brachte. Hände packten ihren geschundenen Po, griffen nach den Innenseiten ihrer feuchten Schenkel und sie wurde weitergereicht wie eine Trophäe. Hemmungslos betastete und erkundete man ihre Haut, während der Vibrator weiter in ihr summte. Sie keuchte, stöhnte und ballte ihre Hände zu Fäusten. *Nicht hier mitten unter den Gästen ... nicht ...* dann explodierte sie mit einem so lauten Schrei, dass es ihr die Sinne nahm. Weitere Hände fingen sie auf und ihr Stöhnen wurde von dem nicht aufhören wollenden Zittern in ihrem Inneren begleitet. Erneut fiel sie tiefer und tiefer in eine Hitzewelle von Lust und Aufgabe.

Die Gesichter über ihr wirkten verschwommen und das Vibrieren hatte aufgehört, doch der Orgasmus zuckte noch immer in ihrem Schoß. Münder bewegten sich, doch sie hörte sie nichts sagen. Auch die Musik war weit weg. Jemand hob sie hoch. Sie fühlte sich, als ob sie von der Tanzfläche schwebte und einige Augenblicke später sah sie in Ericas besorgtes Gesicht.

„Liebes, komm zu dir."

Als sie emporsah, erkannte sie Stuarts Gesicht und war sofort wieder hellwach. Zuerst wollte sie sich von ihm schieben, doch dann küsste er ihre Stirn und lächelte. Er hielt sie in seinen Armen.

„Jetzt ist das Schlampenoutfit perfekt."

Das Flüstern floss durch ihr schweißnasses Haar. Sie konnte keinen Kampf mehr ausfechten heute, wollte auch nicht mehr kämpfen und seine Augen schienen direkt in sie hineinzusehen.

„Wir sollten sie hier rausschaffen, am besten, wir fliegen zurück. Ich mach mir wirklich Sorgen. Vielleicht hat sie zu wenig getrunken, oder zu viel ... oder sie hat irgendwas Blödes gegessen."

Erica sah den kurzen Blickwechsel zwischen Simon und Stuart nicht, viel zu besorgt um das Wohl ihrer Freundin, achtete sie nicht weiter darauf.

Im Gästezimmer in Simons Stadtvilla saß sie allein auf dem Bett, noch immer in den langen schwarzen Ledermantel von Stuart gehüllt und spürte etwas kleines Hartes gegen ihre rechte Brust gequetscht unter ihrem BH. Sie griff danach und betrachtete die Fernbedienung. Stuart musste sie dort platziert haben.

Sie ließ sich auf den Rücken fallen und hielt das Stück Gemeinheit in Augenhöhe. Ohnmachtsanfall. Dehydrierung. Plötzlicher Blackout. Alles Erklärungen des Arztes für Maries plötzlichen Zusammenbruch auf der

Party. Erica hatte darauf bestanden. Nur Stuart und sie wussten, was es wirklich war. Marie lachte.

„Verdammter Mistkerl."

10

Stuart saß auf dem Bett in der Dunkelheit, mit dem Rücken gegen das Kopfende gelehnt und starrte ins Nichts. Seine Gedanken glitten durch die geschlossene Tür des Zimmers hinaus auf den Flur. Zu wissen, dass sie nur wenige Schritte entfernt in ihrem Bett lag und schlief, raubte ihm fast den Verstand. Vor seinem inneren Auge sah er sie von Händen über die Tanzfläche getragen, sich windend und mit geöffnetem Mund, ihr Gesicht vor Erregung gerötet. Marie war ihm zuvor niemals sinnlicher und erotischer vorgekommen als in dem Moment, als der Höhepunkt sie mit sich riss. In seinen Armen war sie langsam wieder zu sich gekommen und noch immer nahm er ihren Duft wahr. Diese Mischung aus süßem Schweiß, Lust und Sex, ein wenig Rosenöl und Jasmin. Ihre Schminke war verwischt und gab ihr einen verruchten Touch. Er hätte sie für immer so in seinen Armen halten können. Ihr Lächeln auf den Lippen wirkte befriedigt, weich und erschöpft. Er hätte sie küssen können, innig, leidenschaftlich und jede Faser seines Körpers schrie vor Begehren, selbst jetzt noch.

Niemals zuvor war ihm eine Devote so unter die Haut gegangen wie Marie. Ihre Wehrhaftigkeit machte ihn süchtig, ihre Katzenaugen, ob in still wütendem Fauchen oder vor Gier leuchtend verfolgten ihn bis in seine Träume. Dieser schlanke, zierliche, nahezu zerbrechlich wirkende Körper besaß so viel Kraft und Eleganz. In seiner Fantasie bedeckte er ihre milchweiße, perfekte Haut mit Mustern seiner Peitsche und jeder dieser Striemen ließ sein Geschlecht zucken und verführte ihn, sie mit den Fingerspitzen nachzuzeichnen. Sie war so schön anzusehen in ihrem Lustschmerz, den er ihr zufügte, dass es ein glühendes Feuerwerk von Lust, Erregung und Dankbarkeit auslöste.

Jede Provokation und jedes Spiel mit ihr beflügelte seine sadistische und auch zärtliche Kreativität. Marie immer wieder zu zähmen und dieses unglaubliche Gefühl, sich ihre Unterwerfung zu verdienen, brachte ihn tatsächlich, wie Simon es angekündigt hatte, in Teufels Küche. Das Gefühl von Zuneigung gegenüber seinen Spielgefährtinnen ging niemals über die SM-Sessions hinaus. Ja, er liebte sie dafür, dass sie willig und einvernehmlich seinen Sadismus ertrugen, und sie liebten ihn ebenso für die Erfüllung ihrer Begierden. Doch in ihm wuchs eine Zuneigung, die ihm mehr abverlangte, als er zulassen wollte. Die Grenze, die er immer strikt zog, verwischte mit jedem Treffen dieser kleinen Kampfkatze und gab seiner sadistischen Neigung eine neue und pikante Note. Selbst der Moment in dem Rohbau, seine düsteren Gedanken und sein Zorn, den sie geweckt hatte, machten ihm noch deutlicher klar, dass er sich immer tiefer verstrickte.

Leise öffnete er die Tür zu ihrem Zimmer, schlich durch den Raum an ihr Bett. Ihr zierlicher Körper zeichnete sich ruhig atmend unter der dünnen Decke ab. Halb auf dem Bauch liegend, das Kissen eng umschlungen, lag sie da. Ein entzückendes leises Stöhnen kroch aus ihrer Kehle über ihre leicht geöffneten Lippen.

Stuart setzte sich vorsichtig auf den Rand und achtete darauf, sie nicht zu wecken. Schmunzelnd nahm er zur Kenntnis, dass die Fernbedienung und das Vibro-Ei auf dem gläsernen Nachttisch lagen. Seufzend drehte sie sich um, wandte ihm ihren Po zu und klemmte schlaftrunken und ohne sich der Beobachtung bewusst zu sein, die Decke zwischen die Beine. Die Hausbeleuchtung drang durch die nicht ganz geschlossenen schweren Vorhänge und erhellte genau die Stellen ihres Hinterteils, auf dem sich die Spuren seiner heftigen Zärtlichkeit deutlich abzeichneten. Stuart hob seine Hand, verführt, die geschundene Haut zu berühren, doch er hielt sich kurz davor zurück, während sein Schwanz gierig pochte und anschwoll. Er wollte sie besitzen, sie sich ganz zu eigen machen. *Noch nicht.* Er strapazierte die eigene Geduld, genoss die süße Qual, ihr so nah zu sein und der köstliche Widerspruch, sie zärtlich zu küssen und zu lieben, sie zu quälen und leiden zu sehen. Sein Herz schwoll in seiner Brust. Sie wirkte so kostbar und er hätte diesen Augenblick gern für die Ewigkeit festgehalten.

Genüsslich lächelnd erhob er sich, beugte sich zu ihr hinunter und legte seine Lippen auf ihre rechte Pohälfte.

„Tesorina mia!"

Es fiel ihm schwer, sich von diesem wunderbaren Anblick zu lösen.

Marie öffnete die Augen, als sie erneut das leise Klicken der Tür hörte. Meistens sah sie es eher als Fluch an, einen sehr leichten Schlaf zu besitzen, doch heute Nacht nicht. Die ganze Zeit seiner Anwesenheit war es ihr schwergefallen, nicht die Lider zu öffnen, sondern einfach seinen leisen Atemzügen zu lauschen. Gern hätte sie ihre Arme um seinen Nacken geschlungen, ihn ins Bett gezogen und geküsst, beschnuppert, über seine Haut geleckt, doch sie wollte diesen stillen Moment nicht zerstören. Es war wie Magie in der Luft, zu wissen, dass er sie beobachtete, sie betrachtete in ihrem Traum. Marie hätte gern gewusst, welche Gedanken ihm durch den Kopf gegangen waren. *Tesorina mia!* Sie wusste von Erica, dass er italienische Vorfahren hatte. Die Worte klangen wundervoll, auch wenn sie nicht wusste, was sie bedeuteten.

Marie strich sich sanft über die Pohälfte, die Stuart so zart geküsst hatte, und sog scharf den Atem ein, als die Wunde aufflammend brannte und dumpf in ihrer Klitoris pochte. Mit einem Lächeln glitten ihre Fingerspitzen unter das Laken zwischen ihre Schenkel. Leise stöhnend tastete sie zielsicher nach ihrer Scham. Sie ließ die Fingerspitzen in den feuchten Spalt gleiten. Marie schloss ihre Augen, umkreiste mit der Mittelfingerkuppe ihre Lustperle, die gierig pulsierte und ihre Begierde nach Erlösung steigerte. Er war gefährlich, sinnlich und sie wusste, sie würde sich die Finger an ihm verbrennen. Doch der Gedanken, sich erneut von ihm zähmen zu lassen, kribbelte wie eine Kolonie Ameisen über ihren Nacken hinweg. Sein Anblick war eindeutig für sie zur Sucht geworden, wenn er sie demütigte, sie schlug, die Kontrolle über sie an sich riss und sie schlussendlich immer wieder der Lust unterwarf. Wenn ihr jemand zuvor gesagt hätte, dass in dieser Art Liebesspiel so viel Erregung, Lust und Glücksgefühl steckte, sie hätte ihm den Vogel gezeigt. Doch jetzt? Ihr Herz schlug wild, wenn sie nur daran dachte, an das umwerfende Wechselspiel seiner Augen, das Strahlen auf seinem Gesicht, seine Kraft und Männlichkeit. Wie gern hätte sie ihn in sich gespürt, sich von ihm ausfüllen lassen und sich an ihm satt gevögelt, doch das verwehrte er ihr bisher und hinterließ eine schmerzliche Leere in ihrem Inneren. Sie steigerte das Solospiel ihrer Finger zwischen den Schenkeln, keuchte in das Kopfkissen und trieb sich immer weiter dem Höhepunkt entgegen. Sie wollte so sehr von ihm genommen werden, wild, hemmungslos, hart und rücksichtslos, doch noch immer klingelten seine Worte in ihren Ohren. Das Privileg, sich seinen Schwanz noch nicht verdient zu haben ... *fieser, gemeiner Mistkerl.* Sie umklammerte das Kissen, presste es sich auf den Mund, um die Lautstärke ihres Kommens zu dämpfen. Weniger hart, aber ebenso intensiv wie auf der Tanzfläche zuckte die Erlösung durch ihren Unterleib. Berauscht von den Gedanken an ihn lächelte sie. Marie würde nicht noch einmal den Fehler begehen, in einem zärtlichen, verträumten Moment bei ihm anzurufen, denn scheinbar war es nicht das, was ihn reizte.

Sie drehte sich auf den Bauch. Die Striemen auf der Vorderseite ihrer Schenkel brannten nicht so sehr im Liegen wie die auf ihrem Hintern und der Rückseite ihrer Beine. Marie brauchte einen neuen Plan, eine neue Provokation, der nächste Startschuss für ein neues Spiel. Auch wenn sie noch etwas Zeit brauchte, bis die Liebesbisse der Peitsche verheilt sein würden, das Kätzchen überlegte bereits, wie sie sich die nächste Zähmung verdienen könnte.

11

Das Klappern von Geschirr weckte Marie erst spät am Morgen. Noch mochte sie nicht ihre Augen öffnen und legte den Unterarm über ihr Gesicht, als die Vorhänge geöffnet wurden. Zu viel Helligkeit. Noch müde rekelte sie sich, stöhnte und vergrub ihren zerzausten Kopf unter ihrem Seidenkissen. Das Bett schaukelte, jemand kniete neben ihr. Das Schweigen verwirrte sie etwas. Vorsichtig blinzelte sie in den sonnendurchfluteten Raum unter dem Kopfkissen hervor. Zuerst erkannte Marie nichts, dann wurden Ericas Konturen immer deutlicher. In dem Gesichtsausdruck der Freundin lagen Überraschung, Staunen und ebenso Fassungslosigkeit. Ihre braunen Augen starrten auf sie hinunter und erst einen Moment später sickerte die Erkenntnis langsam in Maries Verstand.

Halb auf dem Bauch seitlich liegend war das Laken von Schenkel und Po gerutscht und offenbarte einen Anblick bunter Male von Stuarts Hundepeitsche. Als sich Marie ein wenig drehte, spürte sie auch noch das Brennen des restlichen Hinterns. *Du hast gleich Party auf dem Hintern, kleine Miss.* Warum fielen ihr gerade jetzt zu diesem unmöglichen Zeitpunkt die Worte ihrer Tante Berta aus ihrer Kindheit ein? Die Frau hatte ihr stets damit gedroht, wenn sie nicht hören wollte oder etwas angestellt hatte. Sie hatte nie Schläge bekommen, aber die Worte tauchten aus der fernen Vergangenheit auf und brachten sie zum Schmunzeln. Noch immer sagte Erica kein Wort, starrte nur auf die Striemen und hob sogar ehrfürchtig die Hand in der Versuchung, sie zu berühren.

Marie setzte sich zu schnell auf und der Po brannte erneut lichterloh. Das Zischen durch ihre Zähne brachte Erica endlich dazu, ihr ins Gesicht zu sehen. Marie lächelte beruhigend, dass alles in Ordnung sei, und bedeckte die Male ihrer Schenkelvorderseite mit dem Laken.

„Du triffst dich also mit Stuart?"

Erica zog ihren dunkel gelockten Pferdeschwanz fester ins Haargummi, griff nach der Kaffeekanne und goss die schwarzbraune Brühe in zwei Tassen. Marie verzog ihren Mund, griff nach dem Milchkännchen und nahm zwei Stück Zucker. Lange rührte sie klirrend in der Tasse herum, bevor sie endlich antwortete. „Und?"

Eigentlich sollte es gleichgültig klingen, doch das tat es nicht. Erica nickte, nippte an ihrem Kaffee und schlang die Beine unter. Woher genau wusste die Freundin das? Es gab schließlich gleich drei Perverse in diesem Haus, Stuart, Simon und George, der Chauffeur, wie Marie am Tag der Hochzeit von Erica feststellen durfte.

„Woher ..."

„Die Hautzeichnungen stammen von einer kurzen breiten Peitsche, ich schätze, eine Hundepeitsche. Und ich kenne nur einen, der gern damit spielt."

Es klang einleuchtend. Die Freundin hatte ihr von Georges Vorliebe für Englische Erziehung, sprich Rohrstock und Gerte, erzählt. Simon hingegen bevorzugte wohl eher seine Hände oder den Gürtel, und wer sonst außer Stuart besaß eine große Sammlung an Foltergeräten aus Leder, den sie beide kannten. Noch bevor Marie weiter fragen konnte, lächelte Erica über den Rand ihrer Tasse hinweg.

„Rohrstock oder Gerte hinterlassen wesentlich dünnere, wenn auch tiefere Wunden, eine Hundepeitsche ist breiter, weil sie mehr Fleisch trifft, so wie ein Gürtel."

Wann war Erica eine Expertin dafür geworden? Wollte sie das eigentlich alles so genau wissen?

„Wie ist das Wetter draußen?" Sie sah ihrer Freundin an, wie mies dieser Versuch klang, das Thema zu wechseln.

„Seit wann? Etwa seit der Hochzeit?"

Und wieder war es da, dieses freche Leuchten in diesen hübschen braunen Augen, wissend, was auf der Hochzeitsfeier zwischen Stuart und ihr geschehen war. Oft genug hatte Erica ihr die Sache unter die Nase gerieben und ein weiteres Mal wollte sie sich das nicht anhören.

„Der Abend im Restaurant, nach eurer Rückkehr …"

„Als er dich ignoriert hat? Du hast doch gesagt, er wäre dir egal und dich am Telefon so darüber aufgeregt. Wie konnte dir das passieren?"

„Er hat mich nicht ganz ignoriert."

Sie hangelte nach ihrer Tasche, denn den Zettel mit der Nachricht, die im Grunde alles ausgelöst hatte, trug sie immer bei sich. Erica entfaltete das Stück Papier, las, bemühte sich, ernst zu bleiben und gab ihr die Notiz zurück.

„Ich habe ihn angerufen und zur Sau gemacht." Warum glühten ihre Wangen so? Marie nahm einen großen Schluck Kaffee, um nicht direkt weiterzureden.

„Und?"

Dann erzählte sie Erica alles von Anfang an, beginnend mit der Nacht auf der Hochzeitsfeier, dem Tag danach und wie es weiterging. Ihre Freundin hörte zu, schmunzelte hin und wieder, als hätte sie etwas geahnt.

„Aber warum hast du mir nichts erzählt? Ich weiß doch selbst, was das für einschneidende Veränderungen sind." Erica lachte verwirrt auf und strich sich eine dunkle Locke hinter ihr Ohr. „Ich hab dir doch auch alles von meiner kleinen Reise mit Simon erzählt und wie zwiespältig das anfangs für mich war. Das ist ein langsamer Prozess, bis man sich zurechtfindet. BDSM ist sehr breit gefächert und selbst ich hab noch nicht all meine Fühler ausgestreckt. Gerade als Novizin stürzt so viel auf dich ein. Warte, jetzt begreife ich deine neugierigen Fragen. Das kam mir schon seltsam vor, weil du wenige Wochen davor noch den mütterlich tadelnden Zeigefinger gehoben hast und mich vor den bösen Perversen warnen wolltest. Das passte nicht zusammen ... Marie, warum erzählst du mir so was nicht? Wenn du neugierig warst, dann ..."

„Was dann? Hättest du mich in einen dieser dunklen einschlägigen Clubs geschleift, um mir zu zeigen, was Sadomasochismus bedeutet? Oder hättest du mich gleich persönlich über Simons oder Georges Knie gelegt? Erica, ich musste damit erst einmal selbst klarkommen, obwohl ... da gab es eigentlich nichts zum klarkommen."

„Aber da sind so viele neue Eindrücke und Empfindungen. Ich war damals froh, dass ich mit Simon über all das nachträglich immer sprechen konnte. Er hat immer sehr genau nachgefragt und vieles schon gewusst, bevor ich es überhaupt ausgesprochen habe. Das ist nicht einfach eine Kleinigkeit, wenn man plötzlich seine devote Neigung entdeckt. Gerade, weil die Gesellschaft so abweisend reagiert und man sich selbst erst einmal klarmachen muss, was das bedeutet. Du hättest doch mit mir reden können."

„Erica, dieses Spiel ist ein Abenteuer, aufregend, heiß, erotisch und spannend. Ich muss nicht alles analysieren, wie du es immer tust. Das hast du schon immer getan. Aber das bist du, nicht ich. Sicher hab ich einiges an mir neu entdeckt und über mich erfahren, aber ich habe nicht danach gefragt. Ich gebe zu, als du mir von dir und Simon erzählt hast, habe ich überreagiert. Ich hätte nie gedacht, dass ich daran Spaß haben könnte. Es wäre mir auch nicht einmal im Traum eingefallen, das auszuprobieren."

„Du willst mir weismachen, dass du es spontan genossen hast, ohne dass dir Zweifel kamen oder dich gefragt hast, wie das passieren konnte?"

Marie betrachtete eingehend das hübsche Gesicht ihrer besten Freundin und hob ihre Hände.

„Du kennst mich, es gibt vieles, in das mich stürze, ohne darüber nachzudenken. Im Nachhinein frage ich mich dann, wie ich in solche Situationen schlittern konnte, aber ... manchmal passiert es einfach und dann bleiben keine Fragen offen. Es ist verrückt, ich weiß, aber ich ticke nicht wie du, die immer alles unter die Lupe nehmen muss und bis ins Kleinste seziert. Sex ist so vielfältig und spannend, und hey, du warst diejenige, die mir bei ihrem Outing sagte, ich könnte es erst verstehen, wenn ich es selbst erleben würde. Außerdem ..."

Marie brach ab und versteckte sich hinter der Tasse, nahm erneut einen Schluck und spülte ihn von rechts nach links im Mund. Sie wollte es gar nicht erwähnen, aber weil dieser Punkt sie verwirrte und auch beschäftigte, war es ihr rausgerutscht … wenn auch nur halb.

„Außerdem was?"

Marie rollte ihre Augen und seufzte.

„Er enthält sich mir."

An dem Stirnrunzeln erkannte sie die Verständnislosigkeit in Ericas Mimik.

„Stuart hat …"

Oh, Mann, warum war das so schwer auszusprechen?

„Er … verdammt, er hat nicht einmal mit mir geschlafen, okay? Einmal war es eine Sklavin und das andere Mal war … auf der Party."

„Als du deinen Schwächeanfall hattest?"

„Das war nicht wirklich ein Schwächeanfall."

Marie schmunzelte über die hinreißende Naivität ihrer Freundin. Sie sah Erica an, dass sie vor Neugier fast platzte, um dem allerdings auszuweichen, kehrte sie zum Grundpunkt zurück.

„Warum macht der Kerl das? Er sagt, ich hätte mir seinen Schwanz noch nicht verdient. Kannst du dir das vorstellen?"

Die Enttäuschung lag deutlich hörbar in ihrem Tonfall. Zu wissen, was Erica ihr über die Realisierung ihrer geheimen Fantasie erzählt hatte, ließ den Stachel noch tiefer in den Magen dringen. Erica hatte ihr die Entführungsgeschichte im Detail geschildert, an der sowohl George als auch Stuart beteiligt gewesen waren. Ihre Freundin wusste, wie Stuart sich anfühlte, wie schmeckte und wie er roch, wenn er nackt und erregt war. Sie wusste es immer noch nicht und das, obwohl sie seine Erregung deutlich gespürt und gesehen hatte. Doch er verweigerte sich ihr, kontrollierte und beherrschte sich in ihrer Gegenwart und Marie war klar, dass sie wohl die Einzige in seinem SM-Leben war.

„Du hast mir erzählt, dass Sadisten sich daran erregen, ihre Sklavinnen leiden zu sehen, deswegen tun sie das schließlich alles. Okay, nicht nur, es geht schließlich auch um die Bedürfnisse der Devoten, aber … erklär es mir? Weder hat er sich meinen Mund vorgenommen, noch meine Brüste oder Hände dazu benutzt. Von meiner Pussy ganz zu schweigen und meinen Hintern benutzt er höchstens, um darauf seine Signatur zu hinterlassen. Gar nichts … als würde er es sich aus den Rippen schwitzen oder so. Er ist jedes Mal erregt und sein Schwanz ist … wirklich nicht gerade unübersehbar."

Jetzt musste sie lachen und schüttelte den Kopf. Sie rieb sich stöhnend mit beiden Händen über das Gesicht. Marie fühlte sich in ihre Teenagerzeit zurückversetzt.

„Warum tut er das? Warum vögelt er nicht einfach mit mir?"

Scheinbar war das eine so komplexe Frage, dass selbst Erica eingehend darüber nachdachte, ohne auf eine Antwort zu stoßen. Noch immer teilweise in Gedanken versunken rollte die Freundin eine Haarsträhne zwischen ihren Fingern.

„Hm, eine gute Frage …"

„Ja, danke, diese Antwort hilft wirklich weiter."

„Nein, ich meine, irgendwas bezweckt er, vielleicht … ach, ich weiß nicht. So gut kenne ich Stuart auch wieder nicht."

Marie starrte Erica an.

„Nicht so gut kennen? Du hast mir ziemlich viel über ihn erzählt, falls du dich daran erinnerst. Du hast sogar mit ihm …"

„Schon gut, ich weiß, worauf du hinaus willst. Aber ich bin nicht gerade das Paradebeispiel einer erfahrenen Liebessklavin, Marie. Die BDSM-Spiele sind so komplex und ich weiß nicht …"

„Was glaubst du, bezweckt er damit? Dir ist eben etwas durch den Kopf gegangen. Spuck es aus."

Erica atmete tief durch und man sah ihr deutlich an, dass sich hinter ihrer Stirn eine Idee manifestierte.

„Ich kann auch total danebenliegen, aber mag sein, dass er sich selbst auf die Folter spannt … oder dich im Grunde immer wieder dazu reizen will, weiterzuspielen. Vielleicht quält er auch euch beide …"

Marie ließ sich stöhnend aufs Bett fallen.

„Ich hab wirklich keinen blassen Schimmer, wie das weitergehen soll. So oft wie in letzter Zeit hab ich meinen Delfin noch nie missbraucht."

Delfin, nur ein Name des Dildos, den Marie sich vor einigen Monaten zugelegt hatte, in Form eines dieser niedlichen Meeresbewohner. Erica fand das Ding äußerst kitschig, nicht nur, weil sie von Sextoys sowieso nicht viel hielt, aber dieser blaue Flipper setzte dem wirklich die Krone auf. Dieser Schwanzersatz besaß nichts Erotisches für Erica, und als Marie ihn ihr das erste Mal präsentiert hatte, war sie in schallendes Gelächter ausgebrochen. Selbst Tage später, wenn auch nur das Wort oder eine Andeutung hörbar wurde, musste sie sich die Lachtränen aus dem Gesicht wischen. Auch jetzt brodelte die Belustigung deutlich sichtbar in ihrem Magen, doch sie unterdrückte den Impuls, zu spotten, und trank ihre Kaffee.

„Aber das ist einfach nicht dasselbe."

„Kein Wunder, Stuarts Schwanz mit Flippern zu vergleichen …" Erica bekam einen Lachanfall und rollte sich auf dem Rücken übers Bett, während Marie seufzend eine Schnute zog und zur Decke emporblickte.

Mit amüsierter Mimik betrachtete sie Erica, und als sich die Freundin endlich beruhigt hatte, lagen sie nebeneinander auf dem Rücken. Ein wohliges Gefühl breitete sich in Maries Körper aus, als das Brennen wieder spürbar wurde.

„Er war gestern Nacht hier."

„Stuart?"

„Ich weiß nicht, was er wollte, aber er dachte, ich schlafe. Bevor er ging, hat er meinen Arsch geküsst." Marie lachte leise auf, wurde dann jedoch wieder ernst. „Ich weiß nicht, was das ist, zwischen ihm und mir … Ich will ihn, unbedingt … aber ich weiß einfach nicht, was er denkt oder fühlt oder was er in mir sieht. Wahrscheinlich bin ich für ihn nur eines seiner Spielzeuge."

Erica drehte sich auf die Seite und strich Marie eine Haarsträhne aus der Stirn. „Bist du verliebt?"

Marie erwiderte ihren Blick, denn diese unterschwellige Sorge passte irgendwie nicht zu der Frage. „Ich weiß es nicht … ich denke an ihn. Irgendwie ständig. Aber er ist so abweisend und distanziert. Im Grunde sind wir uns nur nahe, wenn er mich peitscht oder misshandelt und mir dabei in die Augen blickt. Ganz besonders dann, wenn er mich wieder erdet … Ist dir eigentlich aufgefallen, dass sich seine Augenfarbe verändert, wenn er all diese Dinge tut?"

„Ach, Marie …" Erica streichelte ihre Wange. „Weißt du, Stuart ist nicht Simon, er trennt diese Dinge gern sehr akribisch. Spiel ist Spiel und alles andere hat ziemlich wenig damit zu tun."

„Was genau willst du mir damit sagen?"

„Wenn er spielt, ist er Master Stuart, der Sadist, Erzieher, Trainer und der Meister, der Unterwürfigkeit, Gehorsam und Devotion verlangt. Ansonsten ist er Stuart Prescott. Näher als ein Bruder für meinen Mann, ein lieb gewonnener Freund für mich, ein sehr tierliebender Mensch und ein kreativer Kopf, was Leder und Holz betrifft. Ich weiß, dass er sich niemals außerhalb eines Spiels mit einer Devoten einlassen würde. Simon sagt, die Frau, die ihn einmal einfängt, müsste erst gebacken werden, und ich glaube, er hat recht."

Erneut glitten Ericas sanfte Fingerspitzen über Maries Gesicht, als wolle sie Trost spenden.

„Ich will dich nicht verletzen. Ich will nur, dass du weißt, worauf du dich einlässt. Er ist ein überzeugter Single und außer in Sessions spielen Frauen höchstens über Freundschaften oder sein Geschäft eine Rolle für ihn."

Für eine Weile schwiegen sie, dann lächelte Marie und spürte, dass es sich weder echt anfühlte noch so aussah.

„Ich will ihn ja nicht heiraten, ich will nur, dass er mich endlich fickt."

Erica lachte mit geschlossenen Augen und Marie war froh, dass sie nicht zu ihr herübersah und den Schmerz über das Gesagte erkannte. Wieder hallten die geflüsterten Worte aus seinem Mund in der schönen fremden Sprache seiner Heimat in ihrem Kopf nach. Gern hätte sie ihre Freundin gefragt, was sie bedeuteten, schließlich war Simon ebenfalls Italiener, aber sie behielt es für sich, denn es schien nicht mehr wichtig. Erst, als Erica sie wieder allein gelassen hatte, damit sie sich frisch machen und anziehen konnte, spürte sie den Stachel deutlich. Spiel und Freundschaft, mehr konnte sie also nicht erwarten. Gefühle oder gar Liebe waren deplatziert. Marie sah zornig in den Spiegel über dem Waschbecken, presste ihre Hände so fest auf das Badporzellan, dass ihre Knöchel weiß hervortraten. Sie spuckte das Gemisch aus Wasser und Zahnpasta ihrem Ebenbild ins Gesicht. *Du bist so dämlich, so unsagbar bescheuert. Was hast du geglaubt? Dass sich dieser Kerl in dich verlieben würde? Dass er tatsächlich fähig wäre, mehr in dir zu sehen als ein verdammtes kleines Spielzeug? Dass er auch nur annähernd in der Lage ist, deine dummen Gefühle zu erwidern? Du bist wirklich so blöd.*

Marie zog sich das luftige Sommerkleid über, dass Erica ihr als Leihgabe auf die Kommode gelegt hatte, griff nach ihrem Partyoutfit und schlich leise die Treppe zur Eingangshalle hinunter. Sie ging, ohne sich von Simon oder Erica zu verabschieden. Es hätte nur Fragen aufgeworfen, wenn die beiden sie so gesehen hätten. Wütend und außer sich vor Enttäuschung über sich selbst, flüchtete sie, wie sie es immer tat.

12

Selbst wenn Stuart sich bei ihr gemeldet hätte, sie wäre nicht ans Telefon gegangen. Ihre Wut konzentrierte sich jedoch auf sich selbst, ihre Dummheit, mehr in die ganze Sache interpretiert zu haben, als es tatsächlich gewesen war. Insbesondere, was Stuarts nächtlichen Besuch in ihrem Zimmer betraf.

„Wenn du weiterhin so böse dreinblickst, bekommst du noch eine dieser hässlichen Zornfalten zwischen deine Augenbrauen, Herzchen." Paul betrachtete sie wohl schon längere Zeit.

Der Tag war heute einer der heißesten in diesem Sommer und die Menschen zog es eher an den Strand oder in gut klimatisierte Bars statt zum Einkaufen in die Stadt.

„Also, was ist los? Ist dir ein Mann über die Leber gelaufen? Und übrigens, wie war diese kleine Schlampenparty? Ich will jedes noch so schmutzige Detail hören."

Marie wandte sich ab und schüttelte den Kopf. Statt einer Plauderrunde ging sie lieber ins Lager, um die Neuware zu sortieren. Paul blieb jedoch am Ball.

„Okay, also ist dir einer über Leber gelaufen."

„Wie kommst du darauf?"

„Oh, bitte, du rennst seit Anfang der Woche mit einem Gesicht rum wie drei Tage Regenwetter. Diese kleine Furche zwischen deine Brauen entwickelt sich langsam zu einem Krater und du bist ständig mit angestrengtem Gesicht in weiter Ferne. Willst du darüber reden?"

„Da gibt es nichts zu reden. Ich hab einfach festgestellt, dass ich eine blöde Kuh bin, das ist alles."

Paul applaudierte, jedoch so langsam und geziert, dass es eindeutig nicht ernst gemeint war.

„Nun, Einsicht ist der erste Schritt, wie man so hübsch sagt. Jetzt rede endlich."

Er nahm ihr demonstrativ den Kleiderbügel aus der Hand, legte liebevoll den Arm um ihre Schulter und zog sie auf eine der alten, ausgelagerten Sitzrondelle.

„Es ist meine Schuld. Ich hab in die ganze Sache viel zu viel reingelegt. Diese Gefühlsduselei macht alles kaputt und ist völlig fehl am Platz. Ich hab mich in etwas verrannt, was eh nie geplant war. Es war nur ein verdammtes Spiel."

„Hm, ich verstehe. Männer und Gefühle passen nicht immer zusammen. Eigentlich dachte ich, er wäre nicht nur so scharf auf dich, aber was will man machen, oft entpuppt sich auch ein Engelchen als Herzensbrecher."

Marie legte die Stirn in Falten und stutzte. Plötzlich wurde ihr klar, dass sie Stuart in Pauls Gegenwart noch nie erwähnt hatte. Sie lachte leise auf. „Doch nicht Jamie … ja, ich bin ihm auf der Party begegnet …"

Jamie! Sie hatte ihn völlig vergessen, nachdem Stuart sie auf der Party von ihm weggezerrt hatte. *Oh Gott, wie peinlich, hoffentlich hat er nichts davon mitbekommen. Das fehlte gerade noch.* Das Fingerschnippen vor ihren Augen riss sie aus dem gruseligen Gedankensumpf.

„Ich hatte gefragt, wen du dann meintest?"

„Oh, äh, Stuart … er ist ein Freund von meiner besten Freundin und ihrem Mann. Wir haben uns einige Male getroffen und er … ich … ach, vergiss es. Ist nicht wichtig."

„Aber wohl doch so wichtig, dass du ständig an ihn denkst."

Marie lächelte darüber hinweg und seufzte schwerfällig.

„Bist du etwa verliebt?"

Sie spürte, wie ihr die Farbe aus dem Gesicht wich. Erleichtert hörte sie den Ton des kleinen Türglöckchens, das einen Kunden ankündigte. Sie kehrten gemeinsam in den Verkaufsraum zurück.

Jamie Manson schob sich die teure Sonnenbrille wie ein Haarreif in die goldenen offenen Locken und lächelte Marie an. Innerlich seufzte sie, straffte ihre Schultern und ging auf ihn zu.

„Womit kann ich Ihnen heute dienen, Jamie?"

„Oh, so förmlich, nachdem du mich eiskalt auf der Party im Stich gelassen hast?"

„Es tut mir leid, aber es handelte sich … um einen Notfall."

„Notfall, na gut, ich kann dir ehrlich gesagt nicht lange böse sein. Aber du hättest mir wenigstens sagen können, dass du doch zur Party kommst."

„Wir haben einige brandheiße Sommerhemden von …"

Er packte nach ihrem Arm und zog sie dicht zu sich.

„Wann wirst du endlich mit mir ausgehen? Du spannst mich ziemlich auf die Folter. Seit du dich beim Tanzen so eng an mich gepresst hast, kann ich an nichts anderes mehr denken. Ich will dich, Marie."

In seinen himmelblauen Augen funkelte etwas Gefährliches und fast hätte sie aufgeschrien, doch sie wand ihren Arm aus seiner Hand und ging erneut auf Abstand.

„Wir haben auch einige sehr elegante Siegelringe heute geliefert bekommen. Es sind alles Unikate und ich könnte mir vorstellen …"

„Ich kann mir auch so einiges … vorstellen."

Diesmal ging er ohne Ware aus dem Laden, jedoch mit einem unterschwellig seltsamen Lächeln auf den Lippen, das Marie eine Gänsehaut verursachte. Als die Ladentür hinter dem jungen Engel zuglitt, keuchte Paul laut auf und täuschte einen Herzanfall vor.

„Oh, mein Gott, dieser Junge ist einfach …"

Marie lachte bei seinem Anblick und dennoch blickte sie verwirrt zur Tür hinaus.

Nach Ladenschluss saß sie in ihrem Wagen und starrte durch die Windschutzscheibe, ohne den Motor gestartet zu haben. Wieder kreisten ihre Gedanken um Stuart, die Worte, die Erica ihr gesagt hatte und ihr Gefühlschaos. Sehnsüchtig vermisste sie das Nachbrennen der bereits verheilten Wunden ihrer Haut. Sie ärgerte sich, schalt sich eine sentimentale Närrin, weil ihr Herz schon bei dem Gedanken an ein Spiel mit Stuart schneller schlug. Wenn es eben so war, dass er BDSM und Privatleben strikt trennte, warum sollte sie das nicht auch können. *Was, wenn ich jetzt einfach …*

Noch bevor sie den Gedanken weiter verfolgte, drehte sie den Zündschlüssel und fuhr los.

Stuart band sich die Haare zu einem Zopf im Nacken zusammen und blieb mitten in der Werkstatt stehen. Es roch herrlich nach Holz und Leder. Hier konnte er kreativ sein, vor allen Dingen konnte er sich von den Gedanken ablenken, die seit Tagen in seinem Kopf kreisten.

Sein Handy lag auf der Werkbank. Jedes Mal, wenn der Klingelton hörbar wurde, stieg sein Puls an. Was war nur los mit ihm? Immer wenn dieses verdammte Mobiltelefon losging, dachte er unweigerlich an die kleine Wildkatze. Wenn es schwieg, war er versucht, ihre Nummer anzurufen. Er musste seine Hände beschäftigen, dringend, sonst lief er Gefahr, dass ihm dieses sonderbar reizende und süchtig machende Spiel entglitt, und das wollte und konnte er nicht zulassen.

Stuart schnaubte kopfschüttelnd, als er an die Situation mit Jamie dachte. War er etwa eifersüchtig auf diesen Jungen? Er hatte gewusst, wie gefährlich es werden konnte, sich mit dieser Frau auseinanderzusetzen. Gefährlich, aber reizvoll. Dass es jedoch so anstrengend werden würde, die Kontrolle zu behalten, hätte er sich nicht einmal in den kühnsten Träumen vorgestellt. In den vergangenen Tagen zweifelte er sogar an seinem Urteilsvermögen, fragte sich, ob er zu weit gegangen war. Die Hundepeitsche hinterließ sehr tiefe Striemen auf so sensibler Haut. Stuart atmete erneut tief durch.

Mit einer Hand griff er sich den Rollhocker, setzte sich und zog sich näher an die Werkbank, dann ergriff er das breite Lederpaddel und betrachtete es eingehend. Jedoch ließ seine Konzentration auch hier zu wünschen übrig. Er dachte wieder an ihr Gesicht, ihre funkelnden Augen, die vor Hitze erröteten Wangen, als sie auf Händen getragen die Tanzfläche überquerte und so heftig kam, dass ihm nicht nur das Herz angeschwollen war. Sein Schwanz machte sich auch jetzt bemerkbar. Es kam ihm vor, als hätte er nie zuvor so eine tiefe Erfüllung darin gefunden, einer devoten Frau Befriedigung, Lust und Hemmungslosigkeit zu schenken. Sie war so wunderschön in diesem Moment.

Die Narbe auf seiner Wange kräuselte sich, als ein Lächeln über seine Lippen glitt, doch plötzlich verdüsterte sich seine Mimik. Warum dachte er jetzt ausgerechnet an Phoebe? Lange Zeit war dieser dunkle Punkt in seinem Leben in der Versenkung verschwunden, doch jetzt mit Marie und ihrer Leidenschaft kehrte die Erinnerung wie ein Bumerang zurück. Stuart stützte beide Ellbogen auf die Werkbank und vergrub das Gesicht in den Händen.

Ihre Stimme summte in seinem Kopf, wie ein weit entferntes Echo und hinter seinen geschlossenen Lidern sah er ihr angewidertes Gesicht. Phoebe! Der CD-Player spielte einen seiner Lieblingssongs und er griff nach der Fernbedienung, um lauter zu stellen.

I wanna do bad things with you ...

Stuart betrachtete erneut das Paddel. *Nieten, es braucht kleine spitze Nieten ...* und er griff nach dem Hammer, um aus dem so schon bösen Schmerzbringer noch etwas Böseres und Schöneres zu machen.

Im Haus brannte kein Licht, aber vom hinteren Teil aus drang leise Musik zu ihr, als sie aus ihrem Auto stieg. Statt an der Eingangstür zu klingeln, ging Marie durch den wilden Vorgarten herum und betrat die Terrasse. Je näher sie kam, desto lauter wurde die Musik, die eindeutig aus dem Gartenhaus dröhnte, dessen hohe Bogentür offen stand. Sie lief über den Steinplattenweg, der sich bis zum Gartenhaus schlängelte, und blieb stehen. Ihr Puls raste und dieser Anblick ließ ihre Knie weich werden.

Während Jace Everetts tiefe Stimme über die Lautsprecherboxen der CD-Anlage davon sang, dass er wirklich böse Dinge mit dir anstellen würde, bevor die Nacht vorbei wäre, summte Stuart mit, fiel in manche Textzeilen des Countrysongs ein. Er arbeitete gerade an einem fast fertiggestellten und mit schwarz glänzendem Leder bezogenen Schlagpaddel, das er mit den letzten Spitznieten verzierte. Sein nackter breiter Oberkörper glänzte vor Schweiß. Obwohl er sein schulterlanges Haar im Nacken zu einem Zopf gebunden hatte, fielen ihm feuchte Strähnen ins Gesicht. Seine Konzentration auf die Arbeit wirkte so unglaublich sexy, dass Marie völlig vergaß, warum sie eigentlich hier war. Sie wollte sich beweisen, dass sie ebenso fähig war, Sex von Gefühlen zu trennen. Seine Hände waren so wahnsinnig geschickt. Er maß noch nicht einmal die genauen Abstände, schien ebenso wie an der Peitsche das perfekte Augenmaß zu besitzen.

Marie trat von einem Fuß auf den anderen, erwischte einen trockenen

Zweig, der unter ihrem Gewicht knackte und ausgerechnet in dem Moment endete das Lied. Sie hielt den Atem an, sah das Schmunzeln auf seinem Gesicht, ohne dass Stuart aufsah.

„Juckt dem Kätzchen schon wieder das Fell?"

Er setzte die letzte Niete, presste sie fest und betrachtete eingehend sein Werk. Erst dann drehte er sich um und ließ seinen Blick über ihren Körper wandern, angefangen von den Füßen langsam bis hinauf zu ihrem Gesicht. Stuart erhob sich von dem Drehhocker und ging auf sie zu. Er lehnte seine Hände gegen den Türbalken und stand so dicht vor ihr, dass sie seinen salzig herben Körpergeruch wahrnahm. Selbst sein Schweiß roch erregend. Seine Brustmuskeln zuckten und die angespannten Oberarme wirkten noch kräftiger als sonst. In Maries Ohren rauschte das Blut so laut, dass sie sogar die Musik nicht mehr wahrnahm. Die feinen Härchen in ihrem Nacken richteten sich auf. Was wollte sie sich noch mal beweisen?

Gerade als ihr diese Frage durch den Kopf schoss, umpackte er mit einer Hand ihre Taille und zog sie an seinen Körper.

„So wortkarg kenn ich dich gar nicht."

Er lächelte und dieses Lächeln spiegelte sich in seinen Augen. *Oh Gott, das kann nicht gut gehen.* Er hob ihr Kinn zu sich empor und so dicht vor ihm stehend, musste sie ihren Kopf weit in den Nacken lehnen, um seinen Blick zu erwidern.

„Warum bist du hier, Kätzchen?"

„Ich … ich brauche …"

Ja, was denn? Gewissheit, dass du ebenso damit umgehen kannst wie er, obwohl du hier mit butterweichen Knien stehst und dir bald das Herz aus der Bluse hüpft? In diesem Augenblick wünschte sie sich nur eins, er sollte sie heftig züchtigen, weil sie es selbst nicht konnte. Sie hatte es verdient, sie brauchte das jetzt, um wieder klar denken zu können und von dieser verdammten rosa Wolke auf den Boden der Tatsachen zu kommen. Er wollte verdammt noch mal nur mit ihr spielen. Aber egal, wie oft sie es wiederholte, ihr Herz wollte oder konnte das so nicht akzeptieren. Nur Geilheit, Lust und Schmerz, keine Liebe, keine Gefühle und schon gar keine Beziehung. Ericas Worte drangen wie ein Echo durch ihren Kopf.

„Du brauchst was?"

Wie er sie ansah. Am liebsten hätte sie ihn angefleht, damit aufzuhören, schließlich war das vorher ja auch nicht so. Selbst in seiner Stimme lag etwas so Sanftes und Zärtliches, das ihr unter die Haut ging. Das war ungerecht und gemein. *Schlaf mit mir. Liebe mich. Sag noch einmal die Worte zu mir, tesorina mia, bitte.*

„Schlag mich."

Sie schluckte hörbar, hoffte, Schmerzen würden ihr diese falschen

Empfindungen austreiben. Ihre Kehle fühlte sich staubtrocken an. Stuarts Stirn legte sich in Falten und er betrachtete sie schweigsam. Dann nickte er wortlos und glitt an ihr vorbei. Wie hypnotisiert folgte sie ihm und prallte an der Terrassentür zurück, als sie eine Bewegung im Halbschatten wahrnahm. Zuerst dachte sie an die Sklavin, doch sie erinnerte sich nicht einmal an ihr Gesicht. Dann tauchte der Schatten im Licht auf und Marie erstarrte wie zu einer Säule. Der schwarze Latexanzug bedeckte den ganzen Körper und nur die Ausbuchtung seines Geschlechtes zeigte, dass er männlich war. Weder konnte Marie sein Gesicht noch die Farbe seiner Haut erkennen. Stuart achtete nicht auf ihn und nahm auch von Maries Überraschung keine Notiz. Nur zögerlich folgte sie ihm ins Haus, stieg die Treppe zum Keller hinab und bemerkte, dass der Latexanzug ihr schweigend folgte.

Stuart saß auf dem hohen Thron, der mit rotem Samt ausgepolstert war, und betrachtete sie einige Minuten still. Sie stand mitten im Folterzimmer und wusste nicht wohin mit ihren Händen. Stets behielt sie den Latexmann im Augenwinkel.

„Zieh dich aus, Kätzchen und leg deine Sachen sorgfältig gefaltet auf die Bank hinter dir."

Obwohl damals die Sklavin so präsent gewesen war, erschien ihre Anwesenheit für Marie heute unsichtbarer und indirekter als der Sklave in seinem Anzug, obwohl er mit den Schatten fast verschmolz. Zögernd zog sie ihre Kleidung aus, warf immer wieder einen Blick abwechselnd zu Stuart, dann zu dem Sklaven. Sie legte ihre Sachen auf die Bank, wie es ihr aufgetragen worden war. Nackt dazustehen fühlte sich für sie schutzloser und ausgelieferter an als je zuvor.

„Leg ihr die Spreizstange an und führ sie zum Galgen."

Der Latexsklave verbeugte sich tief, sagte jedoch kein Wort und kam mit einer Metallstange, an der zwei Ledermanschetten befestigt waren, auf sie zu. Ohne zu sprechen, bedeutete er Marie, ihre Beine zu öffnen und verschloss die Riemen der Manschetten um ihre Fußgelenke, nachdem er sie zum Galgen geführt hatte. Sanft bettete er sie in seine Arme und legte sie mit dem Rücken auf ein dünnes weiches Polster am Boden, hakte ohne Befehl die Seilwinde vom Galgen in den an der Stange mittig versenkten Karabiner ein. Marie legte den Kopf weit nach hinten, um Stuarts Blick zu suchen, der noch immer zusah und ihr ein wohliges Gefühl von Vertrautheit und Ruhe schenkte. Der Galgen klackerte leise, als der Latexsklave die Winde betätigte und ihre Beine emporzog, bis ihr Po in der Luft hing.

Stuart erhob sich.

„Das reicht erst einmal."

Er legte seinen Kopf schief, betrachtete sie, so ausgeliefert, weit gespreizt und offen. In ihrem Kopf herrschte plötzlich absolute Stille und sie war dankbar dafür. Von der Wand direkt neben ihr nahm Stuart eine Peitsche, die so harmlos wirkte, dass ihr eine wohlige Gänsehaut über den Körper floss und sich leise pochend in ihrem Magen konzentrierte. Pferdehaar, fein und doch drahtig, so viele, dass sie sicher war, die Schläge damit konnten nur zärtliches Streicheln bedeuten. Das Rosshaar strich die Innenseiten ihrer Schenkel entlang, seidig, kühl und sanft, berührte ihre Scham, glitt tiefer zu ihrem Bauch. Er hob an und der erste Schlag brachte sie zum Lächeln, der nächste enthielt mehr Kraft und jeder weitere Hieb wärmte ihre Haut auf und dann fühlte sie es. Wie Nadelstiche, so fein. Jede Körperstelle, die er traf, pikste süß, aber schmerzlich nach, dass Marie leise keuchte. Sie sah, wie sich ihre Haut langsam rötete. Für einen Moment hielt Stuart inne, streichelte mit zärtlichen Fingerspitzen der Hitze nach. Marie glaubte, es kaum zu ertragen, so wund fühlten sich die Stellen an.

„Bring mir die Schmetterlinge."

Marie zuckte zusammen, als der Latexsklave aus dem Schatten ohne einen Laut von sich zu geben neben ihr auftauchte wie aus dem Nichts. Das Metall in seinen bedeckten Händen glänzte im Kerzenlicht, als er die Schmetterlinge Stuart überreichte. Er öffnete eine der Schmetterlingsklemmen in seiner Hand vor ihren Augen. So niedlich es klang, wie er sie bezeichnete, Marie ahnte ihren Einsatz und biss die Zähne fest aufeinander, noch bevor er die erste platziert hatte. Ein heißer, glühender Stich brachte sie zum Schreien, als der erste Schmetterling ihre linke Brustwarze zusammenpresste und einen feinen, leicht schmerzhaften Druck behielt. Der zweite Metallschmetterling ließ sie nur noch aufkeuchen, denn sie verbiss sich die Pein diesmal besser. Wie durch ein zartes Band verbunden, zog der Druck auf ihren Brustspitzen auf direktem Wege heiß pochend zu ihrer Klitoris. Sie spürte, wie sie anschwoll und sich die Hitze in ihrem Geschlecht feucht sammelte. Jede noch so leichte Berührung schickte erneute Blitze in ihren Schoß und Stuart schien daran seinediebische Freude zu haben.

„Möchtest du, dass ich deine Hände fessle, bevor ich weitermache, Kätzchen?"

Was war nur mit ihm los? Dieses Spiel gestaltete sich völlig anders als zuvor. Die Gedanken rasten durch ihren Kopf, wo sie eben noch die herrliche Stille genossen hatte. Sie schien völlig überfordert, damit, ihm eine Antwort darauf zu geben.

„Ich denke, es wird besser sein."

Dankbar, dass er ihr die Entscheidung abnahm, nickte sie. Der Latexmann kniete sich an ihrem Kopf nieder, führte ihre Handgelenke zusammen und ließ Metallhandschellen einrasten. Maries Augen weiteten sich, als Stuart zwei weitere Klemmen emporhielt. Zuerst dachte sie an Ohrclips, doch der Eindruck täuschte, auch wenn die Gewichte wie große schwarze Tropfenperlen aussahen. Seine Hände waren warm und sanft, mit Zeigefinger und Daumen öffnete er ihre Schamlippen. Marie spürte die Feuchtigkeit in ihrem Spalt. Sie zuckte heftig zusammen und erst verzögert nahm sie den stechenden Schmerz wahr, als die Gewichtsklemmen ihre äußeren geschwollenen Lippen längerzogen. Sie atmete stoßweise, hoffte, diese neuartige Qual zu erleichtern, dann erkannte sie die lange breite Kerze in seiner Hand. Marie zappelte in ihren Fesseln, zerrte an den Schellen, die sich in ihre Gelenke drückten und sie wund rieben. Heißer Wachs tröpfelte aus der Höhe, punktgenau zwischen ihre Brüste, zeichnete eine Schlangenlinie über ihren Bauch. Marie zog den Kopf in den Nacken. Je kürzer der Abstand zu ihrem Körper, umso heißer traf die flüssige Lava auf ihre Haut. Nach einer kurzen Pause näherten sich die hitzigen Tropfen ihrem Venushügel und entlockten ihre noch lautere Schreie. Stuart erhöhte den Abstand, dennoch stieß Marie einen heiseren Laut aus, als der erste Wachstropfen ihre Klitoris erwischte. Der nächste traf die Schamlippen und die Kerze ergoss sich in einem heißen Schwall über ihren nassen Spalt und den Anus hinunter. Die Innenseiten ihrer Schenkel schienen nach der gleichen Behandlung zu glühen und jeder Zentimeter Haut wurde so sensibel, dass die kleinste Berührung sie an den Rand der Verzweiflung trug. Marie erkannte das Gefühl wieder, doch um in diesen Schwebezustand zurückzugelangen, den sie schon einmal erlebt hatte, fehlte noch ein Stück. Die Seilwinde trug sie höher, bis sie nur noch mit den Fingerspitzen den Boden erreichte.

Sie sah es nicht auf sich zukommen. Weiche Wildlederstrippen landeten zuerst sanft, dann immer härter auf ihrem Rücken, ihrem Po und den Schenkeln. Wieder strichen zärtliche Fingerspitzen über ihre Haut, dann fühlte sie weiche, warme Lippen, einen sanften Kuss. Wärme floss durch ihren Körper und sie entspannte sich.

„Die Bullenpeitsche kennst du schon. Es wird Zeit, die Schwester zu spüren - eine Schlange für das Kätzchen."

Für einen Augenblick seufzte sie leise, denn dieser höhnische Unterton war es, der in seiner Stimme die ganze Zeit gefehlt hatte. Sie lächelte.

„Egal, was du mir heute antust, es wird nicht genug sein, um mich kleinzukriegen."

Als sich die Schlange zum ersten Mal in ihre Haut biss, schrie sie laut, bereute ihre unbedachte Bemerkung und hörte nicht auf, bevor er seine Zeichnung beendet hatte. Jeder Schlangenbiss war kraftvoll und präzise ausgeführt. Bereits jetzt erkannte man das Zickzackmuster deutlich rot auf ihren Oberschenkeln. Marie schwebte, hörte sich schreien. Sein Blickkontakt, die dunkeln Augen, sein heftiges erregtes Atmen hielten sie liebevoll gefangen. Marie hätte für diesen Anblick sterben können.

„Ich liebe dich …"

Ihr Blick wirkte verschleiert und entrückt, ihre Stimme heiser und rau vom Geschrei. Die Schlangenpeitsche glitt aus seiner Hand und er blieb vor ihren gespreizten Beinen stehen. Ihre Lust stieg ihm direkt in die Nase. Er presste seine Lippen auf ihre Scham, kostete mit der Zungenspitze ihre Nässe. Süß und herb, so köstlich und unwiderstehlich, dass Stuart für diesen Moment die Selbstbeherrschung aufgab. Er bohrte tiefer, leckte den nassen Spalt entlang und reizte ihre Erregung weiter. Maries Stöhnen erfüllte den Raum und wurde lauter, als er die Gewichtsklemmen von ihren Schamlippen löste. Der Schmerz, als die Blutzufuhr wieder floss, mischte sich mit Gier in ihrem Gesichtsausdruck.. Er hörte nicht auf, von ihr zu kosten, sie zu lecken und zu schmecken. Mit zwei Fingern stieß er in ihre nasse Öffnung, umkreiste gezielt die geschwollene Perle und steigerte das Zungenspiel.

Stets die Augen auf ihr lustverzerrtes Gesicht heftend, spürte er sein Geschlecht heftig zucken. *Noch nicht!* Immer wieder schossen ihm diese Worte durch den Kopf, dann löste er den Mund von ihrem Schoß. Er gab dem Sklaven ein Zeichen, der sofort reagierte und den Flaschenzug betätigte. Marie wirkte wie weit weg und doch fühlte er die intime Nähe. Ihre heiseren Worte hatte er vernommen und fragte sich, ob sie im Eifer des Gefechts entstanden waren oder ihre Gefühle widerspiegelten. *Noch nicht!* Sein Schwanz zuckte in der Hose, erinnerte ihn überdeutlich, wie lange er sich gegeißelt hatte.

Etwas Hartes, Warmes glitt zwischen ihre Schamlippen, drang in ihre Feuchtigkeit ein, tiefer, füllte sie gänzlich aus und wurde fest und heiß umschlungen von ihrem Geschlecht. Rhythmische Bewegungen reizten ihre Lust, steigerten ihre Gier und sie wähnte sich zeitgleich im Hier und Jetzt, doch auch weit weg. Er fühlte sich herrlich an, so gut, heiß und erregend. Warum hatte er nur so lange damit gewartet? *Stuart. Stuart. Stuart.* Wie ein monotoner Singsang drang der Name durch ihren Kopf, als wäre er das Einzige in ihrem Universum. Jenseits von Gut und Böse schob sich der Schwanz immer schneller in sie hinein. Der Leib klatschte laut gegen ihre Schenkel, bis sie das erlösende Zucken tief in sich spürte und der Höhepunkt mit einem spitzen Schrei, wie eine Welle, jegliche Anspannung auflöste. Einige Stöße später entlud sich auch der breite Schaft in ihr, ergoss sich wieder und wieder, während ihre Vaginalmuskeln ihn bis zum letzten Tropfen molken. Sie lächelte selig empor und erstarrte. Kälte kroch durch ihr Innerstes.

Der Sklave hatte sie genommen, nicht Stuart. Sie sah fassungslos zu, wie er das Kondom abstreifte und nickend zurück in den Hintergrund trat. Eine Träne löste sich aus ihrem rechten Augenlid und tropfte zu Boden. Sie wollte nicht weinen. Stuart kniete neben ihr, betrachtete ihr Gesicht und folgte mit einer Fingerspitze der feuchten Spur. Seine Stirn runzelte sich.

Auf ein Zeichen von ihm wurde die Seilwinde hinabgefahren und Stuart entfesselte sie langsam. Marie schob seine Hände weg, schluchzte und kämpfte gegen Tränen an.

„Was ist los, Kätzchen?"

„Nenn mich nicht so." Ihre Stimme klang abgehakt. Die rechte Brustklemme entfernte sie eilig selbst, zu eilig.

„Warte, das ..." Stuart kniff schmerzverzerrt die Augen zusammen, als wüsste er genau, was passierte.

Zu spät. Der Schmerz, als die Blutzufuhr in ihre Brustspitze zurückkehrte, war entsetzlich, traf sie so unvorbereitet, dass sie mit dem Rücken auf den Boden prallte. Stuart massierte die geschundene Zartheit der Knospen. Zuerst wurde die Qual noch schlimmer, doch dann breitete sich unter der zarten Massage Entspannung aus. Marie ließ sich auch die linke Schmetterlingsklemme entfernen. Der Kuss an ihre Schläfe traf sie unvorbereitet.

„Alles okay?"

Warum war er jetzt wieder so sanft? Warum klang er so zärtlich? Stuart strich ihr das Haar hinter ihr rechtes Ohr und zog sie in seine Arme. Er küsste ihre Wange, hielt sie fest umschlungen. Noch zu schwach, sich zu wehren, ließ sie es zu.

„Sag mir, was mit dir los ist, Marie? Sprich mit mir."

Seine Sorge, seine samtige, zärtliche Stimme, es tat weh. Mit den Handballen rieb sie sich die Augen, wollte vermeiden, dass er ihre Tränen sah. Er schickte den Sklaven wortlos mit einer Kopfbewegung aus dem Raum. Stuart hob ihr Kinn zu sich empor. Die Wärme seines Körpers, sein liebevoller Blick. Marie wollte und konnte das nicht länger ertragen.

„Hat es dir keinen Spaß gemacht, tesorina?"

Der aufkeimenden, jedoch halbherzigen Wut konnte sie keine Worte geben. Es hatte Spaß gemacht. Sie war auf ihre Kosten gekommen, doch wieder hatte er sich ihr vorenthalten und dieses Spiel war so anders, so verwirrend. Diese Demütigung, dass er dem Sklaven das Vergnügen gewährt hatte, fühlte sich zu groß an. Marie wusste, es überstieg ihre Kräfte. Selbst jetzt, da sie freiwillig aufgegeben hatte, wäre sie besser zurechtgekommen, wenn er ihr höhnisch lachend ihre Feigheit unter die Nase gerieben hätte. Schon wieder sah er sie so zärtlich an und Marie ertrug es nicht länger.

„Ich kann nicht mehr, ich will gehen."

Diese Liebesqual war schlimmer als jeder Peitschenhieb und jetzt erst wurde ihr bewusst, dass er nichts erwidert hatte, als sie ihm die Liebe gebeichtet hatte. Nichts. Das war eindeutig genug.

„Rede mit mir, bitte."

„Lass mich!"

Nur teilweise zog sie sich an, rannte die Treppe hinauf. Stuart folgte ihr, doch sie entriss ihm ihren Arm, als er sanft nach ihr griff.

„Marie, du muss mit mir reden."

„Fahr zu Hölle!"

Marie stieg in ihren Wagen und fuhr mit so rasantem Bleifuß zurück in die Stadt, dass jeder Autobahnpolizist seine helle Freude gehabt hätte. Doch Marie achtete nicht darauf. Es war ihr egal.

Stuart sah ihrem Wagen hinterher und legte die Hände an die Hüften. Der Abbruch der Session verwirrte ihn, und Maries Verhalten noch viel mehr. Diese Enttäuschung in ihrer Stimme. Neben ihm tauchte der Sklave auf, öffnete den Reißverschluss seines Latexanzugs über dem Mund und sah ihm ins Gesicht.

„Lag es an mir?"

Stuart schüttelte den Kopf, legte seine Stirn in Falten und kratzte sich durch den Kinnbart. „Es lag wohl eher an mir."

Ein dunkelblonder Wuschelkopf kam unter der Latexkapuze zum Vorschein und fast schwarze Augen blickten den roten Rückleuchten hinterher. „Wirkt wie ein totaler Absturz, aber, hm, so etwas hab ich wirklich noch nie erlebt."

Stuart hörte schon nicht mehr richtig zu und wählte Maries Handy an.

Hey du, bin gerade beschäftigt, du kennst das ja mit dem Piep …

„Verdammt, geh ran." Erneut drückte er die Anwahltaste und erreichte wieder den Ansagetext, mehrmals wiederholte er es, bis nicht einmal mehr ihre Voicebox erreichbar war. Marie hatte das Handy ausgeschaltet.

„Verdammt!"

„Stuart, das bringt doch nichts, ihr geht's gut, Mann. Das sah vielleicht aus wie ein Absturz, aber glaub mir, die ist völlig okay. Frauen sind manchmal so. In der einen Minute stöhnen sie, was das Zeug hält und dann plötzlich flippen sie ohne erklärbaren Grund aus. Sie ist in Ordnung und morgen kriecht sie wieder an. Hormone, weiß doch jeder."

Stuart blieb vor dem Sklaven stehen, dem das Grinsen im Gesicht gefror. „Hat sie okay ausgesehen? Für meinen Geschmack nicht."

„Aber …"

„Klappe jetzt, ruf deine Herrin, sie soll dich aus meinem Haus schaffen. Ich weiß sowieso nicht, was du hier überhaupt zu suchen hast. Vor allem

... wann bist du ... ach, vergiss es, ich will es gar nicht wissen. "

„Aber ich war doch ein Präsent von Madame Dita? Ich sollte ...""

Mit einem finsteren Blick brachte er jeglichen Einwand des jungen Sklaven zum Schweigen. Er nickte demütig. Nach wenigen Minuten kehrte Stuart aus dem Haus zurück, zog sich im Gehen eine Lederjacke über und stieg in seinen Wagen, der gleichen Richtung folgend, in die Marie verschwunden war. Damals hatte sie den Absturz nur simuliert, das hier war echt. Stuart fühlte sich wie ein verdammter Anfänger. Er hätte es erkennen müssen, obwohl selbst jetzt noch nicht klar war, was genau schief gelaufen war. Stuart kannte ihre Adresse nicht, also führte ihn sein Weg quer durch die Stadt zu Simons Villa. Als auf sein Sturmklingeln nicht gleich reagiert wurde, hämmerte er mit der Faust heftig gegen die Eingangstür.

„George, wo ist Erica?"

In einem altmodisch anmutenden grün karierten Morgenmantel stand der Chauffeur halb in der Tür und stolperte wegen Stuarts forschem Eintreten rückwärts.

„Miss Erica und Simon sind bereits zu Bett gegangen, Master Stuart."

Er schloss die Eingangstür, ohne ihn daran zu hindern, die geschwungene Treppe hinauf zu hechten und auf direktem Weg, ohne anzuklopfen, ins Schlafzimmer der beiden zu stürmen.

„Erica, ich brauch die Adresse von Marie. Jetzt."

Schwierig, dem besten Freund ihres Mannes zu antworten, wenn man gerade einen Knebelball zwischen den Zähnen hatte und die Hände auf dem Rücken mit einem Seil verknotet waren. Erica versuchte sich dennoch an einer Antwort, die natürlich unverständlich ausfiel. Oder wollte sie ihrer Empörung Ausdruck verleihen? Stuart räusperte sich, als ihm bewusst wurde, wie rüde er hier eingedrungen war.

„Was ist passiert?"

Simon legte den schmalen Gürtel aufs Bett und strich Erica zärtlich über den Kopf, die Hilfe suchend zu ihm emporblickte. Ihr Herr zeigte keinerlei Anlass, ihre Fesseln und den Knebel zu entfernen.

„Ich weiß es nicht, aber ich muss wissen, wo sie wohnt. Ich muss dringend mit ihr reden."

Erica jammerte gegen den Ball und zerrte an ihren Fesseln.

„Warte, ich hab sie in meinem Register."

Simon blätterte durch seinen Taschencomputer und nannte ihm Straße und Hausnummer. Schon war Stuart wieder auf dem Weg nach unten.

„Apartment 23 b."

Stuart blieb vor dem Wohnhaus stehen, in dem Maries Apartment lag. Ihr Wagen stand vor der Tür und er suchte die Nummer auf den Klingelschildern ab. Einige Minuten Dauerbetätigung des Klingelknopfes brachte kein Ergebnis, also drückte er auf sämtliche Klingeln, die er traf, bis endlich der Summer die Haustür öffnete. Mit hastigen Schritten nahm er zwei Stufen auf einmal die Treppe hinauf, bis er vor ihrer Tür stand und dagegenhämmerte.

„Marie, mach auf, wir müssen dringend reden."

„Hau ab!" Sie war wütend, aber leise und schwach.

„Ich gehe nicht eher, bis du öffnest."

„Verschwinde endlich!"

„Sag mir, was passiert ist?"

„Geh weg!"

Stuart atmete tief durch. Nebenan öffnete ein älterer Mann die Tür und sah den Flur entlang.

„Das ist Ruhestörung, ich rufe die Cops, wenn sie nicht sofort gehen."

„Mach endlich die Tür auf, Marie."

„Ich will dich nicht sehen. Geh jetzt!"

„Ich wähle jetzt die Nummer, junger Mann."

„Marie! Öffne diese verdammte Tür, sonst …"

„Es klingelt!" Der Nachbar hielt sich demonstrativ das Telefon ans Ohr.

„Sonst was? Trittst du sie ein? Geh endlich, Stuart."

„Ja, hallo, hier steht ein halb nackter Mann in Lederkleidung und bedroht meine Nachbarin …"

Stuart hob entwaffnet die Hände und trat einige Schritte von der Tür zurück, während der Nachbar die Adresse durchgab. Unter seiner Lederjacke trug er tatsächlich kein Hemd.

„Okay, gleich sind Bullen hier und nehmen mich mit. Wenn du das erreichen wolltest, herzlichen Glückwunsch. Entweder du öffnest jetzt oder ich mach aus der Tür Kleinholz, dann haben sie einen guten Grund, mich abzuführen."

„Das geschieht dir ganz recht."

Erneut rammte er seine Faust gegen ihre Tür, aber seine Stimme senkte sich zu einem samtig rauen Flüstern. „Verdammt noch mal, bitte mach die Tür auf. Lass uns reden. Was hab ich getan, was war falsch? Marie, bitte …"

Sie antwortete nicht mehr und zwei Policeofficer betraten den Flur.

Der Nachbar zeigte mit dem ausgestreckten Finger auf Stuart. „Das ist er. Dieser Rüpel bedroht meine Nachbarin, nehmen Sie ihn fest, sonst bringt er uns noch alle um."

Der jüngere Officer bemühte sich sichtlich, nicht zu grinsen oder mit den Augen zu rollen. Sein älterer Kollege trat auf Stuart zu.

Er hob die Hände seitlich und senkte resignierend seinen Kopf.

„Miami Police Department, treten Sie langsam von der Tür weg und legen Sie ihre Hände in den Nacken mit dem Rücken zu mir und dann auf die Knie."

Marie sank lächelnd entlang ihrer Wohnungstür zu Boden und lauschte dem Lärm auf dem Flur. Die Polizeibeamten nahmen ihn gerade in Handschellen mit und einer leierte ihm die Rechte vor. Dann traten Tränen in ihre Augen und verschleierten ihren Blick, bis ihr das flüssige Salz heiß über die Wangen rann.

„Hoffentlich legen sie dich in Ketten und peitschen dich bis aufs Blut, Scheißkerl."

Ihr war elend zumute. Sie lehnte ihren Kopf gegen ihre angewinkelten Knie und weinte hemmungslos. Ihr Herz tat weh und sie fühlte sich betrogen, gedemütigt und verletzt. Sie dachte an den Sklaven, sah erneut das Bild vor sich, als er sich das Kondom abstreifte. Schluchzend fluchte sie über Stuart und konnte sich kaum noch beruhigen.

„Scheiß Gefühle!"

Marie rollte sich vor der Tür zusammen, verbarg ihr Gesicht in ihren Armen. Sie war zu ihm gefahren, mit dem Vorhaben, sich zu beweisen, dass sie fähig war, ohne Gefühl wie er zu spielen. Doch das war kläglich gescheitert. Sie hatten ihn so sehr begehrt und so sehr gewollt. Sie schniefte und starrte zur Decke empor. Marie schnaubte fassungslos. Genau wie ihre Mutter, wenn es schwierig wurde, flüchtete man besser. Verdammte Scheiße!

„Lesen und Unterschrift drunter, dann können Sie gehen. Aber ich warne Sie, wenn ich heute Nacht noch einmal dort auflaufen muss wegen Ihnen, landet ihr Arsch in der Zelle. Ist das klar?"

Die Drohung des alten Officers prallte an Stuart ab und er strich sich schweigend eine Haarsträhne zurück. Der Polizist schob ihm das Aussageprotokoll über den Schreibtisch entgegen. Stuart überflog die Rechtschreibfehler und setzte seinen Namen darunter. Simon wartete bereits auf ihn vor der Wache.

„Also?" Eine Weile lenkte der Freund den Wagen schweigend durch die beleuchteten Straßen der Stadt.

Weil Stuart ihm nicht antwortete, bremste er an einer roten Ampel heftiger als nötig.

„Was ist passiert?"

Stuart rieb sich die Augen mit den Handballen. „Ich hab keine Ahnung. Sie redet nicht mit mir, sondern hat mich vor der Tür stehen lassen wie einen räudigen Köter, verdammt."

„Du klingst wütend?"

„Ich bin wütend ... in einem Moment ist sie im siebten Subhimmel und in der nächsten Sekunde fährt sie ihre Krallen aus und verschwindet, ohne mit mir zu reden."

Innerlich war er noch immer in Aufregung und Unruhe. Was zum Teufel war geschehen? Wieso hatte er es nicht kommen sehen, dass etwas falsch lief?

„Willst du mir von eurer Session erzählen?"

„Ich bin dir dankbar Simon, aber du bist hier der falsche Gesprächspartner." Wann war die Stimmung gekippt? An welchem Zeitpunkt war Maries Lust in Frust umgefallen? Stuart versuchte, die Session zu rekapitulieren, fand aber keinen Anhaltspunkt, wo es schief gelaufen war. Viel schlimmer als die offensichtlich vergeigte Inszenierung traf ihn ihr Gesichtsausdruck, die Art, wie sie ihn angesehen hatte. Wo kam diese Enttäuschung bloß her? Sie hatte eindeutig ihm gegolten, aber warum? Marie war so intensiv gekommen, hatte sich der Lust hingegeben und dann ... Stuart wusste es nicht, egal wie er es drehte und wendete, er musste mit ihr reden, dringend. Er hatte sich immer auf seine Intuition verlassen können. Solche Abbrüche waren ihm zu Beginn ein oder zweimal passiert, aber mit der Zeit und der Übung hatte er gelernt, auf jede noch so kleine Regung der Devoten zu achten. Einem so erfahrenen Dom wie ihm durfte so etwas nicht passieren. Ihm durfte es nicht passieren, schon gar nicht mit ihr. In Stuarts Magen ballte sich eine Faust und in seiner Brust zog es heftig. Seine Besorgnis um Marie wog gleichauf mit dem Gedanken, sie zu verlieren. Ein Gedanke, den er nicht ertragen wollte.

Kurz angebunden verabschiedete er sich von Simon, nachdem er ihn an seinem Wagen vor Maries Haus abgesetzt hatte. Zuhause angekommen ließ die Unruhe nicht nach. In der Nacht bekam er kein Auge zu, wählte ihre Nummer und redete doch nur mit ihrem Anrufbeantworter. Auf der Terrasse sitzend starrte er in die Dunkelheit.

Im Kopf ließ er die gesamte Session wieder und wieder durchlaufen, suchte nach Fehlern, Missdeutungen ihrer Reaktionen. Marie hatte den Haussklaven von Madame Dita neugierig und suspekt beäugt und keinerlei Missfallen an seiner Anwesenheit gezeigt. Zwischendurch wählte er ihre Telefonnummer erneut, erreichte abermals nur den AB und warf den schnurlosen Hörer krachend auf den Terrassenboden. Mit beiden Händen strich er verzweifelt durch sein Haar und verschränkte die Finger im Nacken.

13

Innerhalb eines Tages hatte es Stuart geschafft, das komplette Tape ihres Anrufbeantworters zu füllen, also zog sie den Stecker. Auch wenn er besorgt klang, glaubte sie ihm nicht. Für seine Handynummer richtete sie einen eigenen Klingelton ein, um ihn gleich wegzudrücken, wenn er anrief.

„Sie hätten dich besser im Knast verrotten lassen sollen."

„Squaw auf Kriegsfuß?"

Sie warf Paul einen so bösen Blick zu, dass er zurückwich.

„Wow, mit dir möchte ich keinen Krach haben, Herzchen. Ein Blick wirkt ja schon vernichtend."

Marie war nicht nach Scherzen zumute und konzentrierte sich auf das Sortieren der neuen Uhrenkollektion, als ein Kunde eintrat. Sie sah erst auf, als sie die braun gebrannten, manikürten Finger sah, die sich demonstrativ auf die Glasfläche pressten. Lächelnd erwiderte sie Jamies Blick.

„Du siehst heute zum Anbeißen aus, Baby."

„Frag einfach."

Überrascht hob er seine gezupften Augenbrauenbögen.

„Frag einfach."

Eine dritte Aufforderung benötigte er nicht und sah in das äußerst skeptische Gesicht des Verkäufers neben ihr, der wirkte, als wolle er ihn warnen.

„Willst du mit mir ausgehen?"

Marie lächelte. Paul hielt den Atem an, glaubte offenbar, gleich Zeuge eines Hurrikans namens Marie zu werden.

„Paul? Ich nehme mir den Rest des Tages frei."

Ohne auf ihren überraschten Kollegen zu achten, holte sie ihre Tasche aus dem Aufenthaltsraum und blieb an der Ladentür stehen. Jamie stand noch immer wie vom Blitz getroffen vor der Theke. Ihr plötzlicher Sinneswandel schien ihn völlig aus dem Konzept zu bringen. Dann ging ein Ruck durch den schlanken, jugendlichen Körper und Jamie strahlte sie an. Marie nahm einen tiefen Atemzug, wartete, bis Jamie sie erreichte, und funkelte ihn wütend an. Sie war so furchtbar wütend. Doch bevor Paul eingreifen konnte, schleuderte Marie dem jungen Burschen eine verbale Ohrfeige vom Feinsten ins Gesicht.

„Ich bin es so leid. Ich habe genug davon. Mir reicht es. Du bist nicht einmal annähernd meine Kragenweite, verdammt. Denkst du wirklich, dass Daddys Platinkarte mein Höschen fallen lässt? Bist du wirklich so hirnverbrannt, zu glauben, dass dein schicker Wagen mich so beeindruckt, dass ich in deinem Bett lande? Was denkt ihr Typen euch eigentlich? Dass jeder verdammte Hintern, der in einen Rock passt, froh sein kann, dass Kerle wie du sich mit ihnen beschäftigen? Deine Anmache und dieses Getue … Gott, so Typen wie dich habe ich in der Highschool schon gehasst wie die Pest. Du bist einer von der Sorte, die meinen, ihnen gehört die ganze Welt und jeder hat nach ihrer Pfeife zu tanzen."

Jamie starrte sie fassungslos an, stand er doch eben noch kurz davor, sein Ziel erreicht zu haben. Marie bohrte ihm zornig den Zeigefinger in die Brustmuskulatur.

„Ich habe mich ehrlich bemüht, nett zu bleiben, mich zu beherrschen und nicht auszuflippen. Aber weißt du was? Es ist mir egal. Ruf deinen Daddy an und lass mich rausschmeißen, es ist mir egal, kapiert? Männer können wirklich so scheiße sein."

Seine Augenbrauen zogen sich zusammen und seine Mimik verfinsterte sich. Für einen Augenblick tat er ihr sogar leid, schließlich hatte er unter anderem ihre Wut auf Stuart abbekommen, aber wenigstens löste sich dieser Knoten in ihrem Bauch ein wenig. Noch so eine widerwärtige Schleimerei von Jamie heute hätte sie wirklich nicht mehr ertragen.

„Weißt du was? Ich kann dich nicht leiden. Ich finde dich primitiv, abstoßend, widerwärtig und ekelerregend. Solche Typen wie dich könnte man mir nackt auf den Bauch binden und es würde gar nichts passieren. Du bist so interessant wie ein Sack Reis, der an der Chinesischen Mauer umfällt. Ich hoffe wirklich inständig, dass meine Botschaft inklusive einem klaren Nein zu deiner Frage, ob ich mit dir ausgehen will, endlich angekommen ist. Geh und spiel mit deinen kleinen Freunden im Sandkasten. Denn da gehörst du offensichtlich noch hin."

Der schwungvolle Abgang fesselte Jamie an den Boden und er starrte ihr mit offenem Mund hinterher. Himmel, war das ein befreiendes Gefühl. Vor der Ladentür atmete sie noch einmal tief durch und seufzte. Auch der letzte Rest dieser inneren Anspannung war endlich gewichen. Ihr Weg führte sie zu der geöffneten Bar direkt gegenüber dem Mens Only. Sie setzte sich auf einen Barhocker und bestellte einen Whiskey. Der Mann hinter der Theke lächelte freundlich, stutzte und verzog sich wieder, nachdem ihr genervter Blick ihn traf. Wieder füllte ein tiefer Atemzug ihre Lungen. Marie liebte ihren Beruf, liebte es, mit Paul zu arbeiten, aber diesmal war es einfach zu viel. Sie leerte das Glas und schüttelte ihren Kopf. Die Beherrschung zu verlieren, war keine gute Idee gewesen und der Vater dieses reichen Berufssohns hatte garantiert genügend Kontakte, ihr das Leben zur Hölle zu machen. Auf wen war sie eigentlich wirklich sauer? Auf Jamie? Sie schnaubte, denn für sie war er eigentlich doch nur ein mit Hormonen vollgestopfter Teenager in einem Männerkörper. Auf Stuart? Marie schloss die Augen.

Sie zog das Handy aus ihrer Tasche und hörte ihre Nachrichten ab. Er klang besorgt und regelrecht verzweifelt. Waren das wirklich Botschaften eines Mannes, der nur um sein Spielzeug besorgt war? Marie stützte ihre Stirn auf die Handfläche und blies die Wangen auf. Ihre Impulsivität war mehr als einmal irrationell gewesen. Vielleicht erwiderte Stuart ihre Gefühle nicht, wobei sie langsam zweifelte, wie viel wirklich dahintersteckte. Oder war sie so sehr von dem Spiel gefesselt, dass sie sich völlig verlaufen hatte? Die letzte Textnachricht von Stuart leuchtete auf dem Display. Ihm eine Erklärung schuldig zu bleiben, war nicht fair. Wegrennen ebenfalls nicht. Erneut schloss sie für einen Moment die Augen und sah sich ihrer Mutter immer ähnlicher werden. Das durfte nicht sein. Nicht so!

„Marie?"

„Ich will mit dir reden, Stuart."

Ihre Hand zitterte, als sie das Mobiltelefon festhielt und seine Stimme summte in ihrem Inneren.

„Okay, sag mir, wo du bist."

Sie nannte ihm die Adresse der Bar, in der sie saß, und legte auf.

Auf der gegenüberliegenden Straßenseite stand Jamie noch immer da und beobachtete sie durch das geschmückte Fenster. Ein süffisantes Lächeln verzerrte das ansonsten hübsche Engelsgesicht, bevor er sich umdrehte und ging.

Zwischenzeitlich war Marie an einen der kleinen Holztische umgezogen und blickte gedankenverloren in das frisch gefüllte Glas. Sie hob nicht einmal den Kopf, als Stuart sich einen Stuhl heranzog und ihr gegenüber Platz nahm. Das Schweigen fühlte sich nicht unangenehm an und dennoch kämpfte sie gegen ihre plötzliche Wortkargheit.

„Würdest du mich bitte ansehen?"

Er erntete ein Kopfschütteln, also schob er seine Fingerspitzen unter ihr Kinn und hob ihr Gesicht empor. Sie wich seinem Blick aus.

„Sag mir, was passiert ist?"

Eine Gänsehaut breitete sich auf Maries Unterarmen aus, denn diese sanfte Berührung ging ihr durch und durch. Stuart nickte, als sie weiterhin eisern schwieg. Er nahm ihr das Glas aus der Hand, leerte es, warf einen Geldschein auf den Tisch und erhob sich.

„Stuart, ich will nicht, dass du gehst."

Endlich sah sie ihm in die Augen und er konnte sich das Lächeln nicht verkneifen. Statt einer Antwort streckte er ihr seine Hand entgegen. Marie stand auf und griff danach, erleichtert, dass sie sein Verhalten missverstanden hatte. Er lenkte seinen Wagen durch die Straßen der Innenstadt und hielt am Strand. Stuart zog den Mantel aus und warf ihn auf den Rücksitz.

„Gehen wir."

„Wohin?"

Schmunzelnd schüttelte er seinen Kopf und stieg aus. Sie folgte seinem Beispiel und umrundete den Wagen.

„Ich war einfach sauer. Du hast diesen Sklaven einfach an mich gelassen und dabei wollte ich dich. Ich wollte nur dich. Das war so demütigend und so verletzend." Marie warf die Hände in die Luft und drehte ihm den Rücken zu.

„War es verletzend, weil du den Sklaven nicht mochtest, oder liegt es an der Tatsache, dass du deinen Willen nicht bekommen hast?"

Fluchend wirbelte sie herum und funkelte ihn an. „Das ist nicht fair."

„Hör auf, dich wie ein kleines verwöhntes Mädchen aufzuspielen, denn das bist du nicht. Antworte mir einfach direkt und klar." Er lehnte mit dem Rücken gegen den Wagen und überkreuzte die Arme vor seiner Brust. „Du bist unerfahren, das sehe ich ein. Du hast deine devote Seite erst durch mich kennengelernt und dabei kommst du mir so vor, als würdest du mit wehenden Fahnen in den Untergang reiten wollen. Kopflos, gedankenlos und ohne Rücksicht auf Verluste. Das ist okay, dafür bin ich schließlich da. Aber du kannst nicht einfach aus einer Session rennen und mich stehen lassen wie einen blutigen Anfänger."

„Das ist immer noch meine Entscheidung, wann ich gehe."

„Nicht ganz, Marie. Es steht dir natürlich frei, zu gehen, aber das, was da passiert ist, ist nicht ungefährlich."

Ihre Augenbrauen zogen sich vor Verwirrung zusammen.

„Wenn du mit mir spielst, bin ich dafür verantwortlich, was mit dir geschieht. Du überantwortest dich in meine Hände, das bedeutet, ich muss dafür sorgen, dass du körperlich und seelisch beschützt bist. Es liegt in meiner Verantwortung, zu wissen, wie weit es gehen darf und wann es beginnt, verletzend zu werden und dir Schaden zufügen kann. BDSM ist ein verdammt schmaler Grat, Marie. Wir nennen es Spiele mit dem Lustschmerz, aber dahinter steckt eine Ernsthaftigkeit, die man nicht unterschätzen darf."

Ihr lief es eiskalt den Rücken hinunter. Seine Sorge war tatsächlich echt.

„Du weißt, wie offen und blank du bist, wenn du dich erst einmal darauf eingelassen hast. Ich könnte dir in dem Moment großen Schaden zufügen. Ich könnte dich psychisch so niederwalzen, dass du nie wieder aufstehst. Dich körperlich so massiv treffen, dass du dich nie wieder erholen würdest. Und das darf nicht passieren, denn das hat mit Lust und Leidenschaft nichts mehr zu tun. Dieser Konsequenzen bin ich mir immer wieder bewusst. Es ist meine Pflicht, dafür zu sorgen, dass es nie weiter geht, als du verkraften kannst. Grenzen, Tabus, tote Punkte ... das sind alles Begriffe, die kaum greifbar sind, wenn man so unerfahren und zugleich so impulsiv ist wie du. Aber ich muss wissen, wo sie sind."

Marie nickte und schloss die Augen. Ericas Worte hallten wie ein Echo in ihrem Hinterkopf und ihr wurde ihre Leichtfertigkeit deutlich bewusst. Mit ihrer Flucht hatte sie ihm hart zugesetzt, härter, als sie gedacht hatte.

„Das ist ein ziemlich großer Druck, der da auf dir lastet."

Stuart lachte leise. „Etwas, das ich immer wieder gern auf mich nehme."

Neben ihm lehnte sie sich ebenfalls an den Wagen und blickte hinaus aufs Meer. Die Sonne berührte am Horizont bereits das Wasser.

„Es tut mir leid, dass ich weggerannt bin. Das liegt wohl in meinen Genen. Fluchtreflex, wenn es brenzlig wird."

Er legte seinen Arm um sie, zog sie schmunzelnd an sich.

„Es lag nicht wirklich an dem Sklaven. Eigentlich war er sogar ziemlich erregend."

Stuart rollte mit den Augen, als ihre Faust halbherzig seine Brust traf.

„Ich bin es nicht gewohnt, dass ich meinem Willen nicht bekomme."

„Womit habe ich dich eigentlich verdient?"

„Du hast angefangen."

„Wirklich?"

Bevor sie antworten konnte, griff er ihren Hinterkopf, blieb vor ihr stehen und beugte sich nah zu ihrem Gesicht hinunter. Maries Herz setzte kurz aus und schlug heftiger als zuvor weiter. Seine Lippen näherten sich ihrem Mund und sie seufzte leise.

„Es geht um deine Begierde nach Unterwerfung."

Sie hielt den Atem an.

„Dein lüsterner Wunsch, mir zu gehorchen."

Er enthielt sich ihren willigen Lippen, die sich ihm verlockend zu einem Kuss anboten.

„Aber es geht niemals um deinen Willen. Du wirst es dir verdienen müssen, meine Lust und meine Gier stillen zu dürfen."

„Ist der Preis es denn wert?"

Sie hob provokant eine Augenbraue, fixierte frech lächelnd seinen Blick.

„Willst du es herausfinden?"

„Küss mich, dann sag ich es dir."

Seufzend wendete er sein Gesicht ab und grinste über ihre Unverbesserlichkeit.

„Na komm schon, heißt es nicht Zuckerbrot und Peitsche?"

Er lachte auf und schüttelte den Kopf. Plötzlich umschloss er mit einer Hand ihren Hals und presste sie gegen den Wagen. Marie keuchte erschreckt.

Stuart musterte sie. „Spiel mit mir. Verdien dir den Kuss."

„Hier?"

Ihre Augen hetzten entsetzt umher. Hier waren Menschen auf Rollerblades, Surfer, die auf die Dämmerung warteten, Spaziergänger, Kinder. Er schien es regelrecht zu genießen, in ihren Augen zu lesen.

„Es wird Zeit, dass du ‚The Armory' kennenlernst."

„Die was?"

Ihre Augen weiteten sich noch mehr, als seine Lippen ihre Stirn berührten.

„Das ist ein BDSM-Swingertreffpunkt und ich weiß zufällig, dass dort heute Abend das perfekte Spiel auf dich wartet."

Marie schluckte. Swingerclub? Menschen, die ihre Partner tauschten und wilde, hemmungslose Orgien feierten. Aber BDSM-Swinger? Neugier vibrierte durch ihren Körper und sickerte in ihren Verstand. Andere Dominante, die mit Devoten spielten. Marie kaute auf ihrer Unterlippe, denn sie wollte nicht noch einmal den Fehler begehen, sich ohne nachzudenken ins Geschehen zu stürzen.

„Die anderen BDSM-Swinger nehmen die Sicherheit aber auch so ernst wie du, oder?"

Seine Nähe, seine Wärme und sein Duft machten es ihr wirklich nicht leicht, klar zu denken und er blieb ihr eine Antwort schuldig. Sein Wagenschlüssel klirrte in der freien Hand. Er betätigte die Fernbedienung und neigte seinen Kopf.

„Ja oder Nein?"

„Vielleicht erzählst du mir ein bisschen darüber und ich überleg es mir."

Sein Griff um ihre Kehle wurde fester.

„Ich habe dir eine einfache und simple Frage gestellt, Sklavin."

Stuart hatte sie nie zuvor so bezeichnet. War das schon Teil des neuen Spiels? Sein Gesichtsausdruck wurde ungeduldig. Marie nickte. Ein Ohr näherte sich ihrem Mund.

„Ich kann dich nicht hören."

„Ja."

Sie knurrte ihm leise entgegen und Stuart nahm es schmunzelnd zur Kenntnis. Sie wusste, wie Erica ihren Ehemann ansprach, wenn die beiden spielten. Wenn Stuart jetzt von ihr verlangte, ihn Master zu nennen, dann würde sie … Sie kicherte auf, als er sie in ihrem Gedankengang unterbrach und auf seine Arme hob. Das Lachen blieb ihr allerdings im Hals stecken, als er den Kofferraum öffnete, sie hineinlegte und den Deckel schloss. Mit den Fäusten hämmerte sie dagegen, doch er stieg sie ignorierend ein und fuhr los.

„Verdammter Mistkerl!"

14

Er fuhr viel zu gemütlich für Maries Geschmack. Allerdings lullte dieses monotone Brummen des Motors sie ein und sie fühlte sich wie in eine Art unsichtbaren Kokon umhüllt. Sie war gefangen und zugleich wie in Watte gepackt, während ihr Verstand sich auf das bevorstehende Spiel einstellte. Die Nervosität spielte mit ihrer Fantasie, was sowohl beängstigend als auch erregend war. Gefangen und verschleppt an einen Ort mit Menschen, die sich an ihr und mit ihr vergnügen würden, mit oder gegen ihren Willen. Marie lächelte und lag ganz still in dem Kofferraum.

Stuart hielt den Wagen an und stellte den Motor ab. Er ließ sich viel zu lange Zeit, um auszusteigen, den Deckel des Kofferraums zu öffnen und ihr zu zeigen, wo sie sich befand. Das Lagergelände wirkte verlassen bis auf einige geparkte Autos, die von den Modellen und Fabrikationen nicht wirklich hierherpassten. Das Gebäude sah von außen ein wenig heruntergekommen aus. Über einem geschlossenen Rolltor hing ein aus Holz geschnitztes Schild mit der Aufschrift *The Armory*. Sie befanden sich nicht weit vom Pier, Marie roch das Meer. Die Sonne färbte sich langsam rot und kündigte den Anbruch der Nacht an.

Er hob sie aus dem Kofferraum und stellte sie auf ihre Füße.

„Warte hier.“

Von der Rücksitzbank nahm er eine kleine schwarze Tasche, legte sie auf den geschlossenen Kofferraumdeckel und öffnete sie. Maries Lippen pressten sich zusammen. Sie wollte nicht lachen.

„Ist das eine Art SOS-Täschchen für spontane Spielnotfälle?“

In kurzer Zeit lagen vor ihr ausgebreitet verschiedene BDSM-Utensilien. Ein Lederhalsband, Handschellen, eine Fußkette und eine Leine. In ihrem Nacken sträubten sich die Härchen, denn der Widerwille, all das anzulegen, regte sich in ihr. Stuart griff nach dem Halsband und lockte sie mit dem Zeigefinger zu sich.

„Wenn ich das hier anlege, gehörst du mir für den Rest der Nacht. Es erlaubt mir, mit dir zu tun und zu lassen, was ich will. Erst, wenn ich es dir wieder abnehme, ist das Spiel beendet. Verstanden?“

Marie starrte auf das Lederband mit der silbrig glänzenden Öse und widerstand dem Impuls, den Kopf zu schütteln.

Er legte eine Hand an sein Ohr. „Ich kann dich nicht hören.“

„Ja.“

Überrascht, wie kleinlaut ihre Stimme klang, nickte sie. Bereits jetzt steigerten sich Anspannung und Nervosität ins Unermessliche. Immer wieder glitt ihr Blick zu dem Schild über dem Tor. Der Name war ein Synonym für Waffenkammer und bescherte ihr eine nicht unangenehme

Gänsehaut auf den Armen. Es schien, als wären ihre Sinne und Nerven hochsensibilisiert.

„Du wirst mir gehorchen und tun, was ich sage. Du sprichst nur, wenn ich es erlaube. Vergehen oder Fehlverhalten werde ich bestrafen. Sobald wir das Gebäude betreten haben, werde ich daran gemessen, wie du dich verhältst. Also enttäusch mich nicht. Verstanden?"

Abermals nickte sie, doch ihre Stimme bebte so stark, dass ihre Zustimmung kaum zu verstehen war. Marie war innerlich aufgewühlt und aufgeregt, sodass sie nicht mehr stillstehen konnte. Immer wieder huschte ein nervöses Lächeln über ihr Gesicht. Nachdem er ihr das Halsband angelegt, mit den Handschellen ihre Hände auf dem Rücken fixiert und die Fußmanschetten mit der kurzen Kette angebracht hatte, betrachtete er sie eingehend. Seine Umrundung endete hinter ihr. Seine Fingerspitzen folgten ihrer Halsbeuge hinauf unter ihr Haar. Sofort kribbelte es überall an ihrem Körper und ihre Brustwarzen zogen sich unter ihrer Bluse zusammen.

„Dort erwarten dich sehr erfahrene und geübte Meister, die genau wissen, was sie erwarten können. Ich war bisher noch sehr sanft zu dir, Marie. Es gibt drei Grundregeln für diese Art von Treffen. Sicher, einvernehmlich und mit gesundem Menschenverstand."

Sein Atem flüsterte über ihre Haut, in ihren Verstand und steigerte die Sensibilität.

„Du bist freiwillig hier. Es wird nichts geschehen, was du nicht willst. Niemand wird sich dir nähern, den du nicht akzeptierst, und wenn die Wahl getroffen ist, kannst du sicher sein, dass er oder sie weiß, was er oder sie tut. Ich werde immer in deiner Nähe sein, dich beobachten und sehen, was geschieht."

Die Wärme seiner Handflächen auf ihren Schultern schien sich durch den Stoff zu brennen. Von hinten klickte der Karabiner der Leine in die Öse des Halsbandes.

„Bist du bereit, dir deinen Preis zu verdienen?"

Mittlerweile war Maries Ehrgeiz gepackt, dass sie kaum an etwas anders denken konnte als das Innere des Lagergebäudes, die Dinge, die sie dort erwarten würden und der Kuss, den Stuart ihr versprochen hatte. Es existierte nichts anderes mehr.

„Ich bin bereit." Marie erinnerte sich an die detaillierte Erzählung über Ericas wahrgewordene intime Fantasie. Das hier war lebendig, echt und doch ein Spiel. Seine Nähe und seine Stimme gaben ihr die Sicherheit, dass nichts ihr etwas anhaben konnte. Stuart blieb vor ihr stehen, umschlang das Ende der Lederleine und zog ihren Hals nah zu sich. Seine Lippen schwebten vor ihrem Gesicht, so dicht, dass er sie hätte küssen können. Marie seufzte sehnsüchtig, völlig gebannt von ihm und seinen Augen, die faszinierend die Farbe zu wechseln schienen. Das Eisblau wurde dunkler und ihr Herz klopfte so schnell, dass sie glaubte, es würde gleich aus ihrer Brust hüpfen. Ihre Ungeduld machte sie unruhig.

„Gehen wir."

An der Leine führte er sie zu dem Rolltor und schlug mit der Faust dagegen. Augenblicklich hob sich das Tor und Dunkelheit umfing sie. Es dauerte eine Weile, bis Maries Augen sich daran gewöhnten. Wenige gut platzierte Lichtquellen schafften eine unheimliche Atmosphäre. Die hohen Decken der Eingangshalle waren mit rostigen Eisenketten bestückt, die gruselige Schatten an die Wände warfen. Zum ersten Mal schreckte sie zusammen und blieb stehen, als sie an einem Folterstuhl vorbeigingen. Marie starrte die Eisenspitzen auf dem Sitz und der Rückenlehne an. Wie aus dem Mittelalter schien das barbarische Möbelstück in der Nische der Halle ein Vorbote für das zu sein, was alles möglich war. Stuart zog sie einen Nebengang entlang, der rechts und links mit niedrigen Käfigen gespickt war. Manche der engen Gefängnisse waren leer, in anderen kauerten nackte Menschen mit Ketten um Hals und Gelenke. Hinter einer schweren geschlossenen Holztür drangen Schmerzschreie hindurch.

Marie wurde immer langsamer, bis sich die Leine straffte und sie stehen blieb. „Ich glaube, ich habe mir das gerade anders überlegt." Sie schluckte hörbar.

Stuart kehrte mit wenigen Schritten zu ihr zurück und fixierte ihr Gesicht.

„Ich weiß, nicht reden, ohne gefragt zu sein, aber das hier ist verdammt unheimlich. Bist du sicher, dass die wissen, was sie tun?"

Ein Schmunzeln glitt über sein Gesicht und die Narbe über der linken Wange kräuselte sich. Wie gern hätte sie sie jetzt berührt.

Stuart beugte sich zu ihr herunter. „Atme tief durch."

Sie gehorchte und füllte ihre Lungen mit Luft, ließ sie hörbar entweichen und sah ihm in die Augen.

„Lass dich einfach darauf ein. All das hier ist nur eine Art Vorbereitung. Es soll die Devoten mental auf die Spiele einstimmen. Nicht mehr und nicht weniger."

Mit einem Kopfnicken atmete sie ein weiteres Mal durch und folgte ihm zu der Eisentür am Ende des Käfiggangs. Die kleine Kette an ihren Fußmanschetten beschwerte das Laufen, doch Stuart sorgte dafür, dass sie hinterherkam. Das Echo seiner Faustschläge gegen die Eisentür hallte durch den Gang und summte durch ihren Körper. Marie zitterte, teils vor Unsicherheit und vor Anspannung. Ein Sklave öffnete und senkte seinen Kopf, als Stuart mit Marie an der Leine den großen Raum betrat. Ein Lichtermeer aus Kerzenflammen empfing sie und die Gesichter der Anwesenden drehten sich zu ihnen um. Einige der Dominanten nickten Stuart zu und lächelten. Er führte sie an den Anwesenden vorbei, als würde er sie jedem von ihnen anpreisen und präsentieren. Marie bemühte sich um Konzentration. Sie behielt den Kopf aufrecht, sah jedoch niemanden an. Vor einem Kreis aus Teelichtern blieb er stehen. In der Mitte kniete ein nackter Mann mit Ledergeschirr um den Kopf, der einen Knebelball in seinem Mund hielt. Eine schwarz gekleidete Frau mit Marke über ihren Augen schritt die Teelichter ab, wählte eins aus und löschte das Licht. Unter dem Teelicht befand sich eine Schachtel, die sie langsam öffnete. Die Dominante zog einen Zettel hervor und lächelte kalt.

„Master Gideon."

Der Devote im Teelichtkreis keuchte und seine Augen weiteten sich. Er schien diesen Master zu fürchten. Der Genannte trat auf die Domina zu und grinste böse. Sein Kopf war blank rasiert und mit Flammenmotiv an den Seiten tätowiert. Er trug eine schwarze Cargohose, ein schwarzes Achselshirt und schwere Motorradstiefel. In der Hand hielt er eine lange dünne Peitsche. Master Gideon nahm die Schachtel entgegen. Marie konnte einen Blick hinein erhaschen. Darin lagen Kondome. Die Domina sprach leise mit ihrem Sklaven, streichelte ihm über das lockige Haar. Sein Körper war dünn, der Oberkörper lang und seine Haut wirkte blass, heller als Maries. Als er sich auf Anweisung seiner Herrin erhob, baumelte sein schlaffes Geschlecht in einer Art Metallring bei jedem Schritt, den er setzte.

„Du wirst kriechen wie ein räudiger Köter, Sklave."

Master Gideons Stimme klang rau und kalt. Gehorsam folgte der Sklave ihm in einen anderen Raum, dessen Tür hinter ihnen ins Schloss fiel. Die Domina blieb zurück, überkreuzte ihre Arme und wandte sich wieder dem Teelichtkreis zu. Das Blut rauschte durch Maries Adern und ihr war, als könne sie es deutlich hören. Würde Stuart sie etwa auch mit einem Fremden allein in einen Nebenraum gehen lassen? Der Ruck an ihrer Leine gab ihr zu verstehen, dass sie sich bewegen sollte, doch sie fühlte sich kaum in der Lage dazu. Sie stolperte fast, als Stuart sie in die Mitte des Teelichter-kreises führte. Mit den Händen auf ihren Schultern zwang er sie in die Knie, hockte sich neben sie und lächelte.

„Das nennt man Teelichtlotto. Ich werde deinen Meister für heute Nacht auswählen. Vergiss nicht, ich bin dein Herr und du wirst tun, was ich dir sage."

Als er sich entfernte, fühlte Marie sich allein, den Blicken der Dominanten hilflos ausgesetzt. Sie musterten ihren Körper, betrachteten sie wie ein williges Stück Fleisch, an dem sie sich vergnügen konnten, wenn das Glück ihnen gewogen war. Stuart blieb ihr gegenüber außerhalb des Lichterkreises stehen und ließ sich Zeit. Oder ließ er ihr Zeit, sich an den Gedanken zu gewöhnen? *Bitte, blas endlich eine der verdammten Flammen aus.*

Marie wagte nicht, es laut auszusprechen, doch ihren bettelnden Blick schien Stuart auszukosten und zu genießen. Er nahm sich einen weiteren langen und quälenden Moment, bevor er sich endlich in Bewegung setzte. Er wählte mit Bedacht, schien sich nicht entscheiden zu können und schmunzelte, als Maries den Atem leise keuchend entweichen ließ. *Mach schon. Verdammt!* Stuart beleckte seine Fingerspitzen, ließ die Kuppen über zwei Flammen hin und her wechseln, bis er endlich eine löschte.

Seine Augenbrauen zogen sich zusammen, als er die Schachtel öffnete und einen Augenblick lang ins Innere blickte. *Lies den verdammten Namen vor.* Marie knurrte leise über seine nervenaufreibende Langsamkeit.

„Schade, sie ist leer."

Er zeigte ihr das Innere der Schachtel und sie sank innerlich zusammen. Das Spiel der Flammen wiederholte sich. Mehrmals schritt er den Kreis der Teelichter ab und blieb diesmal in ihrem Rücken stehen. *Konzentrier dich. Nicht umdrehen.*

„Hm, das ist wirklich keine leichte Wahl."

Unter dem Gemurmel von Gesprächen mischte sich leises Lachen aus den Grüppchen der Dominanten vor ihr. Marie lauschte, wie Stuart eine weitere Schachtel öffnete. Die Stille hinter ihr machte sie wahnsinnig. *Sag was.* Ihre Hände auf dem Rücken ballten sich zu Fäusten. *Sprich!* Ein genervter Laut drang ohne Vorwarnung aus ihrer Kehle und erneut lachte einer der Anwesenden in dem Raum. Ihre Nerven waren zum Zerreißen gespannt und sie stand kurz davor, aufzuspringen. Stuart hinter ihr seufzte theatralisch.

„Schon wieder eine Niete. Du scheinst heute kein Glück zu haben, Sklavin."

In ihrem Magen ballte sich eine Erwiderung zusammen, die mit Wut gemischt einen explosiven Cocktail in sich hatte. Es kostete sie all ihre Beherrschung, schweigend zu knien und darauf zu warten, dass er endlich einen Treffer landete.

„Das muss wirklich hart für dich sein. Was, wenn ich jetzt für dich wieder eine Niete ziehe? Es sieht fast so aus, als würde dein heutiger Preis immer mehr in weite Ferne rücken. Tss, eine Schande, dabei bist du heute so gehorsam und gefügig."

Hör auf zu reden und wähle, verdammter Mistkerl. Marie schloss für einen Moment fest die Augen, als ob es helfen würde, nicht gleich in wütende Raserei zu mutieren. Außerhalb des Lichterkreises hockte Stuart sich neben ihr hin. *Er genießt das.* Ihr Atem drang stoßweise aus ihren leicht geöffneten Lippen. Er nahm eine der Schatullen in die Hände und betrachtete fasziniert die Flamme des Teelichts. In ihrem Kopf sah sie sich ihm das Ding aus der Hand reißen, die Flamme auspusten und die Schachtel aufreißen. Fassungslos senkte Marie ihren Kopf.

„Sieh mich an."

Der Befehl tropfte deutlich und herrisch aus seinem Mund. Marie wandte ihm den Kopf zu.

„Geduld ist nicht gerade deine Stärke, nicht wahr, Kätzchen?"

Das Lachen der Umstehenden fühlte sich demütigend an.

Eine Domina mit blonder Ponyfrisur näherte sich dem Kreis und ihr Lächeln wirkte gemein. „Soll ich für dich um Gnade betteln, Sklavin?"

Marie ignorierte ihre Bemerkung und fixierte Stuarts Gesicht.

Seine Fingerspitzen glitten durch die Flamme und er verzog keine Miene. „Was habe ich dir beigebracht über deinen Willen?"

„Es geht nicht um meinen Willen."

Er nickte und schien eine Ergänzung zu erwarten.

„Es dreht sich um deinen Willen und nur um deinen Willen."

„Braves Mädchen."

Erleichterung breitete sich in ihr aus, als er endlich die Flamme auspustete. Neugierig schüttelte er die geschlossene Schachtel und etwas raschelte darin. Marie atmete tief aus. Dieses quälende Spiel hatte endlich ein Ende. Sie lächelte nervös und sah zu, wie Stuart den Deckel hob und überrascht schien. Bevor er den Namen auf dem Zettel vorlas, kehrte er in den Kreis zurück und gebot ihr, aufzustehen. Marie hob erwartungsfroh ihre Augenbrauen und wartete nervös auf das Ergebnis.

„Ich gebe dir besser dazu ein Sicherheitswort."

Oh, Gott, warum sah er bloß so besorgt drein? Und warum plötzlich ein Codewort? Die Gänsehaut breitete sich rasend schnell auf ihrem Körper aus. Stuart verzog nachdenklich seine Lippen.

„Dein Codewort lautet *Wildkatze*."

Ohne weitere Erklärung wandte er sich ab, blieb vor dem Lichterkreis stehen und hob den Zettel empor. Marie betrachtete all die Schachteln, auf denen noch Lichter brannten. Ob in einer dieser Schatullen auch Stuarts Name steckte? Widerwillig schob sie den Gedanken beiseite und konzentrierte sich auf seine Stimme.

„Das Vergnügen, mit der Katze zu spielen, hat … Master Alexander."

Niemand regte sich auf diese Ansage, keiner der Männer löste sich aus den Gesprächsrunden und enttarnte sich als der Angesprochene. Stuart führte Marie an der Leine aus dem Kreis und blieb mit ihr etwas abseits stehen. In ihr brodelten Fragen. Wer war dieser Master Alexander? Wo war er? Wie war er drauf? Was würde sie erwarten? Plötzlich lachte sie leise auf und schüttelte den Kopf. In ihren Gedanken klang sie fast wie Erica. *Lass dich darauf ein.*

„Vielleicht ist er nicht gekommen."

Marie flüsterte so leise, dass die Umstehenden sie nicht hören konnten. Dafür erntete sie einen tadelnden Blick, der sie sofort den Kopf senken ließ. Aus den Schatten löste sich eine Gestalt und näherte sich. Je weiter er kam, desto mehr wuchs er in die Höhe, und die Breite seiner Schultern ließ Maries Mund offen stehen. Unbehagen kribbelte in ihrem Nacken. Der Mann kam auf sie zu und ragte über ihr empor wie ein Fels. Dunkel, riesig und all das zusammen wirkte bedrohlich. Fast wäre ihr das Sicherheitswort bereits jetzt über die Lippen gekommen, als der Dominante vor ihr stehen blieb und seine schwarzen Augen sie musterten. Seine Haut war dunkel, die schwarz glänzenden Rastas zu einem Zopf im Nacken zusammengebunden und bis hinunter zu seinen Hüften fallend. Seine kräftigen Unterarme waren mit langen Ledermanschetten bedeckt. Sein Nacken war so breit, dass Maries Hände sich nicht berühren würden, wenn sie versuchte, den Hals zu umfassen. Das schwarze, leger geschnittene Seidenhemd war bis zur Mitte des Oberkörpers aufgeknöpft und ließ einen Blick auf seine deutlich ausgeprägte und trainierte Muskulatur zu. Die weiten Hosenbeine seiner Cargojeans spannten sich um die muskelbepackten Oberschenkel und seine großen Füße steckten in Armeestiefeln.

„Marie, das ist Master Alexander. Master, deine Sklavin für heute Nacht."

Master Alexander brummte etwas, nickte Stuart zu und griff nach ihrem Halsband. Stuart hatte es nicht eng gezogen und die kräftigen Finger schoben sich unter das Leder, bis sie nach Atem röchelte.

„Ich will dich ansehen."

Der Master zog sie an dem Halsband mit sich und achtete nicht darauf, dass die Kette zwischen ihren Füßen ihr kaum Möglichkeit gab, zu folgen. Marie stolperte hinter ihm her und nur seine Finger in dem Leder hielten sie aufrecht. In einer Ecke des Raumes ließ er sie grob gegen die Wand prallen, schaltete einen Spot an, der auf einem Metallständer davor stand, und richtete den Lichtstrahl auf Marie. Geblendet blinzelte sie, es war kaum möglich, etwas zu sehen.

„Dreh dich!"

Marie blieb stehen und zitterte. Die darauf folgende Stille verstärkte den Impuls in ihr, zu fliehen. Sie hörte die beiden Männer reden, dann lachte Master Alexander rau.

„Du hast dir das Privileg noch nicht verdient, deinem Herrn als Lustobjekt zu dienen? Du hast die Gunst, seine Lust zu befriedigen, noch nicht geerntet? Was ist falsch mit dir? Was ist dein Fehler?"

Sie hielt die Luft an, empört über diese Gemeinheit von Stuart und diesen demütigenden Unterton in Alexanders Stimme. Er wirkte belustigt und verhöhnte sie regelrecht.

„Nun, dann werde ich mir das wohl mal genauer ansehen müssen.

Vielleicht liegt es ja an deinen körperlichen Defiziten."

Maries Mund öffnete sich fassungslos. Master Alexander trat auf sie zu und seine kräftigen Hände packten ihre Brüste und kneteten sie. Darin lag nichts Zärtliches, eher schien er tatsächlich prüfen zu wollen und wirkte nicht beeindruckt.

„Fest, aber klein. Zu klein für meinen Geschmack."

Ein Keuchen drang aus ihrer Kehle, und bevor sie etwas erwidern konnte, drehte er sie mit Schwung um, riss ihren Rock hoch und packte nach ihrer rechten Pobacke. Testend kniff er hinein, walkte und knetete das Fleisch, als wäre er ein Gutachter.

„Du bist zu dünn. Dein Arsch zu klein, deine Beine zu kurz … überhaupt bist du zu kurz geraten. Kein Wunder, dass dein Herr in dir kein Lustobjekt sieht."

Ein erstickter Laut floss über ihre Lippen. Master Alexander beugte sich über ihre Schulter, umschloss abermals ihre Brüste und drückte sie so fest, dass es schmerzte. Er roch nach Sandelholz, ein wenig erdig und nach Sonne. Seine Lippen bewegten sich an Maries Wange.

„Das, was ich sehe, macht mich auch nicht scharf, aber mich hat nun mal das Los getroffen. Ich werde mich bemühen, etwas an dir zu finden, was mich anmacht. Wer weiß, möglicherweise bist du sehr leidensfähig und erträgst harte Strafen. Oder du bist so eng gebaut, dass mein Schwanz die Aufgabe hat, dich gängiger zu machen. Dein Herr sagte mir, dass er noch keine der Körperöffnungen benutzt hat. Ich werde wohl austesten müssen, welche Öffnung mir am meisten zusagen wird."

Er lachte heiser an ihrem Ohr und presste seinen Unterleib gegen ihre gefesselten Hände.

„Dir ist sicherlich bekannt, was man über afroamerikanische Männer sagt."

Sie spürte es deutlich unter ihren Fingern. Selbst der Jeansstoff über seinem Schoß konnte das Ausmaß seines Geschlechtes nicht verbergen. Ein Anflug von Panik schnürte ihre Kehle zu. Das reißende Geräusch ihrer Bluse pulsierte in ihrem Bauch nach. Mit geschickten Handgriffen öffnete er den BH und schob ihn über ihren Busen. Seine dunklen Hände umschlossen ihre nackten hellen Brüste. Er reizte ihre Spitzen, kniff und drehte sie, bis Marie leise keuchte. Nachdem er den Reißverschluss ihres Rockes öffnete, floss der Stoff zu Boden und mit einem Ruck riss er ihr das Höschen vom Schoß.

„Beine auseinander und beug dich vor, damit ich mir ein genaues Bild von dir machen kann."

Das Licht des Scheinwerfers würde jedem einen Blick auf ihr Geschlecht gewähren in dieser Haltung. Marie zögerte, doch unterwarf sich dem Befehl. Sie schloss fest die Augen, auch wenn es nicht gegen diese demütigende Position und die erniedrigende Order half. In ihrem Inneren tobte der Widerwille. Master Alexander blieb seitlich neben ihr stehen. Das schmutzige Grinsen auf seinem Gesicht ließ sie knurren.

„Spreiz deine Backen für mich. Ich will dich genau sehen."

„Nein!"

Das war eindeutig zu viel. Marie hob ihren Oberkörper und fixierte ihn wütend. Sein amüsierter Blick veränderte sich keine Sekunde. Eher wuchs das Funkeln in seinen schwarzen Augen, als hätte er etwas an ihr entdeckt, das ihn zu reizen schien.

„Ich verstehe, man muss dich erst zähmen, bevor du unterwürfig bist."

Er packte ihre gefesselten Hände und zog sie in die Höhe, was sie automatisch vorbeugte und in die Knie zwang.

„Ich sage dir jetzt etwas, Sklavin. Statt eines Nebenraums werde ich dich hier bespielen, vor den Augen und Ohren der Gäste. Wie gefällt dir das? Viele hier haben selten das Vergnügen, einer Widerspenstigen Zähmung beizuwohnen. Wir wollen ihnen doch diese einmalige Gelegenheit nicht verwehren, oder?"

„Lass mich los!"

Stattdessen zog er ihre Arme noch ein Stück höher. Marie keuchte vor Pein und musste sich zwangläufig weiter vorbeugen, bis ihre Stirn den Boden berührte. Master Alexander stellte sich über sie, klemmte ihren Körper zwischen seine Beine und ließ ihre Hände los. Mit dem Rücken in Kopfrichtung gewandt, beugte er sich über ihren Hintern und packte mit beiden Händen zu. Er spreizte ihre Backen und hauchte seinen Atem über den dargebotenen und für jedermann sichtbaren Spalt.

„Hör auf damit!"

Klatschend landeten seine kräftigen Handflächen auf ihrem Po und die Schläge saßen so gezielt, dass es ihr den Atem aus den Lungen trieb. Mit der Schwere seines Gewichts senkte er sich auf ihren Rücken, zwang sie, ihren Oberkörper flach auf den Boden zu legen. Dabei hielt er ihr Hinterteil empor. Seine Finger strichen ihre Schamlippen entlang und Marie zappelte hilflos unter ihm. Eine seiner Kuppen bohrte sich ohne Vorwarnung in die Öffnung ihrer Scham und drang mit der Länge des Fingers tief in sie ein. Master Alexander bewegte sich in ihr, spreizte mit der anderen Hand ihre Schamlippen und rieb kleine Kreise um ihre Klitoris. Hitze sammelte sich in ihrem Unterleib. Lust füllte Blut in ihr Geschlecht und Gier ließ ihre Scham feucht werden. Der Widerwille mischte sich mit der wachsenden Erregung, die der Master mit gesteigertem Tempo seines Fingerspiels forcierte. Zuerst verbiss sich Marie das Stöhnen auf der Unterlippe, doch der Finger bewegte sich immer schneller ein und aus und brach ihren Widerstand. Keuchend zuckten ihre Hüften vor und zurück, bewegten sich mit dem Handspiel des Masters. Das Verlangen nach Erlösung wurde übermächtig. Der sofortige Stopp und der feste Hieb auf ihren Hintern ließen sie entsetzt stöhnen.

„Du bist geil und lüstern. Das sind gute Voraussetzungen, dass du etwas hast, was mich reizt. Ich habe mich entschieden. Ich bespiele dich wirklich. Auf die Füße."

Er zog sie an den Schultern mit Leichtigkeit auf die Beine und schob sie vor sich her aus dem Raum. Den Umstehenden rief er vor Verlassen des Kerzenraumes zu, dass sich jeder ihm anschließen dürfe, der zusehen mochte. Marie hoffte, dieser Einladung würde außer Stuart niemand folgen. Ein dummer Gedanke, wie sich herausstellte.

15

Ein Scheinwerfer direkt über dem Flaschenzug in der Mitte des Raumes erleuchtete den Punkt, auf dem sie stand. Der restliche Raum blieb dunkel und nur anhand der leisen Stimmen hörte sie, dass einige Gäste seiner Aufforderung gefolgt waren. Selbst die Größe des Raumes abzuschätzen war schlicht unmöglich. Master Alexander löste eine Seite der Handschellen auf Maries Rücken.

„Leg deine Sachen ab und falte sie ordentlich zusammen."

Mehr als den BH und ihre Bluse trug sie nicht mehr.

„Stell dich zurück ins Licht, damit man dich sehen kann. Nun, wie wir bereits festgestellt haben, bis du zu dünn. Deine Brüste sind zu klein, dein Arsch zu schmal und im Allgemeinen bist du etwas kurz geraten."

Der Master umrundete sie und sprach so laut, dass es in dem Zimmer hallte. Marie suchte mit den Augen nach Stuart, und als hätte er ihre Unsicherheit erraten, trat er einen Schritt aus dem Schatten und zeigte sich. Alexander hielt inne, strich behutsam über die alte Brandnarbe auf ihrer Schulter und sie wappnete sich innerlich, dass ihm etwas Gemeines dazu einfallen würde. Stattdessen sah der Master zu Stuart, der sofort seine Hände hob.

„Nicht mein Werk."

„Das würde auch nicht zu dir passen, mein Freund."

Noch immer berührte Alexander die Narbe und Marie wartete darauf, dass ihm eine demütigende Abwertung über die Lippen kam, doch sie blieb aus. Stattdessen glitt ein Lächeln über seine Gesichtszüge. Sie blickte zurück zu Stuart, nahm einen tiefen Atemzug, denn seine Nähe beruhigte sie. Mit überkreuzten Armen vor seiner Brust blieb er an dem Punkt stehen und betrachtete sie. Der Fluchtreflex in ihrem Inneren besänftigte sich etwas.

„Ich werde jetzt deine Multitaskingfähigkeiten testen."

Mit dem Fuß schob er einen schmalen Holzblock in ihre Richtung und verschwand in der Dunkelheit. Wenige Augenblicke später kehrte er mit einem Ledergeschirr zurück und legte es ihr an. Das Geschirr wirkte wie das eines Fallschirms. Die Schulterriemen waren weich gepolstert und auf dem Rücken befand sich ein breiter Metallring. Der Flaschenzug wurde hinabgelassen und Master Alexander verhakte den Karabiner in dem Ring auf ihrem Rücken.

„Stell dich auf den Block."

Obwohl Maries Füße klein waren, fanden sie kaum genügend Platz auf dem Stückchen Holz, dass er ihr unterschob. Der Flaschenzug wurde emporgezogen, immer höher, bis sie nur noch auf den Fußballen stand. Mit einem weichen Seil oberhalb ihrer Knie fesselte er ihre Schenkel fest aneinander. Der Hieb auf ihre Oberschenkel gab ihr einen leichten Drall und sie verlor das Gleichgewicht. Ein entsetzter Schrei löste sich aus ihrer Kehle, als sie frei schwebend über dem Boden schaukelte. Das leise Gelächter machte ihr abermals bewusst, dass sie nicht allein waren. Marie war zum Mittelpunkt der Aufmerksamkeit geworden und das Gefühl von unzähligen Augen auf ihrer nackten Haut war nicht unangenehm. Diese Art von Schwerelosigkeit war gewöhnungsbedürftig, doch bevor sie sich damit arrangieren konnte, stoppte Master Alexander ihren Schwung und dirigierte ihre Füße wieder auf den Block. Für den Bruchteil einer Sekunde verfiel Marie der Faszination seiner dunklen Hände auf ihren weißen Schenkeln. Seine schwarzen Augen blickten zu ihr empor.

„Dir ist sicher bewusst, dass sie alle nicht nur zusehen werden."

Mit rauer Stimme flüsterte er und entblößte mit einem Lächeln seine perfekten weißen Zähne. Ein Hitzeschauer überflutete ihre Haut und ließ ihre Wangen glühen. Ihr Blick zuckte zu Stuart, der offensichtlich Master Alexanders Worte vernommen hatte und nickte. Diese Gestik ließ ihren Puls ansteigen und ihre Augen suchten die Dunkelheit ab. Wie viele waren wohl hier? Wer würde sich daran beteiligen? Maries Atem stockte und die Wärme seiner Hände auf ihrer Haut schien anzusteigen. Plötzlich ließ er sie los und fast hätte sie erneut das Gleichgewicht verloren. Er drehte sich um und hob seitlich seine Arme.

„Wie wäre es mit Händen? Ich will so viele Hände wie möglich auf ihrem Körper sehen. Prüft sie, testet die Festigkeit ihres Fleisches. Begutachtet sie. Sie ist schließlich zu eurem Vergnügen hier."

Maries Augen weiteten sich und der Atem entwich aus ihren Lungen, erleichtert, dass Stuart eingriff.

„Einen Moment."

Doch statt die Aufforderung zu untersagen, stieg er auf einen Hocker und verband ihre Augen mit einer blickdichten Maske.

„Warte, du kannst das nicht …" Hastig drangen die Worte über ihre Lippen, als er die Bänder hinter ihrem Kopf festknotete.

Stuarts Atem floss heiß über ihre Haut. „Lass dich gehen, Marie. Es wird dir gefallen."

Widerwillig schüttelte sie ihren Kopf, doch er verließ sie wieder.

„Herangetreten, nicht schüchtern sein. Fasst sie an."

Marie lauschte den Schritten und verlor die Orientierung. Sie glaubte, Tausende von Menschen kamen der Einladung nach und Abertausende von Händen betasteten ihre Rundungen. Die zu Beginn zögerlichen Berührungen ließen sie zittern, bis sie forscher wurden. Kräftige und zarte Hände kneteten und prüften ihre Brüste, zwickten ihre Knospen, bis sie sich wund anfühlten. Große Finger rieben ungeniert über ihren Anus. Sie wurde geknufft und gedrückt, gestreichelt und mit leichten Hieben bedacht. Immer wieder drohten ihre Fußspitzen, von dem Block zu rutschen, doch das Gedränge hielt sie auf dem Holz. Jemand bohrte ihr eine Handkante zwischen die Schenkel und schob sich bis zu ihrer Scham empor. Höhnisches Lachen hallte in ihrem Kopf wider und ihre Erregung wuchs stetig.

Männliche und weibliche Stimmen drangen empor, schürten ihre Fantasie und spielten ihren Gedanken einen Streich. Die Handkante rieb immer energischer in ihren feuchten Spalt, bis ein leises Stöhnen aus ihrem Mund tönte. Die Tatsache, dass sie im Fokus der Aufmerksamkeit stand, brachte sie rasant dem Finale entgegen. Kräftige Finger schnürten sich um ihren Hals.

„Wenn du es wagst, zu kommen, ohne um Erlaubnis zu bitten, wirst du es bereuen."

Fast panisch krampfte Marie ihre Muskeln zusammen, doch sie war bereits zu nah dran, um den Höhepunkt zurückzuhalten. Die Reizung zwischen ihren Schenkeln steigerte sich und das Finale kündigte sich mit heißen Zuckungen an. Eilig stammelte sie eine Bitte in den Raum.

„Wie war das? Du willst kommen?"

Sie nickte hastig.

„Nein, so weit bist du noch nicht."

Master Alexanders Ansage ließ sie entsetzt keuchen. Die Hände lösten sich von ihr, bis auf die, die ihre Hüften stillhielten.

„Ruhig, ganz ruhig. Atme."

Marie gehorchte, fing sich wieder und spürte Stuarts Wärme auf ihrer Haut. Seine Lippen berührten einen Punkt unterhalb ihres Bauchnabels. Der Kuss summte so sinnlich in ihr nach, dass sie das zarte Kribbeln bis zu ihren Fußspitzen spürte.

„Multitaskingfähigkeit. Mal sehen, ob du mich damit beeindrucken kannst. Streck deine Hände aus. Handflächen nach oben."

Master Alexander störte diesen intimen Moment mit Stuart und Marie verbiss sich ein Knurren auf der Unterlippe. Bevor sie dem Befehl nachkam, schob Stuart die Augenbinde von ihrem Kopf. Sie lächelte dankbar. Zwei brennende dicke Kerzen aus rotem Wachs platzierte Master Alexander auf ihren Handtellern, während Marie bemüht war, auf dem schmalen Holzblock stehen zu bleiben. Jedes Schwanken ließ das heiße Kerzenwachs auf ihre Haut tropfen. Er kehrte mit einem Rohrstock in den kräftigen Händen zu ihr zurück und ließ ihn durch die Luft surren, ohne ein Ziel zu treffen. Als würde Alexander eine Attraktion anpreisen, drehte er sich einmal um sich selbst und lächelte.

„Du wirst dein Publikum jetzt ein wenig unterhalten."

Er wandte sich ihr zu und erwiderte ihren funkelnden Blick.

„Wie wäre es mit dem Treueschwur. Du kennst doch den Treueschwur auf unsere geliebte Flagge?"

Als sie nicht gleich antwortete, traf der Rohrstock die Außenseite ihres rechten Schenkels. Marie zuckte zusammen, sog den Atem scharf ein und fühlte den blitzenden Schmerz. Die Kerzen gerieten ins Wanken und schwappten über. Die Hitze traf auf ihre Handflächen und ließ sie zischen.

„Ich schwöre Treue auf die Flagge der Vereinigten Staaten von Amerika und die Republik, für die sie steht, eine Nation unter Gott, unteilbar, mit Freiheit und Gerechtigkeit für jeden."

Ihre Stimme zitterte, während Master Alexander den Rohrstock zärtlich über ihre Haut gleiten ließ.

„Hervorragend, gar nicht mal so schlecht. Wiederhole es."

Marie schaffte nicht einmal den ersten Teil des Schwurs, als der erste kräftige Hieb ihre Schenkel traf. Master Alexander umrundete sie und die Nervosität brachte ihre Konzentration aus dem Ruder. Nicht wissend, wann er wieder zuschlagen würde, verschluckte sie sich an den Worten. Es war die reinste Tortur. Das Nachbrennen der Stockhiebe färbte ihre Haut. Er forderte Wiederholung für Wiederholung und jeder neue Ansatz wurde immer schwieriger, bis er innehielt und kopfschüttelnd vor ihr stehen blieb.

„Ich bin nicht beeindruckt. Das kannst du also auch nicht."

Er nahm die Kerzen von ihren Handtellern, legte den Rohrstock beiseite und kickte ohne Vorwarnung den Holzblock unter ihren Füßen weg. Marie kreischte, in Panik, dass sie fallen würde und er gab ihr erneuten Schwung, bis sie im Hängebondage hin und her pendelte. Wenn sie an ihm vorbeikam, schlug er mit bloßen Händen auf ihre Rundungen ein. Kräftige harte Hiebe färbten ihre Haut an Schenkeln und Brüsten rosa, während sie entsetzt schrie. Mit den Händen versuchte sie, ihren Körper zu schützen und das missfiel ihm besonders. Die Demütigung brannte in ihrem Gesicht. Mit einem Griff an ihren Hals stoppte er den Schwung. Er gab ein Zeichen in die Schatten und wie von Geisterhand senkte sich der Flaschenzug, bis sie wieder stehen konnte. Alexander beugte sich zu ihr herunter und quetschte ihre Wangen zusammen, bis ihr Mund sich spitzte. Seine Hand wirkte wie eine Schraubzwinge.

„Mal sehen, ob deine Lippen etwas anderes besser können."

Mit kurzen Seilen verband er ihre Handgelenke mit dem Schultergeschirr. Damit stellte er sicher, dass sie nicht mehr fähig war, ihre Hände unerlaubt zu benutzen. Er zwang sie auf die Knie. Das Oberschenkelbondage drückte sich in ihr Fleisch und machte die Positionierung unangenehm. Seine Fingerkuppen streichelten ihre Lippen und fast hätte sie dem Impuls nachgegeben, zuzubeißen. Master Alexander schien die Idee in ihren Augen zu lesen.

„Trau dich. Ich habe Mittel und Wege, dich daran zu hindern."

Er klang bedrohlich und amüsiert zugleich, schien regelrecht darauf zu lauern. Aus einer Seitentasche seiner Cargohose nahm er eine Verpackung, riss sie mit den Zähnen auf und entnahm das Kondom. Er öffnete seinen Reißverschluss. Marie starrte wie gebannt auf das dunkle große Geschlecht, das ihr entgegen sprang. Die Eichel war prall und dick, der Schaft lang und dunkel und die Äderung darauf wirkte fast schwarz. Zuvor war sie fast erschrocken darüber, wie groß er ausgestattet sein mochte, doch der Anblick war nicht mehr ganz so Furcht einflößend. Master Alexander rollte sich das Kondom über und drängte die Spitze gegen ihre Lippen.

„Beweis mir, dass du wenigstens dazu fähig bist."

Sein raues Flüstern klang erregt und heiser. Seine Hände umschlossen ihren Kopf und der Schwanz drückte gegen ihren Mund. Überrascht sah sie zu ihm empor. *Erdbeergeschmack?* Ein flüchtiges Lächeln glitt über seine vollen dunkeln Lippen und zärtliche Besänftigung blitzte in seinen schwarzen Augen. Dieser kurze Moment zeigte ihr eine andere Seite dieses Dominanten. Ein lang gezogenes Stöhnen drang aus seiner Kehle, als sich ihre Lippen fest um seine Spitze schlossen und ihn immer tiefer in ihre Mundhöhle gleiten ließen. Er hielt ihren Kopf still und bewegte seine Hüften behutsam vor und zurück. Sein Geschlecht pulsierte an ihren Lippen und der Geschmack des Kondoms breitete sich köstlich auf ihrer Zunge aus. Die Erregung stieg und seine Bewegungen wurden temporeicher, rücksichtsloser. Immer wieder stieß seine Eichel gegen ihren Gaumen und löste einen Würgereflex aus, der ihr Tränen in die Augen trieb. Keuchend benutzte er ihren Mund immer mehr wie ein weibliches Geschlecht und so seltsam es ihr vorkam, es erregte sie. Hitzewellen flossen über ihre Haut, drangen in sie ein und hinterließen ein gieriges Pochen zwischen ihren Schenkeln.

Bevor er die Kontrolle gänzlich verlor, entzog er sich ihr und umrundete sie. Mit Leichtigkeit hob er sie auf die Füße, presste ihren Rücken an sich, bis sein Mund sanft über ihren Hals streifte.

„Ob sich das zweite Paar Lippen ebenso geschickt anstellt?"

Die gebundenen Schenkel verengten ihr pochendes Geschlecht und nur mit deutlichem Nachdruck war Master Alexander in der Lage, in sie einzudringen. Keuchend füllte er sie aus, nahm sie stöhnend in Besitz und das leise Murmeln in der Dunkelheit verstummte, als würden die Anwesenden den Atem anhalten. Sein Schwanz dehnte Maries Geschlecht köstlich und lustvoll. Sie fühlte einen süßen dumpfen Lustschmerz, der elektrische Impulse quer durch ihren Körper schickte. Seine Hände zogen ihre Hüften fest an seinen Unterleib und eine Mittelfingerkuppe presste sich von vorn in ihren nassen Spalt, drückte direkt auf ihre Klitoris und schickte Hitze-schauder durch ihr Innerstes.

„Habe ich tatsächlich etwas gefunden, was du kannst? Nass, gierig und erregt, genau, wie du sein solltest."

Sein Flüstern erfüllte ihren Kopf. Sein Schwanz bohrte sich erneut in sie und schürte ihr Verlangen. Mit jedem Stoß steigerte er die Intensität ebenso wie das Tempo, bis seine Hüften gegen ihre Pobacken klatschten und das lüsterne Geräusch durch den Raum hallte. Maries entzücktes Stöhnen begleitete sein wiederholtes hartes Eindringen, und dann trat Stuart erneut aus den Schatten, blieb vor ihr stehen und lächelte. Ihn zu sehen, seiner Nähe bewusst zu sein und seinen Blick auf sich zu spüren brachte sie an den Rand der Begierde. Wenn sie fähig gewesen wäre, hätte sie nach ihm verlangt. Doch ihr rasselnder heftiger Atem erstickte jegliches Wort in ihrer Kehle. Master Alexander umschloss ihren Hals.

„Komm für mich, Sklavin. Ich will dich auf meinem Schwanz spüren."

Seine Worte stießen sie über die Klippe und mit festem Blick in Stuarts Gesicht explodierte Marie so heftig auf Master Alexanders pumpendem Geschlecht, dass sie nicht einmal mehr schreien konnte. Ihre Vaginal-muskeln zuckten so heftig um seinen Schaft, dass er augenblicklich kurz nach ihr den Höhepunkt erreichte. Mit einem rauen Laut entlud er sich rhythmisch immer wieder in ihr und hielt sie so fest an sich gepresst, dass ihr die Luft wegblieb. Als er sie verließ, rang sie nach Atem, schwankte auf ihren gebundenen Beinen gefährlich und kurz vor dem Sturz. Stuart über-brückte die kurze Distanz, bevor sie fiel, und fing sie auf. Marie sank gegen seine Brust und zitterte am ganzen Leib.

„Ich bin stolz auf dich."

Die Zärtlichkeit in seiner Stimme wirkte wie Balsam für ihre Seele. Kaum zu fassen, dass diese Wertschätzung sie so aufrichten konnte. Marie lächelte schwach. Denn in einer normalen Situation hätte sie ihm ins Gesicht ge-spuckt dafür, aber jetzt und hier war es unendlich schön, wichtig und liebe-voll, als würde er sie in Watte packen. Marie zuckte zusammen, als Leder über ihren Hintern tätschelte, mal fester, mal sachter. Während Stuart sie in den Armen hielt, zuckte die Lederklatsche über ihre Backen. Die Hiebe intensivierten sich langsam, steigerten den Grad der Hitze und der Pein. Sie spürte das Feuer immer heftiger und jeder Schlag sensibilisierte ihre Haut.

„Das war gar nicht mal so übel. Jetzt wollen wir mal sehen, wie leidens-fähig du bist."

Mit dieser Ankündigung sauste das Leder so heftig auf ihre rechte Po-backe, dass sie aufschrie. Erst verzögert meldete sich der heftige Schmerz und verebbte zu einem Summen, gespickt wie Nadelstiche. Er färbte mit gezielten Hieben ihre gesamte Kehrseite feuerrot, bis selbst eine leichte

Berührung mit den Fingerspitzen ein unangenehmes Prickeln hinterließ. Die Kraft seiner Züchtigung hallte in ihrem Inneren wider und trieb ihr den Schweiß aus den Poren. Marie schwankte zwischen Aufgabe und Durchhaltevermögen. Letzteres nur durch Stuarts Nähe. Immer wieder drängte sich das Codewort in ihre Gedanken, doch sie verbiss sich den Laut auf der Unterlippe. Die Schläge verstummten und ein Fingerpaar bohrte sich in ihren Schoß.

„Wie viele Schläge hast du genommen, Sklavin?"

Unfähig, ihre Stimme wiederzufinden, keuchte sie entsetzt, als Stuart sie aus der Umarmung entließ. Ohne seine Wärme fühlte sie sich noch ausgelieferter.

„Wie viele?" Master Alexanders Stimme durchschnitt den Raum wie ein imaginäres Messer. Marie wusste es nicht, fühlte das Stechen und Brennen auf ihrem Hintern, unfähig, sich auf etwas anderes zu konzentrieren. Die Finger drangen tiefer in sie ein, füllten sie und erinnerten Marie daran, wo sie sich befand.

„Hast du deine Stimme verloren? Rede!"

„Ich ... ich weiß es nicht."

Gelächter erschallte und wieder wurde ihr erniedrigend bewusst, dass Zuschauer anwesend waren. Der Master seufzte enttäuscht.

„Das ist keine gute Antwort. Du hättest wenigstens raten können."

Er umrundete sie und nahm ihr den Blick auf Stuart. Hastig füllten sich ihre Lungen immer wieder mit Luft.

„Halt das."

Marie fischte mit den gefesselten Händen nach der Lederklatsche, doch Alexander zog sie wieder zurück.

„Habe ich irgendetwas von Fingern erwähnt?"

Sie schüttelte gedemütigt den Kopf und er schob ihr das Leder zwischen die Zähne.

Tief zu ihr heruntergebeugt grinste er ironisch. „Nicht fallen lassen." Er erhob sich und blieb abermals hinter ihr stehen. Die Berührungen ihrer geschwundenen Pohälften kribbelten bis unter ihre Haarspitzen und entlockten ihr einen erstickten Laut.

„Ich will nicht fies sein und gebe dir drei Versuche. Rate, wie viele Schläge du eingesteckt hast. Aber du solltest bedenken, wenn du falsch liegst, wird es eine Strafe nach sich ziehen. Jeder fehlgeschlagene Versuch wird einen weiteren Spieler ins Geschehen holen."

Provozierend glitt seine Daumenkuppe zwischen ihre Backen und rieb über ihren Anus.

„Und jeder von ihnen wird das Vergnügen mit mir teilen, diesen Zugang hier zu nutzen."

Heiße und kalte Schauer rieselten über ihre schweißnasse Haut und seine Kuppenspitze drückte gegen den engen Muskelring. Marie spannte ihren Körper an. Die Drohung, seinen Worten Taten folgen zu lassen, ballte ihre Fäuste. Marie presste die Zähne in die Lederklatsche, verschloss ihren Körper noch mehr, als der Druck energischer wurde.

„Also? Nenn mir eine Zahl."

Tränen voller Demütigung brannten in ihren Augen und sie blieb stumm, aus Furcht, etwas Falsches zu sagen, denn sie wusste nicht, wie oft er zugeschlagen hatte. Der Druck ließ nach und der Daumen verschwand. Ein höhnisches Lachen drang aus den Schatten auf sie ein und erniedrigte sie noch mehr. Marie schloss die Augen. Sie riss sie wieder auf, als ein Raunen hinter ihr aufwallte. Als sie sich umdrehen wollte, packte Master Alexander ihren Nacken, zwang sie zur Unbeweglichkeit.

„Ich habe dir eine Frage gestellt."

Sie nuschelte eine Antwort zwischen den Zähnen hervor. Verzweifelt zappelte Marie in seinem gnadenlosen Griff. Plötzlich zuckte ein elektrischer Schlag an ihrem Schenkel empor und ließ sie aufschreien. Die Klatsche fiel zu Boden. Der Taser berührte ihre Haut, ohne schmerzhaft zu sein, doch die Bedrohung ließ ihren Atem flacher werden.

„Versuch es."

Als sie erneut schwieg, surrte der Taser an ihrem Bauch und ihr Schrei wurde hysterischer.

„Fünfunddreißig?"

„Hm, gar nicht mal so übel, aber falsch. Damit sind es also zwei, die sich mit deinem Hintern vergnügen dürfen. Ich und eine Person meiner Wahl."

Der Taser wanderte tiefer, strich gefährlich nah an ihrem Venushügel entlang.

„Zweiter Versuch."

„Vierzig?"

„Wow, das war aber schnell. Aber falsch, noch eine Person meiner Wahl."

„Dreißig!"

Die Stille reizte ihre Nerven bis zum Zerreißen. Die Spitze des Elektroschockers lag direkt und unheilvoll auf ihrer Scham. Master Alexanders Lippen hauchten ihr einen Kuss zwischen ihre Schulterblätter. Marie hielt den Atem an und fühlte eine wohlige Gänsehaut, die sich über ihrer Wirbelsäule ausbreitete.

„Schwein gehabt."

Der Atem entwich erleichtert aus ihren Lungen.

„Du wirst es sicherlich genießen, vier Spielpartner bedienen zu dürfen."

„Nein!"

„Hm, tut mir leid, aber auch diese Antwort war falsch. Es waren exakt achtundzwanzig Hiebe."

Sie lachte hysterisch auf und wusste, egal, welche Zahl sie genannt hätte, sie wäre falsch gewesen. Master Alexander packte sie bei den Schultern und drückte ihren Oberkörper zu Boden. Die unterwürfige Haltung mit dem Hintern in die Höhe gestreckt, fühlte sich noch erniedrigender an als zuvor. Marie konnte sich wegen der der gefesselten Gelenke nicht einmal aufstützen, um sich zu wehren. Als er seinen Stiefel in ihrem Nacken ansetzte und sie unten hielt, wurde die Demütigung komplett. Marie fauchte wütend, knurrte und fluchte, aber er ignorierte es. Sie sah nicht, wer es war, doch jemand kniete sich hinter sie, berührte sanft ihre Pobacken und schickte ein erneutes unangenehmes Prickeln über ihre Haut. Ihr Hintern brannte noch von den Hieben der Lederklatsche. Finger glitten den sensiblen Spalt entlang, umkreisten ihren Anus, doch es fühlte sich diesmal glitschig an. Maries Augen weiteten sich, ihr Herz klopfte bis zum Hals. Sie drückte gegen die Sohle des Stiefels, der sie unten hielt, doch Master Alexander kannte keine Gnade. Ein Finger öffnete sie, überwand durch das Gleitgel leicht den engen Muskelring und drang tiefer ein. Zuerst war es unangenehm, doch als der Eindringling auch ihre Scham bedachte, sie sanft streichelte und ihre Lust schürte, entspannte Marie sich langsam.

Weiche Lippen küssten ihren Schoß. Eine Zungenspitze reizte ihre Klitoris, während der Finger still in ihrem Anus ruhte. Das Zungenspiel ließ sie stöhnen und steigerte sich. Ihr Becken begann, sich zögerlich zu bewegen, was auch den Finger in ihrem Hintern in Schwingungen versetzte. Immer wieder hielt sie in ihren lustvollen Bewegungen inne, spürte dem Druck nach, wartete und gab ihrer Begierde wieder nach. Ein Finger wurde durch zwei ersetzt, eng umschloss ihr Anus sie. Es fühlte sich verdammt verrucht und gleichzeitig erregend an. Die Reizung an ihrem Geschlecht ließ nicht nach. Die Lippen und Zunge wurden getauscht. Das spürte sie an der Art, wie der neue Spieler an ihrer Klitoris saugte. Die Bewegungen der Kuppen richteten sich nach dem gierigen Kreisen ihrer Hüften. Je mehr sich Marie entspannte, desto reizvoller fühlte sich das anale Spiel an. Wieder wechselte der Zungenkünstler und statt Fingern, drang etwas Hartes und Langes in ihren Po, dehnte ihren Anus mit leichtem Schmerz. Sie keuchte, schloss fest die Augen und verbiss sich ein Stöhnen auf der Unterlippe.

Auf diese Weise hatte sie noch nie jemand genommen und statt eines Zungenspiels summte ein Vibrator an ihrer Klitoris, schickte süße Impulse in ihren Unterleib und wandelte die Dehnung in ihrem Anus zu einem köstlichen Lustschmerz um. Sanfte Hände packten ihre Hüften und der Besitzer drang immer wieder tief in sie ein. Mit einem erstickten Laut stöhnte

Marie auf, denn das Gefühl, auf diese Weise benutzt zu werden, ließ ihre Gedanken rasen. Das Summen des Vibrators wurde lauter, nachdem eine stärkere Stufe eingestellt wurde. Blitze zuckten durch sie hindurch, trieben sie immer weiter auf den Höhepunkt zu, gegen den sie sich noch wehrte.

„Komm für mich, Marie."

Stuarts Worte drangen aus der Dunkelheit zu ihr hindurch. Sie biss die Zähne zusammen, wollte nicht gehorchen, doch sie raste dem Finale wie ein D-Zug entgegen. Das Eindringen wurde heftiger, die Vibrationen reizten ihre Scham und Stuarts Stimme hallte in ihrem Kopf nach.

„Lass dich gehen, Marie, gib dich hin."

Noch immer kämpfte sie dagegen an.

„Lass es zu. Ich will deine Mauern fallen sehen."

Sein Wille. Es geht um seinen Willen. Dieser eine Gedanke rotierte durch ihr Inneres. Ihr Stöhnen wurde lauter, ihre Anspannung löste sich und Marie gab einfach auf. Mit dem Höhepunkt, der sie erschaudern ließ, fiel alles von ihr ab. Sie spürte das rhythmische Zucken in ihrem Unterleib und es war wie Schweben. Die Stille wirkte so süß und lebendig für sie, dass sich ein erschöpftes Lächeln auf ihrem Gesicht ausbreitete. Sie spürte das Nachbeben des Finales tief in sich, zuckend, pulsierendend und andauernd. Eine wohlige, entzückende Wärme hüllte sie ein wie eine Decke. Bis das Strapon-Geschirr neben ihrem Gesicht klirrend zu Boden fiel und sie mit weit aufgerissenen Augen auf den nass glänzenden Kunstschwanz starrte.

„Ich denke, sie ist jetzt gut vorbereitet."

Marie sah zu, wie die Frau sich von ihr entfernte. Ihr Unterleib war nackt und sie trug eine offene Bluse, unter der ihre vollen Brüste bei jedem Schritt wippten. Vorbereitet? Master Alexander hatte von vier Mitspielern gesprochen. Alles drehte sich vor ihren Augen und der Schwindel drohte, sie in ohnmächtige Dunkelheit zu ziehen. Der Stiefel in ihrem Nacken war längst verschwunden, dennoch lag Marie immer noch am Boden. Sie wagte es nicht, sich zu rühren.

„Sieh mich an, Marie."

Wieder holte Stuart sie aus dem Nichts zurück, als wäre er die pure Sicherheit, die reinste Form von Geborgenheit und alles andere rückte in weite Ferne. Er hielt ihr Gesicht in beiden Händen und musterte sie. Behutsam wischten seine Daumenkuppen die feuchten Spuren von Tränen fort, die sie nicht einmal bemerkte hatte. Sanft hob er sie auf die Füße, löste die Bindung ihrer Gelenke von dem Schultergurt und fesselte sie vor ihrem Körper zusammen. Ein weiteres Seil führte von ihren Handgelenken zu ihrem Kniebondage und die Schlaufen hakte er in den Karabiner des Flaschenzuges ein. Abermals verlor sie den Boden unter den Füßen, als das Tau sie emporzog. Zu geschwächt von dem, was zuvor geschehen war, wollte sie nicht kämpfen oder sich dagegen wehren. In gebeugter Haltung schwebte ihr gebogener Rücken über dem Boden. Ihre Knie winkelten sich durch die Halterung automatisch an. Stuart hob ihren Kopf behutsam am Nacken in seine Arme.

„Ich kann sehen, wer du wirklich bist."

Die Faszination in seinem Blick erstaunte und verwirrte sie gleichermaßen. Seine Worte ergaben keinen Sinn in den Wirren, die sich mehr und mehr in ihren Gedanken ausbreiteten. Eine Hand presste sich zwischen die Enge ihrer Schenkel und rieb sich abermals in ihren feuchten Spalt. Maries Lippen öffneten sich zu einem Protest, doch stattdessen drang ein lustvoller Ton aus ihrem Mund. Master Alexander stand Stuart gegenüber, reizte ihre Erregung ein weiteres Mal und drang unvermittelt hart und tief in ihren Schoß ein. Fast hatte sie befürchtet, er würde sie tatsächlich anal nehmen, doch er tat es nicht. Stöhnend stieß er in ihr Geschlecht, füllte ihre Scham und rieb mit dem Daumen ihre Lustperle. Er sagte kein Wort, überließ sie ganz ihrem eigentlichen Master, der sie sanft in seinem Arm hielt und ihren Blick fesselte.

„Du hast dir mehr als nur einen Kuss verdient."

Stöhnend fühlte sie die langsamen Stöße des anderen, spürte die Härte seines Schwanzes in ihr ein- und ausgleiten. Stuarts Gesicht beugte sich zu ihr herunter. Seine Lippen berührten ihre schweißnasse Stirn. Master Alexander folgte seiner Gier, trieb sich immer schneller in ihren Schoß. Sie stand kurz davor, erneut zu kommen, doch er explodierte noch vor ihr. Der erlösende Laut aus seiner Kehle klang kratzig und heiser. Die beiden Männer wechselten die Positionen. Doch Master Alexander war weniger zärtlich, packte ihren Nacken und hob ihr Gesicht zu sich empor. Er umschloss mit seiner großen Hand ihr Kinn, zwang sie, in seine schwarzen Augen zu sehen.

„Ich weiß nicht, ob sie sich tatsächlich einen Bonus verdient hat. Sie ist nicht multitaskingfähig, sie ist unkonzentriert, nicht in der Lage, einfache Aufgaben zu lösen. Raten ist auch nicht ihre Stärke und ihre körperlichen Defizite runden das imperfekte Bild dieser Sklavin für mich ab. Ihr Mund ist nur zu einem gut und ihren Hintern werde ich bei der nächsten Gelegenheit noch einmal genauer testen."

Sein Atem strich über ihre Wangen.

„Nun, was bleibt noch? Leidensfähigkeit? Sagen wir es einfach mal so, deine Schreie haben mich angeturnt, aber das lässt sich bestimmt noch steigern. Und deine Sklavenpussy ist genau richtig. Willig, feucht, eng, und ich bin überrascht, wie leicht du zum Orgasmus kommst."

Keuchend spürte sie, wie sich etwas zwischen ihre Schenkel schob.

„Hm, interessanter Aspekt eines Bonus. Halt schön still, kleine Marie.

Dein Herr scheint an dir langsam Gefallen zu finden."

Stuarts Hände umschlossen ihre eng zusammengeschnürten Beine und sein Geschlecht schob sich an ihrer Scham entlang in die Enge. *Oh verdammt, bitte ...* Doch statt in sie einzudringen, benutzte er ihre Schenkel. Die Nässe ihres Geschlechtes ließ seinen Schwanz leicht vor- und zurückgleiten. Das erregte Keuchen aus seiner Kehle reizte ihre angestaute Lust. Die Äderung seines harten Schaftes glitt über ihre Klitoris und schürte ihre Erregung. Leise bettelnde Laute drangen über ihre Lippen. Er zog sie im Hängebondage seinen Stößen entgegen und steigerte das Tempo ganz nach seiner Begierde. Er erreichte den Höhepunkt gemeinsam mit ihr. Sie spürte, wie sein Samen auf ihren Bauch spitzte und das deutliche Zucken seines Schwanzes, wie er sich immer wieder entlud. Der Schrei aus ihrer Kehle verletzte ihre Stimmbänder und das heiße Nachglühen in ihrem Schoß fühlte sich wund an.

Als Marie die Lider öffnete, sah sie in Alexanders schwarze Augen, die sanft und liebevoll auf sie blickten. Das Lächeln auf seinen Lippen verwirrte sie vollkommen.

„Du warst umwerfend. Vielen Dank für dieses Abenteuer, Marie."

Er küsste ihren Hals und drückte sie sanft an sich. Stuart half ihm, sie aus dem Bondage zu befreien und die Gäste verließen in der Dunkelheit leise murmelnd den Raum. Stuart setzte sie auf einen Stuhl, löste die Kniefesselung und rieb sanft die Seilabdrücke. Alexander kehrte mit einer Flasche Wasser zu ihnen zurück und öffnete den Verschluss. Mit zitternden Händen griff sie nach dem Getränk und starrte den Afroamerikaner an.

„Alles okay mit dir? Fühlst du dich wohl?"

Es war Stuarts Stimme, doch sie konnte ihre Augen nicht von dem dunkelhäutigen Hünen abwenden, der sie noch immer anlächelte.

„Hey, das war wirklich heiß. Ich hoffe, wir werden irgendwann noch einmal die Gelegenheit zu einer Session bekommen. Du hast wirklich einen hinreißenden Körper und deine Haut ist Zucker. Ein Hieb, und sie rötet sich ganz bezaubernd."

Fassungslos, wie anders dieser Mann jetzt wirkte, schüttelte sie ihren Kopf. Fast hätte sie einen der Männer gebeten, sie zu kneifen, um sicherzugehen, dass es sich nicht um einen Traum handelte.

„Seid ihr hungrig? Ich würde euch gern zum Essen einladen. Also ich könnte jetzt locker einen Ochsen verdrücken."

Alexander plauderte so herzerfrischend und locker, wirkte alles andere als dominant. Der extreme Unterschied zwischen Spiel und Nichtspiel war schon bei Stuart heftig gewesen, aber bei diesem Dominanten wirkte es sogar absurd. So, wie er jetzt mit ihr flirtete und redete, würde man niemals auf den Gedanken kommen, er wäre ein dominanter BDSMler. Er streichelte ihr sanft eine schweißnasse Haarsträhne hinter das Ohr.

„Du bist wirklich niedlich. Dieses Puppengesicht passt perfekt zu diesem zarten Körper."

Stuart massierte schweigend ihre Knie, doch das Schmunzeln auf seinen Lippen zeigte ihr deutlich, dass er genau wusste, was in ihr vorging.

„Wie geht das?"

Alexander hob seine Augenbrauen fragend und nippte an der Flasche Wasser, die er für sich mitgebracht hatte.

„Wovon redest du?"

„Er ist ja schon seltsam, aber du? Du hast mich erniedrigt, mich beleidigt, mich gedemütigt, und jetzt plötzlich bist du wie ein großer Kuschelbär."

Damit sie nicht ständig zu ihm hochblicken musste, setzte er sich neben ihren Stuhl auf den Boden.

„Spiel ist Spiel und danach ist danach. Mehr gibt es dazu nicht zu sagen. Ich hoffe, du nimmst mir nichts von meinen Worten übel. Du bist genau richtig, wie du bist. Alles klar? Ich meine, eine andere Submissive wird zu große Brüste haben, einen zu breiten Hintern … du verstehst?"

Er schmunzelte mit einem Augenzwinkern.

„Was sagt denn deine Mrs. Alexander dazu?"

Er lachte kehlig und senkte seinen Blick.

„Achtung, Prescott, deine Frau hat Schokolade genascht. Nun, eine Mrs. Alexander würde den Boden anbeten, auf dem ich laufe. Was willst du von mir hören, Honey? Ich bin ein trauriger Single-BDSMler, der noch auf der Suche nach der richtigen Sklavin ist. Tagsüber würde ich sie auf Händen tragen und nachts würde sie mich darum bitten, ihr den Hintern zu versohlen."

Sein verschmitzter Gesichtsausdruck ließ sie auflachen. Er erhob sich und zwinkerte ihr zu.

„Wenn du mal genug von der Sahne da hast, dann hab ich immer etwas Schokolade für dich übrig."

Stuart warf ihm einen eindeutigen Blick zu. Alexander hob schmunzelnd seine Hände.

„Hey Bruder, ich wollte es nur mal erwähnt haben." Er beugte sich über Marie und küsste ihre Wange. „Machs gut, Honey und erinnere ihn an deine Belohnung. Du hast sie dir wirklich verdient."

Als Master Alexander hinter sich die Tür schloss, atmete Marie tief aus.

Ihre Mimik wurde ernst. „Was hast du damit gemeint, als du sagtest, ich sehe, wer du wirklich bist?"

Statt einer Antwort zog er sie in die Höhe, umarmte sie fest und hob ihr Kinn zu sich empor.

„Dein ganzes Verhalten, dein Getue und deine Art, das alles dient einzig dazu, dir andere vom Hals zu halten. Du willst nicht schwach sein, auch wenn du es manchmal bist. Du willst anderen keine Angriffsfläche bieten, also zeigst du dich hart, unantastbar und zickig. Du zeigst aller Welt wie kompliziert du sein willst, aber das bist du nicht."

Marie holte Luft, um zu widersprechen, doch er ließ es nicht zu.

„Du versteckst dich hinter einer stacheligen Panzerwand und es ist verdammt schwer, zu dir durchzudringen. Jetzt sehe ich dich an, und alles, was davon übrig ist, bist du."

Seine Stimme senkte sich zu einem weichen, zärtlich Flüstern. „Und mir gefällt, was ich sehe."

Er schien einen Augenblick zu zögern, darüber nachzudenken, was gerade geschehen war. Marie seufzte leise. Ihr Körper fühlte sich leicht an, weich und nachgiebig. Er fesselte sie mit seinem Blick, diesen eisblauen Augen, die nicht kalt wirkten, sondern eine Wärme ausstrahlten, die sie erst jetzt wirklich bemerkte. Sein Mund näherte sich ihr.

„Zeit für deinen Preis."

Als seine Lippen die ihren berührten, spürte sie den Kuss mit jeder Faser ihres Körpers. Ein süßes wohliges Prickeln breitete sich aus ihrem Nacken über ihre ganze Haut aus. Sie schmeckte, fühlte und erlebte ihn mit einer Sinnlichkeit, dass sie glaubte, sie könne fliegen. Nichts war mehr real, außer er und dieser unendlich leidenschaftliche Kuss. Seine Zunge entlockte ihr ein sehnsüchtiges Stöhnen und tanzte in ihrer Mundhöhle mit der ihren. Die Intensität steigerte sich mit der Umarmung und löste eine regelrechte Kettenreaktion in ihren Synapsen aus. Als Marie ihre Augen schloss und sie sich ihm hingab, explodierten in der Dunkelheit hinter ihren Lidern kleine Sterne. Ihre Beine zitterten und ihre Knie wurden weich. Wohlige Schauder erhitzten ihre Haut, und als er sich von ihren Lippen löste, war sie atemlos.

„Heiliger!"

Als er sie aus seinen Armen entließ, schwankte sie und blinzelte verträumt. Stuart sammelte ihre Kleidungstücke vom Boden auf, auch den Rock, den Alexander mitgebracht hatte. Sie ließ selig lächelnd zu, dass er sie anzog wie eine Puppe, und bewegte sich kaum. Er löste die Hand- und Fußmanschetten und nahm ihr das Halsband ab. Als er die knopflose Bluse in ihrer Taille verknotete, schlang sie die Arme um seinen Nacken.

„Es heißt, dass neunzig Prozent aller Männer nicht gut küssen können."

„Wirklich?"

Marie nickte heftig. „Mach das noch mal und überzeug mich, dass du wirklich zu den zehn Prozent gehörst."

Er griff so plötzlich nach ihrem Gesicht, bedeckte ihren Mund abermals mit seinen Lippen und küsste sie so heftig und leidenschaftlich, dass es ihr glatt die Schuhe wieder ausgezogen hätte. Es fühlte sich an wie eine Explosion ihrer Sinne. Küssend drängte er sie vor sich her, bis sie mit dem Rücken zur Wand stand. Sie wollte ihn nicht mehr loslassen, denn seine Lippen machten sie süchtig. Ihm schien es ähnlich zu ergehen. Heftig atmend zwang er sich, innezuhalten.

„Ich will nicht, dass du überdosiert wirst."

„Du ..."

Wieder hauchte er, diesmal ganz sacht, einen Kuss auf ihren Mund, um ihre Beschimpfung zu ersticken.

„Ich werde dich jetzt hier wegbringen."

Es klang wie ein süßes Versprechen nach mehr von ihm, von dem hier und überhaupt. Ohne Gegenwehr ließ sie sich von ihm bei der Hand aus dem Swingerclub führen. Die Fahrt durch die Stadt über konnte sie kaum ihre Augen von seinem Profil lösen.

„Zu mir oder zu dir?"

„Weder noch."

Stuart hatte sein Ziel erreicht und hielt vor dem Pflegeheim. Marie erkannte es erst, als sie bereits einige Minuten auf dem Parkplatz standen. Ihr Herz klopfte wild und ihre Augenbrauen zogen sich zusammen.

„Du weißt davon?"

„Ich möchte, dass du mir eine Frage ehrlich beantwortest, Marie."

„Warum klingt das jetzt so, als würde davon ein Leben abhängen?"

„Weil ich eine Entscheidung treffen muss."

Sie schnaubte und sank in den Beifahrersitz.

„Eine Entscheidung, die du triffst und abhängig davon ist, was ich dir antworte? Das klingt nicht sonderlich fair."

Er schwieg und wartete ab.

„Als du mich an diesen Küchenstuhl mit der Folie gefesselt hast, hab ich Panik bekommen. Weißt du, warum?" Sie wartete nicht ab, ob er reagierte. „Du hast mir eine Heidenangst eingejagt. Ich hatte das Gefühl, als könntest du mich durchschauen und all meine Schwächen und Diskrepanzen erkennen. Ich bin launisch und wirklich manchmal zickig. Ich mache oft Dinge, ohne darüber nachzudenken und sitze dann meist richtig tief in der Tinte. Natürlich will ich meine Schwäche für mich behalten und auch nicht jedem zeigen, welche Punkte mich verletzen. Das ist doch normal. Mach dich so unangreifbar, wie es geht. Sonst geht man heutzutage völlig unter und gerät unter die Räder." Marie drehte sich seitlich zu ihm und betrachtete sein Gesicht.

„Der Mann da drin ist immer mein Vorbild gewesen. Er war witzig, liebevoll, warmherzig, gutmütig und brillant. Sein Gedächtnis war einzigartig und seine Ideen hätten die Welt verändern können. Mein Vater hatte nie die Chance, auf ein College zu gehen, aber er besaß eine Wissbegier, die ihn Bücher reihenweise verschlingen ließ. Er hat mir das Lesen beigebracht, als ich gerade vier war. Er war immer so stark und die einzige Schwäche, die er besaß, war meine Mutter. Als sie ging, ist er zusammengebrochen. Sie war seine große Liebe und hat ihn fallen gelassen. Danach war alles nur noch ein Albtraum. Wenn ich nicht schnell gelernt hätte, hart zu sein, wäre ich daran kaputt gegangen. Ich liebe ihn und ich habe nicht einen Tag bereut, aber er hat aufgegeben, nachdem sie gegangen ist. Allein zu kämpfen gegen so einen Gegner ist unmöglich." Sie schniefte leise und wehrte sich gegen die heißen Tränen, die in ihre Augen stiegen. „Ich bin, wie ich bin, weil ich so sein muss. Anders würde ich das nicht überleben."

Stuart startete den Motor und fuhr los. Das Schweigen zwischen ihnen wirkte angespannt.

Marie wandte ihren Kopf ab, um ihm nicht zu zeigen, wie enttäuscht sie war. Als er vor dem Apartmentgebäude hielt, in dem sie lebte, griff sie hastiger als gewollt nach dem Türgriff. Stuart hielt sie zurück.

„Du hast meine Frage noch gar nicht gehört."

Abermals schnaubte sie, als ob das noch einen Unterschied machen würde.

„Schieß los."

Stuart lehnte sich schmunzelnd zu ihr und nahm ihr Abrücken billigend zur Kenntnis. Sanft schob er seine Fingerspitzen unter ihr Kinn und zwang sie, ihn anzusehen. „Hattest du heute Nacht das Gefühl, flüchten zu müssen?"

Verwirrt erwiderte sie seinen Blick und schüttelte den Kopf. „Nein, das hatte ich nicht."

„Gut." Er küsste ihre Stirn, stieg aus und öffnete die Beifahrertür für sie.

„Ich möchte dich morgen Abend sehen. Wir sollten dringend reden. Ich hole dich nach Feierabend beim Laden ab und es wird keine Spiele geben, nur wir beide, ein Abendessen und Wein."

„Warum nicht jetzt?"

Er lächelte zärtlich und begleitete sie zur Tür. „Du bist viel zu aufgewühlt. Gute Nacht, Marie."

Als Stuart in den Wagen stieg und wegfuhr, sah Marie ihm nach. Langsam setzte ihr Verstand wieder ein und sie lachte leise. Er hatte recht. Seine Nähe war ihre Sicherheit gewesen, keine Notwendigkeit, fliehen zu müssen, flüchten zu wollen. Sie fühlte sich bei ihm geborgen, wie es bisher in ihrem Leben nur ein Mann geschaffte hatte.

16

Gut gelaunt stieg Marie am nächsten Morgen unter die heiße Dusche und summte einen Ohrwurm aus dem Radio, der sie geweckt hatte. In ihren Lieblingsbademantel gewickelt und mit Tigerpantoffeln an den Füßen machte sie es sich auf dem Sofa vor dem Fernseher mit einer Schale Müsli und Milchkaffee gemütlich. In den Nachrichten wurden die letzten Horrormeldungen der Wirtschaftskrise erörtert und die anderen Programme langweilten mit nervigen Talkshows. Marie löffelte lächelnd in ihrem Frühstück, ohne davon zu essen, während ihre Gedanken zu dem vergangenen Abend schweiften. Einige blaue Flecken von den Hieben der Lederklatsche waren heute deutlicher sichtbar als in der Nacht zuvor. Aber es war nicht wirklich das BDSM-Spiel mit Master Alexander, das einen bleibenden Eindruck hinterlassen hatte. Es war der Kuss. Selbst bei der Erinnerung lief ihr ein wohliger Schauder den Rücken hinunter und kribbelte an den sensiblen Punkten in ihrem Körper. Verdammt, dieser Mann wusste ganz genau, wie man eine Frau küsste und Marie fragte sich ernsthaft, wo er das gelernt hatte.

Bevor sie den Gedanken weiter verfolgen konnte, meldete sich ihr neues Telefon schrill und laut und sie zuckte wie ertappt zusammen.

„Hallo Marie, wo warst du gestern Abend?"

Wie gut, dass es kein Bildtelefon war, denn bei Ericas Nachfrage wäre Marie am liebsten in einem Erdloch verschwunden. Sie hatte völlig verschwitzt, dass sie eigentlich mit der besten Freundin verabredet gewesen war.

„Mist, das tut mir leid. Mir ist etwas, ähm, dazwischengekommen." Über die Doppeldeutigkeit ihrer Antwort musste sie unweigerlich grinsen.

„Du hättest anrufen können, ich hab fast zwei Stunden im Logans mit Cocktails auf dich gewartet. Was war denn so wichtig, dass du mich versetzt hast? Das kenn ich gar nicht von dir, du bist doch sonst so zuverlässig."

Marie wägte ab, ob sie ihrer besten Freundin von Stuart, der Nacht und diesem umwerfenden Kuss erzählen sollte. Sie fühlte sich tatsächlich anders, wie befreit, als wäre eine schwere Last von ihr abgefallen. Es war verrückt, zu verrückt, und bevor sie nicht mit Stuart gesprochen hatte, wollte sie es einfach für sich behalten. Die Vorfreude auf den heutigen Abend mit ihm allein kribbelte in ihrer Magengegend.

„Okay, du musst ja nicht gleich reden wie ein Wasserfall."

„Entschuldige, Erica. Ich weiß, ich hätte wenigstens absagen können. Wir holen das nach."

„Wie wäre es mit heute Abend? Simon ist auf einer Veranstaltung eingeladen und ich suche noch nach einer Ausrede, mich diesem Schickimicki

Getue zu entziehen. Hilf mir! Oh, warte mal kurz ...“

Erica unterhielt sich mit Simon. Marie hörte ihn von einer Einladung zu einer BDSM-Party reden, doch Erica lehnte ab, sie habe sich bereits mit Marie zum Frauenabend verabredet.

„Bist du noch dran?“

„Ja, ich hab mitbekommen, dass dich dein Ehemeister auf eine böse Peitschenfete abschleppen will. Also doch keine Bussi-Bussi-Gesellschaft. Was den Frauenabend betrifft, ich ...“

„Simon kann da auch allein hingehen, ich würde gerne mit dir endlich wieder cocktailschlürfend im Logans sitzen und Männer begutachten ...“

Marie lachte, wissend, dass Simon neben seiner Frau stand.

„Du lässt ihn allein zu so was gehen?“

„Sicher, warum nicht? Wir sind zwar verheiratet, aber Appetit holen darf jeder sich auch woanders ...“

„Aha, aber zu Hause wird gegessen.“

„Du hast es erfasst.“

Marie lächelte, denn Erica klang glücklich. Unweigerlich musste sie an Stuart denken. „Erica, was den Abend betrifft, ich bin bereits verabredet.“

„Oh, kannst du das nicht verschieben? Wir beide sehen uns so selten in letzter Zeit.“

Innerlich bettelte sie Erica an, nicht nachzuhaken, denn sonst würde sie in Erklärungsnot kommen. Marie erinnerte sich an ihre Worte bezüglich Stuart und sie wollte keine Wiederholung hören. Nicht, ehe sie wusste, wohin das zwischen ihnen führen würde.

„Es ist wichtig, ich kann das nicht absagen.“ *Und will es auch gar nicht!*

„Na gut, dann eben ein anderes Mal.“ Erica klang enttäuscht, aber das war nicht zu ändern.

„Versprochen, ich mach es wieder gut.“

„Ähm, arbeitest du heute nicht?“

Maries Blick fiel auf die digitale Uhr auf ihrem Fernseher. „Oh, Sch...eibenhonig. Paul macht mich einen Kopf kürzer. Lass uns einfach noch mal telefonieren, okay? Viel Spaß auf der Peitschenparty.“

Erica lachte leise. „Ich wünsche dir einen schönen und erfolgreichen Tag, Punk.“

Egal, wie sehr sie sich mit dem Styling beeilen würde, sie wäre viel zu spät. Marie rief Paul im Laden an. Der Kollege lachte sie aus, denn es war das erste Mal in all der Zeit, dass sie sich wirklich wegen Trödeln verspätete. Und natürlich vermutete er einen Mann dahinter, doch Marie schwieg zu dem Thema.

Der Vormittag war gefüllt mit Kartons von Neulieferungen, die im Lager einsortiert und im Verkaufsladen präsentabel hergerichtet werden mussten zwischen Verkaufsgesprächen und Terminabsprachen mit Kunden. Paul sprach mit keiner Silbe über ihren gestrigen Wutausbruch und fast hätte sie es selbst vergessen, bis Jamie plötzlich in der Boutique stand. Er sah jämmerlich aus. Unrasiert, mit Schatten unter den Augen und selbst sein Lächeln wirkte bedrückt. Marie überkreuzte ihre Arme vor der Brust und sah ihn skeptisch näher kommen.

„Habe ich mich gestern nicht klar ausgedrückt?"

Sie rollte mit den Augen und schüttelte den Kopf. Als Jamie vor ihr stehen blieb, machte ihr Herz einen Satz. Er wirkte völlig fertig und niedergeschlagen. Mit beiden Händen rieb er sich über das Gesicht und seufzte. War sie zu hart zu ihm gewesen?

„Ich bin hergekommen, um mich zu entschuldigen."

Er klang so kleinlaut. Marie hatte wirklich Schwierigkeiten, ihre Abwehrhaltung aufrecht zu halten.

„Ich ... weiß nicht, was in mich gefahren ist. Wenn du dich von mir belästigt gefühlt hast, dann habe ich das gestern wirklich verdient."

Verdammt! Da stand ein junger Mann vor ihr, der aussah als hätte ihm das Leben übel mitgespielt. Hatten ihn ihre Worte so massiv getroffen? *Wow, du bist echt ein Elefant im Porzellanladen, Marie.* Jamie Manson hätte sich rächen können. Sein Vater hatte garantiert gute Kontakte zur Geschäftsleitung und eigentlich hatte sie damit gerechnet, in dieser Woche noch ihren Spind räumen zu dürfen. Stattdessen stand der junge Kerl vor ihr und entschuldigte sich, wirkte dabei wie ein Schluck Wasser in der Kurve.

„Als ich dich zum ersten Mal hier gesehen habe, da konnte ich einfach nicht anders. Du bist intelligent, hübsch und sexy. Ich ..."

Oh bitte, sag es nicht!

„Ich habe mich Hals über Kopf in dich verliebt Marie."

Scheiße! Jetzt fühlte sie sich genauso, wie er aussah. Sie war eine erwachsene Frau und er gerade mal nach dem Gesetz volljährig. Das war eine unfaire Konstellation und sie hatte all ihren Frust auf ihn abgeladen.

„Jamie, ich kann jetzt nicht reden, okay? In einer Stunde ist Ladenschluss und dann reden wir."

Ein müdes Lächeln glitt über seine hübschen Gesichtszüge, als er nickte. Sie sah ihm mitleidsvoll nach, als er die Boutique verließ. Stuart würde sicher Verständnis haben, wenn sie das zuvor klärte. Sie fühlte sich schuldig, einen so jungen Kerl in den Boden gestampft zu haben und wollte nicht dafür verantwortlich sein, bleibende Schäden zu hinterlassen. Er mochte sich vielleicht aufführen wie ein Idiot, aber er war eben jung, reich und umgeben von Freunden, die ihn anstachelten, sich so zu geben. Sie hielten das für cool, und auch wenn er die Bruchlandung verdient hatte, so hart wollte sie ihn dann doch nicht treffen.

Paul war bereits vor Ladenschluss wegen eines Arzttermins gegangen und Marie schloss hinter dem letzten Kunden die Tür. Draußen stand Jamie noch immer ans Schaufenster gelehnt und wartete auf sie. Marie ließ sich Zeit, löschte die Lichter, sperrte die Schmuckstücke in den Safe und erledigte die Tagesabrechnung. Ihre Gedanken huschten stets zwischen Jamie und Stuart hin und her, was ihre Konzentration aus der Bahn warf. Drei Ansätze brauchte sie, um das Geld zu zählen. Ob Stuart bereits draußen auf sie wartete? Die Vorfreude auf den Abend mit ihm bei gutem Essen und Wein, wie er versprochen hatte, wurde von Jamies Anwesenheit gedämpft. Was sollte sie ihm nur sagen, ohne ihn noch mehr zu verletzen? Wie brachte man einen jungen Mann wieder auf den Boden der Tatsachen, ohne sein Herz in tausend Fetzen zu zerreißen? Sie hatte in ihrem Leben Beziehungen beendet, Körbe verteilt, aber mit so etwas kannte sie sich nicht aus.

Sie griff nach ihrem Mantel und der Tasche und verließ den Laden. Mit einem tiefen Atemzug ging sie auf Jamie zu und lächelte aufmunternd. Zuerst jedoch sah sie sich um, konnte aber Stuarts Wagen noch nirgends entdecken.

„Hör zu, Jamie. Ich weiß nicht, was ich sagen soll ...“

Stuart saß in seinem Wagen und kraulte zurückgelehnt in den Sitz Pacos Fell, der auf dem Beifahrersitz saß. Sein Blick auf die Radiouhr ließ ihn nicken.

„Lass uns mal nachsehen, ob sie bereits fertig ist.“

Der Leonberger Rüde bellte ungeduldig, bis Stuart endlich die Tür öffnete, damit er rauskonnte. Der Hund umtänzelte Stuart, umrundete ihn erwartungsvoll und begleitete ihn um die Ecke. Stuart hielt inne, legte seine Stirn in Falten und hob dann seine Augenbrauen. Den Kerl kannte er doch? Natürlich, die Bitch & Pimp Party. Für einen Moment senkte er den Kopf und atmete tief durch. Was er sah, gefiel ihm ganz und gar nicht. Stuart gab einen leisen Zischlaut von sich und Paco setzte sich neben ihn. Marie berührte die Schulter dieses jungen Mistkerls und er nickte mit einem Lächeln im Gesicht. Die beiden wirkten so vertraut. Für den Bruchteil einer Sekunde traf der Blick des Jungen ihn und ein wissendes Grinsen glitt über die Gesichtszüge. Wieder nickte er, als würde er zuhören, was Marie ihm sagte. Sie wirkte sanft und zärtlich. Plötzlich packte der Kerl ihr Gesicht und küsste sie.

Stuart ballte seine Fäuste, wandte sich ab. War das wieder eines ihrer verdammten Spiele? Wollte sie ihn testen? Oder galt es diesem Jungen, der auf der Party mit ihr getanzt hatte? Er wollte dem Kerl ins Gesicht schlagen, wollte seine Nase unter seiner Faust brechen hören, doch er widerstand dem Impuls. Noch immer küsste er sie und sie wehrte sich nicht. Eifersucht kochte durch seine Adern. Stuart schüttelte den Kopf, mehr über sich selbst als über das Geschehen, dessen er gerade Zeuge wurde. Nein, er würde sich nicht von ihr zu einem Nebenbuhler degradieren lassen und garantiert würde er nicht zu einem Opfer ihrer kindischen Spielchen werden. Mit zusammengekniffen Lippen drehte er sich um. Paco folgte ihm.

Absichtlich langsam fuhr er an ihnen vorbei, und als er sicher war, dass Marie ihn erkannte, trat er aufs Gaspedal.

Die Ohrfeige brannte selbst in ihrer Handfläche. Fassungslos starrte sie Stuarts Wagen nach, der mit quietschenden Reifen davonfuhr. Mist! Mist! Mist! Marie schubste Jamie von sich und sah ihn wütend an.

„Was sollte das? Ich habe dir doch gerade gesagt, dass ich deine Gefühle nicht erwidere. Du bist zu jung und ich bin mit einem anderen Mann zusammen."

Einem Mann, der gesehen hat, wie ein Kind mich auf offener Straße abknutscht und das völlig falsch versteht. Scheiße! Marie kramte in ihrer Handtasche nach dem Handy und wählte Stuarts Nummer. Und wie falsch er das alles interpretierte, denn er drückte ihren Anruf einfach weg.

„Es ist mir schnurz, wie jung ich bin, und dein Typ ist mir scheißegal. Ich will dich. Ich liebe dich und ich will mit dir zusammen sein. Ich kann nicht gegen meine Gefühle ankämpfen. Ich kann nicht essen, nicht schlafen und ständig denke ich nur an dich, Marie."

„Jamie, hör auf damit. Du bist ein …"

Bevor sie das Wort Kind ausspuckte, bremste sie sich rechtzeitig. Er sah verzweifelt aus und genauso fühlte sie sich selbst. Es war zum Mäusemelken, gerade versuchte sie, eine Baustelle zu beenden, schon öffnete sich eine andere.

„Lass uns was trinken gehen, lass uns reden, bitte, Marie. Ich …"

Jamie zeigte auf die Bar gegenüber. Marie seufzte, wählte erneut Stuarts Handy an, doch er hatte es ausgeschaltet. Alles in ihr drängte darauf, zu reden, aber nicht mit Jamie. Sie wollte Stuart die Sache erklären.

„Das führt zu nichts. Ich werde meine Meinung nicht ändern. Ich bin zu alt für dich und du solltest mit gleichaltrigen Mädchen ausgehen."

„Ich verstehe dich. Ich will dich auch nicht überreden. Nur ein Glas Wein und dann werde ich dich nicht wieder behelligen."

Marie ließ ihre Schultern sacken und atmete tief durch. Jamies Bettelblick machte es schwer, nein zu sagen, dabei sollte sie längst in ihrem Auto sitzen und auf dem Weg zu Stuart sein.

„Okay, ein Glas und dann sehe ich dich nie wieder."

Jamie lächelte und ging voraus. Wie konnte das wieder passieren? Vorher hätte sie ihm noch eine runtergehauen und wäre einfach gegangen. Aber jetzt? Als Marie noch so tun konnte, als würde sie gar nichts berühren, war das Leben wesentlich einfacher gewesen. Sie überquerte die Straße und folgte Jamie in die Bar. Ein Glas und dann würde sie sich mit Stuart auseinandersetzen. Irgendwie hatte er schließlich Schuld daran, dass sie so weich geworden war.

17

Die Reste des Candle-Light-Dinners lagen verstreut auf dem Boden und Paco lag genüsslich kauend zwischen den Spaghetti und leckte die Pastasoße vom Boden. Wütend ließ Stuart seine Hände durch das Haar gleiten und starrte seinen Hund an. Hatte er sich wirklich so in ihr getäuscht? War er ein weiteres Mal auf ihre theaterreife Vorführung reingefallen? Er hatte sich heute Abend vorgenommen, ihr alles über sich zu erzählen. Er war bereit, es tatsächlich auf einen Versuch ankommen zu lassen. Ihm war klar, dass er bereits viel zu sehr involviert war, um seinen Prinzipien treu zu bleiben. Es war lange her, dass er mit dem Gedanken gespielt hatte, sich auf eine Beziehung einzulassen. In weniger als fünf Minuten hatte sie ihm jedoch bewiesen, wie gut er damit fuhr, an diesen Grundsätzen festzuhalten.

Erneut hatte Marie es geschafft, dass Stuart sich wie ein verdammter Anfänger fühlte. Die Tatsache, dass sie wusste, was er gesehen hatte und sie nicht hier war, um wenigstens eine fadenscheinige Ausrede zu finden, gab ihm recht. Er war dumm gewesen, zu glauben, dass Marie die Frau sein könnte, mit der er sich eine Zukunft hätte vorstellen können. Sie hatte ihre Entscheidung getroffen und er würde seine revidieren. Sollte sie doch mit anderen ihre Spielchen spielen und hinter ihrem Stachelpanzer so tun, als wäre sie unnahbar, hart und unantastbar.

Stuart erhob sich. Nachdem er das Chaos zu Pacos Leidwesen beseitigt hatte, stieg er in seinen Wagen und fuhr zu der BDSM-Party, die zu Gunsten einer HIV-Stiftung stattfand. Simon und Erica waren bereits dort. Doch für ihn war es nur ein Ansatzpunkt, wieder in sein altes Leben zurückzukehren.

Marie nickte, obwohl sie kaum ein Wort von dem verstand, was Jamie sagte. Alles verschwamm vor ihren Augen. Alles hörte sich so blechern an. Ihr war schwindlig. Sie fühlte sich benommen, fast, als wäre sie betrunken. Prüfend blinzelte sie zu dem halb vollen Rotweinglas, das vor ihr stand. Nachdem sie die Bar betreten hatten, war Jamie zur Theke gegangen, um die Getränke zu holen und Marie hatte ihm gesagt, dass sie nicht lange bleiben könne. Einen Teil des Rotweins hatte sie dann recht schnell getrunken, aber das erklärte nicht, warum sie sich so seltsam fühlte.

„Mir ist nicht gut. Ich glaube, ich brauche ein bisschen frische Luft."

„Soll ich dich begleiten?"

Jamie sah sie besorgt an, stützte sie, als sie sich schwankend erhob.

Marie schüttelte den Kopf. „Ich glaube, es ist besser, wenn ich nach Hause fahre."

Fahren? In dem Zustand? Sie stolperte nach draußen, nahm einen tiefen Atemzug, doch das Schwindelgefühl ließ nicht nach. Marie taumelte über die Straße. Hupend machte ein Auto einen Schlenker um sie. Selbst ihre Reaktionen waren langsam, als würde sie sich wie in Zeitlupe bewegen. *Was ist denn los?* Von einem halben Glas Wein war sie doch noch nie betrunken gewesen. Mit Mühe erreichte sie den Parkplatz der Boutique, nahm die Wagenschlüssel aus ihrer Tasche und benötigte drei Versuche, das Schloss zu treffen. So konnte sie unmöglich fahren.

Das war der letzte benommene Gedanke, bevor Marie neben ihrem Auto zu Boden sank und alles um sie herum schwarz wurde.

„Die Schlampe ist soweit." Jamie klappte sein Handy zu und beugte sich über Marie schlaffen Körper. „Ich kriege immer, was ich will."

Stuarts Blick glitt über die Partygäste, dann ging er zielstrebig auf eine Frau zu. Sie trug ihre langen blonden Locken offen. Ihre großen Brüste wurden durch die Korsage deutlich betont und die Schnürung in der Taille ließ ihre herrlich weichen, runden Hüften noch verführerischer zum Zupacken wirken. Delia war seit einem Jahr eine Spielgefährtin des Masters und in der Szene für ihre extrem masochistische Neigung bekannt. Stuart streichelte ihr sanft über den Kopf und Delia neigte sofort ihren Blick, demütig und bereit.

„Werden Sie mir heute wieder richtig wehtun, mein Gebieter?"

Zwischen seinen Schenkeln zuckte die Erregung und ein Feuerwerk von Schmerz und Lust bildete sich in seinem Kopf zu einer ausgewachsenen sadistischen Fantasie. Stuart lächelte.

„Davon kannst du ausgehen."

Er legte einen Hundertdollarschein auf eine der Schalen, die neben den Spielzimmern standen, zog einige Kondome aus der Kiste daneben und verschwand mit Delia im Raum. Simon hatte ihn bereits bei seiner Ankunft gesehen und runzelte die Stirn.

„Schatz, was ist los? War das gerade Stuart?" Erica lächelte ihn an und wedelte mit einem Strauß bunter Kondome.

„Ja, aber eigentlich sollte er gar nicht hier sein."

„Als ob Stuart sich so eine Party entgehen lassen würde."

Nein, er sollte zu Hause sein, mit Marie zu Abend essen und reden. Stuart hatte ihn ins Vertrauen gezogen und ihm davon erzählt. Irgendetwas war passiert. Vor allem der Gesichtsausdruck seines Freundes machte ihm Sorgen. Da stimmte etwas nicht.

Sie lag nackt mit dem Bauch auf einem schmalen Holztisch. Ihre Handgelenke waren an ihre Fußgelenken gefesselt, was eine unbequeme Haltung verlangte. Die Peitschenmuster überzogen ihre Haut und schillerten in bunten Farben. Doch was Delia am meisten an dieser Position zu schaffen machte, war die Tatsache, dass Master Stuart ihr blondes Haar zu einem Zopf zusammengebunden und an einer Seilverbindung straff mit einem Haken versehen hatte. Ihr Kopf war weit in den Nacken gebogen, denn der Haken steckte mit einem stumpfen abgerundeten Ende in ihrem Anus. Jede Kopfbewegung schob über die Seilverbindung den Haken tiefer in ihren Hintern. So sehr sie bemüht war, stillzuhalten. Jedes Mal, wenn sie die strenge unbequeme Haltung für den Bruchteil einer Sekunde vernachlässigte, rieselte ein wohliger Schauder durch ihren Körper. Die süße Furcht der Bedrohung ließ ihre Scham vor Lust zucken. Ihre Haut brannte von der Wucht seiner Schläge mit der Peitsche. Sie war allein davon bereits so heftig gekommen, dass Delia noch jetzt die zarten Nachbeben des Höhepunktes spürte.

Stuart stand neben dem Tisch und betrachtete sein Kunstwerk, wissend, was in der Masochistin vorging. Die Schmetterlingsklemmen an Delias großen, dunklen Brustwarzen glänzten im Licht der Kerzen. Stuart griff nach der dünnen Stahlkette, die sie miteinander verbanden. Ein leichtes Zupfen entlockte der Devoten ein süßes Stöhnen.

„Ich habe dich bisher noch nie weinen sehen, Sklavin. War ich diesmal zu streng mit dir?"

Delia war bemüht, seinen Blick zu erwidern, denn sie wusste, ihr Meister verlangte es, wenn er mit ihr sprach. Die Position jedoch machte es ihr fast unmöglich, dem unausgesprochenen Befehl nachzukommen. Je mehr sie ihren Kopf zu ihm drehte, desto tiefer bohrte sich der Haken in sie. Ein Zittern drang durch sie hindurch und Delia schloss die Augen.

„Nein, mein Gebieter. Ich bin Ihr Eigentum und was Sie mit mir tun, liegt ganz in Ihrer Hand. Wenn es Sie glücklich macht, mich zu quälen, dann macht es mich glücklich. Ich liebe Sie."

Die aufrichtig klingenden Worte wurden mal lauter, dann leiser. Denn je weiter der stumpfe Haken sich in ihrem Körper versenkte, desto mehr wuchs ihre Lust aufs Neue, pochte wild und gierig in ihrem Schoß. Tatsächlich hatte Stuart sie nie zuvor mit der Peitsche so weit getrieben, hemmungslos zu weinen. Es war ihm diesmal schwergefallen, das Gleichgewicht seiner Beherrschung zu behalten. Stetig dachte er an Marie und der Sadismus kochte in seinen Adern. Die ungesunde Mischung mit Wut ließ ihn immer wieder zögern.

Delias hilfloser Anblick erregte ihn und er war seiner Spielgefährtin den Respekt schuldig, sich mit voller Aufmerksamkeit auf sie zu konzentrieren. Seine lederummantelte Hand strich sanft ihren angespannten Körper entlang, bis er hinter ihr stehen blieb. Die Fesselung ihrer Hand- und Fuß-gelenke zwang sie nicht nur in eine unbequeme Position, sondern machte sie gleichzeitig ebenso verfügbar mit ihren angewinkelten Waden und der Spreizung ihrer Schenkel. Ihr geschwollenes Geschlecht zuckte und glänzte vor Verlangen.

„Ist es unbequem für dich?"

Noch bevor sie antworten konnte, zog Master Stuart an dem dünnen Seil des Hakens, zwang ihren Kopf weiter in den Nacken, ohne dass sich der Haken tiefer bohrte. Delia keuchte auf.

„Ja, mein Gebieter."

„Sehr gut."

Seine Finger glitten am Seil entlang, bis sie den Metallhaken berührten, dann schob Stuart ihn noch tiefer in ihren Anus. Delias lüsternes Stöhnen erfüllte den Raum. Er löste den Gürtel und öffnete seine Lederhose. Aus der Gesäßtasche nahm er ein Kondom und rollte es sich über, bevor er seinen Schwanz mit einem harten Vordringen tief in ihr versenkte und sie zum Schreien brachte. Jeder Stoß wurde härter, gieriger und rücksichtsloser. Ihre Wehrlosigkeit in der Fesselung berauschte ihn und nährte die Wut in seinem Inneren.

„Das sind mindestens tausend Punkte, Freunde." Jamie warf Maries schlaffen Körper auf das quietschende Bett. Sie seufzte leise und öffnete kaum ihre Augen. Er lachte höhnisch in die Runde.

„Niedlich."

„Über dreißig, zickig und sie hat sich wirklich gewehrt."

„Du hast es drauf, Alter." Lachend klopfte ihm der dunkelhaarige Student auf die Schulter und nickte anerkennend.

Jamie strecke die Hand aus. „Halten wir diesen stillen Moment für unsere Nachwelt fest."

Der Dunkelhaarige reichte ihm grinsend die Kamera. Das Blitzlicht ließ Marie erneut aufseufzen, doch sie wachte nicht auf. Jamie setzte sich auf die Bettkante und wedelte mit dem Foto der Sofortbildkamera.

„Damit werde ich in die Historie des Clubs eingehen. Unsterblich und unerreichbar."

„Manson, du bist wirklich krank."

„Moi? Tss, du bist nur neidisch, weil ich dich mit dem Schlampenfang weit überhole." Sein Blick glitt zu der Pinnwand gegenüber dem Bett. In einer Tabelle waren die Namen der Mitglieder neben Fotos von Frauen, vorrangig jungen Studentinnen und Punkte eingetragen. „Außerdem ging mir dieses Miststück echt auf die Nüsse. Tss, das müsste eigentlich einen Bonus geben." Er schlug einem Rothaarigen auf die Finger, die Maries

Rock hochschoben. „Äste weg von meiner Ware, mein Freund. Ich habe das Privileg verdient, sie als erster zu besteigen. Stell dich hinten an. Wenn ich ganz nett bin, lass ich euch noch etwas übrig." Jamie grinste, als er auf Maries regloses Gesicht hinabsah. Er stand auf und pinnte ihr Foto unter eine Liste von anderen Frauenbildern, versah mit einem dicken Stift die Punkte, die er angekündigt hatte, und nickte zufrieden.

„Wie hast du es geschafft, dass sie was mit dir trinken gegangen ist?"

„Das war leicht. Endlich zahlt sich der Schauspielkurs bei Mr. Fairdale aus. Meine Herren, wenn Sie jetzt bitte zur Tat schreiten möchten. Es wird Zeit, dass wir das Schlampenmaterial mal genauer begutachten."

Händereibend machten sich die jungen Männer daran, Marie zu entkleiden. Der Rothaarige prallte erschreckt zurück. „Scheiße, was ist das?" Er zeigte auf die dünnen Striemen ihrer Haut. Die anderen beugten sich näher hinunter, um es genauer ansehen zu können.

„Alter, die wird sicher von ihrem Typen vermöbelt oder so."

Jamie musterte die Male, drehte Marie auf den Bauch, wo die Striemen sich fortsetzten. Auch die Schlagspuren auf ihrem Hintern schillerten in verschiedenen Farben. Damit hatte er nicht gerechnet.

Der Rothaarige zeigte auf ihre Schulter. „Manson, bei allem, was recht ist, aber die Frau ist echt arm dran. Ihr Typ scheint ein Brutalo zu sein. Ist das da ne Brandnarbe? Sieht ja ekelhaft aus. Also ich pack die nicht an, das macht mich nicht an."

Ein fieses Grinsen glitt über Jamies Gesicht. „Das ist dir überlassen, Troy, aber ich sag dir was. Ich glaube, die kleine Schlampe steht auf harte Sachen. Oh, yeah."

Der Dunkelhaarige, den Jamie eben Gibson genannt hatte, hob seine Hände. „Sie gehört ganz dir, Manson. Ich bin raus. Ich hab's nicht mit Peitschen und Rohrstöcken."

„Scheiße, bin ich eigentlich nur von Weicheiern umgeben? Verpisst euch. Dann hab ich eben den Spaß mit ihr allein." Jamie legte sich neben Marie, streichelte über ihre Rundungen und beleckte sich gierig die Lippen. Hinter den anderen schloss sich die Tür. Er neigte seinen Kopf zu ihr hinunter. „Du kleine Hure hast mich viel Zeit gekostet. Das wirst du jetzt wiedergutmachen. Und du hast eine Menge gutzumachen." Höhnisch lachend legte er seine Lippen auf ihren Mund. Plötzlich ging ein Ruck durch Maries Körper und Jamie schrie auf.

„Verdammtes Miststück." Er hielt sich die blutende Lippe, in die Marie gebissen hatte.

Noch immer fühlte sie sich völlig benommen, doch bereits klar genug, zu kapieren, was ihr bevorstand. Im nächsten Augenblick explodierte ein heißer Schmerz in ihrem Gesicht und erneut gingen alle Lichter aus und Dunkelheit umarmte sie.

Er sah ihr zu, wie sie sich anzog, und lächelte sanft.

Delia strich sich das Kleid über der Korsage glatt und berührte Stuarts Narbe auf der linken Wange. Ihre Augen strahlten, ihre Wangen glänzten rosig und ihr Gesichtsausdruck war weich und von inniger Zuneigung gezeichnet. „Ich danke dir, das Spiel war diesmal sehr intensiv und unglaublich schön."

Er griff nach ihrer Hand und küsste die Innenfläche, führte jeden einzelnen ihrer Fingerspitzen zu seinen Lippen. Er mochte ihre zierlichen, samtweichen Hände mit dem farblosen Lack auf den Nägeln. „Ich habe zu danken."

„Du warst heute so anders. Ich hatte das Gefühl, da hat sich eine Menge Wut in dir angestaut, die dringend ein Ventil brauchte."

Ihre braunen Augen leuchteten und das Lächeln auf ihren Lippen wirkte wissend, doch Stuart reagierte nicht. Delia küsste ihn. „Du musst darauf nicht antworten, auch wenn es seltsam klingt, aber ich wünschte, du wärst immer in einer solchen Stimmung, wenn du mit mir spielst. Du warst unglaublich."

„Ich war mir nicht sicher, ob ich überhaupt heute spielen sollte."

Als er sie mit dem Rücken näher zu sich an die Brust zog, zischte sie leise. Die Male auf ihrem Rücken würden eine ganze Weile bleiben, doch Stuart wusste, dass Delia auch im Nachhinein ihren lustvollen Nutzen zog. „Schlechte Laune ist kein guter Mitspieler."

„Hm, also schlecht gelaunt hast du nicht gewirkt, eher warst du … der fiese, gemeine Mistkerl, den ich so liebe und begehre."

„Als du angefangen hast, zu weinen, war ich kurz davor, abzubrechen, Delia. Ich bin zwar Sadist und wir beiden haben schon einiges ausprobiert, aber Tränen habe ich bei dir noch nie gesehen." Stuart sprach äußerst ernst.

Sie wollte sich zu ihm umdrehen, um ihn ansehen zu können, doch er hinderte sie daran, schloss seine Arme stattdessen noch inniger um ihren Körper.

„Das hätte ich dir niemals verziehen, das wäre die schiere Tierquälerei gewesen." Sie warf lachend den Kopf in den Nacken und bereute es sofort wieder, wie er an ihrem Stöhnen und dem schmerzverzerrten Gesicht erkannte. Bereits jetzt meldete sich wahrscheinlich ein leichter Muskelkater, der sich im Laufe des nächsten Tages sicherlich noch verstärken würde. Ihr Lachen jedoch schwoll an.

Stuart massierte ihr sanft die Schultern und ihren strapazierten Nacken.

„Wie heißt sie?"

Er stockte, hielt für einen Moment inne.

„Sie muss etwas sehr Besonderes sein."

Ihre Fronten waren von Anfang an geklärt und Delia wusste, dass Stuart seine Neigungen in reinen Spielbeziehungen auslebte. Manchmal gab es Tage, an denen sie ihn dafür verfluchte, denn insbesondere zu Beginn ihrer SM-Verabredungen hätte sie alles dafür gegeben, ihn für sich zu gewinnen. Doch im Laufe der Monate gab sie das Unterfangen auf und genoss die Zweisamkeit der Spiele. Delia ließ sich mit dem Rücken gegen seine Brust sinken und schloss die Augen. Sie genoss diese zärtlichen Momente ebenso intensiv wie seine Grausamkeiten.

„Bist du eifersüchtig?" Sein Atem strich durch ihr Haar.

„Ein bisschen vielleicht ..." Sie drehte sich in seinen Armen um und erwiderte fest seinen Blick.

Er ahnte, welche Frage folgen würde und schüttelte langsam den Kopf. „Es ist vorbei, Delia. Sie hat sich einen anderen gesucht."

Die blonde Masochistin atmete erleichtert aus, sichtlich froh, dass alles so bleiben würde, und lächelte wieder. Hoffnung blitzte in ihren Augen auf und ihr Gesicht wurde weich, entzückend sanft. Als sie ihre Hände hob, versteifte sich sein Körper und er schob sie von sich.

„Wir ... die Nacht ist noch jung und ich könnte mir gut vorstellen, dass wir beide ..." Plötzlich wurde sie ganz schüchtern, eine Seite an ihr, die er schon lange nicht mehr gesehen hatte. „Wir könnten zu dir fahren, reden, ein bisschen Wein trinken ..."

Den Rest davon dachte sie sich, aber Stuart kannte sie viel zu gut und genau das verriet auch seine Haltung.

„Ich bin gut darin, zu trösten ... wir müssen gar nicht spielen ... ich ..."

Er lachte leise auf, küsste flüchtig ihre Schläfe und ging zur Tür. „Gute Nacht, Sklavin." Dann verließ er das Spielzimmer.

Erst, als er wieder in seinem Wagen saß, gestattete Stuart sich einen Moment der Schwäche. Auch wenn Delia die Session in vollen Zügen genossen hatte, mehr noch als sonst, es bestätigte ihm, wie falsch es gewesen war, heute zu dieser Party erschienen zu sein. Nach Maries Aktion mit diesem jungen Burschen hatte er geglaubt, zu seinem alten Leben zurückkehren zu können. Er hätte es besser wissen müssen. Ständig waren seine Gedanken bei ihr. Tief schwelte Wut in ihm. Doch mehr noch als das wuchs die Frage nach dem Warum? Warum würde Marie so etwas tun? Sie hatte so glücklich ausgesehen, als er sie am Abend zuvor zu Hause abgeliefert hatte. Das Leuchten in ihren Augen, das Strahlen auf ihrem Gesicht. Was, wenn er die Situation falsch eingeschätzt hatte? Zum ersten Mal in seinem Leben bereute er eine BDSM Session.

Nun, nicht ganz zum ersten Mal. Er startete den Motor und fuhr nach

Hause. Wie lange war es her, dass er ein schlechtes Gewissen sein eigen nannte? Es war leicht, zu glauben, dass Marie nach nur einem Tag in ihre alten Verhaltensmuster verfiel. Er bereute nicht nur das Spiel mit Delia, er bereute, Marie nicht gleich zur Rede gestellt zu haben. Noch mehr setzte ihm zu, dass er dem Typen nicht doch besser seine Faust ins Gesicht geschlagen hatte. Stuart schüttelte den Kopf und schnaubte.

Wie oft hatte er seinen devoten Gespielinnen eingetrichtert, wie wichtig es war, miteinander zu reden. Und was hatte er getan? Mit dem Handy wählte er Maries Nummer, während er weiterfuhr. Er erreichte nur ihren AB zu Hause, versuchte es auf ihrem Mobiltelefon und hinterließ eine Nachricht auf ihrer Voicebox. Hinter seinem Wagen flackerten Lichter auf und eine Sirene kündigte einen gelangweilten Streifenpolizisten auf der Nachtschicht an. Stuart knurrte leise und senkte genervt sein Handy.

„Perfekt!"

18

Simon fand Erica auf der Terrasse mit dem Telefon in der Hand und völlig in Gedanken versunken. „Hast du mich nicht gehört?"

Erica blickt zu ihm empor und wirkte, als sähe sie durch ihn hindurch.

Simon setzte sich neben ihr auf die Stuhllehne und legte den Arm sanft um ihre schmale Schulter. Die Sonne versank bereits am Horizont.

„Ich hab den ganzen Tag versucht, Marie zu erreichen, aber sie geht weder zu Hause ans Telefon noch an ihr Handy. Keine Ahnung, wie viele Nachrichten ich ihr schon hinterlassen habe."

„Hast du es auf der Arbeit versucht?"

„Habe ich. Paul hat erzählt, dass sie heute nicht im Laden aufgetaucht ist. Sie hat nicht mal angerufen."

„Hm, das ist seltsam."

„Simon? Ich glaube, da stimmt etwas nicht. Sie würde nie einfach ohne anzurufen von der Arbeit wegbleiben. Gestern wollte ich mich ja mit ihr zu einem Weiberabend verabreden. Sie sagte, sie wäre schon verabredet und dass es wichtig sei. Ich habe ein ganz blödes Gefühl. Vielleicht ist ihr etwas passiert?"

„Deine blühende Fantasie in allen Ehren, Engel, aber dafür gibt es sicherlich eine ganz einfache Erklärung. Geh nicht immer gleich vom Schlimmsten aus."

„Sie ist zuverlässig und verantwortungsvoll. Das passt nicht zu ihr. Sie würde mich zurückrufen. Ich weiß nicht einmal, mit wem sie gestern verabredet war. Ich mache mir wirklich Sorgen."

Simon lehnte sich gegen das Terrassengeländer und rieb sich die Stirn. „Stuart war ihre Verabredung für gestern Abend."

Erica sah ihn überrascht an. „Stuart?"

„Er hat sie eingeladen, Pasta, Wein, und wollte mit ihr reden. Ich hatte das Gefühl, die beiden raufen sich zusammen."

„Aber, er war doch gestern auf der Party? Er war mit dieser Blondine zusammen?"

Simon hob entwaffnet die Hände. „Ich weiß nicht, wie das Date ausgegangen ist, aber so wie Stuart gestern dreingeblickt hat, war es wohl nicht gerade ein Erfolg. Ich hatte ihn gewarnt. Nun, er wirkte ziemlich wütend und Delia ist bekannt dafür, sehr masochistisch zu sein. Es sieht ihm nicht ähnlich, mit so einer Stimmung in eine Session zu gehen, aber er musste wohl Dampf ablassen. Was mich ehrlich gesagt bei Marie nicht überraschen würde." Er grinste breit, doch der kleine Seitenhieb in Maries Richtung blieb ignoriert.

Erica schüttelte den Kopf.

„Okay, ich rufe Stuart an und frage nach, ob er irgendwas weiß. Zufrieden?"

Erica nickte dankbar, während Simon ihr bereits das Haustelefon aus der Hand nahm und die Kurzwahltaste für Stuarts Telefonnummer drückte.

„Hey Stuart, ähm, Erica macht sich ein wenig Sorgen um Marie. Sie ist schon den ganzen Tag nicht erreichbar und war wohl auch nicht auf der Arbeit. Ist sie bei dir?"

Er lauschte eine Weile schweigend, dann nickte er. „Okay und das war das letzte Mal, dass du sie gesehen und mit ihr gesprochen hast?" Wieder nickte er.

Erica stand ungeduldig neben ihm.

Er schüttelte den Kopf. „Ich weiß, was ich auf der Party gesagt habe, aber ich glaube nicht, dass Marie so etwas tun würde. Man kann ihr vieles nachsagen, aber das?"

„Was sagt er?"

„Bist du dir sicher, dass es dieser Milchbubi von der Promiparty war? Hm, also wenn du mich so fragst, nein. Ich glaube nicht, dass Marie sich auf ihn einlassen würde. Okay, wenn du etwas von ihr hörst, melde dich." Simon beendete das Gespräch und überlegte kurz.

Nachdem Erica ein weiteres Mal nachhakte, erzählte er von Stuarts Be- obachtungen.

„Niemals! Ich gebe zu, er war ganz hübsch, aber Marie würde nie mit einem so viel Jüngeren etwas anfangen. Ich bitte dich. Solche Typen konnte sie schon in der Highschool nicht leiden. Sie würde niemals freiwillig mit so einem hochgestochenen Studenten durch die Gegend ziehen. Da müsste er ihr schon mit der Bratpfanne eine überziehen und sie mitschleifen. Oh Gott, was, wenn …"

Simon rollte mit den Augen. „Erica, dieses ‚was wäre wenn Ding' bringt uns nicht weiter. Und wenn du jetzt anfängst, schon ihre Beerdigung zu organisieren, ist uns auch nicht geholfen. Ich halte es auch für un- glaubwürdig, dass mit diesem Collegejungen etwas läuft und es ist offen- sichtlich, dass etwas nicht stimmt. Aber lass uns das bitte logisch angehen. Okay?"

Er bemerkte Georges Anwesenheit erst, als er sich dezent räusperte. „Soll ich den Wagen vorfahren?"

Erica nickte sofort, während Simon mit dem Kopf schüttelte.

„Nein, eigentlich wäre es mir lieber, wenn du dich auf den Weg zu dem Termin machst und erklärst, dass ich später komme. Ich werde den Käfer nehmen und selbst zu ihr fahren."

„Ich komme mit. Das ist schließlich mein Auto."

„Okay, aber keine Spekulationen mehr, Engel."

Abermals rief er Stuart an, der sich bereits auf der Suche nach Marie befand.

Benommen blinzelte Marie ins erhellte Zimmer. Die Sonne blendete sie und für einen Moment wusste sie weder wo oben noch unten war. Ihr Unterkiefer schmerzte und als ihr bewusst wurde, dass sie mit einer Hand an das Bettgestell gefesselt war, kehrte sie schlagartig ins Hier und Jetzt zurück. Jamie saß grinsend am Fußende und betastete sich das zerkratze Gesicht und die Wunde an seiner Lippe.

„Du verdammter Scheißkerl. Wenn ich hier rauskomme, wirst du es bitter bereuen."

„Oh, was für eine Drohung angesichts deiner Lage." Er ließ seinen Blick über ihren nackten Körper gleiten und machte ihr deutlich bewusst, wie ihre Ausgangssituation tatsächlich aussah. „Ich will dir paar Dinge zu bedenken geben. Du weißt nicht, wo du dich befindest und das wird auch so bleiben. Wenn ich mit dir fertig bin, dann werde ich dich mit verbundenen Augen irgendwo im Nirgendwo aussetzen."

„Hurenbock!"

„Lass mich ausreden, ich bin noch nicht fertig. Ein paar Fakten für dich als Info. Justitia ist wirklich verdammt blind. Was ich damit sagen will, ist: Falls du den Drang verspürst, eine Anzeige gegen mich und meine Jungs zu erwägen, rate ich dir davon ab."

Marie fluchte knurrend und hangelte mit der freien Hand nach ihm, erreichte ihn jedoch nicht.

„Ich rate dir deswegen davon ab, weil daran schon viele andere gescheitert sind."

Sie trat nach ihm und Jamie stand auf, gab ihr einen freien Blick auf die Pinnwand hinter ihm. So viele Frauengesichter, schlafend auf diesem Bett, an dem sie gefesselt lag. *Scheiße!* Sie hatte ihn für einen verdammten Snob gehalten, einen Wichtigtuer mit steinreichem Hintergrund. Aber dass er und seine Freunde Vergewaltigung als Studentensport betrachteten, reichte sogar über ihre Fantasie hinaus.

„So viele gute Ficks und wir haben jeden ausgiebig genossen. Ich kann dir sogar Videomaterial darüber zeigen."

„Du bist ein verdammter Freak. Was ist schiefgelaufen, hat Mutti dich zu heiß gebadet oder bist du versehentlich mit dem Kopf zuerst als Baby vom Wickeltisch gefallen? Du kannst deinen Arsch verwetten, dass ich dich anzeigen werde. Wenn du mir auch nur ein Haar krümmst, mach ich dich fertig. Du hast mich unter Drogen gesetzt." Marie war überrascht, woher sie den Mut besaß, in ihrer Lage so zu reden. In Wirklichkeit zitterte sie wie Espenlaub und kämpfte gegen die Gänsehaut, die sich auf ihrem Körper ausbreitete. Diese Typen waren Serienvergewaltiger und die Tatsache, dass sie noch frei umherliefen, verhieß nichts Gutes.

„Anzeigen, ja, darauf wollte ich jetzt zu sprechen kommen. Drogen, ein unschönes Wort, es war eher als Beruhigungsmittel gedacht. Aber keine Sorge, Liquid Ecstasy ist nach zwölf Stunden im Blut nicht mehr nachweisbar. Blöde natürlich für dich, weil dir dann der Beweis für deine Behauptung fehlt. DNA und andere Spuren vermeiden wir grundsätzlich. Kondome sind im Club oberstes Gebot, schließlich muss man heutzutage an seine Gesundheit denken. Woher soll ich wissen, wo sich so eine kleine Schlampe wie du überall rumgetrieben hat?"

Er zog zum Beweis eine Reihe Kondome aus seiner Jeans und schwang eine Flasche Gleitmittel in der anderen Hand.

„Für den Fall, dass es dich trocken lässt, was ich gleich alles mit dir tun werde. Aber zurück zu den Fakten. Ich weiß, du bist, nun, sagen wir, relativ intelligent und wirst verstehen, dass es neben guten und teuren Anwälten auch eine Rolle spielt, wie angesehen meine Familie ist. Nachdem wir jetzt beide festgestellt haben, dass dir zu der Anzeige sowohl Beweise als auch DNA fehlen wird und man uns beide gestern Nacht in einer Bar flirtend zusammen gesehen hat … Wem glaubst du, wird ein Richter mehr glauben? Zumal meine Zeugen Söhne aus sehr anerkannten Familien sind."

„Du bist so ein verdammter Waschlappen. Musst du Frauen erst betäuben und an ein Bett fesseln, um sie flach zu legen? Oder macht dich das einfach nur an?"

„Lustig, du nennst mich Waschlappen? Wenn ich mir deinen Körper so ansehe, würde ich eher sagen, dein Freund scheint mit dir auch nicht immer einer Meinung zu sein."

Bevor sie zuschlagen konnte, packte Jamie ihr Handgelenk und beugte sich zu ihr. „Stehst du auf ein bisschen Spanking? Oder muss er dich erst windelweich prügeln, um auf dich draufzusteigen? Huh? Soll ich dir was sagen? Der Gedanke macht mich richtig an. Aber ich weiß es besser, du stehst auf SM, richtig? Du bist eine kleine Sklavenschlampe. Hab ich recht?"

Panik breitet sich in ihr aus, denn trotz dieses Engelgesichts funkelten Jamies Augen gefährlich. Er hatte kaum Mühe, sie auf den Bauch zu drehen und niederzudrücken. Sie hörte den Reißverschluss seiner Jeans, das Knistern der Kondomverpackung. Ihr Herzschlag raste und egal, wie sehr sie sich wehrte, er war zu stark. Mit einer Hand in ihrem Nacken drückte er ihr Gesicht auf das Kissen. Sie bohrte ihm schreiend die Nägel in den Unterarm oder das, was sie zu fassen bekam.

„Ich habe darauf gewartet, dass du wach wirst, bevor ich mit dir anfange. Du hast mich so lange zappeln lassen. Schrei, Schlampe … das turnt mich erst so richtig an."

Marie spürte sein hartes Geschlecht an ihren Pobacken und hielt den Atem an. Plötzlich drang ein hysterisches Lachen aus ihrer Kehle und Jamie hielt inne.

Seine flache Hand schlug auf ihren Hinterkopf ein. „Hör auf zu lachen."

Sie konnte nicht, sie lachte, panisch und verzweifelt. Sollte er ruhig glauben, dass sie über ihn lachte und ihn verhöhnte. Verzweifelt rieb er sich den Schwanz und fluchte.

„Hör verdammt noch mal auf zu lachen, scheiß Miststück."

Doch es half nichts. Ihr Lachen bescherte ihm eine ordentliche Potenz-störung. Seine flachen Hände schlugen auf sie ein, bis zwei Kerle in das Zimmer stürmten und ihn von ihr runterzogen.

„Manson, beruhige dich, verdammt. Du kennst die Regeln. Keine Spuren."

„Bring mir noch was von dem Liquid E, Troy. Wollen doch mal sehen, wie geschmeidig die Katze dann ist."

„Wir haben nichts mehr im Haus."

„Verdammt!"

19

Er blieb vor dem Pflegeheim stehen und beobachtete eine Weile den Eingang. Nachdem Simon ihn angerufen hatte, verschob er umgehend seine Kundentermine. Erica hatte recht, etwas stimmte nicht. Stuart ging durch das Eingangsportal und steuerte auf den Garten zu. Mr. Lancaster saß, wie er es vermutet hatte, unter der Trauerweide auf der Holzbank in der Sonne. Von Marie war keine Spur zu sehen. Es war sein erster Tipp, dass sie vielleicht hier sein könnte, schließlich flüchtete sie gern hierher, wenn die Dinge zu viel wurden. In der Nacht davor im ‚The Armory‘ war ihr nicht nach Flucht gewesen.

„Kann ich Ihnen … oh, hallo.“ Die Pflegerin erkannte ihn sofort wieder und hielt ihm strahlend die Hand entgegen. „Stuart!“

„Leany.“

„Er wartet schon ganz ungeduldig auf seine Tochter. Heute ist kein guter Tag für ihn. Die Erinnerungen an seine Frau haben ihn gestern Nacht kaum schlafen lassen.“

Er erinnerte sich, was Erica über Maries Mutter erzählt hatte. Stuart hatte gesehen, was er sehen wollte. Marie war nicht hier. Langsam wandte er sich um.

„Über ein wenig Gesellschaft würde er sich sicher freuen. Daniel ist …“
„Schon gut, ich weiß.“

Stuart näherte sich dem älteren Mann auf der Bank. Er wirkte gebrochen und traurig. Als er sich neben ihn setzte, hob Daniel Lancaster den Kopf und lächelte unter Tränen.

„Amy ist gegangen, weil ich krank bin.“

Stuart nickte stumm.

Plötzlich griff der alte Mann nach seiner Hand und drückte sie fest. „Sie hätte es nicht ertragen, hat sie gesagt. Wir waren so jung, als wir uns trafen. Ihr Daddy hat mich damals mit einer Dachlatte vermöbelt, weil ich sie geschwängert habe. Sex vor der Ehe in einem katholischen Haushalt. Ich war ein Hippie und Amy war ein braves irisches Mädchen. Als ich sie das erste Mal gesehen habe, war ich sofort verliebt in sie. Ich war so glücklich, als Dexter auf die Welt kam. Sie ist einfach gegangen und hat uns allein gelassen.“

Fassungslos schüttelte Daniel seinen Kopf und eine Träne rollte über seine rechte Wange.

„Mein kleiner Keks hat so viel ertragen müssen in der letzten Zeit. Dex ist tot, meine Frau ist fortgelaufen und ich bin nicht mehr in der Lage, meinem kleinen Mädchen das College zu bezahlen. Sie fühlte sich verantwortlich, das darf nicht sein. Sie muss zur Schule gehen.“

Er sah Stuart in die Augen. „Kenn ich dich? Dein Gesicht kommt mir so bekannt vor? Sind wir zusammen auf die Highschool gegangen?"

„Nein, Mr. Lancaster. Ich bin ein Freund ihrer Tochter, Marie."

Das Leuchten in den Augen des Mannes, als der Name fiel, verblasste so schnell, wie es gekommen war.

„Ich kenne keine Marie."

„Sie haben mir von dem kleinen Keks erzählt." Stuart unterdrückte das Schmunzeln, Marie so zu nennen.

„Ja, mein kleiner Keks. Sie muss aufs College gehen, sie wird eine fabelhafte Anwältin werden." Daniel lachte laut auf. „Es ist verrückt, jetzt schon davon zu reden. Sie ist gerade mal zwölf, aber Marie rennt den ganzen Tag mit diesem schweren Gesetzbuch durch das Haus. Armer Dexter, immer wenn er was anstellt, liest sie ihm vor, welches Gesetz er gerade gebrochen hat."

Stuart fiel in Daniels Lachen ein. Er konnte sich bildlich vorstellen, wie Marie ihren älteren Bruder tadelte. Der alte Mann presste Stuarts Hand so fest, dass es fast schmerzte. Es war erstaunlich, wie viel Kraft noch in diesem gebrochenen Körper steckte.

„Du musst immer gut zu ihr sein. Sie hat es nicht leicht, seit ihre Mom gegangen ist. Ich werde irgendwann nicht mehr da sein, mein kleines Mädchen zu beschützen." Er erhob sich und klopfte sanft auf Daniels Rücken.

„Es ist nicht leicht, aber ich werde mein Bestes tun."

„Mädchen wie sie, sind niemals einfach. Ich spreche aus Erfahrung, mein Freund."

Eine Weile blieb Stuart auf der Terrasse des Pflegeheims stehen und betrachtete den alten Mann.

„Wie haben Sie das geschafft? Daniel lächelt ja." Die Pflegerin stand neben ihm.

Er zuckte mit den Schultern. „Es sind seine Erinnerungen."

Als er ging, fühlte er sich noch schuldiger als zuvor. Es war lange her, seit er sich wünschte, einmal die Uhr zurückstellen zu können, um Entscheidungen zu ändern. Immer wieder drehte sich in seinen Gedanken das Szenario vor dem Geschäft. Er sah sich Marie zur Rede stellen und alles hätte sich geklärt. Stattdessen war er gegangen und es fühlte sich an wie der schlimmste Fehler seines Lebens. Stuart fuhr auf direktem Wege zu Maries Arbeitsstelle.

Er betrat den Verkaufsraum von Mens Only und wartete, bis der androgyn wirkende Verkäufer sein Gespräch am Telefon beendet hatte.

„Kann ich Ihnen behilflich sein?"

„Mein Name ist Stuart Prescott. Ich bin ein Freund von Marie Lancaster,

Ihrer Kollegin. Sie müssen Paul sein."

Sofort erhellte sich Pauls Gesicht und Stuart sah ihm an, dass Marie von ihm gesprochen haben musste.

„Maries Freundin hat heute schon mit Ihnen telefoniert."

„Ja, aber ich kann Ihnen leider nicht mehr sagen als ich bereits Erica erzählt habe. Sie hat sich bis jetzt noch nicht bei mir gemeldet."

Paul musterte Stuart von Kopf bis Fuß und schmunzelte mit einem Wimpernaufschlag. „Jetzt macht es Sinn."

„Macht was Sinn?"

„Wenn ich so einen kernigen Kerl in Aussicht hätte, dann könnte ich glatt das knackige Junggemüse auch vergessen."

Stuart erwiderte den Blick des flirtenden Verkäufers und schüttelte den Kopf.

„Oh, Entschuldigung. Marie hat nicht viel von Ihnen erzählt, aber jetzt verstehe ich, warum sie auf Jamies Anmache nicht eingegangen ist. Der Junge ist ein Engel, aber Marie wollte von ihm nichts wissen."

„Über zwanzig, Babygesicht, blonde Locken, etwa so groß?"

Paul nickte eifrig. „Hinreißend, der kleine Lausbube. Also, ich hätte ihn nicht von der Bettkante gestoßen."

„Er war gestern nach Ladenschluss hier."

„Das kann sein, er ist fast jeden Tag hier, um Marie zu sehen." Paul hob seine gezupften Augenbrauen und verstand die wortkarge Aufforderung, mehr zu erzählen. „Er ist ein Stammkunde unseres Ladens, hat Marie Ihnen das nicht erzählt? Dieser hübsche Bengel war ziemlich hartnäckig und hat einfach nicht locker gelassen, bis sie irgendwann … Nun, ich muss zugeben, ihre Wortwahl war ziemlich harsch, aber sie hat ihm vorgestern eine heftige Abfuhr erteilt. Ich habe selten gesehen, dass sie so aus der Haut gefahren ist. Sie war ziemlich genervt von ihm, aber ich denke, sie wollte ihren Job behalten, bis ihr eben der Kragen geplatzt ist. Vielleicht war er gestern hier, um sich zu entschuldigen." Der Verkäufer musterte Stuart von Kopf bis Fuß und seine Mimik wirkte, als versuchte er abzuschätzen, von welchem Ufer sein Gegenüber war.

Stuart ließ eine Hand durch sein Haar gleiten und starrte nachdenklich vor sich hin. Erneut keimte dieses seltsame Gefühl hoch, das er bereits gespürt hatte, als er Manson zum ersten Mal begegnet war. Er wirkte schon damals nicht wie jemand, der die Bedeutung des Wortes Entschuldigung überhaupt kannte. „Wissen Sie vielleicht, wo er sich sonst rumtreibt?"

Paul schüttelte den Kopf.

„Danke." Gerade wollte Stuart den Laden verlassen, als Paul einen seltsamen Laut von sich gab.

„Doch, da fällt mir gerade ein. Ich wüsste vielleicht, wo man ihn öfter antrifft.“

Stuart sah dem Verkäufer an, dass er bemüht war, sich zu erinnern.

„Ich singe, wissen Sie, in unterschiedlichen Clubs in meiner Freizeit. Ich denke, er hat mich nicht erkannt, weil ich als Dragqueen auftrete. Der Laden ist ein echtes Dreckloch, wenn ich geahnt hätte, wo mich mein Manager da hinbucht, ich hätte ihm mit meinen Pumps in den Flacharsch … Entschuldigung. Jedenfalls ist das ein einschlägiger Club am Randbezirk und einer der schlimmsten hier in der Gegend. Prostitution, Drogen, das volle Programm. Kurz vor meinem Auftritt ist mir Jamie dort aufgefallen und ich fand es eigenartig, dass jemand wie er sich in solch einem Schuppen aufhält. Aber jeder dort schien ihn sehr gut zu kennen.“

„Was für ein Club ist das?“

„Warten Sie, ich hab den Namen sicher in meinem Terminplaner stehen.“ Paul umrundete die Glastheke und blätterte in seinem Kalender, dann hob er den rechten Zeigefinger. „Black Diamond.“

Paul gab die Adresse des Clubs an Stuart weiter. Mit knapper Verabschiedung verließ Stuart den Laden und machte sich auf den Weg. Als er den Parkplatz der Boutique passierte, hielt er mitten in der Bewegung inne. Das war doch ihr Wagen? Stuart bahnte sich einen Weg zu Maries Auto, blieb stehen und berührte mit zusammengezogener Stirn die Schlüssel, die noch im Schloss steckten. Das leise Klirren ließ ihn blinzeln und ein heißkalter Schauder breitete sich von seinem Nacken auf den restlichen Körper aus. Er schloss die Finger um den Schlüsselbund und zog ihn aus dem Türschloss. Seine Hand ballte sich fest darum und Stuart schloss für einen Moment die Augen. Seine Vorahnung wurde zur Gewissheit. Mit eiligen Schritten kehrte er zu seinem Wagen zurück und fuhr los.

Der Black Diamond Club lag nicht weit von Madame Ditas Studio entfernt und war tatsächlich genau so, wie Paul es beschrieben hatte. Rattenloch war dagegen eine milde Bezeichnung. Stuart fragte sich, was ein reicher Sohn der besseren Wohngegend von Miami in einer solchen Gegend suchte. Wenn er die leichten Mädchen vor dem Eingang betrachtete, lag es garantiert nicht am schnellen Sex, den man hier billig haben konnte. Der Türsteher nickte ihm zu, als er ins Dunkel des Clubinneren eintrat und die rhythmischen Beats immer lauter in seinen Ohren dröhnten. Nackte Mädchen tanzten auf Podesten und wiegten ihre dürren Körper mehr gelangweilt zur Musik. Auf dem Ansatz der Treppe blieb er stehen und ließ seinen Blick über die Gesichter der Anwesenden gleiten.

„Stuart?“

Es benötigte einen längeren Moment, das hübsche Gesicht zu einer Erinnerung zusammenzufügen. Was in aller Welt machte Madame Ditas Lieblingssklavin in einem Dreckschuppen wie diesem? Rachel lachte auf und drehte sich in ihrem knappen Cluboutfit, das die Peitschenzeichnung auf ihrer Haut gut zur Geltung brachte. Sie wirkte stolz auf die Muster.

„Was machst du hier?"

Sie winkte ab und zog ihn zu einem der Tische. „Der Laden ist nicht so übel wie sein Ruf. Hier kann man als Mädel eigentlich locker hingehen, denn man läuft nicht Gefahr, dumm von der Seite angemacht zu werden."

Stuart runzelte die Stirn und sah sich erneut um. Langsam dämmerte die Erkenntnis, was sie meinte. Sanft legte sie ihm die Hand auf den Unterarm, der auf dem Tisch lag.

„Also, was macht ein strikt heterosexueller Dominus in einem Schwulenclub?"

„Ich suche einen Mann."

Rachel lachte laut auf und seufzte mit theatralischer Sehnsucht.

„Du zerstörst gerade meine nächtlichen Träume von dir."

„Ich suche einen bestimmten Typen. Vielleicht sagt dir der Name Jamie Manson was?"

Das Lachen in Rachels Gesicht gefror und ihre Mimik wirkte plötzlich angewidert.

„Du kennst ihn also."

„Besser, als mir lieb ist."

Das Thema Jamie Manson schien ein dunkles Kapitel in ihrem Leben zu sein, über das sie ungern reden wollte. Doch Stuart musste erfahren, was sie wusste.

„Rachel, eine Freundin von mir ist verschwunden und ich befürchte, dass dieser Kerl etwas damit zutun hat."

Sie lachte kalt auf und nickte.

„Tja, wenn Mädels spurlos verschwinden, gib die Schuld dem Club der Schlampenmacher."

„Dem Club was?"

„Club der Schlampenmacher, so nennen sich ein paar Witzfiguren auf dem Campus. Das ist eine Art Geheimclub an der Uni. Jeder kennt ihn, aber niemand weiß genau, wer dazugehört."

„Und du kennst sie, weil ...?"

„Weil dieses Arschloch mich in meinem ersten Jahr auf der Uni mit Liquid Ecstasy betäubt, mich verschleppt hat und dann ..."

Rachel schloss ihre Augen und verzog schmerzvoll das Gesicht. Sie senkte ihren Kopf und betrachtete eingehend ihre Fingernägel.

„Sie haben mich irgendwann irgendwo an einer Straße ausgesetzt, und als ich wach wurde, konnte ich mich an nichts erinnern. Aber der Club hat dafür gesorgt, dass ich nicht vergesse. Am nächsten Tag war eine E-Mail mit einem Link zu einem Videostream in meinem Account. Die haben eine verdammte Orgie mit mir gefeiert. Jeder durfte mal ran."

„Warum hast du die Typen nicht angezeigt?"

Rachel schnaubte und es klang nicht fröhlich. Sie erwiderte Stuarts Blick und schüttelte den Kopf. „Wie sagte der Polizist mit einem blöden Grinsen? Sie haben keine Beweise, Lady, und sie wissen nicht einmal, wo sie flachgelegt worden sind. Eine Anschuldigung gegen so angesehene Familien sollte ich mir lieber noch einmal gut überlegen. Er hat mich von Kopf bis Fuß gemustert als sei ich die letzte Hure auf dieser Welt."

„Und der Videostream?"

„Es war ein Link zu einer anonymen Website, die natürlich nicht mehr existierte, als ich ihn als Beweis der Polizei gegeben habe."

Er atmete tief durch und rieb sich mit Daumen- und Zeigefinger über die geschlossenen Lider.

„Ich wusste nicht, dass du mit Studentinnen befreundet bist."

„Marie ist keine Studentin und wesentlich älter."

„Oh, Jamies Kragenweite. Stuart, ehrlich, wenn ich wüsste, wo das gewesen ist ... das muss irgendein Clubhaus gewesen sein, aber nicht auf dem Campus. Wie gesagt, ich kann mich bis heute an nichts erinnern. Das Liquid E hat alle Erinnerungen an diese Nacht total weggeblasen."

„Schon gut, ich bin eigentlich hier, weil ich hoffte, Jamie hier zu finden. Jemand sagte mir, dass er öfter herkommt."

„Stimmt, ich hab ihn hier mit seinen Kumpeln schon häufiger gesehen."

Sie suchte im Club und streckte ihre Hand aus.

„Da! Das ist Jamie Manson. Sohn der Nummer drei auf der Reichenliste der Stadt Miami."

Da stand er tatsächlich, redete mit einem dunkelhäutigen jungen Mann. Stuart brachte all seine Selbstbeherrschung auf, nicht loszustürmen, um ihm den Hals umzudrehen. Allein der Gedanke, dass Marie Opfer dieses Geheimclubs geworden war, drehte ihm den Magen um. Er griff nach Rachels Hand und küsste die Innenfläche mit einem Augenzwinkern.

„Lust auf einen perfiden, gemeinen und spontanen Racheakt?"

„Wenn es Jamie treffen soll, musst du nicht erst fragen."

Stuart beugte sich nah zu ihrem Ohr, damit sie jedes Wort deutlich verstand. Er verließ die Bar und wartete etwas abgelegen mit Blick auf den Eingang. Es wurde langsam dunkel, unglaublich, wie schnell die Zeit verstrich und jede Minute davon stieg seine Sorge um Marie. Sein Mobiltelefon summte in der Manteltasche.

„Nein, ich hab immer noch nichts von ihr gehört, aber ich bin dran. Sag Erica besser nichts davon, aber ich habe eine Spur, wer sie hat. Die Polizei wird keinen Finger rühren, bevor nicht achtundvierzig Stunden vergangen sind. Und bei erwachsenen Menschen bemühen sie ihre Ärsche kaum.

Erinnerst du dich an den Milchbubi von der Party, mit dem Marie getanzt hat? Genau der, ich hab einiges über ihn erfahren. Von wegen Studentenverbindung … mir hat ein Vöglein gezwitschert, dass er Teil eines Geheimclubs ist, und Simon, das klingt verdammt übel."

Rachel hatte es tatsächlich geschafft, Jamie zu bezirzen und kam gerade in seinem Arm aus dem Club.

„Ich muss los und melde mich später noch einmal."

Troy knabberte nervös an seinen Fingernägeln und rannte vor der Tür auf und ab. In dem Zimmer rief Marie um Hilfe, doch langsam versagte ihre Stimme.

Er sah seinem Freund ins Gesicht. „Was machen wir jetzt? Scheiße Mann, das hier geht zu weit. Gibson, diesmal hat Manson echt Scheiße gebaut. Hast du gesehen, wie ihr Kinn aussieht?"

„Alter, jetzt beruhig dich mal wieder. Es läuft wie immer. Flachlegen, plattmachen, aussetzen, Ende. Die wird sich danach in Grund Boden schämen, dass sie ein paar Collegejungs auf den Leim gegangen ist. Die geht nicht zu den Bullen. Pfff, außerdem, wenn Manson recht hat, wie soll sie beweisen, dass sie misshandelt wurde? Was glaubst du, wie peinlich das ist, vor einem Bullen zu sitzen und ihm erzählen zu müssen, dass man auf ein wenig Haue beim Ficken steht. Komm schon, Troy … mal ehrlich, je länger ich darüber nachdenke, desto heißer der Gedanke, die Puppe mal zu bügeln." Plötzlich stockte er und ein breites Grinsen glitt über das Gesicht des Dunkelhaarigen.

„Hallo Schätzchen, wo hast du dich denn versteckt?" Die kleine Ampulle zwischen seinen Fingern gluckerte mit jeder Bewegung.

„Du hast gesagt, wir haben nichts mehr davon."

„Hab ich das? Nun, das habe ich Manson erzählt …"

„Scheiße, Gibson, du hast doch nicht vor …?"

„Ey, Bruder, jetzt mal ganz ehrlich, warum ist es grundsätzlich so, dass Manson immer den ersten Stich kriegt und wir erst nach ihm ran dürfen? Sieh es mal so, die anderen Jungs sind auf der Party, Jamie ist Nachschub besorgen und wir beide sollen nur Babysitter für die Schlampenanwärterin spielen? Lass uns ein bisschen Spaß haben. Wir flößen ihr den Scheiß ein, warten ein wenig und dann ist sie bereit für uns beide. Wir nehmen sie uns gleichzeitig vor, wie wär's?"

Troy zögerte und betrachtete das Fläschchen, mit dem Gibson vor seiner Nase herumspielte.

„Bist du ein Mann oder ein Weichei?"

Der Rothaarige nickte langsam und grinste schmutzig. „Also gut. Zu einem Dreier sag ich doch nicht Nein."

Die Tür öffnete sich und Maries Herz setzte einen Schlag lang aus. Als die beiden hereinkamen, sah sie ihnen an den Gesichtern an, dass sie nichts Gutes im Schilde führten. Sie lag noch immer auf dem Bauch und mittlerweile hatten sie ihr beide Hände an das Kopfgitter des Bettes gefesselt. Abermals wirkte Troy nervös, betrachtete erneut die Spuren auf ihrer nackten Haut.

„Willst du etwa kneifen?"

Der Rothaarige verzog den Mund. „Ich kann das nicht. Da krieg ich echt keinen hoch."

Sein Freund lachte ihn aus. „Du bist echt eine Memme, Troy. Sie ist wie jede andere eine Dreilochstute, scheiß drauf, wie sie aussieht. Um bei ihr einen wegzustecken, reicht sie allemal."

Troy schüttelte den Kopf und verließ stumm den Raum. Gibson hingegen musterte Marie. Er stieg auf ihren Rücken und ließ sie sein Gewicht spüren. Marie keuchte.

„Dreckskerl, wenn du ein echter Mann wärst …"

Gibson packte ihre Kehle und überstreckte ihren Kopf. Mit dem Daumen löste er den Pfropfen der Ampulle. „Schlucken, Süße … du bekommst dann später noch mehr zu schlucken."

Er flößte ihr die Droge ein, presste seine flache Hand auf Mund und Nase, damit sie es nicht ausspuckte. Marie versuchte, ihren Kopf wegzudrehen, doch er war zu kräftig. Als die bittere Flüssigkeit ihre Kehle hinunterrann, schluckte sie unfreiwillig. Tränen brannten in ihren Augen und Panik schnürte ihr den Brustkorb zu. Wenn sie jetzt das Bewusstsein verlor, würde dieser Scheißkerl alles mit ihr anstellen können, wonach ihm der Sinn stand.

20

Rachel lockte Jamie in eine der Seitenstraßen, während Stuart ihnen unauffällig folgte und sich einen Zigarillo anzündete. Die erhoffte Beruhigung blieb aus, dennoch zwang er sich zur Beherrschung. Äußerlich ruhig schickte er blaue Dunstkreise in den Nachthimmel. Er stellte sich vor, diesem Scheißkerl jeden einzelnen Fingernagel mit einer Zange zu lösen, sich dann seinen blitzend weißen Zähnen zu widmen und bei den Zehennägeln das Werk fortzufahren. Stuart schmunzelte sogar bei der Idee, Jamies Zunge auf eine Tischplatte zu nageln und ihn mit Maries Namen aus glühend heißen einzelnen Eisenbuchstaben den blanken Arsch als ihr Eigentum zu brandmarken. Allein der Gedanken gab seinem grenzenlosen Fantasiesadismus immer neue Nahrung und die eisige Ruhe, die ihn als dominanter Sadist ausmachte, kehrte zurück.

Jamie drängte Rachel gegen die Hauswand eines heruntergekommenen Gebäudes. Seine Zunge leckte über ihren Hals und er war Begriff, seine Hose zu öffnen, um sie gleich hier und jetzt zu nehmen. Stuart ließ seine Schritte lauter werden, als er sich dem Paar näherte. Leger hielt er den Zigarillo in der rechten Hand, nahm einen letzten Zug und schnippte ihn fort.

„Hey, verpiss dich, Alter, du siehst doch, das ich hier was am Laufen habe."

Manson schien ihn nicht zu erkennen, bis er direkt vor ihm stand, sein Genick packte und ihn eindringlich ansah. „Wo ist Marie?"

Jamie wollte sich aus seinem Griff befreien und fluchte. „Scheiße, ich kenne keine Marie. Lass mich los, du Wichser."

„Falsche Antwort, Junge. Ich will aber nachsichtig sein. Klein, zierlich, rotes Haar, hübsches Gesicht, grüne Augen. Na, dämmert es?"

Sein Griff in Jamies Nacken wurde noch härter. Stuart überragte den Collegejungen.

Dennoch grinste dieser dreist. „Ah, du meinst die kleine Stute aus dem Edelladen."

Erst jetzt sah Stuart ihm genauer ins Gesicht und entdeckte die Bissspur an seiner Lippe und die Kratzer auf seiner Wange.

„Ich rede von der Frau, die dir dein hübsches Gesicht so zerfetzt hat." Er wusste hundertprozentig, dass es nur von Marie stammen konnte und lächelte in sich hinein.

Das Grinsen auf Jamies Gesicht wurde noch breiter. „Du weißt ja, sie steht eben auf harten Sex und kräftige Schläge."

Er schlug mit dem Handrücken zu.

Jamie taumelte rückwärts. „Fuck, du blödes Arsch…"

Sofort griff Stuart wieder nach ihm, kickte ihm das Knie in die Magen-grube und rammte seinen Ellbogen zwischen Jamies Schulterblätter. Der Junge ging zu Boden und stöhnte. Mit einem harten Griff in die blonden Locken zog er sein Gesicht empor.

„Ich frage dich jetzt ein letztes Mal, danach werde ich meine Bemühung etwas intensivieren. Wo ist Marie?"

Am Haarschopf zog er ihn auf die Füße. Jamie schrie auf und zappelte, boxte in die Luft und traf mit der Faust in Stuarts Gesicht. Sein Kopf schleuderte zur Seite, doch er ließ nicht los.

„Ich sag dir gar nichts. Wenn wir mit ihr fertig sind, dann bekommst du sie zurück, aber du wirst sicher nicht mehr viel Freude an ihr haben."

„Also gut, ich habe dich gewarnt." Stuart wandte sich zu Rachel um, die fast in Vergessenheit geraten war.

„Ist Madame Dita heute im Dungeon?"

In den hübschen Augen der jungen Sklavin leuchtete die Erkenntnis auf, was dem Master vorschwebte.

„Ja, sie ist anwesend und wird sich sicher freuen, dich wiederzusehen."

„Hey, wo bringt ihr mich hin? Hallo? Hilfe!"

In dieser Gegend von Miami reagierte niemand auf einen solchen Ruf. Die Menschen hier waren viel zu beschäftigt, schnelles Geld zu machen, Freier anzulocken, oder ihrer Sucht nachzukommen.

Stuart schloss hinter sich als Letzter die Tür und drehte den Schlüssel um. Erst jetzt, als das Schloss leise knackte und er den Schlüssel demonstrativ in der Brusttasche seines Hemdes verschwinden ließ, legte sich Jamies Stirn in Falten und er sah sich um.

„Was soll das werden?"

Stuart bewegte sich geschmeidig durch den Raum und rieb sich durch den Kinnbart. Madame Dita betrat den Vorraum und wirkte überrascht.

„Stuart! Welch ein Glanz in meiner bescheidenen Folterkammer. Was führt dich ..." Sie hielt inne und betrachtete den jungen Blonden von Kopf bis Fuß. Ihr strenger Blick musterte ihn wie einen Novizen. „Hast du mir etwa ein Geschenk mitgebracht?"

„Madame Dita, würdest du mir gestatten, deine Räumlichkeiten in einer dringenden Angelegenheit zu nutzen?"

„Hey, was soll das hier? Was habt ihr vor?"

Noch immer an die Domina gewandt, lächelte Stuart freundlich, aber unmissverständlich. „Ich hab nur ein paar ganz simple Fragen, die dringend Antworten benötigen und er wird sie mir wohl erst gewähren, wenn ich ihn ein wenig kitzle."

„Fühl dich wie zu Hause. Falls du Hilfe brauchst, Rachel sieht so aus, als würde sie dir gern assistieren."

Ohne auf Jamie zu achten, zog sich die Domina in ihre Privaträume zurück. Jamie suchte einen Ausweg, prallte jedoch an Stuarts Körper ab.

Er drängte ihn zurück in die Mitte des Raumes. „Wo ist Marie?"

Plötzlich lachte der junge Mann, doch es klang ein wenig hysterischer als zuvor. „Reifes Fickfleisch, geiles Fahrgestell, heiße Muschi, enger Arsch und ihre Minititten liegen gut in der Hand. Als ich sie das erste Mal bestiegen habe, hat sie sich gewehrt wie eine Wildkatze. Aber als mein Schwanz drinsteckte, hat sie geschnurrt wie eine Schmusemieze."

Seine abfällige Wortwahl, die Belustigung in seiner Stimme, das konnte auf Dauer nicht gut gehen. Für einen Moment schloss Stuart seine Augen. Er hasste es, wie Jamie über Marie sprach. Er hasste ihn und sein Zorn wuchs mit jedem Moment, den er im selben Raum verbrachte, dieselbe Luft wie dieser Scheißkerl atmete. Als Stuart den Jungen wieder ansah, veränderte sich etwas in dessen Körperhaltung, als wolle er sich verteidigen. Stuart stand vor ihm, noch bevor ihm bewusst wurde, wie bedrohlich er auf den Burschen wirkte.

„Von mir erfährst du gar nichts, Arschloch … die kleine Stute ist in guten Händen. Vielleicht wird sie gerade ordentlich zugeritten. Meine Freunde waren ganz geil darauf, endlich an der Reihe zu sein. Ich wette, jetzt gerade in dem Moment schreit sie sich vor Geilheit heiser. Wenn du willst, schicke ich dir später das Videofile."

Kalt lächelnd umschloss Stuart mit einer Hand Jamies Kehle und schleuderte ihn durch den Raum mit dem Rücken gegen die Wand. Jamie stöhnte und rieb sich den Hinterkopf. Erneut schnürte ihm der Griff die Luft ab und Stuart presste ihn gegen die kalten, schwarz getünchten Steine. Er konnte diesmal nicht widerstehen. Jamies Hinterkopf knallte erneut gegen die Wand, als der Fausthieb seine bereits verletzten Lippen traf und Blut fließen ließ.

„Du Wurm wirst mir alles erzählen, was ich hören möchte. Denn ich bin gerade in der richtigen Stimmung, meinen Wissensdurst aus dir zu kitzeln. Du hast dich mit dem Falschen angelegt, Junge."

Seine ruhige Art und das bedrohliche Flüstern ließen Jamie erschaudern und er schluckte hart gegen den Griff um seine Kehle. Er wehrte sich nach Leibeskräften, doch Stuart war ihm körperlich überlegen, kannte Haltetechniken, die einen Gegner in Sekunden wehrlos machten. Wenige Augenblicke später lag Jamie fest verzurrt und bewegungsunfähig auf der Streckbank und winselte, noch bevor die Peitsche in Stuarts Hand auch nur seine Haut berührte. Rachel zerschnitt ihm das T-Shirt mit einem Messer und er las deutlich den Wunsch in ihren Augen ab, es ihm tief und mit Genugtuung zwischen die Rippen zu stoßen. In Jamies Augen flammte Wiedererkennung auf. Sie ließ die blanke Klinge über seine nackte Haut gleiten, deutete an, die linke Brustwarze damit zu ritzen, tat es jedoch nicht. Jamies panisches Jammern wurde lauter. Die Spitze des Messers kratzte über seine Brust, pikste ihn, ohne Blut zu fordern. Rachels Lächeln wurde immer seltsamer.

„Wir können doch über alles reden! Mein Vater hat Geld, ich bin der Sohn von …"

Rachel öffnete seine Hose, zog sie mitsamt seinem Slip bis hinunter zu seinen Kniekehlen und betrachtete ihn lächelnd. Sein Schwanz lag weich und klein zwischen seinen leicht gespreizt verschnürten Beinen. Die Klinge in Rachels Hand strich tiefer, über seinen Bauch, versank für einen Moment in seinem Nabel. Er schluckte hörbar, hielt den Atem an, als sie die Schneide unter sein schlaffes Glied schob und es anhob.

„Alter, ich sag dir alles, was ich weiß, alles hörst du? Marie … Ich … Alter, mach was! Die schnippelt mir sonst mein Ding ab."

Stuart gab sich unbeeindruckt. Er umschloss mit seinen Fingern das Kinn des Panischen und näherte sich ihm, bis ihre Nasenspitzen sich fast berührten.

„Rothaarig, hübsch, genau, ihr Name ist Marie, du Wurm. Nicht Stute, nicht Hündin, nicht irgendetwas aus deinem dreckigen Wortschatz. Marie. Und ob du dein Ding behältst, werde ich später entscheiden. Aber wir haben gerade erst angefangen."

Jamie bekam Panik bei dem Tonfall und dem Anblick, dass Rachel noch immer mit dem Messer an seinem Geschlechtsteil rumspielte.

„Was jetzt mit dir geschieht, du frauenverachtendes Stück Dreck, ich glaube, das überlasse ich besser zarten, kleinen, wissenden Händen … was meinst du, Rachel?"

Stuart tätschelte die rechte Wange etwas heftiger als herzlich, lächelte kalt und sah zu der Frau mit der scharfen Klinge in der Hand. Rachel legte das Messer beiseite, verschwand kurz und kehrte mit steril verpackten Nadeln in den Händen zurück. Jamies Augen weiteten sich noch ein Stück mehr. Wie hypnotisiert sah er zu, wie sie eine der Injektionskanülen aus der Hülle nahm, doch dann traf ihn ein so heißer Schmerz, dass er schrie. Stuart hieb mit voller Kraft einen dünnen Rohrstock auf seinen durchtrainierten Bauch und wanderte mit kurzen, aber extrem schmerzvollen Schlägen hinauf zu seiner Brust. Sofort färben sich die Male tiefrot und an manchen Stellen platzte sogar die Haut auf. Seine Stimme bekam eine so helle Tonfarbe, dass sie einem kreischenden Mädchen ähnlich war, als Stuarts Handschuhkuppen über die brennenden Male strich. Sein herzzerreißendes Jammern fand jedoch kein Mitleid.

Rachel hob die lange Kanüle und streichelte über Jamies Brust. Dann kniff sie in die rosige Knospe und zog sie lang. Die Nadel durchbohrte seine linke Brustwarze nicht, doch die Spitze drängte immer weiter vor.

„Bist du verrückt?" Er kreischte hysterisch und seine Augen verdrehten sich nach oben. „Ihr seid irre! Ich will hier raus!"

Stuart quetschte seine Lippen und hielt sein Kinn umfasst, damit er sich nicht abwenden konnte. „Es gibt noch viel sensiblere Stellen, die sich durchstechen lassen, Kleiner. Rachel scheint mit dir eine enorm hohe Rechnung offen zu haben. Sie hat bei Madame Dita verdammt viel gelernt."

Stuart beugte sich abermals ganz nah zu dem vor kaltem Schweiß glänzenden Gesicht. „Fangen wir doch einfach bei ihr an. Erkennst du sie wieder?" Seine Hand legte sich rechtzeitig über den Mund des Mannes, bevor er eine Beleidigung ausspucken konnte, und stieß ihm mit einer geschmeidigen Bewegung den Ellbogen punktgenau zwischen die Rippen. Jamie stöhnte, rang nach Atem und wollte sich krümmen, konnte es jedoch nicht. Mit emporgezogenen Augenbrauen wartete Stuart, doch erst als er einen erneuten Ellbogencheck andeutete, brach es aus Jamie hervor.

„Rachel! Ihr Name ist Rachel!"

Lobend klatschte Stuarts flache Hand auf Jamies Brust. „Geht doch! Sie ist kein Bückstück oder Fickfleisch. Merk dir ihren Namen, aber ich bin sicher, sie wird schon dafür sorgen, dass du es nicht mehr vergessen wirst. Für all die Dinge, die du und all der andere Abschaum ihr angetan habt. Hast du ihr irgendetwas zu sagen?"

Diesmal waren es Stuarts Finger, die der Brustwarze Schmerzen erzeugte.

„Okay. Stopp. Entschuldigung! Entschuldigung! Entschuldigung!"

„Wie wäre es mit einem ganzen, aus tiefstem Herzen kommenden Satz?"

„Es tut mir leid, Rachel. Es tut mir wirklich, wirklich leid."

Doch er sah in die rehbraunen Augen voller Hass und erkannte, dass seine Worte nichts nutzten. Erneut blitzte die Nadel zwischen ihren Fingern auf. Jamie brüllte aus Leibeskräften, schon bevor die Spitze überhaupt seine Haut erreichte. Stuart presste mit beiden Händen seinen Oberkörper auf die Liege, um das Zappeln zu unterbinden. Rachel tastete mit der Spitze seinen Oberkörper ab, mal sachter, dann grober. Kaum verebbte der erste stechend glühende Schmerz, schnalzte die Peitsche erneut über seinen Oberkörper. Stuart musste sich zügeln, die Kontrolle zu behalten, durfte seinem Wunsch, ihm wirklich zu schaden, nicht nachgeben und hielt nach einigen harten Hieben inne. Er kämpfte gegen den Drang, ihn bis zur Bewusstlosigkeit zu prügeln.

Rachel blieb diesmal in Unterleibhöhe stehen.

Pures Entsetzen weitete Jamies Augen.

„Warte!"

Erleichterung trieb dem Jungen die Luft aus den Lungen, denn sie hatte bereits nach seinem besten Stück gegriffen, als Stuarts Befehl durch den Raum hallte. Schweiß glänzte auf Jamies Körper und heiseres Stöhnen erfüllte den Raum, als Stuart sein Kinn auf die übereinandergefalteten Unterarme neben seinem Kopf legte und wartete.

„Ich sage alles, wirklich alles, nur bitte … halt mir diese Wahnsinnige vom Leib."

„Wie war ihr Name?"

„Rachel! Bitte halt mir Rachel vom Hals."

Stuart rieb sich scheinbar nachdenklich über seinen Kinnbart, dann lächelte er so freundlich und warm, dass es noch schockierender auf Jamie wirken musste als alles Erlebte kurz zuvor.

„Ich sag dir was. Du und ich, wir machen jetzt und hier einen Deal. Ich verspreche dir, mein Bestes zu tun. Aber als Gegenleistung erwarte ich, dass du mir etwas entgegenkommst." Seine Worte wurden immer leiser, bis nur noch Jamie ihn hören konnte. „Du kleine Made wirst mir jetzt sagen, wo Marie ist. Ich will die Adresse."

Jamie flüsterte bereitwillig und fast tonlos die Antwort. Stuart lauschte ihm aufmerksam, nickte. Dann erhob er sich wieder.

„Und jetzt lässt du mich gehen ja? Du wirst mich doch jetzt losbinden und ich kann einfach hier rausgehen. Ich verspreche, ich werde auch niemanden hiervon irgendwas erzählen."

Stuart wandte sich zu Rachel, neigte mit fragendem Blick seinen Kopf.

Die Sklavin schüttelte heftig mit ihrem Kopf und er zuckte geschlagen mit den Schultern.

„Sorry, ich hab mein Bestes gegeben." Dann schob er dem Jungen den Griff der Peitsche zwischen die Zähne, bevor er dagegen protestieren konnte. Als er an Rachel vorbeiging, legte Stuart ihr sanft die Hände auf ihre Schultern und lächelte zu Jamie, der jede Bewegung mit den Augen verfolgt hatte. Doch seine Worte konnte er nicht hören, sie waren nur für Rachel bestimmt.

„Sorg dafür, dass er hier nicht so schnell rauskommt. Sperr ihn von mir aus in den Sklavenkäfig, lass ihn am Pranger hängen, was immer. Heute Nacht bleibt er hier. Okay?"

Sie nickte und das Glänzen in ihren Augen nahm er mit leichter Skepsis in Kauf. An der Ausgangstür drehte er sich noch einmal um, bevor er aufschloss.

„Rachel? Übertreib es nicht. Er ist nicht es nicht wert, dass du dir die Hände schmutzig machst, verstanden?"

Rachel sah zu Stuarts Gesicht und pikste gleichzeitig in Jamies Körper. Der Schrei machte eine verbale Antwort unmöglich, aber sie hatte genau verstanden, was Stuart meinte und lächelte.

„Das kannst du nicht machen. Lass mich ja nicht mit der allein ... hey! Hey! Oh, komm schon, Baby, das hab ich doch nicht gewollt. Ich hab mich doch entschuldigt. Hey, was machst du da? Hey, nicht mein Schwanz ... nicht mein ..."

Sein entsetztes Geschrei begleitete Stuart aus dem Studio und stoppte, kaum dass die Tür hinter ihm zufiel. Am Auto wandte Stuart sich zu Dita um, die aus dem Schatten auftauchte und ihre Zigarette auf dem Bürgersteig austrat.

„Du musst wirklich schwer verliebt sein. Ein Wunder ist geschehen. Der ewige Junggeselle hat sein Herz verloren. Ich hoffe wirklich, sie ist es auch wert."

„Du erwartest darauf nicht wirklich eine Antwort."

„Und was fängst du jetzt mit der Info an? Willst du Rambo spielen und die Bude stürmen, um deine Geliebte aus den Fängen der bösen Collegeidioten zu befreien? Stuart, du hast genügend zur Hand, um die Polizei einzuschalten."

Stuart schüttelte den Kopf und öffnete seinen Wagen. „Das dauert alles zu lange und welcher Sheriff von Miami würde sofort aufspringen, und das mit so einer Story. Du weißt, wie das läuft."

Im Rückspiegel sah Stuart, wie sie telefonierte. Jamie hatte ihm heiser verraten, wo das verstecke Clubhaus lag. Wo sonst als auf einer der Venetian Islands, die hauptsächlich von den Reichsten der Reichen in Miami bewohnt wurden, hielten diese verdammten Mistkerle sie gefangen. Mit einer Hand am Steuer wählte er Simons Nummer.

„Ich weiß, wo sie ist. Hibiscus Island. Nein, dafür ist keine Zeit. Ich fahr da direkt hin. Jamie Mansons Eltern besitzen dort eine Ferienvilla. Du kennst das Arschloch? Woher zum Teufel soll ich jetzt ein Boot bekommen? Okay, ich melde mich später."

Seine Gedanken rasten und sein Herz klopfte wild in seiner Brust. Nicht auszudenken, was diese Kerle gerade mit ihr anstellten. Simon hatte recht. Das Grundstück der Villa war eingezäunt und nicht ohne Weiteres zu betreten. Über die Anlagestelle am Meerzugang jedoch gab es selten Zäune oder Mauern, denn die High Society liebte den freien Blick aufs Meer und nutzte ihren privaten Strandabschnitt. Er lenkte den Wagen auf den MacArthur Causeway, der das Festland mit den künstlich angelegten Inseln verband. Abermals tippte er eine Nummer ins Handy. Es gab nur einen Menschen, den er persönlich kannte, der ein Boot besaß.

„Alexander. Ich brauche dich und dein Speedboot."

Stuart erzählte ihm in kurzer Zusammenfassung von den Geschehnissen. Master Alexander war sofort bereit, ihm zu helfen und nannte ihm einen Abschnitt von Palm Island, der Insel, die mit Hibiscus Island verbunden war.

„Alles klar, mach dich auf den Weg. Ich bin fast da."

Stuarts Hände umschlossen das Lenkrad fest und er fuhr schneller. Er durfte keine Zeit verlieren. Je eher er Marie dort rausholte, desto besser.

21

„Wir müssen ganz um die Insel rum. Das Haus liegt auf der Nordseite, nicht zu verfehlen. Ich war schon mal da."

Stuart legte seine Stirn in Falten, woraufhin Alexander gleichgültig mit den Schultern zuckte und breit grinste.

„Die Hausherrin der Mansonvilla steht auf schwarze Brüder mit harten, kräftigen Händen, die wissen, wie man mit einem Schlaginstrument umgeht."

Er reichte Stuart ein Headset, über das sie sich besser unterhalten konnten, und startete den Motor. „Jetzt mal bitte Einzelheiten, mein Freund. Die Visage von dem Jungen kenn ich aus den Medien. Hab ich das richtig verstanden, er hat Honey in seiner Gewalt."

„Sie heißt ..."

„Ja, Marie, ich weiß, ich bin nicht gehirnamputiert, Stuart. Wie konnte das passieren? Okay, sag es mir nicht. Die ganze Familie Manson ist ein wenig fehlgeleitet. Er vögelt sich durch die Firma, insbesondere bei der männlichen Belegschaft. Sie rennt heimlich und maskiert im ‚The Armory' rum auf der Suche nach einem schwarzen Bruder mit einem Rohrstock, da bleibt es nicht aus, dass der einzige männliche Sprössling genmanipuliertes Erbmaterial in sich trägt. Also wie konnte Marie da hineingeraten?"

„Ich bin mir nicht sicher, aber ich vermute, er hat fiese Tricks angewandt. Freiwillig wäre sie nicht mit ihm gegangen."

„Hey, ich kenne einen Cop bei der Wasserschutzpolizei. Wenn du willst ..."

Stuart schüttelte den Kopf. „Ich glaube nicht, dass er einen Finger rühren wird, sobald der Name Manson fällt."

„Ah, du kennst Alfred nicht. Der hat einen persönlichen Hass gegen diesen Verein."

Über das Headset hörte er zu, wie Alexander mit dem Cop sprach. Die beiden schienen sich gut zu kennen und kaum fiel der Name Manson, wurde der Polizist sofort interessiert. Diese Familie schien viel Dreck im Keller zu verbergen, denn Alfred setzte sich sofort in Bewegung.

Alexander bremste das Boot ab und ließ es leise an der Nordseite der Insel entlanggleiten.

„Was für einen Groll hegt und pflegt der Bulle so herrschaftlich gegen die Mansons?"

„Hm, seit Mr. Manson entschieden hat, dass das Einkommen eines Polizisten nicht gut genug für sein geliebtes Töchterlein ist, ist das zu einem Hobby ausgeartet. Wenn Manson wüsste, dass Alfred seine Tochter jetzt heimlich vernascht und sie sein persönliches Hobby nach Herzenslust unterstützt ..." Er lachte und suchte die richtige Anlegestelle.

„Wir sollten auf die Jungs warten."

Kaum steuerte Alexander das Boot längsseits an eine Holzkonstruktionen, sprang Stuart von Bord. Alexander vertäute das Speedboot und stieß einen Pfiff aus. „Aus der Nähe sieht das Ganze noch pompöser aus als damals. Wo sagtest du, halten sie sie fest?"

„Gartenhaus."

„Hm, süße Erinnerungen fließen durch meine Adern ... folge mir unauffällig." Er drehte sich noch einmal um. „Du willst nicht warten, bis die Uniformierten hier sind?"

Stuart erwiderte seinen Blick mit eindeutiger Mimik.

„Guter Mann, das dachte ich mir schon." Alexander ließ seine Fingerknöchel knacken und grinste breit. „Bereit, wenn Sie es sind, Master."

Stuart rollte mit den Augen und gab ihm einen Wink. Das Areal war groß und dennoch benötigten sie nicht lang, um das Gartenhaus auf der parkähnlichen Anlage zu finden. Es lag weit weg vom Wohngebäude, groß genug, um eine zwanzigköpfige Familie darin unterzubringen, und schalldicht isoliert. Meterhohe Palmen umrundeten das weiß getünchte Haus mit den blauen Fensterrahmen und der blauen Tür. Die Fensterläden versperrten die Sicht hinein. Alexander hielt Stuart davon ab, sich mit roher Gewalt Zugang zu verschaffen.

„Nicht so eilig." Er drehte den Knauf und öffnete die Tür. „Honey, ich bin zu Hause." Sofort schnappte er sich den rothaarigen Burschen, zog ihn aus dem Fernsehsessel, in dem er eben noch gemütlich eine Serie verfolgte.

„Wie ist dein Name, Kleiner?"

„T...Troy."

„Das heißt: Troy, Sir."

„Sir."

Wie ein Kaninchen vor der Schlachtung starrte der Junge den dunkelhäutigen Hünen an, der ihn am Kragen einige Zentimeter über dem Boden in der Luft hielt, ohne auch nur mit der Wimper zu zucken. Stuart öffnete ein weiteres Zimmer und fand ein leeres Bad vor. Die nächste Tür war das Gästeschlafzimmer.

„Wo ist die Frau?"

Der Junge stammelte unverständlich eine Antwort.

„Sprich deutlicher!"

„Was für eine Frau?"

Mit wenigen Schritten schleppte Alexander den Burschen durch das Zimmer und ließ ihn mit dem Rücken gegen die Wand prallen. „Versuch es noch einmal."

Stuart öffnete eine weitere Tür. „Marie?"

Für einen Augenblick schien die Zeit stillzustehen. Sie lag mit geschlossenen Augen auf einem Bett. Ihre Hände mit Handschellen ans Bettgitter gefesselt und über ihr kniete ein Kerl, der seinen harten Schwanz in der rechten Hand hielt und gerade im Begriff war … Stuart packte ihn beim Haarschopf. Der Dunkelhaarige war so geschockt, dass er nicht einmal einen Laut von sich geben konnte, als Stuarts Faust ihn im Gesicht traf. Er prügelte ihn quer durch den Raum, schubste ihn aus dem Zimmer und kniete sich dann für weitere Faustschläge zu ihm hinunter.

„Hey!"

Alexander hielt ihn davon ab, diesem Scheißkerl die Visage einzuschlagen. Blutend und hustend lag er bereits wehrlos auf dem Boden und hob ängstlich die Unterarme vor sein Gesicht.

„Er ist ein Stück Scheiße, an dem du dir nicht die Hände schmutzig machen willst, Stuart. Vertrau mir."

Gemeinsam betraten sie den Raum, in dem Marie noch immer reglos lag. Für einen Moment wirkte sie wie tot. Sie atmete flach und unregelmäßig.

„Alter Falter, du ahnst es nicht."

Stuart hob den Kopf, während er neben Marie hockte und bemüht war, sie aufzuwecken. Beim Anblick der Pinnwand gegenüber sträubten sich ihm die Nackenhaare. Alexander betrachtete die unzähligen Fotos darauf.

„Ich fasse es nicht. Das müssen wie viele sein? Fünfzig? Hundert?"

„Alex, sie wird nicht wach!"

Alexander prüfte ihre Vitalfunktionen, Puls, Atmung und nach einem Blick in ihre Augen nickte er.

„GHB! Die Schweine haben sie mit dem Zeug ausgeknockt. Wir müssen sie dringend in ein Krankenhaus schaffen." Er wählte den Notruf über sein Mobiltelefon. „Hey Stacy, Alex hier. Süße, schick mir bitte umgehend eine Ambulanz. Wir haben eine junge Frau unter GHB, ohnmächtig, nicht ansprechbar und überdosiert."

Alex arbeitete als Krankenpfleger in einer der zahlreichen Privatkliniken der Stadt und wusste genau, wovon er sprach. Er nannte der Frau an der Telefonzentrale die Adresse.

Stuart löste die Handschellen, zog seinen Mantel aus und legte ihn über Maries nackten Körper. Als er die Prellung an ihrem Kinn entdeckte, hätte er jedem von ihnen am liebsten das Herz mit bloßen Händen aus dem Leib gerissen. Er hob sie behutsam auf seine Arme und trug sie aus dem Haus. Nicht ohne dem Dunkelhaarigen am Boden noch einen Extratritt zu verpassen. Alexander folgte ihm dichtauf und grinste den Jungen an.

„Huch, er hat dich Made wohl übersehen."

In dem Moment stürmten mehrere Beamte mit schusssicheren Westen bewaffnet das Haus. Ein Polizist brachte sie zu seinem Vorgesetzten. Marie bekam von all dem nichts mit.

„Benötigen Sie einen Krankenwagen?"

Chief Detective Alfred Bennings zeigte auf den reglosen Körper in Stuarts Armen. Alexander schüttelte den Kopf. Bennings konzentrierte sich auf die Eingangstür. Zwei seiner Leute begleiteten die beiden Studenten in Handschellen aus dem Haus.

„In den Räumen wirst du einiges Material finden, Al." Alexander klopfte dem befreundeten Cop auf die Schulter und sah ihm angewidert ins Gesicht. „Gelangweilte Studenten aus reichem Haus. Damit werden sie wohl nicht davonkommen."

„Truman, was habt ihr für mich?"

„Scheiße, Chief. Das musst du dir selbst ansehen, sonst glaubst du mir kein Wort."

Nach der Antwort über Funk verschwand Bennings im Haus. Die Sirenen der Ambulanz näherten sich. Unter einer Palme setzte sich Stuart mit Marie im Arm auf eine edel verzierte Bank aus Zinkeisen und wiegte sie sanft. Seine Lippen lagen an ihrer Stirn. „Es tut mir leid, Marie. Das ist alles meine Schuld."

Alexander brachte die Sanitäter zu den beiden. Ungern gab er Marie an sie weiter.

„Stuart, sie wird wieder, versprochen."

Stuart schüttelte langsam den Kopf und sah zu, wie die Sanitäter ihr eine Sauerstoffmaske anlegten und sie auf der Trage festschnallten.

„Fahr mit, sie wird froh sein, ein bekanntes Gesicht zu sehen, wenn sie aufwacht."

Noch immer bewegte sich sein Kopf, dann wandte er sich ab.

„Stuart, es ist alles okay. Alles, was sie braucht, ist Flüssigkeit, Schlaf und etwas Ruhe."

Alles wimmelte vor Polizisten, teilweise von der Wasserschutzpolizei, anderenteils vom Department. An ihren unterschiedlichen Westen waren sie leicht auseinanderzuhalten. Alexander rief Stuart nach, in welches Hospital man Marie bringen würde. Plötzlich tauchte Erica vor ihm auf.

„Wo ist sie? Ist sie okay? Stuart, sag doch was."

Als sie den Krankenwagen erkannte, rannte sie an ihm vorbei und rief Maries Namen. Sie stieg zu ihr ein und fuhr mit ins Krankenhaus. Simon und George beobachteten aus der Ferne, wie Polizisten kistenweise Beweismaterial aus dem Gartenhaus des Anwesens schafften. Die Pinnwand trugen zwei Uniformierte an ihnen vorbei. George schüttelte fassungslos den Kopf. Ein kurzer Blick reichte, um das Ausmaß zu erfassen.

Wortlos griff Simon nach der Schulter seines Freundes und sah ihm tief in die Augen. „Gib dir nicht die Schuld dafür."

Stuart lächelte eisig, ging an ihm vorbei, ohne sich noch einmal umzusehen.

„Sammelt ihn ein und bringt ihn heim. Er braucht wohl erst einmal etwas Ruhe. Ich sehe später nach ihm."

George nickte schweigend und folgte Stuart.

„Simon DiLucca, welch unerfreuliche Umstände, dass wir uns beide wiedersehen." Alexander streckte die Hand aus und grinste schief.

„Unser Freund hat ein kleines Blutbad mit einem der frischen Männergesichter veranstaltet, aber man wird wohl meinem Kumpel glauben, dass er unglücklich gestürzt ist." Er berichtete ihm ausführlich, während sie gemeinsam dem Gartenhaus näher kamen.

„Das ist Al."

„Wir kennen uns bereits." Simon schüttelte die Hand des Chiefdetectives.

„Ich brauche noch Alex' und Stuarts Aussage."

„Ist es möglich, dass Stuart morgen im Department vorbeikommt?"

„Natürlich, kein Problem."

George respektierte das Schweigen und setzte ihn vor seinem Haus ab. Ohne Verabschiedung stieg Stuart aus und verschwand in seinem Haus.

Wie die Endlosschleife einer Videoaufzeichnung wiederholten sich die Szenen in seinem Kopf, als er diese Tür geöffnet hatte. Das Grauen packte ihn im Nacken und Kälte kroch durch seinen Körper. Wie ein aufgescheuchtes wildes Tier wanderte er auf seiner bedachten Terrasse auf und ab. Regen setzte ein und prasselte auf das Dach. Übelkeit hinterließ einen fiesen Geschmack in seinem Mund und sein Herz drohte, zu reißen, wenn er an ihren leblosen Anblick dachte. Mit beiden Händen strich er sich durch das Haar und löste den Zopf.

Ein tiefer Atemzug der kühlen, frischen Regenluft füllte seine Lungen, dann ging er in die Küche, nahm ein Bier aus dem Kühlschrank und kehrte zurück auf die Terrasse. Er ließ sich auf einer Holzbank nieder und lehnte sich zurück. Marie brauchte Zeit, Ruhe und die Möglichkeit, alles erst einmal zu verarbeiten und gedanklich zu sortieren. Blitze zuckten über den Himmel und Donner grollte in der Ferne. Er widerstand dem Impuls, das Dungeon von Madame Dita erneut aufzusuchen. Hätte er Marie an dem Abend nicht den Rücken gekehrt, wäre er seinem ersten Instinkt gefolgt, wäre das alles nicht passiert. Stuart wählte die Telefonnummer der Domina.

„Ihr könnt ihn gehen lassen. Die Polizei sucht wahrscheinlich schon nach ihm."

Noch bevor sie nachhaken konnte, beendete er mit einem Knopfdruck das Gespräch. In seiner Brust zog sich alles zusammen. Das Versprechen an Maries Vater, auf sie zu achten, hatte er bereits zuvor gebrochen. Der

Schmerz zog ihm die Kehle zu. Während er seinen Frust über ein Missverständnis in einer Session abreagiert hatte, wurde Marie von Jamie betäubt und verschleppt. Wer weiß, was er ihr alles angetan hatte. Einen der Kerle hatte er daran hindern können, doch wie viele hatten sich bereits über sie hergemacht? Stuart spülte mit dem Bier die Übelkeit runter und schloss die Augen. In seinem Kopf hämmerte es und seine Gedanken drehten sich nur darum, dass er allein die Schuld trug.

Er hätte es verhindern können, wenn er nicht so verdammt engstirnig und idiotisch reagiert hätte. Wie sollte er ihr je wieder in die Augen sehen.

22

Gegen Mitternacht öffnete Marie langsam ihre Augen. Orientierungslos blinzelte sie ins Licht der kleinen Lampe über ihrem Krankenbett, bis sie begriff, wo sie sich befand.

„Stuart?"

„Hey, Honey."

Sie erstarrte, als sie in das freundlich lächelnde Gesicht von Master Alexander blickte.

„Was machst du hier?"

Ihre Kehle fühlte sich trocken und wund an. Er hob sanft ihren Kopf und legte ihr ein Glas Wasser an die Lippen.

„Wow, langsam trinken, sonst verschluckst du dich."

Er trug grüne Krankhauskleidung und der Schmuck war auch verschwunden.

„Ich arbeite hier und ich habe extra für dich meine Schicht getauscht."

„Was ist passiert?"

„Willst du die lange oder die kurze Version?"

Seine perfekte Zahnreihe blinzte auf, als er sie angrinste. Sie fühlte sich benommen und der Schwindel in ihrem Kopf ließ sie blinzeln. Marie nippte ein weiteres Mal an dem Wasser und sank seufzend zurück auf das Kissen. Alexander setzte sich auf die Bettkante und berührte sanft ihre Stirn. Sie versteifte sich unter seiner Berührung.

„Alles ist okay. Du bist hier sicher."

Langsam kehrten Fragmente der Erinnerung in ihre Gedanken zurück. Schockiert holte sie tief Luft. Die Wärme seiner Hand drang durch das dünne Krankenhausleibchen auf ihre Schulter. Sein liebevoller Blick entspannte sie ein wenig.

„Die Jungs sitzen jetzt erst einmal im Knast, Honey. Stuart hat die ganze Stadt nach dir abgesucht, bis er dich gefunden hat."

Er erzählte ihr die ganze Geschichte, schmückte hier und da ein wenig aus.

„Wo ist er?"

„Er war hier, die ganze Nacht und hat vor deiner Tür gesessen. Als ich eben kurz raus bin, war er verschwunden. Honey, der Kerl scheint dich wirklich zu lieben."

„Was macht dich so sicher? Wenn er mich lieben würde, wäre er noch hier."

„Ich habe gesehen, wie er dich ansieht, Marie. Er hätte aus jedem der Kerle am liebsten die Scheiße rausgeprügelt und es bringt ihn um, dass sie dich angefasst haben."

Hitzewellen schossen durch ihren Körper und sie versuchte, sich aufzusetzen. „Haben sie …"

Er lächelte sanft. „Nein, sie haben dich nicht vergewaltigt. Der Arzt hat einige Tests gemacht und dich gründlich untersucht. Bis auf ein paar Prellungen fehlt dir körperlich nichts."

Marie atmete erleichtert aus. Mit beiden Händen rieb sie sich über die Augen. Alles wirkte noch immer vernebelt und unklar. „Ich kann mich nur an ein paar Bruchteile erinnern. Ich weiß, dass Jamie mir gedroht hat und dass …"

„Marie, ganz ruhig. Du wirst dich an vieles davon nicht mehr erinnern. Vielleicht ist das auch gut so. Sie haben dir GHB verabreicht. Du hattest eine hohe Konzentration davon im Blut."

„GHB?"

„Eingeweihte nennen das Zeug auch Liquid Ecstasy. Es ist ein starkes Beruhigungsmittel und kann zu einem komatösen Zustand führen. Das Zeug ist nur zwölf Stunden, je nach Dosierung, im Blut nachweisbar. Kriminelle benutzen die Droge, um Frauen gefügig zu machen und dann über sie herzufallen. Die Opfer können sich danach an nichts erinnern. Deine Gedächtnislücken sind also vollkommen normal. Der Mist wirkt relativ schnell, schon nach einer halben Stunde fühlt sich das Opfer wie betrunken und so wirkt es auch auf Außenstehende."

Sie schloss die Augen und versuchte, ihre Gedanken zu ordnen. „Ich erinnere mich noch, dass ich aus dem Laden kam und dass Jamie auf mich gewartet hat, weil er mit mir reden wollte. Dann habe ich Stuart vorbeifahren sehen und dann ist alles irgendwie weg."

„Streng dich nicht zu sehr an. Ich kann mir vorstellen, dass es dich irremacht, weil dir Zeit fehlt. Versuch, dich zu entspannen und ruh dich aus. Im Wartezimmer sind Leute, die dich gerne sehen möchten."

„Ich will mit Stuart sprechen."

„Er ist nicht mehr hier."

„Na, dann geh ich eben zu ihm."

Der Versuch, aus dem Bett zu steigen, hätte sie fast wieder in eine Ohnmacht getrieben. Alexander drückte sie an den Schultern zurück.

„Es wird mir keinen Spaß machen, dich hier fesseln zu müssen."

Sie lachte.

„So gefällt mir das schon besser. Wenn du mir versprichst, schön artig zu sein, gehe ich jetzt und hole deine Freunde her. Wenn nicht, werde ich mir eine Zwangsjacke aus der oberen Etage leihen und dich an dieses Bett binden. Haben wir uns verstanden?" Alexander sah sie bei dieser Ankündigung viel zu freundlich an, um dominant zu wirken.

Kaum glitt die Zimmertür hinter ihm zu, versuchte Marie erneut, aufzustehen. Mit tiefen Atemzügen kämpfte sie gegen den Schwindel an. Marie zog den Sauerstoffschlauch von ihrem Kopf und nestelte mit fahrigen Fingern an dem Pflaster, das die Kanüle für die Kochsalzlösung fixierte.

„Was machst du da?"

Erica griff nach ihren Schultern.

„Sie ist wirklich ein ungehorsames kleines Biest. Marsch zurück ins Bett, Kleines, sonst mach ich meine Drohung wahr."

„Marie, du bist noch zu schwach, du brauchst Ruhe."

Jeder Versuch, sie zurück in das Krankenbett zu bekommen, schlug fehl. Alexander packte beherzt zu und verfrachtete ihren Körper zurück in die Kissen. Erica blieb neben ihr stehen.

„Ich weiß, du hasst Krankenhäuser."

„Na dann, hilf mir hier raus. Ich kann mich auch zu Hause erholen."

Erica schüttelte besorgt den Kopf und streichelte zärtlich über Maries Kopf.

Sie wischte die Hand der Freundin von sich und funkelte sie zornig an. „Ich will mit Stuart reden."

„Er ist gegangen."

„Das hat mir Alexander schon gesagt. Ruf ihn an und bring ihn her oder ich gehe selbst zu ihm." Sie starrte Simon ernst an. „Wieso ist er nicht hier? Warum geht er einfach? Und er behauptet, ich flüchte immer, wenn es unbequem wird. Er ist verdammt noch mal weggefahren und er ist schuld daran, dass das hier passiert ist. "

Niemand in dem Raum verstand, wovon sie redete. Sie konnte es den Gesichtern ansehen. „Er hat mich mit Jamie gesehen und ist einfach davongefahren. Und das Nächste, woran ich mich erinnere, ist, dass ich an dieses Bett gefesselt bin und in die verdammte Grimasse dieses Scheißkerls gesehen habe. Es ist seine verdammte Schuld. Wie konnte er nur?"

„Schon gut, Marie. Beruhig dich, du hast viel durchgemacht."

Simon schnaubte und schüttelte den Kopf, während Erica ihr sanft die Hände tätschelte.

Marie fixierte ihn zornig. „Wenn du etwas zu sagen hast, dann spuck es aus, Simon."

Simon umrundete das Bett, stützte seine Hände auf das Geländer am Fußende und erwiderte ihren Blick. „Bei allem, was zwischen euch vorgefallen ist, was glaubst du, ist ihm durch den Kopf gegangen, als er dich mit dem Kerl sah, den du auf der Party heiß angetanzt hast?"

Erica holte Luft. „Schatz, bitte, sie ist noch völlig neben sich."

„Nein, es reicht. Sie gibt ihm die Schuld, obwohl er sie da rausgeholt hat."

„Also ist es meine Schuld, ja? Weil ich mit diesem Scheißkerl getanzt habe, habe ich verdient, dass er mich fast vergewaltigt und seinen Freunden überlässt. Verstehe ich das richtig?"

„Das habe ich nicht gesagt. Aber Jamie Manson trägt die Schuld und niemand sonst. Du kannst Stuart nicht dafür verantwortlich machen, dass du das Opfer geworden bist. Er macht sich selbst schon genug Vorwürfe."

Sie schwieg verblüfft.

„Ohne ihn würdest du jetzt nicht hier sitzen und mit dem Finger auf ihn zeigen können. Er hat Himmel und Hölle in Bewegung gesetzt, um dich zu finden. Wenn er auf uns gehört hätte, würde die Polizei garantiert jetzt noch nicht nach dir suchen und was dann geschehen wäre, kannst du dir wohl lebhaft vorstellen."

„Schatz, bitte ..." Erica war nicht in der Lage, die Situation zu entschärfen.

„Stuart hatte schon auf der Party so eine Ahnung, dass mit dem Typen etwas nicht stimmte. Er besitzt eine gute Menschenkenntnis." Simon senkte für einen Moment seinen Blick. „Es tut mir leid, ich wollte nicht so hart zu dir sein. Du bist ein Opfer, aber Stuart ebenso. Du bellst den falschen Baum an, Marie. Ich hätte nie gedacht, dass ich das noch erlebe, aber dieser Kerl liebt dich. Dass mein bester Freund ausgerechnet an dich sein Herz verlieren muss, ist schon seltsam genug." Simon blickte abwechselnd von Erica zu Marie. „Stupido! Ist dir eigentlich klar, was alles hätte passieren können? Ich hab nur Bruchteile von dem mitbekommen, was die Polizei aus diesem Gartenhaus gesichert hat. Videoaufnahmen, Fotos und andere Souvenirs." Er schob seine Frau beiseite, setzte sich zu Marie auf die Bettkante und griff nach ihren Schultern. „Ich bin froh, dass es nicht zum Äußersten gekommen ist. Du kannst ihm wirklich dankbar sein. Alex hat erzählt, dass einer der Kerle gerade kurz davorstand, als Stuart die Tür aufgerissen hat."

„Was bedeutet ‚tesorina mia'?" Völlig aus dem Zusammenhang herausgerissen unterbrach Marie plötzlich die ganze Situation.

Simon runzelte die Stirn und starrte sie fassungslos an.

„Was bedeutet das?"

„‚Mein kleiner Schatz', warum?"

Eine Gänsehaut kroch Maries Wirbelsäule hinauf und kribbelte in ihrem Nacken, als sie die Worte wieder und wieder in ihrem Kopf hörte. In der Nacht nach der Party, der kurze Moment, in dem er in ihrem Zimmer stand.

„Ich muss unbedingt mit ihm reden. Bitte, Simon. Ich muss ihn jetzt sehen."

Ihr eindringlicher Blick ließ Simon nicken. Er erhob sich und machte ihr Platz, fing sie auf, als sie fast das Gleichgewicht verlor und aus dem Bett glitt.

„Was hast du vor, Marie?"

Sie ignorierte Erica, hielt sich an Simons Arm fest und suchte Alexanders Blick. „Ich muss das jetzt tun."

Für einen Moment wirkte der dunkelhäutige Krankenpfleger alles andere, als begeistert von der Idee, doch er nickte. „Ich hab dich nicht gesehen." Er drehte ihr den Rücken zu und schüttelte über seine Entscheidung den Kopf.

„Wenn dir etwas passiert, verliere ich meinen Job, Honey. Ich hoffe, das ist dir klar."

Simon half ihr aus dem Krankenhaus, legte ihr sein Jackett über die Schulter und ließ sie in seinen Wagen einsteigen. Erica rutschte auf den Rücksitz.

Der Regen wurde stärker und das Gewitter kam immer näher. Die Scheibenwischer schafften es kaum, klare Sicht zu schaffen. Marie saß still auf dem Beifahrersitz und alles, woran sie denken konnte, war der Moment, in dem sie ihm zum ersten Mal begegnet war. Kaum hielt Simons Wagen vor dem Haus, sprang sie hinaus und rannte zur Tür. Mit Fäusten hämmerte sie ungeduldig dagegen. „Mach die Tür auf."

Simon setzte zurück.

„Warte."

Er lächelte seine Frau an und fuhr vom Grundstück.

„Das klären die beiden besser unter sich."

„Stuart? Bitte, lass mich rein."

Nichts rührte sich. Marie rannte über die Terrasse um das Haus herum, blickte in die Fenster, doch es schien als wäre er nicht da. Mehrfach rief sie seinen Namen, doch die Geräusche des tobenden Gewitters verschluckten ihre Stimme. Ein weiterer Schwindelanfall zwang sie, sich auf die Bank zu setzen und tief durchzuatmen. Das Regenwasser tropfte von ihrem Haar und Simons durchnässter Jacke. Tränen mischten sich mit den Tropfen auf ihrem Gesicht. All die Anspannung, all die Geschehnisse stauten sich und suchten ein Ventil. Wie ein Film, den man auf Vorlauf stellte, rasten die Bilder der vergangen Tage in ihrem Kopf vorbei.

„Marie, was zum Teufel machst du hier?"

Stuarts besorgte Stimme drang zu ihr durch und Marie hob den Kopf. Sein Hemd war vom Regen ganz durchnässt und roch nach frischem Heu und Stall. Er hockte sich vor ihr hin. Sie zitterte vor Kälte und noch dazu barfuß.

„Was machst du denn, du gehörst ins Hospital."

Marie schüttelte den Kopf und schniefte, wischte sich mit dem Jacken-ärmel über die Nase. Ihre Schultern bebten. Stuart atmete tief ein und aus.

„Ich bin so dumm gewesen."

„Ja, es ist verdammt dumm, mitten in der Nacht aus dem Krankenhaus zu flüchten. Wie bist du hierhergekommen?"

„Das ist jetzt egal. Ich muss dir etwas sagen." Sie erhob sich viel zu schnell von der Bank und sank stöhnend zurück. Ihre Hände griffen nach seinen Armen. „Ich liebe dich! Und verdammt noch mal, das hält schon länger an, als ich mir eingestehen wollte. Liebe auf den ersten Blick, so etwas passiert nicht mir, Stuart. Daran habe ich noch nie geglaubt." Wild gestikulierend schleuderte sie Wassertropfen von ihren Fingern. „Ich fass es nicht, dass mir das jetzt erst klar wird. Ich war viel zu sehr damit beschäftigt, zu beweisen, dass du nur einer von diesen Typen bist, die glauben, ich sei zu blöd, allein über Straße zu laufen." Sie schnaubte. „Ich habe mich so auf dich gefreut und dann bist du einfach weggefahren. Warum?"

Stuart senkte seinen Kopf und lachte bitter. „Wir sind uns verdammt ähnlich, Marie. Wir flüchten, wenn es schwierig wird."

„Nein, du nicht. Du bist immer da, du ..." Sie griff nach seinem Gesicht und sah ihn liebevoll an. „Hast du gedacht, da läuft etwas zwischen ihm und mir?"

„Er hat dich geküsst und für mich sah es genau so aus."

„Du hast gedacht, es hätte sich nichts geändert. Aber das ist nicht wahr. Ich habe jahrelang geglaubt, dass es Liebe gar nicht gibt. Meine Eltern sind das Paradebeispiel. Du hättest sie sehen sollen, als alles noch gut war. Selbst nach Jahren haben sie sich noch immer wie frisch Verliebte angesehen. Damals habe ich mir genau das für mich gewünscht. Und dann ... nun, den Rest kennst du. Er wird allein sterben. Es ist gut, dass er sich irgendwann nicht mehr daran erinnern wird. Aber es hat mir das Herz gebrochen, zu sehen, wie sehr er leidet. Das wollte ich nie wieder erleben, nicht für mich und nicht in meinem Leben. Es gibt nichts Schlimmeres, als von dem Menschen, dem du am meisten bedeuten solltest, verlassen zu werden."

„Die Dinge kannst du nicht mehr rückgängig machen."

„Aber ich kann es besser machen."

Er erhob sich und wandte sich von ihr ab.

„Du hast gesagt, dir gefällt, was du in mir siehst. Und du nennst mich nicht umsonst ‚tesorina mia', das weiß ich. Ich habe nicht geschlafen, als du in dem Zimmer warst. Du liebst mich, oder? Auch wenn du es nicht sagen kannst."

„Das ist es nicht, Marie."

„Simon sagt, dass du dir Vorwürfe machst, wegen dem, was mit mir passiert. Es ist weder deine noch meine Schuld."

„Es ist meine Schuld. Ich hätte bleiben und dich zur Rede stellen sollen.

Stattdessen habe ich gekocht vor Eifersucht, weil ich dachte ... ich weiß nicht mehr, was ich dachte. Ich war wütend und ich gebe zu, ich war verletzt."

„Das wäre ich auch gewesen. Wenn Jamie da nicht zugeschlagen hätte, dann ein anderes Mal. Es spielt keine Rolle. Es war ein Missverständnis." Sie lachte freudlos auf.

„Wir beide sind eine Ansammlung aus Missverständnissen."

Sie blieb hinter ihm stehen. Stuart wandte sich ihr wieder zu, atmete tief durch und suchte ihren Blick.

„In der Nacht, als Jamie dich entführt hat, war ich mit einer anderen zusammen." Prüfend sah er ihr fest in die Augen. „Das wirst du mir nie verzeihen, aber ich dachte, ich könnte einfach so wieder zurück in mein altes Leben. Ich war wütend, sogar ungewöhnlich zornig auf dich, auf ihn, auf die ganze Situation. Ich habe geglaubt, du würdest wieder nur ein Spiel treiben und ich hätte es besser wissen müssen."

Als sie noch immer stumm blieb, öffnete er die Terrassentür und nickte. „Ich werde dir jetzt ein Taxi rufen, das dich zurück ins Krankenhaus bringt."

„Warte."

Er blieb stehen und vermied es, sie anzusehen.

„Sieh mich an. Bitte!" Sie zwang ihn dazu. „In der Nacht, als du vor meiner Tür verhaftet worden bist, war ich so sauer auf dich, dass ich mir fest vorgenommen hatte, doch mit Jamie auszugehen, falls er mich noch mal fragen sollte. Ich wollte mit ihm ins Bett. Und ganz ehrlich? Es wäre fast passiert."

Stuart schüttelte den Kopf und belächelte ihre Erklärung.

„Er war da und ich wollte mit ihm gehen. Erst, kurz bevor ich aus der Ladentür gegangen bin, habe ich mich anders entschieden. Du warst der verdammte Mistkerl, mit dem ich zusammen sein wollte." Sie schlang die Arme um seine Hüften und lehnte ihren Kopf gegen seine Brust. „Ich fühle mich bei dir wohl. Du gibst mir Sicherheit und ich weiß, dass ich dir vertrauen kann. Das hat bisher nur einer in meinem Leben geschafft. Es ist mir egal, was passiert ist. Ich will auch nicht wissen, mit wem du zusammen warst, weil ich es verstehe. Ich will dich in meinem Leben haben und ich will dich lieben dürfen. Es funktioniert einfach nicht mehr ohne dich."

Stuart hob ihr Kinn und betrachtete sie eindringlich. Seine feste, schweigsame Umarmung war wie Balsam für ihre fragile Seele. Stuart hob sie wortlos auf seine Arme, trug sie in die erste Etage ins Bad. Er setzte sie am Rand der Wanne ab und ließ Wasser einlaufen. Behutsam zog er ihr die Anzugjacke und das Krankenhausleibchen aus. Sie ließ sich ins Wasser heben. Schweigend wusch er ihr Haar, nahm einen Schwamm und reinigte sorgsam ihren Körper. Fasziniert beobachtete sie sein Gesicht. Er wirkte so liebevoll, und ihr Herz schlug schnell bei seinem Anblick.

„Warum hast du mich nicht gewollt?"

Er lächelte nur, griff nach einem Badetuch aus dem offenen Holzregal und hielt es ihr hin.

„Sag schon, warum? All diese Sessions, ohne dass du mich …"

Marie stand auf, zog das Tuch aus seinen Händen und ließ es fallen. Dann griff sie nach seinem Gesicht. „Sag es mir, ich muss das wissen."

Weiter kam sie nicht. Seine Lippen berührten ihren Mund und brachten sie zum Schweigen. Der Kuss schmeckte leidenschaftlich und so voll Verlangen, dass ihr Kopf plötzlich wie leer gefegt war. Wenig später landete sie in seinem Bett, noch feucht von dem Bad. Sanft leckte seine Zunge kleine Kreise über ihre Haut, züngelte sich zwischen ihren Brüsten hinab bis zu ihrem bebenden Bauch. Elektrische Impulse zuckten Blitze durch sie hindurch und die Hitze sammelte sich in ihrem Schoß. Stuarts Hände umschlossen ihren Busen, kneteten zärtlich, während sein Zungenspiel sich immer tiefer leckte. Marie öffnete willig ihre Beine, hob ihren Unterleib seinen Lippen entgegen, doch er ignorierte diese Aufforderung, knabberte stattdessen neckend die Innenseiten ihrer Schenkel und sie stöhnte wollüstig auf. Er kniete über ihr, küsste ihr linkes Knie und streckte das Bein, bis sie seine Lippen hauchzart in ihrer Kniekehle spürte.

Erregt keuchend bog sie ihren Kopf weit in den Nacken und bog ihren Rücken zum Hohlkreuz. Das fühlte sich irre heiß an. Seine Zunge glitt an der Rückseite ihres Oberschenkels hinunter, kehrte zur Schenkelinnenseite zurück, und als sein Atem ihr pulsierendes Geschlecht traf, stöhnte sie. Mit Zeigefinger und Daumen öffnete er behutsam ihre Schamlippen, hauchte einen zarten Kuss auf die nasse Seide und leckte den Spalt entlang, betupfte mit der Spitze seiner Zunge ihre Lustbeere, während sie ihre Finger in sein Kopfhaar grub.

Er löste sich sanft von ihr, drehte sie auf den Bauch und hielt für einen Moment inne. Er küsste jeden Millimeter der geröteten Striemen und der süße Schmerz durchfuhr sie und ließ ihr Geschlecht noch wilder pulsieren. Ihr Nacken bog sich ihm entgegen, als er seitlich neben ihr lag, und verführte ihn. Das zarte Knabbern an einer der empfindlichsten Stellen ihres Körpers ließ sie so hemmungslos zittern, dass es nicht mehr enden wollte. Ein wohliger Schauder rieselte durch sie und der folgende Kuss brannte eine Lunte in ihrem Inneren bis hinunter zu ihrer Scham ab, die er mit zwei Fingern zeitgleich in Besitz nahm. Sie kam so heftig, dass Stuart die Zuckungen ihrer Explosion deutlich an den Kuppen spüren musste. Ihr Atem ging so schnell, dass er in Stöhnen überging. Doch ihr Hunger war längst nicht gestillt.

Marie drehte sich zu ihm um. Sie kletterte auf seinen Schoß und presste seinen Rücken tief in die Laken. Gierig riss sie ihm das Hemd auf und die Knöpfe sprangen in alle Richtungen. Hastig öffnete Marie den Gürtel und die Knöpfe seiner Jeans.

„Langsam, Kätzchen." Sanft griff er nach ihrem Gesicht. Er lachte heiser vor Erregung. „Du bist noch nicht fit."

Lächelnd schob sie ihre Hand in den Bund seiner Hose und umschloss den harten Schaft. „Das ist mir jetzt egal, darauf hab ich viel zu lange warten müssen."

Marie rückte an seinen Unterschenkeln hinunter, beugte sich über ihn, hob ihre Augen zu ihm empor, während ihre Lippen die Spitze seines Schwanzes aufnahmen. Stuart schloss stöhnend die Lider, während er noch immer ihr Gesicht in den Händen hielt. Ihr Mund schob sich über sein Geschlecht, nahm ihn immer weiter in sich auf. Ihre Zunge glitt an der Rückseite seines Schwanzes entlang, dann umfasste sie erneut mit einer Hand den Schaft und lutschte behutsam an seiner Eichel, ließ ihre Zunge über die Spitze tanzen und nahm ihn abermals tief zwischen ihre Lippen. Sie sah ihm dabei stetig ins Gesicht, wissend welcher Kick ihm dieser Anblick verschaffte. Stuart streckte sich, hangelte nach der Schublade seines Nachttisches neben dem Bett, schaffte es jedoch nicht, sie zu öffnen, denn Marie massierte nun zusätzlich seine Hoden und brachte ihn erneut zum Keuchen. Während sich ihre Lippen von seiner Schwanzspitze lösten, lächelte sie frech und mit einer Hand massierte sie weiter.

„Du kleines Miststück."

Lachend warf sie ihren Kopf in den Nacken. „Klingt sehr vertraut."

Sie forcierte es förmlich, dass er zwischen ihren Lippen kam und spürte, wie viel Beherrschung er aufbrachte, dass genau das nicht geschah. Stuart schüttelte den Kopf, erwiderte das provokante Lächeln. Dann packte er sie plötzlich und ohne Vorwarnung, warf er sie rücklings sanft aufs Bett. Marie wehrte sich, so gut sie konnte, zappelte unter ihm und versuchte lachend, nach ihm zu schlagen. Mit einer Hand umschloss er ihre Gelenke und zog sie über ihren Kopf, beugte sich über sie.

„Mein unbelehrbares kleines Kätzchen. Wenn du denkst, dass meine Peitschen nur im Keller zu finden sind …" Flink griff er unter das Bett.

Maries Augen weiteten sich. Die Peitsche sah aus wie eine Neun-Schwänzige, die Marie aus den typischen Piratenfilmen kannte, aber die Wildlederriemen wirkten weich und anschmiegsam. Stuart dreht den kurzen Griff vor ihren Augen in seiner Hand.

„Das nennt man Flogger. Ungefähr sechzig Zentimeter lang mit etwa dreißig bis …"

Marie lachte auf und rollte spielerisch genervt mit den Augen. „Oh bitte, nicht schon wieder."

Zur Strafe stieß er ihr den Unterleib gegen ihre nasse Scham und grinste. „Unterbrich deinen Herrn nicht."

Sie schmunzelte.

„Dreißig bis vierzig Lederriemen. Eine sehr softe Peitsche, eignet sich hervorragend zur Intimbehandlung."

Marie presste die Lippen aufeinander und beobachtete seinen amüsierten Gesichtsausdruck. „Du lenkst nur vom eigentlichen Thema ab. Fick mich!" Zur geflüsterten Aufforderung schob sie ihren Schoß noch enger gegen sein pralles Geschlecht, und soweit es ihr möglich war, rieb sie sich an ihm, stöhnend, sich lasziv über die Lippen leckend.

Die Peitsche fiel neben dem Bett zu Boden und er schüttelte lächelnd seinen Kopf. Seine Hand umschloss ihre linke Kniekehle und schob ihr Bein höher. Als er endlich in sie eindrang, keuchte sie lustvoll auf. Marie fühlte sich wie im siebten Himmel, ihn endlich in sich zu spüren, wo sie so lange drauf gewartet hatte. Seine Bewegungen waren langsam und beherrscht. Sein Blick fixierte ihre Augen. Mit einer Hand hielt er noch immer ihre Gelenke über den Kopf gestreckt. Marie wollte ihn herausfordern, ihn dazu bringen, härter zuzustoßen. Doch sein Gesicht wirkte so hinreißend zärtlich, dass eine wohlige Wärme durch sie drang. Es erinnerte sie an die Augenblicke, wenn er sie gepeitscht hatte. Dieser intime, innige Moment, in dem er ihren Blick gefangen hielt. Marie öffnete ihre Lippen und stöhnte leise seinen Namen. Mit jedem sanften Eindringen reizte er Punkte in ihrem Schoß, die köstliche Impulse durch ihren Unterleib schickten. Diese atemlose Nähe kribbelte unter ihrer Haut, explodierte in ihrem Inneren und ließ bunte Punkte vor ihren Augen tanzen. Es fühlte sich an wie Schweben, doch dieses Mal blieb sie in ihrem eigenen Körper, spürte deutlich seine Männlichkeit und die wunderbare Dehnung in ihrem Geschlecht.

Marie spannte ihre Muskeln an, hob sich ihm entgegen, je mehr sie die heiße Welle des Finales in sich vernahm. Sie keuchten im gleichen Takt, sahen sich weiterhin in die Augen und für den Bruchteil eines Augenblicks schien die Welt stehen zu bleiben. Die Erlösung zuckte durch ihr Fleisch und umschloss seinen Schwanz fest. Stuart schloss die Augen, stöhnte auf und entlud sich im selben Rhythmus, der ihren Körper unter ihm erzittern ließ.

Der Regen prasselte noch immer unaufhörlich gegen das Fenster und Marie seufzte leise, satt und wohlig neben ihm liegend. Sie betrachtete sein Profil, strich mit dem Zeigefinger von seiner Stirn über den Nasenrücken hinab bis zu seinem markanten Kinn. „Warum diese strikte Trennung zwischen SM und dem anderen Leben?"

Stuart drehte sich zu ihr auf die Seite, berührte ihre Lippen. „Das kann ich nicht leicht beantworten."

„Versuch es, ich will es verstehen."

Seine Hand lag warm und weich auf ihrer Wange. „Bei meinen Spielbeziehungen sind die Fronten klar, man trifft sich, erfüllt seine Begierden und jeder geht wieder seiner Wege, führt sein normales Leben. Manche meiner Gefährtinnen sind sogar verheiratet."

Marie wirkte nicht überrascht, berührte die Narbe in seinem Gesicht und die Frage lag auf der Hand. Stuart ergriff die Hand und küsste ihre Fingerspitzen, dann wandte er sich von ihr ab.

„Eine Erinnerung von einem Ehemann?"

Sie hob die Augenbrauen, doch er antwortete nicht. Stattdessen blieb er mit gesenktem Kopf auf der Bettkante sitzen und glitt mit beiden Händen durch sein Haar. Stuart schloss für einen Moment die Augen und spürte ihre sanfte Berührung an seiner Schulter.

„Er hat dich verprügelt?"

Stuart drehte sich zurück auf den Rücken, statt einer Erwiderung starrte er zur Decke empor. Erneut berührte sie seine Wange, fuhr mit den Fingerspitzen die feine Narbe entlang.

„Erzähl mir davon."

„Ihr Name war Phoebe. Sie war Professorin auf dem College und ich ein totaler Frischling. Sie war umwerfend schön, zwar wesentlich älter als ich, aber das interessierte mich überhaupt nicht." Er lächelte bitter. „Mahagoni, ihr Haar hat in der Sonne wie Feuer geleuchtet, und ihre Haut war wie Milch." Für einen Augenblick sah er sie an und schmunzelte, berührte ihren kurzen Bubikopf. „Ich war sofort und unsterblich in sie verliebt und wie mir ging es auch anderen Studenten so, aber das hab ich erst später erfahren. Sie war eine Sammlerin, es brachte ihr einen besonderen Kick, mit jungen Männern ins Bett zu gehen, obwohl sie bereits mit einem fünfzehn Jahre jüngeren Mann verheiratet war. Wenn ich heute darüber nachdenke, sie hatte wirklich etwas von einer Nymphomanin. Sie wollte ihren Mann für mich verlassen, hat mir ihre ewige Liebe geschworen und ich hab ihr geglaubt. Dumm eigentlich, aber Liebe macht bekanntlich für alles blind. Sie war die erste Frau, der ich von meinen Neigungen erzählte und sie hat neugierig und willig alles mitgemacht. Ich dachte wirklich, ich habe die perfekte Frau für mein Leben gefunden."

„Was ist passiert?"

„Sie hatte mich nach einer Weile satt und irgendwann mitten in der Nacht stand ihr betrunkener und sehr wütender Ehemann vor meiner Studentenwohnung. Sie hatte ihm erzählt, ich hätte sie erpresst und sie zu den Sadomaso-Spielen gezwungen. Phoebe stand im Flur und hat mich nur angelächelt, während er wie ein Berserker auf mich eingedroschen hat. Ich konnte mich nicht einmal wehren, so erstarrt war ich. Dann hat er ein Messer gezogen, erst dann haben sich wohl meine Instinkte gemeldet."

„Oh, Gott, er hat dich so verletzt?"

„Es war nicht wirklich tief, aber eine bleibende Erinnerung. Der arme Trottel wusste nicht, dass er selbst nur ein Spielzeug für Phoebe war. Wenn ihre Lover lästig wurden, hat sie seine rasende Eifersucht benutzt, um sie loszuwerden. Vielleicht wollte er das auch nicht wissen. Als er wegrannte, blieb Phoebe noch da, sah zu, wie ich vor mich hinblutete und ihr Gesichtsausdruck ..." Für einen Moment spiegelte sich der Schmerz in seinem Gesicht wider. „Sie nannte mich widerlich, pervers und krank. Es hätte sie angeekelt, das alles mitmachen zu müssen. Praktisch belog sie sich selbst und glaubte das sogar noch. Aber es hat mich tief getroffen." Plötzlich lachte Stuart auf und es klang tatsächlich belustigt. „Ich glaube, ich war einfach dumm, jung und zu leichtgläubig. Aber die Lektion habe ich gelernt. Nicht einmal Simon hat jemals davon erfahren."

„Aber jeder hat doch auf die eine oder andere Weise solche Scheißerfahrungen gemacht. Aus Vergangenem sollte man zwar lernen, aber gleich so ein heftiger Schnitt?"

„Selbstschutz, Kätzchen. Ich hab mich früh für das Ausleben meiner Neigungen entschieden, aber mit einer Vanilla eine Beziehung zu führen ... Zwangläufig gibt es nur zwei Möglichkeiten, entweder verheimlicht man, wird entdeckt und verliert, oder man erzählt es und verliert."

Marie nickte gedankenverloren. „Aber es gibt doch sicher auch Devote, die eine feste Beziehung bevorzugen."

Er schmunzelte. „Ja, aber da sind so einige Erfahrungen, die mich in meiner Einstellung, was SM und der Rest meines Lebens betrifft, nur bestärkt haben. Ich habe großen Respekt vor meinen Gefährtinnen und empfinde große Achtung vor ihnen. Eine Liebesbeziehung würde das alles nur verkomplizieren. Man läuft schnell Gefahr, wenn erst einmal der Alltag Einzug hält, sich die ersten Streitigkeiten anbahnen, diesen Respekt viel zu schnell zu überschreiten. Streit führt oft zu Kränkungen, persönlichen Angriffen und schürt Wut, die nicht sein sollte. Wenn man dann noch obendrein miteinander spielt, kann das nicht gut sein."

„Okay, irgendwo macht das Sinn, aber ist das nicht auch ein ziemlich hoher Preis für dich? Gibt es nicht auch Vanillas, die damit umgehen könnten?"

„Ein Preis, den ich bis vor Kurzem in Kauf genommen habe. Man trifft als Mann nur selten eine Vanilla, die so etwas akzeptieren kann, selbst wenn sie die Neigungen tatsächlich nicht teilt. Auf Dauer gesehen würde so etwas nicht wirklich funktionieren. Ich bin dominant und ich genieße es, die

Kontrolle bei einer Inszenierung zu besitzen, die Lust meiner Sklavin in den Händen zu halten und sie in jeglicher Form leiden zu sehen. Ich liebe das, es erregt mich, ich benutze sie zu meinem Vergnügen, für meine Art von Sadismus, und dafür bin ich ihr unendlich dankbar, denn sie gibt sich all dem freiwillig hin."

Für eine Weile schwieg sie, blieb neben ihm liegen und starrte hinauf zur Zimmerdecke, als bräuchte sie ein wenig Zeit, die Worte sacken zu lassen. „Aber unsere Spiele haben dich ebenso erregt und mich hast du nicht benutzt ..."

Er sah amüsiert aus. „Hat es dir also doch nicht gefallen? Bist du nicht auf deine Kosten gekommen?"

„Blöde Fragen ... nein, ja ... ach du weißt, was ich meine."

Natürlich wusste er es und schüttelte dennoch den Kopf, um sie zu necken. Ihre Faust landete heftig auf seiner Brust und presste ihm die Luft aus den Lungen.

„Hey! Noch einmal und ich leg dich übers Knie."

Ihr Lachen verebbte, sie wurde ernst. „Warum hast du nie mit mir geschlafen?"

Stuart setzte sich auf, strich sich mit einer Hand durch das Haar und ließ den Kopf im Nacken kreisen. Es knackte leise. „Du bist gefährlich. Das warst du schon auf der Hochzeit von Erica und Simon." Er stand auf und ging ins angrenzende Bad, stellte die Dusche an und ließ Marie mit dieser Antwort schmoren, bis er mit einem Handtuch um die Hüften gebunden und nach Seife riechend zurückkehrte.

Marie lag schmollend noch immer im Bett, das dünne Laken um ihren Körper gewickelt und er begann, sie langsam auszupacken.

„Das reicht mir nicht als Antwort. War das auch nur ein Spiel?"

„Mein dummes kleines Kätzchen."

„Hör auf, jetzt sag schon." Nur widerwillig ließ sie sich aus dem Laken wickeln.

„Unter deiner kratzbürstigen, kaltschnäuzigen, manchmal sehr nervtötenden, großspurigen, spitzzüngigen ..."

Marie versetzte ihm einen harten Hieb in den Magen und seufzte genervt, während er grinste.

„Okay du bist widerspenstiger als eine Eselin, zickiger als ein ganzer Feministinnenverein und kannst schon aus der Ferne einen interessierten Mann so abweisen, dass sein männliches Ego nicht nur einen Kratzer abbekommt. Aber hinter dieser verdammten Fassade steckt eine unglaublich anziehende Wildkatze, die ich nur zu gern immer wieder aufs Neue zähmen will. Du bist wie eine Droge."

Sie setzte sich auf und sah ihm einige Sekunden lang in die Augen, ohne ein Wort zu sagen. „Kannst du das auch ohne all diese ausschweifenden Floskeln sagen?"

Stuart rollte lachend mit den Augen, denn ihr Tonfall war wieder wie zuvor, zickig, frech und kaltschnäuzig. „Mich hat noch nie eine Devote so fasziniert wie du. Du berührst eine sehr dunkle Seite in mir, von der ich nie gedacht habe, sie jemals an die Oberfläche zu lassen, ohne Gefahr zu laufen, die Kontrolle zu verlieren." Seine Hand legte sich um ihren Hals, als er sie zurück aufs Bett drückte und sich über sie beugte. Seine Stimme senkte sich zu einem rauen, samtigen Flüstern. „In meinem Kopf steigen Szenarien hoch, was ich dir liebend gern antun möchte, wenn du so bist wie jetzt gerade."

Sie schluckte hörbar und leckte sich nervös über die Lippen. Seine Hand glitt unter ihr Kinn, umschloss den unteren Teil ihres Gesichts fest, zwang sie, ihren Kopf nicht abzuwenden und der folgende Kuss raubte ihr den Atem. Seine Zunge drängte sich zwischen ihre Lippen, dann ließ er abrupt von ihr ab. Marie schnappte nach Luft, zitterte und spürte ein erneut auf-keimendes Pochen in ihrem Leib.

Stuart betrachtete sie, ließ seinen Blick über ihren nackten Körper gleiten.

„Ich liebe dich." Diese zärtlichen Worte zu hören, wo vorher noch die Wildkatze aus ihr gesprochen hatte. Es fiel ihm sichtlich schwer, sich daran zu gewöhnen. Erneut hob sie ihren Oberkörper, rutschte nah zu ihm und strich ihm das Haar zurück. „Das war aber keine Antwort auf meine Frage, sag mir, warum?"

„Auch Sadisten quälen sich manchmal gern selbst, zögern den Moment hinaus, bis es unerträglich ist, nur um noch mehr von allem zu bekommen. Aber du bist ja weggerannt und hast mich danach einfach von den netten und überaus freundlichen Uniformierten abführen lassen … Ich hätte dich am liebsten jedes Mal genommen. Das hat verdammt wehgetan, das ist dir hoffentlich klar. Aber ich wollte, dass du immer wieder kommst, denn ich wusste, dass ich dich damit ködern kann. Es hat ja auch funktioniert. Dein Gesichtsausdruck, als ich dir sagte, dass du dir das Privileg erst verdienen musst, war zu schön, um wahr zu sein."

Er sah sie amüsiert an und fing den nächsten Boxhieb von ihr ab.

„Du bist so ein Bastard."

„Und du bist ein Biest."

„Glaubst du, das kann zwischen uns funktionieren?"

Er schüttelte langsam den Kopf, aber er lächelte. „Wir könnten es auf einen Versuch ankommen lassen."

Sie küsste ihn, vergrub ihre Fingerspitzen in seinem feuchten schwarz glänzenden Haar und lachte verspielt auf, dann wurde sie ernst. „Mal ehr-lich, glaubst du, das kann wirklich funktionieren?"

„Wahrscheinlich ... wenn die Hölle zufriert."

Sie küsste das Schmunzeln von seinen Mundwinkeln, bedeckte sein Gesicht mit zarten Küssen und presste sich voll Verlangen an ihn. Stuart gab ihrer Aufforderung nur zu gern nach.

Drei Monate später ...

Immer mehr Details über den Geheimclub des Unicampus fanden in die Zeitungen. Jamie und seine Freunde wurden noch immer in Untersuchungshaft gehalten, da laut Staatsanwalt Fluchtgefahr bestand. Sie würden es bis zum Ende der Verhandlung bleiben. Immer mehr junge Frauen, die Opfer dieser Clubmitglieder gewesen waren, wagten sich an die Öffentlichkeit und stellten sich als Zeugen zur Verfügung. Es waren so viele. Die gefundenen Beweise allein reichten bereits aus, um die Clubmitglieder für lange Zeit hinter schwedische Gardinen zu bringen. Unter anderem wurden noch mehr schmutzige Geheimnisse der drittreichsten Familie Miamis ausgebuddelt und breit getreten.

Marie verließ das Krankenhaus und atmete tief durch. Ihr war übel und schwindlig. Sie war eigentlich nur hergekommen, um sich die endgültigen Testergebnisse der Blutproben abzuholen. Es war ein Standardverfahren bei der Polizei, das Opfer eines Verbrechens von Kopf bis Fuß untersuchen zu lassen. Drei Stunden ließ man sie warten, was ihrer Laune nicht sonderlich zuträglich war und als der Arzt ihr freudestrahlend ins Gesicht grinste, hätte sie ihm am liebsten den Hals umgedreht.

Zuerst hatte sie den Weißkittel ungläubig angestarrt und dann war es wie bei einem Vulkan aus ihr hinausgebrochen, ohne dass sie es hätte verhindern können. Explosionsartig flogen ihm die schlimmsten Beschimpfungen um die Ohren, die seine Wangen glühen ließen. Er stand zum Schluss da wie bestellt und nicht abgeholt, als sie hinter sich die Tür seines Büros zuknallte.

Die Menschen trieben wie ein Fluss von Ameisen an ihr vorbei und ihr Gewissen meldete sich. Die verbalen Tiefschläge hätten nicht den Arzt treffen dürfen. Dafür war jemand ganz anderer verantwortlich.

Nachdem sie Stuarts Haus erreichte, kickte sie einen ihrer Umzugskartons beiseite. Die Fahrt hatte ihr aufgewühltes Gemüt nicht beruhigen können. Ihr war danach, jemanden zu schlagen, etwas zu zertrümmern, also ließ sie ihre angestaute Energie an seinem Kleiderschrank aus. All seine Sachen flogen in hohem Bogen aus dem geöffneten Fenster und verstreuten sich schwarz und weiß auf der kiesbedeckten Einfahrt. Wütendes Knurren begleitete jede Hose, jedes Hemd und auch die Unterwäscheschublade bei ihren Freiflügen. Ein Seitenstechen zwang sie, innezuhalten. Vor dem großen Spiegel im Schlafzimmer blieb sie seitlich stehen und betrachtete sich eingehend. Lag das jetzt an ihrem impulsiven Gemüt? Sie grinste ihrem Spiegelbild zu und seufzte.

„Dafür wird er büßen."

Sie griff nach ihrem Handy und schrieb eine SMS an Stuart. *Komm*

SOFORT nach Hause!

Bevor sie das Schlafzimmer verließ, griff sie nach der schwarzen Reitgerte aus der Nachtkommode auf Stuarts Bettseite. Langsam stieg sie die Holztreppe hinunter zur Eingangshalle. Die Tür stand sperrangelweit offen und sie würde sehen, wenn er ankam. Sie blieb in der Treppenkurve stehen und setzte sich geduldig. Die Minuten verstrichen und jede einzelne ließ die Wut aus ihr fließen wie lästigen Ballast. Sie war bei ihm eingezogen und sie wollten gemeinsam den Dingen ihren Lauf geben, herausfinden, ob das, was zwischen ihnen brodelte, eine Zukunft hatte.

Die Reitgerte lag auf ihren Knien. Seit der Nacht war alles so anders. Zärtlich und behutsam liebte Stuart sie, doch wenn sie ihn auf ein Spiel ansprach, schwieg er. Marie spürte jedoch, dass es ihm fehlte, ebenso wie ihr. Sie wollte von ihm immer wieder gezähmt werden, wollte, dass er mit ihr um die Unterwerfung kämpfte. Egal, wie sehr sie ihn provozierte, er nahm es mit einem Lächeln hin und verweigerte ihr das Ziel. Es trieb sie fast in den Wahnsinn. Dieser verdammte Mistkerl besaß ein ganzes Spielzimmer im Keller, liebevoll von der besten Innenarchitektin der Stadt ausgestattet und er benutzte es nur für Kundenvorführungen. Es war wirklich zum Mäusemelken. Marie atmete tief durch, als sein Wagen die Auffahrt heraufbretterte und der Kies emporflog, als er scharf bremste.

Stuart stieg eilig aus und hielt inne. Sein Blick glitt über die verstreuten Kleidungsstücke und er kratzte sich verständnislos den Kinnbart. So schick angezogen kam er geradewegs von einem Kundentermin, was ihr Vorhaben nur noch mehr versüßte. Er stieg die Steintreppe empor und betrat die Eingangshalle. Fragend hob er seine Hände.

„Ich habe gerade einen wichtigen Geschäftstermin mittendrin abgebrochen und ich hoffe für dich, dass es wirklich wichtig ist, Kätzchen."

Marie räusperte sich, füllte ihre Lungen mit Atem und erhob sich langsam. „Du verdammter Mistkerl!" Sie hob sofort ihre Hand, als er etwas erwidern wollte. „Wag es nicht, mir ins Wort zu fallen. Du wirst mir jetzt sehr gut zuhören, denn ich habe dir etwas zu sagen, Stuart Prescott." Sie stieg die Holztreppe hinab und ließ die Reitgerte zärtlich durch ihre Finger gleiten. „Du wirst so nett zu mir sein, wie du nur kannst. Du wirst meine Launen mit einem süßen, dankbaren Lächeln ertragen. Wenn ich Gelüste nach außergewöhnlichen Speisen bekomme, wirst du ohne mit der Wimper zu zucken in tiefster Nacht losziehen und sie mir besorgen. Selbst wenn du dafür um die halbe Welt reisen musst."

Stuart legte seine Stirn in Falten, bekam von ihr abermals ein Zeichen, zu schweigen. Amüsiert hoben sich seine Augenbrauen, als sie das Hallenmosaik erreichte.

„Du wirst tun, was ich dir sage und wirst mir niemals widersprechen. Und wenn ich im Kreißsaal liege, wirst du liebevoll meine Hand halten und jede verbale Ausuferung meiner geistigen Umnachtung während der Wehen stumm und demütig ertragen. Du wirst tapfer die Nabelschnur durchschneiden und du wirst Windelwechseln lernen und mir helfen, dieses kleine Wesen aufzuziehen."

Mit jedem weiteren Wort änderte sich seine Mimik zu ehrlicher Überraschung.

„Für den Rest deines Lebens wirst du dich bemühen, der beste Vater zu sein, den die Welt je gesehen hat. Oh, und du wirst mit mir zu diesen albernen Kursen gehen und nicht einen davon versäumen." Marie blieb vor ihm stehen und legte ihren Kopf in den Nacken, um ihm weiterhin in die Augen sehen zu können. „Du bist daran schuld. Du hast das Kondom vergessen. Und jetzt wirst du mir versprechen, alles dafür zu tun, damit die Mutter deines Kindes glücklich ist."

Er ging vor ihr auf die Knie, umschloss schweigend mit beiden Händen ihre Taille und küsste ihren Bauch.

„Bist du sicher?"

„Ich komme gerade aus dem Krankenhaus, wo ich eigentlich nur die Testergebnisse abholen wollte." Peinlich berührte knabberte sie auf ihrer Unterlippe. „Und wenn wir schon dabei sind, suchen wir uns besser einen anderen Arzt. Ich glaube, der gute Mann will mich in seinem Leben nie wieder sehen."

„Hm, klingt, als hätte die Wildkatze ordentlich ausgeteilt. Ist jemand verletzt worden?"

Lachend schloss sie ihre Arme um Stuarts Nacken. Plötzliche Unsicherheit spiegelte sich in ihren Augen. „Willst du das überhaupt?"

„Ich verspreche, alles dafür zu geben, damit mein süßes Gesamtpaket glücklich sein wird. Ti amo, tesorina mia."

Marie seufzte, das tat sie immer wieder in letzter Zeit, wenn er ihr irgendwas auf seiner Heimatsprache ins Ohr flüsterte, selbst wenn sie es nicht immer genau verstand.

„Das wollte ich hören." Sie küsste ihn sanft und hob sein Gesicht am Kinn empor. „Und damit du mir deinen ungeteilten Gehorsam gleich beweisen kannst ... Heb deine Hände hoch, Handflächen nach oben."

Stuart hatte die Reitgerte bereits bei ihr gesehen und blickte ihr skeptisch ins Gesicht. Seine Finger streckten sich vor ihr aus. Statt eines Schlages, den er ihr durchaus zugetraut hätte, legte sie ihm das Schlaginstrument auf die Handflächen. Mit einem Ruck umschloss ihre Faust seine Krawatte, zog ihn daran zu sich heran. „Eins musst du mir noch versprechen. Egal, was da aus mir flutschen wird, du wirst es vergöttern und du wirst ihm oder ihr niemals den Hosenboden strammziehen, egal, was es anstellen wird. Dazu hast du ja mich." Sie beugte sich zu ihm und ihr Atem streichelte seine rechte Wange. „Spiel mit mir!"

Sie biss sich auf die Unterlippe, betrachtete das Farbenspiel seiner Augen einen längeren Moment. Das Eisblau funkelte, wurde dunkler und sie lächelte wissend.

„Wenn du mich einfangen kannst." Marie rannte los, durch den Speiseraum und die Terrassentür hinaus zu den Pferdekoppeln.

Stuart sah ihr nachdenklich hinterher, hockte sich auf seine Unterschenkel und schmunzelte. Er hatte versprochen, zu tun, was sie sich wünschte. „Wenn ich dich finde, bist du reif, kleines Kätzchen."

Ende